LA GUERRE DES AUTRES

Louise Simard
Jean-Pierre Wilhelmy

LA GUERRE DES AUTRES

roman

Nous remercions le Conseil des Arts du Canada ainsi que la SODEC de l'aide accordée à notre programme de publication.

Correction d'épreuves : Solange Deschênes

Mise en pages : Diane Trottier

Illustrations de la couverture : Aquarelles d'Arthur Shilstone
                              Collection de la Ville de Québec

> Si vous désirez être tenu au courant des publications
> des ÉDITIONS DU SEPTENTRION,
> vous pouvez nous écrire au
> 1300, av. Maguire, Sillery (Québec) G1T 1Z3
> ou par télécopieur (418) 527-4978
> ou consulter notre catalogue sur Internet :
> http://www.ixmedia.com/septentrion

Dépôt légal – 4ᵉ trimestre 1997
Bibliothèque nationale du Québec
ISBN 2-89448-088-1

© Les éditions du Septentrion
1300, avenue Maguire
Sillery (Québec)
G1T 1Z3

Diffusion Dimedia
539, boul. Lebeau
Saint-Laurent (Québec)
H4N 1S2

Première partie

DE WOLFENBÜTTEL
AU NOUVEAU MONDE

I

Johann Vogel, un jeune étudiant de vingt-trois ans, s'adresse avec véhémence aux quelques personnes présentes. Ses vêtements élimés, peu appropriés à la fraîcheur inhabituelle de cette mi-avril, conviennent mal également à son langage châtié et à l'intelligence vive de ses yeux gris. De taille moyenne, d'une délicatesse de traits presque féminine, le jeune homme proclame sa vérité d'une voix fatiguée mais chaude, plus apte aux confidences qu'aux déclamations.

Perplexes, les paysans de Nettelcamp hésitent. Le discours extravagant de ce jeune gueux n'arrive pas à les atteindre. Ils ne comprennent pas, mais ils écoutent. Instinctivement. Désespérément. Picorant ici et là des paroles plus simples, plus près de leur misère.

— Tout le monde a droit à la liberté et au respect, leur souffle Johann de sa voix éraillée à force de vouloir persuader. Il faut conquérir votre droit à une vie décente. Vous êtes les victimes d'une tyrannie organisée! On ne compte plus les supérieurs auxquels vous devez vous rapporter. Même votre façon de vous habiller et de manger est régie par des lois! Changez tout cela! Vous le pouvez! L'an 1776 doit voir la fin de votre servitude!

Les paysans acquiescent en silence. L'énergie communicative de ce jeune rebelle maigre et sale, son charme indéfinissable, son imprudence même les incitent à rester là malgré les craintes d'être surpris par les autorités militaires lâchées à travers le pays.

— Il ne faut plus supporter de vivre en esclavage, clame l'étudiant avec les dernières forces qui lui restent. Nos princes ont-ils besoin d'argent? Aussitôt ils vendent leurs sujets au plus offrant. Comme du bétail! Je le sais, il faut me croire et vous élever contre ce marché humain indigne de notre patrie. Nos princes signent des traités avec le roi d'Angleterre et envoient nos hommes les plus forts se battre et mourir pendant qu'eux récoltent l'argent. Ils font honte à notre peuple! Leurs manigances risquent de nous envoyer jusque dans le Nouveau Monde! Ils nous lancent aveuglément dans des guerres qui ne nous regardent pas et nous condamnent à mourir parce que notre mort les enrichit, leur permet d'offrir de plus belles parures à leurs courtisanes et de donner de la viande de meilleure qualité à leurs chiens!

Le délire du jeune homme inquiète les paysans sans toutefois les convaincre. Il parle sans preuves de mondes inaccessibles, presque inimaginables pour ces hommes ancrés à leur pauvreté. Ses divagations exaltées les amusent. Sans la forte personnalité de Johann Vogel, sans le frémissement de bonté dans ses yeux, les hommes seraient déjà retournés à leurs champs, à leurs ateliers, à leur sueur quotidienne.

— Refusez que l'on vous enchaîne! Apprenez à dire non à...

Un signal d'alarme donné discrètement par son camarade Martin Pfeiffer oblige Johann à quitter en hâte l'estrade improvisée où il se trouvait. Aussitôt mêlés aux paysans, les deux complices s'éloignent vitement et disparaissent vers les petites chaumières plantées à l'orée de la forêt, suivis à bonne distance par un autre compagnon. Tous les trois se retrouvent bientôt à l'abri dans la maison de Kätchen, la sœur du jeune orateur.

Hans Lach, le mari de cette dernière, n'apprécie guère la présence chez lui de ces trois révolutionnaires recherchés dans tout l'Empire et il ne se gêne pas pour exprimer son mécontentement:

— C'est la dernière fois que j'accepte de vous héberger. Les soldats vous cherchent dans tout le pays. Ils se rapprochent et finiront bien par vous rattraper. Aujourd'hui encore ils ont failli vous mettre la main au collet! Tous ceux qui ont écouté vos bêtises paieront avec vous et ceux qui vous ont aidés seront pendus. Je ne veux plus jamais avoir affaire avec votre petite bande!

La frêle Kätchen ne peut s'empêcher de défendre son frère. De quatre ans son aînée, elle a souvent joué le rôle de mère auprès de lui. Orphelins très jeunes, ils ont été élevés par des grands-parents aimants, mais disparus trop tôt eux aussi. L'affection qui les unit a traversé des moments pénibles, de nombreuses années de séparation et, devant le danger qui menace aujourd'hui le jeune étudiant, elle ne peut que se raffermir.

— Johann est mon frère, ose-t-elle rétorquer à son mari, et je dois l'aider.

Mais sa volonté vacille. Elle a tellement peur. Elle essaie de toutes ses forces de comprendre le sens profond des mots clamés avec tant d'ardeur par son cadet, mais elle ne saisit pas très bien. Ce qu'il raconte est parfois si horrible qu'elle hésite à le croire. Pourtant, parce qu'elle l'aime plus que tout au monde, elle lui donne raison même si elle craint constamment pour sa vie, plus encore depuis qu'un enfant s'est niché en elle. Comme si ces deux existences allaient de pair, comme si la disparition de l'un devait entraîner la disparition de l'autre.

Johann devine l'angoisse de sa sœur. Il la prend dans ses bras.

— N'aie pas peur, Kätchen. Je vais partir demain. Nous avons tracé un itinéraire sûr qui nous conduira à Paris. Là-bas, je pourrai terminer mes études et quand je reviendrai, tu verras, je serai un homme instruit et influent et je pourrai aider mon peuple.

Johann berce Kätchen, si fragile. En la serrant contre lui, il sent le petit ventre déjà gonflé et un frisson, fait à la fois de bonheur et d'appréhension, le parcourt. Le frère et la sœur sourient, complices. Ils partagent un secret, un de plus. Et celui-là compte davantage que les autres.

Hans, jaloux de cette connivence, revient à la charge:

— Kätchen va vous préparer à manger et vous allez partir demain, à l'aube. Et j'espère bien ne plus jamais vous revoir!

II

Le colonel William Faucitt quitte la cour princière du duc Charles de Brunswick en se frottant les mains. Un sourire de satisfaction illumine son visage. Principal agent de recrutement, il représente Lord Suffolk, secrétaire d'État du gouvernement britannique. Sa tâche consiste à mener à bien les négociations entreprises par l'Angleterre avec les princes allemands du Saint-Empire germanique romain. Et jusqu'à maintenant, le colonel Faucitt a toutes les raisons de se réjouir. Une étape importante vient d'être franchie: un premier traité a été signé après deux jours d'intenses discussions.

L'officier se remémore les recommandations de son supérieur.

«La rébellion américaine doit être étouffée, lui a-t-il dit. L'Angleterre n'acceptera pas de perdre cette colonie. Les rapports provenant de l'Amérique indiquent que l'armée manque de soldats. Là où la situation exigerait 25 000 hommes, nous ne disposons que de 8 000 soldats fatigués et débordés. Vous devez absolument en arriver à un accord avec les princes allemands tout en minimisant le plus possible les frais encourus.»

Ces instructions, le colonel Faucitt les a suivies à la lettre. Il a obtenu du duc de Brunswick 3 964 fantassins et 336 dragons à pied. Le duc s'est de plus engagé à les équiper convenablement, ce qui a donné lieu à des discussions serrées. Les troupes brunswickoises jureront fidélité à la Couronne britannique qui, en retour, leur garantira le même traitement qu'à ses propres soldats. Malades et blessés seront soignés dans les hôpitaux anglais et les soldats inaptes à poursuivre le combat seront rapatriés aux frais de la Couronne anglaise.

Le colonel Faucitt peut réciter par cœur les clauses du traité. Il a dû accepter, au nom de son roi, de payer la somme de 7 livres sterling, 4 shillings et 4,50 pence pour chacun des soldats loués, ainsi que des primes supplémentaires pendant leur séjour en Amérique et même jusqu'à deux ans après leur rapatriement. Pour chaque homme tué ou pour trois blessés invalides, la même somme. Le besoin urgent de soldats justifiait de telles dépenses; il ne les regrette pas. Compte tenu des circonstances très particulières, il a conclu une bonne affaire. Mais sa mission est loin d'être terminée.

L'étape suivante risque d'être plus difficile. Et malgré la route cahoteuse qui donne au carrosse des mouvements désordonnés, l'officier anglais tente de se concentrer. Il doit dresser une stratégie à toute épreuve. Le landgrave de Hesse-Cassel, Frédéric II, passe pour un malappris, certes, mais un malappris d'une grande culture. Il a aboli la torture sur son territoire, construit un opéra et un théâtre, et les soldats hessois comptent parmi les meilleurs et les plus disciplinés de tout l'Empire. La partie sera rude, mais le colonel Faucitt ne peut se permettre d'échouer.

Après quelques heures de route assez éprouvantes, il est reçu courtoisement mais sans chaleur par le général von Schlieffen, représentant du landgrave. Les deux hommes échangent quelques formules de politesse avant d'entamer les négociations. Le général von Schlieffen marque le premier point en réveillant une dette vieille de la guerre de Sept Ans que l'Angleterre aurait bien voulu oublier.

— Vous savez sûrement que des frais hospitaliers engagés au cours de la dernière guerre ne nous ont jamais été remboursés par votre pays. Le tout se chiffre à 40 000 livres. Je suppose que vous préférez régler cette affaire avant de signer une nouvelle entente.

Décontenancé par cette entrée en matière aussi directe qu'inattendue, Faucitt ne peut qu'acquiescer. Il reconnaît bien là la griffe du landgrave de Hesse-Cassel dont la réputation n'est pas surfaite. Fort de sa supériorité, le général von Schlieffen devient exigeant. Il sait bien que Londres ne peut attendre.

— En cas d'attaque en territoire européen, nous nous croyons en droit d'exiger une aide militaire de la part de l'Angleterre.

Encore une fois, Faucitt accepte. L'autre continue.

— Les blessés hessois seront soignés par des médecins de Hesse, dans des hôpitaux hessois.

Faucitt, acculé au mur, hoche la tête en guise d'assentiment. Ce que le duc de Brunswick n'a pu obtenir, von Schlieffen, négociateur hors pair, l'exige: 20 pour cent de plus par tête que la somme proposée! Et il ne s'en tient pas là.

— Quant à la somme forfaitaire annuelle payée aux princes pour le droit de lever des troupes sur leur territoire...

Faucitt l'interrompt:

— Nous conservons évidemment le régime actuel. Nous payons pour quatre ans, même si la guerre se termine après un an.

— Mon prince exige une double subvention annuelle, précise le Hessois.

— C'est impossible! s'exclame Faucitt, ulcéré.

— Nous ne demandons pas la somme pour quatre ans, continue von Schlieffen sans tenir compte de l'impatience manifeste de son vis-à-vis. Seulement pour la durée de la campagne. Si la guerre ne dure qu'un an, tant pis, nous aurons perdu de l'argent.

C'est bien ce que le rusé Faucitt escomptait. Persuadé que la guerre contre les rebelles américains n'excédera pas une année, il accepte la dernière offre de von Schlieffen en espérant bien économiser deux années de subvention.

Au terme de ces discussions, le colonel anglais reprend sa route à travers l'Empire germanique. D'autres États, d'autres princes l'accueilleront dans ce drôle de royaume aux territoires échevelés où des cours fastueuses succèdent à des campagnes pauvres et dévotes. Courbaturé, épuisé, mais jamais à court d'arguments, l'officier calcule en silence les soldats qu'il pourra encore louer sans se soucier des misères, des souffrances et des terreurs que sa signature au bas d'un traité signifie pour des milliers d'hommes et de femmes.

III

Johann et ses camarades dorment à poings fermés. Même Hans n'a pu résister à la fatigue. Seule Kätchen veille. En écoutant la respiration régulière de son frère, elle pense à toutes ces nuits de leur enfance où ils ont dormi ensemble, serrés l'un contre l'autre.

Perdue dans ses souvenirs, elle sursaute en entendant un craquement inhabituel. Son instinct lui fait tendre l'oreille. Aussitôt, elle perçoit des chuchotements à peine audibles qui viennent de l'extérieur. «Johann! pense-t-elle. Ils viennent sûrement pour Johann...»

Sans faire de bruit, elle rampe dans l'obscurité jusqu'à son frère et le réveille doucement ainsi que ses compagnons.

— Vous allez passer par la fenêtre de derrière pendant que je les occupe à la porte. Faites vite! ordonne-t-elle.

Johann ne reconnaît plus la voix habituellement si douce de sa sœur. Elle a pris les choses en main. L'étudiant hésite et Martin doit l'entraîner de force à sa suite. Ils n'ont pas de temps à perdre. Pendant que les trois hommes enjambent le rebord de la fenêtre, Kätchen sort de la maison en relevant sa robe de nuit comme pour ne pas la salir. Puis elle s'étire voluptueusement en laissant ses épais cheveux blonds glisser le long de ses bras. Elle devine les regards tournés vers elle; des respirations saccadées lui parviennent des buissons. Il lui suffirait de quelques pas pour recevoir le souffle de ces ombres sur tout son corps transi. La lueur de la chandelle déposée sur le pas de la porte perce sa robe de nuit et éclaire ses formes enfantines, plus émouvantes que sensuelles. Le froid la transperce, mais elle reste là, seule devant des fantômes. Imperceptiblement, les halètements se rapprochent. Des bruissements trahissent l'avance des hommes. Tremblante, Kätchen lutte contre elle-même, contre son désir de retourner à l'intérieur, de retrouver la trace de Johann, de se coucher sur la couverture qui a gardé son odeur pour y puiser des relents de son courage.

Derrière elle, la porte s'ouvre brusquement. Surprise, elle se retourne et aperçoit son mari qui la regarde avec des yeux hagards, méconnaissables. Il lui en veut à elle de s'être bêtement laissé gagner par le sommeil alors que leur destin à tous deux se jouait cette nuit. Il avait pourtant tout préparé soigneusement. Pourquoi la misère s'acharne-t-elle sur lui? Il aurait peut-être dû en parler à sa femme, lui expliquer, la mettre dans le coup. Elle n'aurait pu refuser ce bonheur à leur portée. Pourquoi n'a-t-il pas eu confiance en elle? Maintenant, il est trop tard; tout est gâché.

— Ne bougez pas! Que personne ne bouge!

Un soldat sort des fourrés, suivi d'une dizaine de silhouettes agressives, arme au poing.

— Nous voulons les trois personnes que vous hébergez! Laissez-nous passer!

En bousculant Hans et Kätchen, les hommes envahissent la maison et découvrent rapidement par où Johann et ses amis se sont enfuis.

— Ils ne sont sûrement pas loin. Toi, tu restes ici et tu ne perds pas ces deux-là de vue. Les autres, suivez-moi!

Joignant le geste à la parole, le lieutenant Georg Beyer se précipite vers la porte, mais il se bute à Kätchen. Sans que personne ait pu l'en empêcher, la jeune femme a saisi un couteau et est allée bloquer la sortie.

L'officier Beyer se dresse devant elle, menaçant.

— Laisse-nous passer, ordonne-t-il. Ne te mêle pas de ça.

Hans tente de raisonner sa femme:

— Kätchen, je t'en prie! Laisse ce couteau!

Dans les autres maisons, on allume des lanternes. Les cris ont réveillé le hameau. Des hommes se risquent au-dehors, marchent vers la chaumière de Hans Lach. Des femmes les suivent. Lentement, un anneau de haine encercle les soldats. Le lieutenant chargé de ramener les dissidents comprend qu'il doit agir vite, avant que la grogne des paysans ne l'oblige à une répression violente. Chaque minute écoulée lui fait échec, et cette petite femme butée peut lui faire perdre le contrôle de la situation.

— Je te l'ordonne pour la dernière fois: laisse-nous passer!

Le couteau tremble dans la main de Kätchen. Ses forces l'abandonnent. Sa robe de nuit lui colle à la peau, rendant son corps frêle encore plus vulnérable. Aux alentours, les villageois se taisent et attendent.

En tentant d'étouffer sa peur, Kätchen peut entendre au loin, très loin, dans un autre monde déjà, la voix de son frère qui l'appelle, caressante, et ses pas étouffés par la mousse des sous-bois. Il est en sécurité. Elle va aller le rejoindre. Ces soldats ne pourront l'en empêcher.

Le coup de feu l'atteint en plein cœur.

Elle ne fait qu'un pas en direction des soldats avant de tomber.

La nuit se retire, cédant la place à un jour fade encore tout ensommeillé. La détonation résonne au-dessus des arbres, portée par l'écho, et rejoint Johann dans sa fuite. Ses compagnons ne réussissent pas à le retenir. Il doit retourner là-bas, revoir sa sœur, s'assurer qu'il ne lui est rien arrivé, même s'il sait déjà qu'il est trop tard. Il le sait dans tous les pores de sa peau, dans toute son enfance qui s'échappe de lui à jamais. Haletant, il refait le même chemin, retrouve la petite maison tristement auréolée d'un pâle rayon de soleil. Sans réfléchir, il écarte, affolé, le rideau de soldats qui se referme aussitôt sur lui.

— Kätchen! Non! Qu'est-ce que vous lui avez fait? Vous n'avez pas le droit! Kätchen!

Tout entier submergé par ses larmes, il ne voit ni n'entend la détresse de Hans qui hurle sa révolte à l'officier:

— Vous m'aviez promis de nous épargner, ma femme et moi! Je n'ai plus besoin de votre argent, maintenant! Qu'est-ce que j'en ferais sans ma femme? C'est pour elle que je voulais cet argent... pour elle... Vous m'avez menti!

Le traître assaille les soldats, les roue de coups. Il cherche un coupable, appelle au secours, crie sa fureur aux quatre coins de la nuit jusqu'à ce que deux soldats réussissent à le maîtriser.

Le village, impuissant, reste muet. Des lumières vacillent un peu partout, tenues par des mains tremblantes.

Johann prend sa sœur dans ses bras. Le sang caresse son ventre d'où la vie s'est retirée. Naïvement, il cherche un signe, un frisson susceptible de tout recréer. Le désespoir l'étouffe sans qu'il puisse réagir. L'étau se resserre. Il n'avait pas voulu cela. Jamais! C'était son aventure à lui. Il jouait sa propre vie et seul le hasard a mêlé Kätchen à son jeu. Les idées ne doivent jamais entraîner la mort, car elles ne valent guère la vie. Sa jeunesse fougueuse s'était offert un défi enivrant; d'autres l'ont changé en furie. «Kätchen, ma mie... ma douce amie. Que t'ai-je fait?»

Les soldats hésitent à briser le lien ténu qui unit encore le frère et la sœur, mais le lieutenant Beyer les bouscule et saisit Johann par le bras pour l'obliger à se relever. Pendant une seconde, leurs regards se croisent. Pendant une seconde, plus fugace qu'une étincelle, leurs vies se cramponnent l'une à l'autre. Un même cri dans leurs yeux. Un même désir de comprendre. Une seconde.

— Amenez-le! hurle le lieutenant Beyer.

Depuis des semaines, l'officier traque, épie et capture. Il n'a plus de temps à perdre. Dans sa fureur, l'homme est d'une beauté diabolique. Ses yeux noirs et sauvages, ses lèvres minces, son allure aristocratique héritée des Raubenheimer attirent l'attention et lui gagnent depuis toujours des disciples en mal de gloire. Une réputation d'homme intransigeant, insensible et mystérieux le précède partout où son devoir le mène. Aucun obstacle ne lui résiste depuis ce jour où son père, militaire de carrière, l'a rejeté cruellement, confiant son éducation au frère de sa mère. Le petit garçon n'a pas compris alors la terrible colère de son père. Ni pourquoi il a lancé son violon contre le mur. «Tu ne seras jamais un homme! Jamais!» Il se rappelle pourtant cette phrase clamée par l'officier. Elle le hante comme une condamnation sans appel. Son oncle qui l'amenait avait alors voulu le réconforter, mais l'enfant avait déjà érigé un mur autour de lui. Assis sagement dans la calèche de son oncle, il essayait désespérément de devenir un homme. Et cet homme serait tout entier façonné par la colère, la rancune, la peur. La douleur également, cette si grande douleur d'un petit garçon sensible à la beauté du ciel, à la candeur des chatons, à la musique.

L'affection démesurée et ostentatoire de Johann Vogel pour sa sœur morte le hérisse. Il pousse l'étudiant hors de la maison pour échapper à toute cette tendresse larmoyante, mais, un instant plus tard, il ne peut résister à l'envie de se retourner. Un voisin soulève le corps de la jeune femme et Georg, fasciné, ne peut détacher son regard de ce cadavre si léger qu'on le dirait irréel. Autrefois, dans un autre univers, il a serré contre lui un corps semblable à celui-là. Il a déjà pleuré cette mort. Il voit la rivière au-dessus de laquelle paradent des oiseaux moqueurs. Georg tient sa mère par la taille. Elle passe un bras autour de l'épaule de son fils et ils longent le cours d'eau d'un même pas allègre. Le rose du ciel glisse sur les douceurs turquoise de l'onde. Les oiseaux jaunes et rouges piquent l'air, taches de rire sur l'horizon bleuté. Un jour, près de cette rivière, des voisins ont retrouvé le corps de sa mère. Ils l'ont emmené comme d'autres aujourd'hui emmènent Kätchen. Une procession se forme derrière le corps disloqué de la jeune femme. Georg voudrait fuir, mais il ne peut plus chasser l'image du corps frêle de sa mère transporté par un serviteur. Les vêtements collent à sa peau et emprisonnent le corps inerte comme un linceul. Seuls les bras s'échappent, auxquels les pas du serviteur insufflent un mouvement gracieux.

Georg a du mal à se ressaisir. Il lui faut faire un effort prodigieux pour s'arracher au spectacle macabre de cette femme morte emportée par ses amis. Il se précipite derrière les soldats et les prisonniers déjà en marche et retrouve avec reconnaissance ses responsabilités de soldat.

Un peu plus loin, en passant devant la cabane des Grichel, à environ un mille du village, Johann, hébété, relève la tête, poussé par quelque appel intérieur. À la fenêtre sans rideau apparaît un dessin, une esquisse plutôt, où l'on reconnaît deux enfants courant derrière un cerf-volant.

Johann sourit tristement et incline la tête pour signifier son entendement. Martin est là, dans cette pauvre cabane où il savait trouver protection, lui le fils de riche incapable de supporter la moindre injustice. Johann supplie du regard: «Ne te montre pas, Martin; reste à l'abri, surtout. J'ai perdu une sœur aujourd'hui. Je veux garder mon frère, le savoir libre de courir derrière les cerfs-volants comme nous le faisions enfants, en rêvant de nous envoler avec eux pour découvrir tout là-haut un monde aussi coloré et magique que les arcs-en-ciel. Reste là, Martin, mon grand ami.»

À regret, le prisonnier, poussé par les soldats, s'éloigne de tout ce qui était sa vie.

Quelques minutes plus tard, ils arrivent au campement où ils retrouvent une dizaine d'hommes, eux aussi prisonniers. L'un d'eux, d'une stature impressionnante, s'adresse à Johann.

— Toi, l'étudiant qui sait si bien parler, tu n'as quand même pas pu leur échapper! Peut-être pourras-tu nous dire où ils nous amènent, toi qui sais tout!

La voix de l'homme trahit son amertume. Sa force herculéenne ne peut plus le protéger. Il cherche donc ailleurs un réconfort auquel il ne croit plus. Johann, trop troublé par la mort de sa sœur, ne répond pas. L'homme n'insiste pas.

De son côté, Hans a déjà oublié la mort de sa femme. Sa vie importe plus que le souvenir d'une morte qui a refusé son amour. Il court d'un homme à l'autre, bouscule, questionne.

— Où nous amènent-ils?

Personne ne le sait. Seul un silence résigné lui répond. De plus en plus nerveux, il revient vers Johann, le saisit par les épaules et lui hurle sa rage au visage.

— Tout ça, c'est de ta faute! C'est toi qui devrais être mort! Où nous amènent-ils? Qu'allons-nous devenir? Dis-le donc!

L'homme qui a déjà interpellé Johann agrippe Hans.

— Calme-toi et fous-nous la paix! Tu le sauras bien assez tôt où on va, en même temps que tout le monde. Et tu n'auras pas le choix; il faudra que tu viennes avec nous... à moins de t'évader.

IV

Les responsables des recrues devront payer personnellement pour chaque évasion, qu'elle soit due à leur négligence ou non. Les précautions les plus rigoureuses sont donc prises pour les éviter. Armé d'un pistolet et d'une épée, l'officier chargé de la surveillance garde les hommes à l'œil. Aux plus susceptibles de se rebeller, il coupe ceinture et boutons et, quand il le faut, il n'hésite pas à tirer. Mieux vaut une recrue morte qu'une recrue évadée.

Tout au long du trajet menant au camp militaire où elles devront attendre l'aval du colonel Faucitt avant d'appartenir définitivement à l'armée, de nouvelles recrues s'ajoutent aux anciennes. Elles viennent de partout. On les prend à la taverne, aux champs, à l'atelier. On les soûle, on les achète, on leur fait miroiter un avenir extraordinaire en leur promettant mer et monde. Tous les moyens sont bons, car chaque soldat recruté vaut son pesant d'or pour le prince auquel il appartient. Les traités signés avec l'Angleterre doivent à tout prix être respectés. Là où on a promis mille hommes, il devra y avoir mille hommes, volontaires ou non. George III a besoin de soldats pour combattre la révolte en Amérique. Les princes ont promis de lui en fournir, car Faucitt a su les convaincre des multiples avantages à faire affaire avec l'Angleterre. Ils tiendront promesse... tant que le roi paiera... La chasse aux recrues est donc officiellement ouverte et tous s'en donnent à cœur joie.

— Alerte! Un homme s'est évadé!

Le lieutenant Beyer est le premier debout. Il ordonne d'abord aux quelques soldats qu'on lui a assignés de regrouper rapidement les recrues afin d'éviter toute nouvelle tentative de fuite.

— Cinq hommes avec moi! crie-t-il ensuite.

Précédés de l'officier, les soldats courent réveiller le village à coups de fusils. Ils enfoncent les portes, fouillent toutes les pièces, poussent des hommes au milieu de la place, n'hésitant pas à jeter les enfants apeurés dans le petit matin frisquet. Le maire tente de s'interposer; on le traîne avec les autres vers le centre du village, là où les militaires tiennent tout le monde en joue.

Vindicatif, Georg s'adresse aux paysans.

— Toutes les personnes qui cachent un déserteur sont passibles de la peine de mort. Si, dans 24 heures, le prisonnier Hans Lach de Nettelcamp ne s'est pas rendu, nous choisirons trois hommes de votre village pour le remplacer.

À l'aube du jour suivant, Hans n'est pas revenu. Sans plus attendre, Georg indique trois chaumières. Ses hommes se précipitent. À leur brutalité répondent des hurlements, de vaines supplications. Trois paysans sont traînés sur la place, au centre du village. Le plus jeune se cabre tel un poulain affolé. Un coup de poing de Georg le ramène à la raison.

Dix minutes plus tard, les trois hommes ont pris la route, escortés par les soldats. Personne ne les regarde s'éloigner. Tous se recroquevillent frileusement sur le destin fragile qui les a épargnés cette fois-ci. Dans quelques heures, le village reprendra vie, réchauffé par le soleil. La brume dissipée, seule restera la peur, indicible. Les victimes auront alors rejoint le troupeau de recrues déjà en marche.

À la faveur d'une halte, vers midi, un homme escorté d'un garde se rend auprès du lieutenant Beyer.

— Cette recrue veut vous parler, mon lieutenant. C'est urgent à ce qu'elle dit.

D'un geste, l'officier congédie le soldat puis il regarde l'homme et le reconnaît. Il a été arrêté le matin même au village.

— Alors, que veux-tu?

— J'ai été amené à cause de la lâcheté de Hans Lach. Je ne veux pas payer pour lui. Je vais vous dire où le retrouver si vous promettez de me relâcher. J'ai une femme et trois enfants; ils ont besoin de moi.

Georg jette un regard méprisant sur l'homme en sueur dont la veulerie transparaît jusque dans la façon dont il se frotte les mains. Il crève de peur; il ne mentira pas.

— Parle, ordonne l'officier.

— Ses amis l'ont caché dans une cabane tout près d'ici. Par là.

L'homme indique la forêt où les arbres clairsemés ne peuvent rien dissimuler. Quelques minutes plus tard, le lieutenant Beyer explore prudemment le secteur avec deux de ses hommes. Ils mettent à peine une heure à débusquer le déserteur.

— Raus! Sors de là!

Pétrifié, Hans ne peut plus bouger. Il attend la mort en priant pour que la souffrance lui soit épargnée. D'un coup de pied, l'officier défonce la porte. Il découvre l'homme recroquevillé sur lui-même, en proie à de terribles crampes. Les soldats l'empoignent sans ménagement et le portent à l'extérieur où le soleil le frappe en plein visage. Le déserteur cligne des yeux et soudain, parce qu'il y a ce soleil, parce qu'une brise souffle dans les arbres, parce que des odeurs d'écorce et de terre lui parviennent, il refuse de mourir. L'obscurité de la cabane annihilait ses forces; la lumière les ranime. Dans un grand élan, il repousse ses geôliers et court aussi vite qu'il le peut vers l'ombre protectrice de la forêt. Lentement, Georg épaule son arme, vise et tire. Le fuyard s'effondre. L'officier, indifférent, le laisse se vider de son sang. Il n'a plus de temps à perdre avec ce lâche, indigne d'appartenir à la grande armée brunswickoise.

Dès son retour au campement, il se bute au villageois qui s'accroche à ses jambes et le supplie de tenir sa promesse.

— Vous devez me laisser partir! Vous aviez promis!

Georg le toise, hautain:

— Hans Lach est mort. Tu le remplaces.

Écœuré, l'homme glisse par terre. Les soldats le frappent à coups de pied pour le forcer à se relever.

À la faveur de cette diversion, Martin Pfeiffer qui, tout ce temps, a suivi de loin la progression du groupe, lance discrètement un message aux pieds de Johann. Celui-ci le ramasse et lit: «À la croisée des chemins...»

«Je serai prêt, Martin», pense Johann. En tentant de ne pas se faire remarquer, il garde la queue du cortège et reste aux aguets, prêt à déguerpir au moindre incident. Arrivé à l'endroit désigné par son ami, là où la route se resserre et devient presque sentier, il tend l'oreille, scrute les alentours. Rien. Le calme de la forêt, à peine remise de l'hiver, chétive.

Les soldats de tête s'engagent dans le raccourci, suivis des recrues. La moitié des hommes sont déjà passés. Toujours rien. Quand les derniers soldats encadrant les prisonniers se trouvent eux aussi dans le passage, un sifflement aigu retentit, auquel répondent des jurons, des cris et des lamentations. Quatre cordes invisibles ont fait trébucher la plupart des soldats, à l'avant comme à l'arrière. Les prisonniers se précipitent à travers bois. Johann, quant à lui, a déjà repéré Martin et tous les deux courent à toutes jambes en riant à gorge déployée.

— Ça ne rate jamais ce coup-là! crie Martin sans ralentir sa course.

— Il faudra le refaire, s'esclaffe Johann. Mais tu prendras ma place; je n'ai jamais pu le voir en entier!

À bout de souffle, les deux amis s'arrêtent enfin, à peu près rassurés sur leur sort.

— Ils ont tellement d'hommes à rattraper; ils devraient nous laisser tranquilles pour un bout de temps, remarque Johann.

— J'aimerais mieux ne pas trop compter là-dessus, rétorque son compagnon. Nous allons nous réfugier chez les Grichel. Ils nous attendent. Et demain nous serons loin.

— Halt! Stehenbleiben!

La voix de Georg les cloue sur place. Très vite, sans avoir le temps de réagir, ils se retrouvent encerclés. Martin trépigne pendant que Johann hausse les épaules et lui murmure à l'oreille:

— Ne t'inquiète pas: un jour nous pourrons encore suivre le cerf-volant.

Ayant rejoint le reste de la troupe, les deux complices constatent avec joie l'absence de plus de dix hommes. Ceux-là au moins sont sauvés. À la tombée du jour, ils atteignent enfin Wolfenbüttel. La forteresse s'étire sous le crépuscule, à la fois terne et envoûtante. Solidement ancrée dans un décor à son image, elle s'empare des nouveaux arrivants et les enveloppe de ses murs gris, obstacles de taille aux derniers espoirs d'évasion.

Johann regarde, sans vraiment les voir, les pauvres êtres rassemblés là contre leur gré. Jeunes ou vieux, en haillons pour la plupart, épuisés, tous ignorent la cause exacte de leur infortune. Commerçant en faillite, frangier, employé des postes, haut intendant ou major dégradé, voyou ou vagabond, ils attendent sans comprendre. Quelques-uns crânent, apparemment insensibles. Certains pleurent sans pudeur, craignant que ne se confirment les rumeurs les plus inquiétantes. Johann et Martin se retirent à l'écart pour la nuit.

Très tôt le lendemain matin, un gardien réveille le jeune Pfeiffer et lui fait signe de le suivre. Les deux étudiants se regardent, intrigués.

— Ne t'en va pas, plaisante Martin, je reviens tout de suite.

À son retour, quelque dix minutes plus tard, le jeune homme a perdu toute envie de rire. Encadré par deux fantassins, il vient faire ses adieux à son ami d'enfance.

— Mon frère était dans les bois avec nous, hier. Il a aussitôt alerté la famille, et voilà! L'argent de ma mère et le nom de mon père ont acheté ma liberté. Je n'ai pas le choix, comme tu vois. Je dois partir. On m'oblige à être libre.

Johann se force à sourire.

— C'est bien comme ça. Il te reste beaucoup de travail à faire. Continue ce que nous avons commencé.

Les soldats les rappellent à l'ordre. Il est temps de partir. Les larmes aux yeux, Martin serre Johann contre lui.
— Je serai toujours avec toi. Je te suivrai où que tu ailles. Jusqu'au bout du monde, s'il le faut!
— Je sais...
Resté seul, Johann tente de faire la paix avec sa nouvelle solitude. La présence de Martin lui rendait plus supportable la mort de Kätchen. Maintenant, tout lui semble plus difficile.
Un appel le fait tressaillir:
— Toi, là-bas!
Johann lève la tête.
— Oui, toi! On t'appelle l'étudiant; tu dois bien savoir écrire?
— Oui, répond Johann au vieil officier aux cheveux blancs qui le pointe du doigt.
— Alors, suis-moi.
Le sergent-major a cligné de l'œil. Complicité ou manie? Johann ne saurait le dire. Il suit l'officier claudicant jusqu'à son bureau.
— J'ai besoin de quelqu'un pour la correspondance, lui explique le vieux soldat. Tu crois que tu pourras?
— J'en suis sûr, lui répond Johann avec un brin de suffisance, car cette perspective le réjouit.
— Bien. Assieds-toi ici. Tu commences tout de suite. Je suis le sergent-major Conrad Hertel. Comment t'appelles-tu?

En travaillant à ses côtés, jour après jour, Johann apprend à apprécier et même à aimer le quinquagénaire. Militaire de carrière, le sergent-major a gardé un côté bon enfant et charmeur, rêveur également, et il ne tarde pas à se lier d'amitié avec son jeune protégé. Peu à peu, il se laisse même aller à des confidences. Loyal envers ses supérieurs, il est prêt à défendre les intérêts de son prince et l'honneur de l'armée au péril de sa propre vie, mais il désapprouve ce recrutement précipité qui alourdit les troupes d'hommes incapables, indisciplinés et démunis de l'enthousiasme indispensable à la victoire.

Johann, en confiance auprès du vieil homme, tente de le convaincre de la cupidité insatiable des princes.

— Le roi d'Angleterre a besoin de soldats pour combattre des rebelles américains qui menacent de se libérer de sa tutelle. Il paie bien et nos princes aiment l'argent. Tout ce qui peut se battre vaut une fortune par les temps qui courent. Pour faire toujours plus d'argent, nos dirigeants disposent des hommes comme de biens qui doivent rapporter. Bientôt, ils enrôleront des enfants et des vieillards.

— Seuls les hommes valides et qui le désirent vont se battre, lui répond l'officier avec fougue. Seuls ces hommes pourront nous mener à la victoire.

— Je connais des officiers qui ont moins de scrupules que vous et qui peuvent convaincre n'importe qui, rétorque Johann, à la fois navré et touché par tant de naïveté.

Malgré leurs différends, les deux hommes éprouvent un immense plaisir à travailler ensemble. Au contact du soldat vieillissant, Johann se surprend parfois à sourire malgré l'absurdité de la situation. La vie se redessine et ce voyage dont il semble être le seul à soupçonner la destination prend des allures inespérées d'aventure. Plus rien ne le retient ici; il a tout perdu. Pourquoi ne pas profiter de cette opportunité? L'avenir ne lui fait plus peur. Choyé par le sergent-major, admiré et respecté par les autres recrues, craint par les soldats qui ne savent ni lire ni écrire, le jeune homme ébauche, malgré lui, sa nouvelle vie. Sa soif de justice demeure inaltérée; sa passion pour son peuple également. Mais il entrevoit de nouvelles avenues, des moyens différents de parvenir à ses fins.

Conscients de sa générosité, ses compagnons d'infortune se tournent vers lui à la moindre difficulté. Une faveur à demander, des plaintes à formuler, des protestations à acheminer en haut lieu, une lettre à écrire, Johann est sollicité de toutes parts et il devient, à son corps défendant, l'âme de cette communauté constamment bafouée.

Lui qui les avait toujours aperçus du haut d'une estrade, il apprend à mieux connaître ces hommes, à mieux les aimer. Jusquelà, il leur avait offert un avenir plus vaste que celui qu'ils pouvaient entrevoir. Aujourd'hui, il peut mieux jauger les frontières de leur impuissance et accepter leurs limites et les siennes.

Son influence de plus en plus grande indispose toutefois le lieutenant Beyer. Soucieux, dit-il, d'éviter toute rébellion, celui-ci porte le cas de Johann devant les officiers réunis pour le rapport hebdomadaire.

— La recrue Vogel ne devrait pas être enrôlée.

Le capitaine von Meibom lui fait remarquer sans ménagement qu'il a lui-même recruté cet étudiant.

— Vous seriez-vous trompé? demande-t-il.

Imperturbable, Georg ignore l'ironie et s'adresse directement au colonel von Lützow.

— J'ai cru nécessaire de laisser Johann Vogel un certain temps avec les autres recrues afin de découvrir ses disciples. Mais je crois le moment venu de se débarrasser de lui. Plusieurs prisonniers seraient prêts à le suivre n'importe où.

— Que proposez-vous, lieutenant?

— De le jeter en prison pour l'empêcher de nuire.

Le colonel hésite. Les hommes jeunes et en santé valent cher et le recrutement ne se déroule pas aussi facilement que prévu. Les volontaires, trop rares, ne réussissent pas à combler les rangs.

— J'étudierai ce cas personnellement, déclare-t-il enfin. Merci, lieutenant Beyer, vous pouvez disposer.

Contrarié sans qu'il y paraisse, Georg quitte la pièce, suivi des autres officiers. Le sergent-major Conrad Hertel, demeuré seul avec son supérieur, garde le silence pendant que celui-ci termine son rapport. Les deux hommes se connaissent et s'estiment depuis plus de vingt ans. Le silence ne les embarrasse plus.

Après un moment, le sergent-major s'éclaircit la gorge. L'autre relève la tête et sourit.

— Toi, tu as quelque chose à me dire...

— Oui. Je voulais te parler de Johann Vogel. Il fera, d'après moi, un très bon soldat...

V

— Nous allons fuir, Johann. Il faut que tu nous aides!

L'étudiant les regarde sans rien dire. Il cherche les mots susceptibles de les détourner de ce projet dément. Les quatre hommes attendent, inquiets. Klaus Hiller, porte-parole des mutins, insiste:

— Nous avons tout préparé, tout pensé. Ce sera facile si tu es avec nous.

Johann pèse ses mots.

— Je ne crois pas qu'une évasion puisse être facile, même quand on pense avoir tout prévu.

— Nous allons t'expliquer, tu vas voir.

À la faveur de la nuit, les hommes prévoient surprendre les gardes et les désarmer. S'il le faut, ils abattront tous ceux qui résisteront. Les officiers seront enfermés au quartier général, les canons encloués. Il ne leur restera plus qu'à se rendre à la frontière située à quelques milles du camp.

— Tu dois venir avec nous, Johann! Tout le monde a confiance en toi et tu connais des choses que nous ne connaissons pas. Viens avec nous!

— Combien d'hommes connaissent vos intentions? demande Johann.

Ils se regardent en haussant les épaules.

— Une cinquantaine, peut-être, répond finalement Klaus.

Johann sent un frisson désagréable lui gratter l'échine. Il leur en veut soudain de leur inconscience à laquelle il n'arrive plus à trouver d'excuses.

— Vous n'auriez pas dû entraîner ces pauvres diables dans une aventure vouée à l'échec! Vous ne pouvez pas essayer de fuir avant l'inspection de Faucitt. Tous les officiers sont sur les dents. Il y aura des soldats partout dans les jours qui viennent. Le colonel a même demandé des renforts! On va nous astiquer pour faire croire que nous sommes de valeureux soldats. Les périodes d'exercice vont redoubler!

Ébranlés, les hommes s'impatientent et les répliques fusent de partout.

— Nous ne pouvons plus attendre, sinon il sera trop tard!

— Après l'inspection, qui sait où on nous enverra!

— Si ce que tu dis est vrai, on risque de ne plus revoir notre pays de sitôt!

— Ils nous ont promis de l'argent et on ne l'a jamais eu!

Johann sait tout cela, mais il ne peut que leur répéter l'inutilité de leur révolte.

— Pour le moment, les obstacles à surmonter dépassent votre courage et votre volonté. Renoncez, je vous en prie. La surveillance est trop étroite. Faites-moi confiance; il y aura d'autres occasions. Si vous laissez deviner vos intentions, la garde sera redoublée jusqu'à notre départ et on ne nous laissera plus jamais en paix. Soyez patients.

Johann craint que leur impétuosité ne réduise à néant leur chance à tous de s'échapper. Il ne désespère pas d'organiser une évasion massive et ce complot mal préparé peut tout détruire.

— Après l'inspection, nous aurons une chance.

Le lendemain, après l'exercice, un soldat remet à Johann un message du sergent-major Hertel: «Je sais ce qui se prépare; ne t'en mêle pas.»

Raffermi dans sa volonté d'éviter le pire, Johann passe outre à l'avertissement et rejoint les comploteurs à la nuit tombée. Ils sont plus d'une trentaine, échauffés par les meneurs. Beaucoup plus bruyants qu'ils ne le devraient, ils sont prêts à passer aux actes immédiatement. Johann tente de les raisonner et de les renvoyer à leurs baraques lorsqu'une horde de soldats fait irruption dans l'entrepôt où ils s'étaient réfugiés.

Les prisonniers sont rassemblés dans la grande cour de la forteresse, déshabillés, fouillés et laissés sous la pluie et sous bonne garde jusqu'au petit matin. Le colonel von Lützow se charge alors de leur annoncer la sentence devant tous leurs camarades.

— Certains d'entre vous ont tenté de s'évader cette nuit. Les principaux responsables seront pendus.

Il désigne deux hommes, Klaus Hiller et son principal complice. Les soldats les conduisent à leur cellule.

— Trente autres devront courir le bâton, continue le colonel, et tous ceux qui ont eu vent de cette mutinerie et qui se sont tus seront mis aux arrêts.

Armés de longs bâtons, les soldats forment alors deux rangées entre lesquelles devront passer les prisonniers. Les coups pleuvent sur les dos dénudés et le sang se mêle à la sueur et à la pluie. Plusieurs fois, les condamnés repassent jusqu'à ce que la douleur se propage dans tout le corps.

Georg assiste au châtiment. Son visage impassible ne laisse rien deviner. Ni pitié, ni haine, ni regret, ni satisfaction. On le dirait sourd et aveugle. Seul le passage de Johann au cœur de la bastonnade allume une lueur indéfinissable dans son regard.

Épuisé, l'étudiant est emmené en prison avec les autres. En passant devant Georg, il lève les yeux vers l'officier. Celui-ci détourne la tête. Alors, dans le ventre douloureux de Johann résonne le coup de fusil qui a tué Kätchen et que cet homme a permis. Une immense tristesse l'envahit. Un sentiment où colère, mépris et pitié s'entrecroisent. L'espoir également. Johann est aspiré par le magnétisme de Georg Beyer. Il reconnaît la rage fière, la tourmente dans les yeux sombres. Et sa haine qui n'est plus tout à fait de la haine lui laisse un goût amer dans la bouche.

Georg s'éloigne en frappant au passage un traînard. Johann, poussé avec les autres, prend la direction opposée. Le dos courbé pour moins souffrir, il emporte avec lui le regard noir de l'officier sur son corps ensanglanté. Comme un privilège. Comme si lui seul avait pu deviner que derrière des apparences cruelles se camoufle parfois le meilleur de l'homme. En tout cas, lui, l'humaniste, le rebelle épris de justice, veut encore y croire.

Pleines à craquer, les prisons débordent d'hommes qui y croupissent depuis plusieurs semaines. L'arrivée en force des déserteurs écroués produit des escarmouches. On s'arrache les rares couvertures disponibles et les rations d'eau font l'objet de batailles généralisées. La déception, la liberté perdue rendent les hommes hargneux, et il faut toute la force de persuasion de Johann pour les calmer.

— Ils ne pourront pas nous garder ici, ils ont trop besoin de nous. Le roi d'Angleterre ne paie pas pour des hommes aux fers. Il veut des soldats et il en veut beaucoup. Le mieux est d'attendre dans le calme, de panser nos plaies et de garder nos forces pour le voyage qui nous attend.

Ces paroles semblent apaiser les esprits. Quelques-uns s'emploient à réconforter leurs compagnons plus mal en point. D'autres, sous les instances de Johann, réclament de l'eau à grands cris et les gardiens, peu habitués à tout ce branle-bas, s'empressent, nerveux, de répondre aux exigences des prisonniers. La nuit se passe dans un calme relatif et, dès la première lueur de l'aube, les hommes capables de marcher sont relâchés. On leur procure de nouveaux habits et ils rejoignent les rangs de l'armée déjà en place pour l'inspection finale.

Le colonel Faucitt passe les troupes en revue avec un souci du détail tout britannique. Quelques hommes sont refusés en raison de leur âge, mais, en général, le représentant du roi d'Angleterre semble satisfait. Les recrues, adroitement mêlées aux troupes régulières, ont fait bonne figure et le départ est annoncé pour le lendemain.

À l'étonnement général, un soldat quitte les rangs et s'avance vers le colonel anglais.

— Je voudrais savoir comment votre roi paye pour chaque soldat, dit-il.

Chacun retient son souffle. Un moment interloqué, l'Anglais se ressaisit et décide d'ignorer l'impudent. Il quitte l'enceinte dans un silence angoissant, vite brisé par la voix de Georg.

— Emmenez-le! ordonne-t-il.

Le soldat qui regrette déjà ce moment de folie est escorté jusqu'à la prison où il sera oublié en attendant la grâce du prince, aussi rare que la justice dans ce pays. Les affaires de l'Empire ne regardent pas ses vassaux et le petit soldat se repentira longtemps de son insolence.

VI

Le roulement lugubre des tambours scande les pas des soldats auxquels parents et amis sont venus dire adieu avant leur départ pour Stade, lieu de rendez-vous de la deuxième division. Ils entreprennent un voyage dont ils ne savent rien, vers un ailleurs à la fois inquiétant et enivrant. Ces hommes qui, il y a quelque temps, ne se connaissaient pas encore voient aujourd'hui leurs vies inexorablement liées les unes aux autres. Chaque maillon de cette immense chaîne déployée à travers la lande porte en lui la survie de l'autre. Qu'ils soient soldats, officiers ou recrues, qu'ils désirent cette guerre ou la rejettent, tous s'y dirigent d'un même pas. Pour ne pas se perdre, il leur faudra se protéger mutuellement.

Quelques femmes, tristement privilégiées, ont obtenu la permission d'accompagner leur mari. Tenant parfois un ou deux enfants par la main, elles ferment la marche, suivant en silence ces centaines d'hommes parmi lesquels un seul importe pour elles.

Les soldats ne se retournent même pas sur les appels des leurs: parents âgés qu'ils ne reverront peut-être plus, tout jeunes enfants qui grandiront sans eux. Déjà loin, ils se recueillent plutôt dans le silence amer du pays qu'eux seuls perçoivent, puisant leur volonté à même les mélodies hypnotisantes jouées avec conviction par les musiciens militaires. Cette musique parle de combat, d'avancées et de retraites. Elle efface tout ce qui pourrait raconter le passé, même le plus récent.

Le bataillon d'infanterie auquel appartient Johann est commandé par le colonel Ludwig von Kühn. Apprécié de ses supérieurs comme de ses subalternes, le colonel jouit d'une réputation d'homme intègre et loyal. Déjà remarqué lors de la guerre de Sept Ans grâce à son courage intelligent, il entreprend cette campagne avec le zèle, l'audace et la vivacité qui le caractérisent. Marié depuis de nombreuses années à Martha Bauer, il trouve chez elle une sensibilité instinctive dont il est dépourvu et il se réjouit de son insistance à vouloir l'accompagner en Amérique.

À la faveur d'une halte un peu plus longue, les époux se rejoignent sous la tente installée pour eux. L'officier prend la main de sa compagne et la regarde amoureusement, encore étonné, après tant d'années, de sa blondeur, de sa beauté, de la noblesse de ses traits, de la détermination tranquille dans son regard. Ce qui ne l'empêche pas de remarquer son air absent.

— Tu me sembles préoccupée, Martha.

— Non, triste plutôt, comme je le suis chaque fois que des hommes s'apprêtent à jouer à la guerre.

— Je n'aime pas t'entendre parler ainsi. La guerre n'est pas un jeu.

— Je sais, pardonne-moi. Mais j'ai du mal à comprendre l'intérêt que peut représenter pour nous une guerre si lointaine. Tout ça ne nous regarde pas.

— Il faut contrer cette rébellion américaine. Quand des hommes se révoltent contre l'autorité, ils en arrivent à ne plus rien respecter. Il faut refuser une telle attitude où que ce soit dans le monde. Le travail d'un militaire n'est-il pas de maintenir l'ordre?

Martha Kühn connaît le sens du devoir et l'intransigeance de son mari quand il s'agit de défendre l'ordre et la justice. Parfois, cependant, sa définition à lui de l'ordre et de la justice ne rejoint pas la sienne. Elle préfère alors se taire et faire confiance à la bonté de son époux.

Connaissant très bien les raisons de son mutisme, le colonel prend Martha dans ses bras.

— Cette guerre ne durera pas, promet-il.

— Comment peux-tu dire cela?

— Les rebelles sont indisciplinés à ce qu'on dit. Mal organisés. Nos soldats en viendront facilement à bout. D'ailleurs, les officiers qui me secondent ont été triés sur le volet.

— Comme ce Georg Beyer? demande Martha en se libérant de l'étreinte de son mari.

— Tu ne l'aimes pas, je le vois bien. Mais pourquoi?

— Je ne sais pas vraiment. Il me fait peur et... pitié en même temps.

— C'est pourtant un très bon officier. Je ne comprends pas ton sentiment à son égard. Je l'ai nommé capitaine et je crois que j'ai eu raison. Son oncle, Wilhelm Raubenheimer, est un de nos médecins les plus prestigieux et il a inscrit son neveu à l'école militaire la plus réputée de tout l'Empire. Le capitaine Beyer se consacre corps et âme à sa carrière et son dévouement au prince me semble sans limites. On dit même qu'il a refusé d'apprendre la médecine avec son oncle pour se vouer complètement à l'armée.

— Tu es le seul juge, admet Martha. Tu connais tes hommes sûrement mieux que moi.

Malgré son apparente résignation, elle n'en continue pas moins de voir en Georg Beyer un formidable imposteur qui se trompe lui-même autant qu'il veut tromper les autres. Mais elle garde ses réflexions secrètes et embrasse son mari avant de le quitter.

— Je vais m'assurer que les femmes ont le nécessaire.

Le colonel la regarde s'éloigner un moment, puis il rejoint ses hommes prêts à reprendre leur longue route.

Dans son costume de soldat, Johann Vogel s'interroge. Où est donc passé le jeune étudiant décidé à refaire le monde à coups de beaux discours? Ce manteau bleu, taillé dans la laine épaisse et rude, les boutons dorés, la culotte et le gilet d'une blancheur douteuse lui donnent l'impression de se préparer au spectacle. Voilà que la parade se met en branle. On va bientôt l'applaudir à tout rompre, car la représentation est de qualité. Les spectateurs seront satisfaits. Il saluera de son beau chapeau à bord blanc, fera la révérence réservée aux comédiens de grand style puis disparaîtra derrière le rideau. Finie la guerre, finie la mort, finie l'obéissance morbide! Personne n'est plus libre que le comédien dissimulé derrière un rôle, libéré de lui-même. Roulez tambours! Chantez fifres et trompettes! Le saltimbanque vous échappe!

— Resserrez les rangs! crient les officiers.

Un à un, les villages rattrapent les soldats. Désolation. Tristesse. Marais. Végétation grisâtre et monotone. Le pays se découvre dans toute sa nudité. Partout des femmes pleurent. Souvent, Georg doit ordonner la formation de deux cordons de soldats de chaque côté de la route, autant pour éviter les tentatives de désertion que pour repousser les enfants accrochés à leur père.

À la fin du jour, ils atteignent Nettelcamp où il est prévu qu'ils passeront la nuit. Nettelcamp, c'est Kätchen. Johann est revenu sur ses pas, dans ce petit village où rôde l'ombre de sa sœur. «Kätchen... Ne reviendras-tu jamais? Est-ce possible? Je m'ennuie de toi. Tellement...» La nostalgie l'emprisonne et lui cache le villageois debout en face de lui qui hésite à se manifester. Avec son cou de taureau et ses épaules solides, Jacob Lessart respire la force, la puissance frustre. Les veines saillent sous sa peau.

— Johann, murmure-t-il enfin. Tu me reconnais?

L'étudiant sursaute.

— Jacob! Jacob Lessart! Qu'est-ce que tu fais ici?

— Je me porte volontaire.

— Quoi! Tu n'y penses pas!

Jacob a déjà soigneusement préparé son plaidoyer. Il connaît sa leçon par cœur.

— On promet une bonne somme d'argent aux volontaires, explique-t-il, et j'ai une chance de recommencer à zéro, d'échapper à l'esclavage qui est notre lot ici. Nous vivons dans la misère, tu le sais bien. Nous sommes gouvernés par plus d'officiels qu'il n'y a de paysans. C'est toi qui l'as dit; je t'ai bien écouté et j'ai tout de suite su que tu avais raison. Je veux tenter ma chance. On dit qu'il y a de bonnes terres dans le Nouveau Monde et qu'il est possible d'y vivre à l'aise sans être l'esclave de personne. C'est cette vie-là que je souhaite pour mes enfants.

— Tu ne penses pas entraîner ta femme et tes enfants dans cette aventure! s'exclame Johann, incrédule.

— Tout est arrangé, réplique le paysan, blessé par l'indignation à peine voilée de l'étudiant. Presque toutes mes économies y ont passé, mais l'agent de recrutement a accepté de les prendre.

Johann voudrait pleurer. Il leur parlait de paix et de fierté, et Jacob, un des premiers à avoir prêté attention à ses discours, choisit l'aventure de la guerre pour créer sa liberté. Les autres s'empareront-ils toujours de ses mots pour les attacher à la mort et à la souffrance? Il voudrait dissuader son ami, mais il ne s'en croit pas le droit. Chacun tente à sa façon de forger son destin et Jacob le paysan a choisi les mirages d'un autre monde pour se sortir de la misère.

— Nous ne partons que demain, suggère-t-il malgré tout. Tu as encore toute la nuit pour y penser.

— À demain, lui répond Jacob, sans l'ombre d'une hésitation.

Car Jacob refuse de réfléchir encore. Il a déjà trop pensé, trop discuté. Depuis des semaines, Karine et lui pèsent le pour et le contre. Malgré l'opposition obstinée de sa femme, il ne voit guère d'autres solutions.

De retour chez lui, il interrompt d'une phrase les dernières objections de sa femme.

— Nous partons tous les quatre demain matin. Prépare la nourriture qu'il faut.

En si peu de mots, la destinée de toute une famille vient d'être scellée. Les espoirs secrets de Karine s'effondrent. L'armée aurait pu rejeter son mari, lui découvrir une maladie bénigne incompatible avec la tâche militaire. Jusqu'à la dernière minute, elle a prié pour que les rêves impossibles de Jacob cessent de le hanter. Toute cette aventure l'effraie; elle n'en pressent rien de bon. Le bonheur ne peut se lier d'amitié avec la guerre. Toutes les femmes savent cela. Un hurlement d'horreur monte en elle. Que Jacob se blesse, que la guerre finisse, tout de suite, qu'une tornade s'abatte sur la campagne, que n'importe quoi arrive plutôt que ce départ précipité! Karine rêve et prie, même si elle sait qu'elle partira. Elle n'a pas le choix. Elle a besoin de Jacob comme il a besoin d'elle. Leurs corps et leurs âmes se sont trop donné pour que la rupture soit maintenant possible.

En s'approchant du lit des enfants, elle doit résister à l'envie de les envelopper dans une couverture et de s'enfuir avec eux. Doucement, elle se couche entre Karl et Éva. Le petit garçon entrouvre les yeux et s'agrippe au cou de sa mère pour se rendormir aussitôt. Éva n'a pas bougé. Ses boucles blondes dessinent mille sourires à son visage enfoui dans sa petite main comme si, même la nuit, la fillette continuait à réfléchir. Âgée de quatre ans, elle enlace la vie à pleins regards. Tout l'intrigue, l'intéresse. Elle n'en finit plus d'apprendre, constamment emportée dans un tourbillon de découvertes. Karl est plus calme, plus indépendant également. Ses devoirs d'aîné en font déjà un petit homme amusé par les élucubrations de sa jeune sœur.

En sentant leurs corps près du sien, Karine ferme les yeux comme s'il était possible en dormant de repousser les lueurs de l'aube, comme si la nuit pouvait durer toujours parce qu'on le désire très fort. Pendant que la chandelle se consume lentement, la jeune femme se laisse surprendre par le sommeil. Elle rêve à des orages, se faufile entre des canons qui la regardent et parle à des femmes qui lui répondent par un roulement de tambour. Sa nuit est hantée de monstres en habits de soldat, de montagnes à franchir et de mers en furie. Pendant qu'elle lutte contre ses cauchemars, elle ne voit pas Jacob qui pose son baluchon sur ses épaules et les étreint d'un dernier sourire. Il part seul. Au dernier instant, il juge préférable de ne pas les entraîner dans une aventure dont il ne connaît pas l'issue. Quand il aura fait ses preuves, quand il aura une terre à lui et la liberté à leur offrir, il les fera venir.

Le plus tôt possible. En attendant, sa solde de soldat leur permettra de bien vivre.

Du bout des yeux, il leur murmure un dernier message: «Je vous aime. Je vais essayer de survivre sans vous pendant quelque temps. Nous réussirons à être heureux, je vous le promets. Je vous aime... Je vais revenir vous chercher.»

Il quitte la maison de chaume, poussé par un désir de réussir plus fort que sa raison. Impatient, il rejoint le campement et s'assoit en attendant que les trompettes sonnent le réveil. Le temps lui paraît long. Derrière lui, le jour ne semble plus trouver d'issue, tenu en respect par la nuit noire, mer d'obscurité.

Soudain, une lueur transperce la nuit.

À l'autre bout du village, une maison brûle. Des cris se mêlent aux crépitements des flammes. L'esprit de Jacob se retient de penser. Il ne veut rien voir, ne rien entendre, ne rien ressentir, surtout ne rien imaginer. Seulement courir de toutes ses forces, à perdre haleine, vers ce qu'il a de plus cher au monde. Courir à en perdre la raison. Ne plus entrevoir la chandelle vacillante qu'il avait vue sans la voir, tout entier tourné vers son destin. Courir. Courir jusqu'à l'oubli de tout. Jusqu'à mourir. Tout tourne autour de lui. Au bout de sa course, il croise une chaîne formée par les villageois pour amener l'eau du puits. Les derniers arrivés se joignent aux autres, mais Jacob reste là, bousculé par tout le monde. Il contemple Karine, Karl et Éva, enlacés tous les trois. Leurs visages se superposent interminablement, seule réalité dans le chaos de sa vie. Ils ne l'ont pas encore aperçu. Ils ne savent pas qu'il est là, à côté d'eux, les aimant au-delà de lui-même. Ils le détestent peut-être. Jacob suffoque, incapable de bouger. Tout en lui les appelle, leur ouvre les bras et les réchauffe, mais son corps puissant se refuse à le servir. Le cerveau a perdu le contrôle des gestes et des paroles. Seule la pensée survit, tremblante.

— Jacob!

Karine l'a aperçu la première. Et les voilà dans ses bras. Tous les trois. Leur énergie l'enveloppe et, avant que les mots n'expliquent, les corps se retrouvent, se ressoudent. En même temps que la maison, se consume l'inquiétude. Seul le présent compte, cet instant privilégié où la vie déferle, toute-puissante.

Avec l'aurore, le cauchemar prend fin. Le réveil a sonné dans le campement. Les militaires ont assisté de loin au sinistre sans intervenir. Les officiers craignent trop les désertions pour laisser les recrues profiter d'une telle occasion.

Jacob a entendu le signal du départ. Il ne bouge pas. Karine prend sa main et l'entraîne à la suite des soldats qui traversent le village. Une femme les rattrape et offre aux enfants un petit baluchon préparé en vitesse.

— Pour que vous ne partiez pas sans rien, leur dit-elle, les larmes aux yeux.

Karl s'empare du précieux cadeau auquel il attache son minuscule violon, le seul bien rescapé du feu. Bravement, il ouvre la marche, comme un petit homme. Ensemble, ils rejoignent l'armée.

— Les femmes et les enfants doivent rester en arrière.

Georg Beyer sépare lui-même Karine et Jacob. Ce dernier se dirige vers Johann qui le réconforte d'un sourire pendant que Karine et les enfants laissent défiler les soldats pour ensuite prendre leur rang derrière le régiment.

La vie s'organise tant bien que mal. Les coudes se resserrent autour d'une discipline routinière. Les villages traversés expriment toute la misère du peuple allemand forcé de tirer sa subsistance de marais insalubres ou de landes dénudées.

La monotonie et la tristesse du paysage n'ont d'égale que la fatigue des troupes. Sales et assoiffées, elles atteignent enfin Harbourg, une ville plutôt agréable, bien située le long de l'Elbe. Le fleuve, parsemé d'îles et large d'environ un mille, donne à tout ce qui le borde des allures d'opulence. La richesse des pâturages environnants, l'activité joyeuse des commerçants, le va-et-vient des bateaux émerveillent les enfants et ce n'est qu'à regret qu'ils quittent cette ville accueillante pour se rendre à Buxtehude où un arrêt de plusieurs jours est prévu.

La cohorte serpente le long des rives, banderole aux mille couleurs. Chapeaux à plumes des dragons, cape argentée des grenadiers, revers blancs des fantassins réussissent à percer l'uniformité des vêtements ternes et usés des dernières recrues. Mouvements de grisaille au cœur de l'interminable défilé.

À mesure que le temps passe, les chances de s'évader s'amenuisent. Quelques cas dispersés ont tenté l'expérience avec succès mais, pour un groupe, la situation est tout autre. Johann le sait et il a fait son choix. Les hommes s'en remettent trop à lui; il ne partira pas. Il découvre, à leurs côtés, que les grands sermons valent moins que les gestes quotidiens et que l'apostolat se vit à différents degrés. Aider un camarade à se débarrasser de ses poux lui semble aujourd'hui plus important que ses grandiloquentes déclarations de jadis. Les mots s'estompent; ils ne savent pas tout dire. Le langage du cœur prend la relève. Là se trouve la véritable solidarité.

À Buxtehude, Jacob se faufile dans les rangs et rejoint Karine et les enfants. La jeune femme, comme toutes celles qui l'accompagnent, fait office de blanchisseuse et les haltes ne lui accordent aucun répit. Jacob la retrouve amaigrie, entourée de Karl et d'Éva qui, eux, semblent en pleine forme. En l'apercevant, ils se lancent sur lui avec exubérance.

— Papa! Une dame m'a donné un bonbon!

— Tu as vu les pêcheurs, papa? J'aurais aimé aller avec eux.

— Tu crois que nous prendrons un gros bateau pour traverser l'océan?

Karine et Jacob se réjouissent des rires et des interrogations des deux enfants. Leur enthousiasme les rassure. Tant que les petits sont heureux, tout est encore possible.

— Il faut que j'y aille maintenant, leur dit Jacob en les repoussant gentiment. L'exercice commence bientôt. On pourrait s'apercevoir de mon absence.

— Fais attention à toi, lui souffle Karine à l'oreille. Je t'aime.
Les époux échangent un baiser furtif qui les laisse sur leur faim. Après avoir caressé les enfants, le soldat s'éloigne avec dans le cœur cette angoisse indéfinissable qui le poursuit depuis leur départ.

Le lendemain, tous les régiments de la deuxième division venus des quatre coins du Brunswick sont enfin réunis à Buxtehude et s'apprêtent à franchir les derniers milles les séparant de Stade. Ils y parviennent après quelques heures de marche pour apprendre, dès leur arrivée, que rien n'est encore prêt pour le grand départ. Personne ne se plaint de ce contretemps qui permettra à chacun de refaire ses forces sauf, peut-être, quelques soldats et officiers pressés de prendre la mer.
Georg Beyer est de ceux-là.

VII

Bien qu'habitués aux déplacements de troupes, puisque quelques mois plus tôt ils ont vu partir la première division de soldats allemands sous le commandement du général von Riedesel, les habitants de Stade n'en observent pas moins avec beaucoup de curiosité les soldats cantonnés dans la ville et aux alentours. Leur intérêt inquiète les officiers. Certains quartiers recèlent des cachettes sûres et plusieurs personnes ne demandent pas mieux que de contrer les ambitions du roi d'Angleterre en débauchant ses soldats. Le capitaine Beyer, comme ses collègues, n'hésite donc pas à parcourir chaque jour des distances considérables afin d'assister personnellement aux différents déplacements et exercices de ses troupes. Tendu et fatigué, il apprend avec beaucoup de soulagement l'arrivée du colonel Faucitt, signal de l'imminence du départ pour l'Amérique.

Rassemblées afin de prêter allégeance au roi britannique, les dernières recrues reçoivent leurs uniformes et, à 11 heures, le 31 mai 1776, les soldats du Brunswick montent dans de petites embarcations qui doivent les mener à leurs bateaux. Sur les remparts de Stade, on hisse un drapeau en leur honneur pendant que de chaque côté du fleuve les gens s'alignent pour assister au grand départ. En passant devant le stationnaire royal, les bateaux saluent par six coups de canon auxquels deux autres répondent.

De loin, Jacob observe son fils Karl au garde-à-vous, plus fier que les soldats eux-mêmes. Derrière lui, la petite Éva, effrayée, s'accroche à la robe de sa mère. Il les aime tellement tous les trois. Tous ses désirs convergent vers ces êtres vulnérables auxquels il doit le bonheur. Il ne peut pas dire s'il a eu tort ou raison. Il sait seulement que la vie à Nettelcamp n'était plus possible. Toujours courber l'échine, travailler uniquement pour survivre sans avoir jamais le plaisir simple de vivre. Offrir à d'autres le luxe et l'abondance à travers la sueur et les larmes des siens. Jacob refuse cette vie-là en se demandant jusqu'où sa révolte va les mener.

Silencieux à ses côtés, Johann se laisse enjôler par les eaux fascinantes de l'Elbe. Il découvre un monde insoupçonné. La frénésie contagieuse du départ, la musique, les vivats de la foule, les cris des soldats, le sentiment enivrant d'appartenir à un élan, de lier son avenir à tous ces êtres d'une gaieté étrange, tout cela l'entraîne malgré lui. L'étudiant téméraire accepte d'emblée l'aventure. Il répond avec enthousiasme aux sollicitations de l'inconnu.

En apercevant les grands voiliers ancrés près de la petite ville de Twielenfleet, il étreint d'un regard rempli d'espoir ces magnifiques bateaux qui deviendront, pour les mois à venir, leur unique pays à tous.

Quatre cent trente soldats, dont Johann et Jacob, montent à bord du *Friesland*, un trois-mâts d'une capacité de 800 tonnes, sans canons. Quatorze officiers, parmi lesquels se trouve le capitaine Beyer, les y précèdent.

Effrayée par tous ces bruits de pas qui font trembler l'embarcation et par les cris rudes des soldats, Éva craint de perdre son père dans toute cette cohue. Elle se précipite soudain à sa poursuite sans que Karine ait le temps de réagir.

— Papa! crie la fillette. Attends-moi! Papa! Papa!

Elle l'appelle de toutes ses forces en se faufilant à travers les rangées de soldats. Les larmes lui lèchent les joues. Elle a besoin de son père pour affronter les monstres de ce monde gigantesque. Lui seul saura la protéger. Elle pleure à chaudes larmes en courant vers elle ne sait quel impossible refuge, se heurte aux matelots, frappe

à des portes qui ne s'ouvrent pas, appelle sans savoir où diriger sa voix.
— Papa! Papa!
Son père a disparu dans le ventre béant du bateau. Aveuglée, la petite bute contre un grand corps d'homme auquel elle se raccroche. Georg n'ose pas bouger. Les larmes de l'enfant, ses bras refermés autour de ses jambes font surgir un malaise imprécis. Effrayé par sa propre confusion, il saisit le bras de la fillette avec rudesse.
— Qu'est-ce que tu fais ici?
— Cherche papa... balbutie-t-elle.
— Tu n'as pas le droit d'être ici. Tu dois rejoindre ta mère.
— Non, je veux voir papa!
Elle tente de s'enfuir, mais Georg la tient solidement et ses cris redoublent. Karine, partie à sa recherche, l'aperçoit enfin, prisonnière de l'officier. Elle supplie plus qu'elle n'ordonne:
— Lâchez-la.
Sa voix a tremblé. Ses jambes faiblissent. Mais elle n'a pas peur, même si elle sait de quoi le capitaine Beyer est capable.
Sans prononcer une parole, Georg la regarde, incapable de se libérer du regard suppliant de la paysanne. Quelque chose en elle l'attire, quelque sentiment obscur où il est difficile de démêler le mépris et la curiosité. Brusquement, comme s'il en ressentait une brûlure, il relâche son étreinte autour du bras de la fillette et celle-ci en profite pour s'élancer vers sa mère. L'officier disparaît dans la cohue après avoir croisé et salué une dame, témoin gênant de toute la scène.
Cette dernière s'adresse à Éva.
— Ne pleure plus, ma chérie. Tu me reconnais, n'est-ce pas? Je suis la femme du colonel von Kühn. Rappelle-moi ton nom.
En s'agenouillant près de l'enfant, elle lui tend une gâterie sortie comme par magie de sa poche. La fillette sanglote encore et n'ose pas quitter sa mère. Karine la rassure:
— N'aie pas peur. Dis ton nom à la dame.
En ravalant ses larmes, la petite réussit à prononcer timidement:
— Éva, madame.

— Quel joli nom! Tu veux venir avec moi? J'ai une gentille poupée qui aimerait bien jouer avec toi.

Karine s'inquiète.

— Je dois retrouver mon fils. Je l'ai laissé seul pour chercher Éva.

— Je comprends. Laissez-la-moi, je vous la ramènerai dans une heure. N'ayez aucune crainte, j'en prendrai bien soin.

Karine acquiesce avec reconnaissance. Elle connaît la bonté de Mme Kühn qui se dévoue sans relâche pour tenter de les soulager dans leur indigence.

— Va avec la dame, dit-elle à Éva, déjà rassérénée par la sucrerie. Elle veut te montrer quelque chose de très joli. Quand j'aurai retrouvé Karl, je viendrai te chercher.

Éva s'éloigne en compagnie de sa protectrice sous le regard reconnaissant de Karine. La jeune femme pressent que rien de mal ne pourra arriver à sa fille tant que cette dame souriante et douce la tiendra ainsi par la main. Pourtant, des larmes coulent sur ses joues, minuscules et discrètes, des larmes qui sourdent d'une autre Karine, celle des rêves secrets et de l'espoir. Face à la femme du colonel, rayonnante dans sa robe rose et blanche, elle a d'un coup surpris toute la misère inscrite sur ses vêtements à elle. Sa vieille robe usée lui apparaît dans toute sa laideur. Comme elle voudrait devenir cette grande dame. Pour Éva et pour Karl. Que leur mère, le temps d'une valse, soit la plus belle...

— Maman!

Karl, les joues en feu, se tient devant elle, superbe dans ses habits frustres et élimés.

— Je t'ai cherchée partout, reproche-t-il gentiment. Où est Éva?

— Ne t'inquiète plus, mon grand. Je te raconterai. Viens vite, il faut descendre; nous n'avons pas le droit d'être ici.

De tous côtés, sur le trois-mâts, les hommes s'activent. Le capitaine du *Friesland*, Peter Korneels van Herlingen, donne des directives à ses 24 marins. Le capitaine Beyer, quant à lui, distribue les couvertures aux soldats et leur indique leurs quartiers. Ceux-ci découvrent avec appréhension la partie du bateau qui leur est assignée. La cabine des officiers, dans la partie arrière, est large de 20 pieds et longue de 12. Sur les côtés, des lits superposés entourent un âtre chauffé au charbon. Mais, sur le pont inférieur, six hommes doivent s'accommoder d'un espace restreint de dix pieds carrés. L'exiguïté des lieux force les soldats à une promiscuité difficile à supporter. Les accrochages s'accumulent, chacun cherchant la meilleure place pour installer le matelas de toile, l'oreiller, la couverture de laine blanche et l'autre de couleur qu'il vient de recevoir.

Jacob et Johann résistent ensemble aux plus coriaces qui voudraient empiéter sur leur territoire. Tous se plaignent et ragent, prêts à se battre pour un bout de couverture ou un biscuit rance.

— Écoutez! crie Johann à la cantonade. La guerre n'est pas encore commencée. Il ne faut pas nous battre entre nous. Nous devrons vivre ici ensemble pendant je ne sais trop combien de temps. Aussi bien en prendre notre parti et nous installer le mieux possible. Je propose d'abord que nous laissions libre l'espace du centre pour circuler.

Démunis, les hommes préfèrent obéir et la prise en main de la situation par Johann les rassure. Ils lui font confiance, suivent ses instructions et, très vite, la cabine redevient à peu près vivable.

Les plus nerveux n'en continuent pas moins de pester contre l'armée, les princes, la misère qui est leur lot. L'un d'eux crie tout haut la peur de chacun:

— Nous n'arriverons pas à traverser l'océan dans de telles conditions. Nous serons tous morts avant longtemps et les rats grugeront nos os. Il faut faire quelque chose. Tu dois parler au capitaine, l'étudiant! Il nous faut absolument un bateau plus grand. Parle-lui, Johann. Tu trouveras les mots.

Tous se tournent vers lui, désespérés.

— Je parlerai au capitaine, dit-il de sa voix apaisante. À la première occasion. Pour le moment, installons-nous de notre mieux. Cette situation ne durera pas, j'en suis sûr.

Chacun regagne sa place et Johann rejoint Jacob qui trépigne, survolté. Il mesure maintenant toute sa témérité. Dans quelle aventure a-t-il entraîné les siens?

— Les hommes ont raison, geint-il. Nous n'y arriverons pas. Nous n'y arriverons pas.

Il ne pense pas à lui. Robuste, il croit pouvoir résister longtemps à des conditions difficiles. Mais Karine et les enfants, relégués à la cale, comment vont-ils survivre?

— Je vais voir ma famille, déclare-t-il en se levant. Je dois y aller.

Il faut la puissance persuasive de Johann pour l'empêcher de mettre son projet à exécution. Son empathie aide le paysan à accepter ce qu'il ne peut plus changer.

— Karine est forte, lui dit-il. Plus forte que toi peut-être. Fais-lui confiance.

Dix minutes plus tard, Georg pénètre dans leur cabine, suivi du sergent Heinemann. Il effectue sa première tournée d'inspection et ce qu'il voit l'indispose. Le mécontentement général risque de provoquer des incidents; l'exaspération des hommes est palpable. L'officier appréhende cette traversée.

Johann Vogel se dirige vers lui et Georg ne peut réprimer un mouvement de recul. Seule l'intensité plus chatoyante de ses yeux trahit son malaise. Autour de Johann s'enroule encore le corps frêle d'une femme au visage blafard et aux longs cheveux blonds.

— Mon capitaine, dit Johann d'une voix ferme mais sans agressivité, nous voudrions savoir pendant combien de temps nous devrons rester sur ce bateau. Comme vous pouvez le constater, nous manquons de place et nous désirons, par votre entremise, acheminer une requête au colonel von Kühn pour lui demander de nous répartir sur un plus grand nombre de bateaux.

Incapable de répondre, Georg tente d'échapper à la moiteur oppressante. La jeune recrue qu'il domine pourtant de toute sa stature et de toute son autorité lui paraît soudain gigantesque. L'officier craint de se noyer dans la profonde humanité des yeux gris qui le scrutent sans pudeur.

LA GUERRE DES AUTRES

— Nous remontons, ordonne-t-il au sergent sans répondre à Johann.

En plein cœur de la nuit, à une heure trente, un coup de canon donne le signal du départ. Les marins, habitués à ces manœuvres, lèvent l'ancre avec force cris. Des soldats leur prêtent main-forte et leurs gestes hésitants trahissent leur anxiété. Les lumières de Twielenfleet s'éloignent lentement, repoussées par des horizons encore invisibles. Au lever du jour, les hommes du Brunswick ont définitivement coupé le cordon qui les reliait encore à leur passé.

Brockdorf, Margarethen, Brunsbüttel... Les villages de l'Elbe se donnent la main et défilent devant les navigateurs. Le *Friesland* effleure une eau calme où se reflète un ciel serein. De temps en temps, les deux capitaines se croisent sur le pont. Georg craint visiblement la cordialité familière de van Herlingen. Le quinquagénaire ne vit heureux que sur la mer. Dès le départ d'ailleurs, il a su gagner le respect de tous les soldats, lui qui jouissait déjà de l'estime des marins.

— Si le vent se maintient, nous devrions retrouver la flotte à Kuxhaven vers la fin de l'après-midi.

Le sourire avenant du marin ne réussit pas à amadouer l'officier, bien engoncé dans son indifférence. Heureusement, le capitaine a connu des océans plus difficiles à conquérir, et il poursuit la conversation sans s'inquiéter outre mesure du mutisme de son vis-à-vis.

— Venez avec moi, propose-t-il, je vais vous montrer tous les instruments dont nous nous servons pour connaître la latitude et la vitesse. Vous serez impressionné par notre octant.

— Je dois faire une inspection, prétexte Georg.

Mais rien ne décourage le capitaine van Herlingen. Il sourit en haussant les épaules.

— Une autre fois, alors. Nous aurons bien le temps, n'est-ce pas, capitaine Beyer?

À Kuxhaven, les autres bateaux partis plus tôt ont déjà jeté l'ancre. À ceux qui transportent la deuxième division brunswickoise viennent s'ajouter ceux des troupes hessoises. En tout, seize bateaux déploient au-dessus des hommes leurs voiles arrogantes.

On annonce aux soldats qu'ils seront répartis dans d'autres bateaux à Portsmouth. Ils accueillent cette bonne nouvelle avec des hourras et participent avec plus d'ardeur à la levée de l'ancre, un rituel sacré devenu en si peu de temps partie intégrante de leur quotidien. Quelques instants plus tard, guidés par les pilotes, les bateaux se laissent porter par un vent favorable. Tant qu'il est là, le pilote a tous les droits et le capitaine doit se soumettre à ses décisions. Van Herlingen s'y prête avec d'autant plus de bonne volonté que le pilote assigné au *Friesland* connaît parfaitement son travail. Sous ses ordres, le bateau prend vite la tête de la flotte, et les marins excités lancent des cris de victoire comme des enfants en vacances.

Passé la tour de Neuwerk, le pilote les quitte avant qu'ils n'attaquent la mer. Le bateau contourne ensuite l'île d'Helgoland, un rocher écarlate dressé au milieu de l'eau.

— Je parie que cette île vous intrigue, capitaine Beyer. Saviez-vous que plus de 1 500 personnes y vivent?

— De quoi vivent-elles donc? questionne Georg, intrigué en effet.

— La plupart vivent de la pêche, explique van Herlingen. Les autres exercent le métier de pilote; ce sont les meilleurs.

Devant eux, le soleil se couche sur la mer, tendrement étreint par les eaux.

À bord du Friesland, *le 2 juin 1776*

Cher Martin, mon ami, mon frère,

Je pense à Kätchen et c'est vers toi que je me tourne pour trouver le réconfort.
Autour de moi, des hommes pleurent dans leur sommeil.
Je sens leur sueur coller à ma peau.
Des hommes enchaînés à leur propre peur, à leur propre haine, à leur propre ignorance d'eux-mêmes.
Et je ne peux rien pour eux, moi qui avais juré de combattre la misère.
Tu te souviens de nos serments?
Confrontés à la vraie vie, ils me semblent aujourd'hui dérisoires.
Je m'interroge sans cesse. Qu'y a-t-il donc à retenir de la mort de Kätchen?
Si peu... et tellement à la fois.
Qu'y a-t-il donc à apprendre de la vie?
Ce bateau m'entraîne vers le souvenir, là où je ne connais que moi-même.
Pourrai-je dessiner un visage à ce qui n'était qu'illusion?...
Apprendre à toucher avec les yeux plutôt qu'avec les mots?

Quand le peuple devient un homme, puis un autre et un autre,
Quand le peuple crie ses noms, ses désirs, ses douleurs, ses rages...
Que faire de toute cette misère qui tend les bras?
Comment arriver à les aimer? Sans discours... Vraiment...

Martin, je voudrais que tu sois là, tout près de moi.
À deux, nous saurions...

VIII

Chaque matin, les marins faubertent[1] le pont puis le réveil sonne pour tout le monde. Peu de temps après, le tambour appelle les fidèles à l'office religieux, sur le gaillard d'avant.

Pour Karine, Karl et Éva, c'est véritablement la plus belle heure de la journée. Ils peuvent enfin rejoindre Jacob sans risquer de punition, ni pour eux ni pour lui. Après avoir embrassé et câliné son père, Éva retrouve Mme Kühn avec laquelle elle s'est liée d'amitié, puis tous, hommes, femmes, enfants, officiers, marins et soldats, entonnent les hymnes sacrés.

Souvent, après l'office, la femme du colonel invite Karine et Éva à sa cabine. Pendant que sa mère s'occupe à de menus travaux en compagnie de Mme Kühn, la fillette s'amuse avec une poupée toujours déposée sur le lit.

Aujourd'hui, entraînée par son imagination, l'enfant décide d'amener la poupée sur le pont pour lui montrer les batifolages des marsouins. En grande discussion avec sa petite amie de chiffon, émerveillée encore une fois par le spectacle fabuleux, elle n'entend pas venir le capitaine Beyer. La voix tant redoutée la fait sursauter.

— Qu'est-ce que tu fais?

Sans laisser à l'enfant le temps de se ressaisir, l'officier accuse.

---

1. Sécher le pont des navires après le lavage ou la pluie à l'aide d'un balai de vieux cordages.

— À qui appartient cette poupée? À qui l'as-tu volée?
— La dame me la prête, marmonne Éva d'une voix tremblotante.
— Quelle dame? Ne me raconte pas d'histoires!

Au moment où il va s'emparer de la poupée, Mme Kühn arrête son geste de la voix douce dont elle ne se départit jamais.

— C'est moi qui lui ai prêté cette poupée, capitaine, et je lui permets de la promener sur le pont tous les matins.

En prenant la fillette par la main pour la rassurer, elle explique le plus sérieusement du monde:

— Vous voyez, capitaine, ça me rend bien service qu'Éva s'occupe de ma poupée, car je n'en ai pas toujours le temps. Et vous le savez comme moi: les poupées s'ennuient quand elles sont seules.

Avec un sourire charmant, elle abandonne le capitaine à sa déconfiture.

Tout le jour suivant, le 4 juin, une brise vive venant de l'est pousse la flotte, et le surlendemain, à midi, les voyageurs aperçoivent le phare Schelding, indice certain de la proximité de la côte de Hollande.

Le mois de juin offre une fraîcheur bienfaisante et, jusqu'à maintenant, chacun supporte le voyage aisément. À tour de rôle, les soldats passent quelque temps sur le pont où l'air du large les revigore. Des bateaux danois et hollandais croisent leur route et les saluent d'un coup de canon. Parfois, un passage difficile, parsemé de bancs de sable, oblige à un rapide changement de cap.

Puis, sans qu'il y paraisse, le vent, en très peu de temps, prend de la vigueur et l'air s'alourdit. Au fil des heures, la situation s'aggrave. Le bateau tangue dangereusement. Le mal de mer frappe plusieurs soldats et cette douleur, ajoutée soudainement au mal du pays, réduit les rêves à bien peu d'espérances.

Malgré sa robustesse, Jacob résiste mal à l'enfermement et au tangage. C'est un homme de terre, de racines et de semences. Les rares moments passés sur le pont ne lui suffisent plus. Il a besoin d'espace et d'air. La faiblesse inhabituelle de ce grand corps pourtant vigoureux l'exaspère, et son impatience aggrave son état.

— Johann, qu'est-ce qui se passe? Je n'ai plus de forces! Tu ne connais pas un remède? Il doit bien y en avoir un! Il faut que je guérisse! Je n'ai jamais été malade de ma vie!

— Je connais un remède, lui répond Johann, et le meilleur: te calmer et attendre.

— Je ne veux pas me calmer! crie Jacob. Je ne peux plus attendre! Je suis inquiet pour les enfants et pour Karine. Je leur ai parlé d'un monde meilleur, d'un voyage fantastique qui nous mènerait vers la liberté. Regarde donc ce que je leur offre: la faim, la maladie, la solitude, la peur...

— Karine va comprendre, j'en suis sûre. Je la connais bien. Repose-toi et guéris, c'est ce que tu as de mieux à faire.

En le quittant, Johann ose encore une fois se rendre auprès du capitaine Beyer, comme s'il recherchait l'affrontement.

— Mon ami est malade, explique-t-il. Il faudrait qu'il puisse s'étendre longuement sur le pont. Je lui laisserai mon tour, si vous le permettez: il en a plus besoin que moi.

La réponse fuse comme un coup de poing:

— Il n'en est pas question! Nous ne pouvons autoriser un tel marchandage. Il n'est pas le seul à être malade. Vous resterez dans vos quartiers tous les deux. Vous pourrez ainsi mieux vous occuper de lui.

Johann aurait voulu plaider sa cause, celle de Jacob, celle des autres malades. Il aurait voulu expliquer à ce militaire intransigeant que la générosité ne tue personne, que la justice est bonne, que les mots peuvent aussi servir à tendre la main, mais Georg est déjà parti, à grandes enjambées. Il doit superviser la distribution des rations quotidiennes.

Deux jours plus tard, le ciel se couvre d'un horizon à l'autre et le vent se lève. Durant la nuit, l'orage atteint son paroxysme. Les vagues se jettent sur le bateau sans répit, les unes après les autres, disciplinées. Elles battent la coque avec violence, et, pour la première fois depuis le départ, tous craignent pour leur vie.

Affaibli par la maladie, incapable de se lever, Jacob pense aux siens qu'il voudrait serrer dans ses bras et rassurer. Chaque mouvement du bateau le meurtrit. Autour de lui, des hommes pleurent; d'autres appellent au secours. Au-dessus d'eux, les canots de sauvetage grincent dans leurs sangles et les voix des marins se perdent dans le fracas de l'eau et les grondements du tonnerre. Tout est sens dessus dessous. Les objets virevoltent, se frappent aux murs dans une danse macabre.

Johann et quelques camarades attachent tout ce qu'ils peuvent, tandis qu'à l'étage inférieur les femmes tentent de rassurer les enfants. Éva, très mal en point, sanglote dans les bras de sa mère. Celle-ci, désemparée, ne sait plus que dire ou que faire pour la réconforter. Elle pense à Mme Kühn, son seul espoir, lorsqu'un soldat pénètre dans la minuscule cabine réservée aux femmes. En courbant la tête pour ne pas se frapper au plafond trop bas, il réclame la petite Éva.

— Mme Kühn m'envoie la chercher, explique-t-il.

Karine lui tend sa fille avec reconnaissance. Là-haut, elle recevra les soins adéquats, elle reposera dans un lit confortable. La jeune femme remercie le ciel d'avoir placé cette dame sur sa route et en oublie son fils qui attrape discrètement son violon et s'enfuit vers un abri connu de lui seul.

Dans le quartier des officiers, Georg tremble. Les éclairs percent le hublot et lui donnent, chaque fois, le sentiment de mourir. Les hurlements du tonnerre le pénètrent comme une flèche empoisonnée. Sa mère est morte un soir d'orage. Il aurait dû mourir lui aussi. Il n'a jamais compris comment un enfant pouvait survivre à sa mère. L'orage, chaque fois, le confronte à sa propre mort. Pour traverser la tourmente, il doit respirer au rythme du vent, tenter d'oublier. Mais ici, sur ce bateau, son univers fragile chavire. Ses défenses ne tiennent plus; il ne peut plus combattre. En sueur, la tête en feu, il fuit sans trouver d'issue. Cerné de toutes parts par la mer démente, il ne sait comment échapper à la terreur qui le transperce. Il quitte sa cabine et court, sans rien voir, en oubliant qui il est, où il va. Sa raison lui échappe. Il court. Le vent le frappe au visage, l'empêche de respirer, mais il court toujours et vient s'effondrer, haletant, dans un cagibi sale et obscur, comme en des bras secourables. Sa poitrine brûle. Il a perdu le sens du temps et de l'espace. Transi, il va céder à la panique et à la souffrance devenues insupportables, lorsque, derrière lui, un craquement suivi d'une petite musique malhabile se font entendre. Les sons timides se rapprochent lentement, pas à pas, comme une caresse contenue mais dont on perçoit déjà la douceur. Karl qui s'était lui aussi réfugié là veut chasser la peur agglutinée autour de l'officier avec la seule arme qu'il connaisse: la musique et ses silences, capables de calmer les orages, de rassembler toute la tendresse du monde.

La mélodie enfantine s'offre sans pudeur. Elle s'infiltre dans les veines sclérosées par la peur, trace un chemin jusqu'à la paix, jusqu'à d'autres musiques. Dans un pavillon abandonné d'un grand domaine, un enfant, assis dans un fauteuil de velours bleu, rejoue inlassablement les mêmes pièces sur son petit violon. Une vie entière d'automate s'effrite lentement, et la tempête s'apaise. Le temps revient sur ses pas, s'excuse. Le ciel crayonne des étoiles ici et là. Recroquevillé sur lui-même, l'homme pleure, et l'enfant respecte cette peine d'adulte.

Sans faire de bruit, Karl emporte son violon et rejoint sa mère. Il ne dira rien, ni des larmes ni de la musique.

IX

À travers la pluie, les deux phares de Dover semblent de pâles étoiles aux officiers rassemblés sur le pont.
— Portsmouth n'est pas loin. C'est une ville que vous aimerez, leur annonce le capitaine du bateau.
Malgré lui, Georg écoute van Herlingen avec de plus en plus de plaisir. Celui-ci a le mérite à ses yeux de ne rien exiger. Il offre sans demander en retour. Il aime tant raconter qu'il amuse constamment le colonel von Kühn et ses officiers.
— Vous croyez que nous pourrons avoir d'autres bateaux à Portsmouth, mon colonel? s'enquiert un lieutenant.
— Sûrement, affirme von Kühn. Il est évident que nous ne pourrons entreprendre la traversée dans de telles conditions.
Capitaines et lieutenants espèrent beaucoup de la prochaine escale. Quelques-uns d'entre eux ont énormément souffert lors de la dernière tempête. Par surcroît, les vivres diminuent et les hommes manifestent de plus en plus de mécontentement.
— En attendant Portsmouth, messieurs, je vous suggère une bonne nuit de sommeil, leur conseille le capitaine van Herlingen. Les journées qui viennent risquent d'être difficiles et j'ai besoin de toutes vos énergies pour arriver au bout de ce voyage.

Sur la route du *Friesland*, le trafic naval s'accroît de jour en jour. Le long de la côte anglaise, les voiles d'une soixantaine de vaisseaux claquent au vent. Prenant la tête, le voilier du capitaine van Herlingen mène la flotte vers Portsmouth. À midi, le 12 juin, le commodore leur donne l'ordre d'accoster sans attendre les retardataires. Un pilote monte à bord et, pour quatre guinées, leur promet un amarrage sans encombre.

À mesure que se rapproche la côte, les roches de calcaire dessinent une longue ligne blanche à la plage sur laquelle s'appuient des boisés verdoyants entrecoupés de champs de céréales et de pâturages luxuriants. Une beauté sans pareille.

Le capitaine a remis le bateau entre les mains du pilote et celui-ci ordonne bientôt de jeter l'ancre à environ une demi-heure de Portsmouth.

— Qu'en pensez-vous? demande van Herlingen à Georg qui plisse les yeux pour apercevoir la ville.

— C'est magnifique, murmure le Brunswickois.

— Quand vous verrez Portsmouth de plus près, je suis sûr que vous ne voudrez plus la quitter. Tous les marins sont attachés à cette ville comme à une femme.

La conversation devenant plus intime, Georg se retranche derrière ses œillères de soldat.

— La nature semble avoir pris un soin spécial de l'Angleterre.

— Que voulez-vous dire par là?

— Aucun ennemi ne peut l'atteindre. Sa côte, au sud, constitue un rempart puissant contre les invasions et, aussi longtemps que l'Angleterre demeurera la maîtresse de la mer, son peuple pourra vivre en paix.

— Et pourtant, elle envoie ses soldats se faire tuer en Amérique.

Cette réplique inattendue du capitaine van Herlingen cadre mal avec sa gaieté coutumière. L'homme a perdu son sourire narquois. L'officier, surpris, observe le vieux marin appuyé nonchalamment au bastingage. Il ne sait rien de lui. Qu'est-il à part un marin? A-t-il une femme, des enfants? À quoi ressemble son histoire? A-t-il eu une enfance, lui aussi? Derrière l'épaisse chevelure grisonnante et les yeux moqueurs se cachent peut-être des secrets. Georg a depuis longtemps perdu le goût des hommes, et pourtant il s'est laissé prendre à la gentillesse du capitaine. Comme un enfant attiré par une sucrerie.

— J'espère que vous profiterez de votre escale à Portsmouth. Écoutez-la bien, cette ville bat au rythme de la mer et c'est avec elle que l'on apprend le mieux.

Des officiers anglais et plusieurs capitaines de bateaux venus leur souhaiter la bienvenue interrompent leur conversation. Ils apportent de bonnes nouvelles.

— C'est maintenant officiel. Les rebelles ont levé le siège de Québec.

— Vous croyez que les Anglais ont des chances de mettre fin rapidement à cette révolution? demande le sergent Heinemann.

— Et comment! D'après ce qu'on dit, les rebelles n'ont aucune discipline, aucune stratégie militaire. Quelques esprits enflammés entraînent les autres dans une confusion générale. Déjà, la ville de Québec est délivrée et je ne crois pas qu'il faudra beaucoup de temps pour venir à bout de ces clochards et de ces fermiers qui se font passer pour des soldats. Je me demande même s'ils attendront que vous arriviez avant de demander grâce.

Georg reconnaît bien là l'enthousiasme suffisant du capitaine Dahler, un officier ambitieux qui ne se connaît pas de limites. Il n'a pas changé depuis l'école militaire où ils se sont connus. Arrogant et présomptueux. Souvent reçu chez l'oncle Wilhelm à cause d'une parenté éloignée, il a toujours déplu à Georg avec sa gloriole de pacotille.

Sans se joindre à la conversation, très loin d'eux malgré l'exiguïté de la cabine où ils sont maintenant tous réunis autour d'un brandy, le capitaine Beyer observe. Malheureux avec ses pairs, séparé du reste du monde par un mur chaque jour un peu plus dense, il ne trouve nulle part sa place. Par moment, une nausée le submerge, accompagnée de vertiges. Comme si des sentiments refoulés perçaient violemment l'enceinte de sa fausse indifférence et s'entrechoquaient furieusement en lui. Et la douleur devient alors insoutenable.

Un mal atroce lui fracasse le crâne. Seule la fuite peut lui apporter quelque réconfort. Mais comment fuir la vie en bloc? La douceur, la tendresse, le passé? Surtout le passé? Sinon en s'enfermant dans la routine et l'obéissance aveugle?

— Toujours aussi sauvage, Georg!

Le capitaine Dahler s'approche de lui en conquérant.

— Tu ne changes pas! Je me souviens encore de notre première journée à l'école. (Il hausse le ton, prend tout le monde à témoin.) Quand le colonel lui a demandé pourquoi il voulait embrasser la carrière militaire, il s'est sauvé. Je peux bien vous le dire puisque nous sommes entre nous; je n'ai jamais vu un colonel aussi déconfit! Mais il n'a pas été long à se ressaisir et le pauvre Georg s'en est mordu les pouces pendant toutes ses années à l'école.

Il a parlé haut et fort, conscient de son importance, et les spectateurs ébahis rient plus de sa performance que de l'anecdote. Personne, en tout cas, ne remarque le malaise de Georg.

— Mais j'y pense, continue Dahler en oubliant sa victime, personne ici n'a encore visité Portsmouth! Je vous invite tous pour une visite guidée dès demain matin!

Le lendemain donc, à la première heure, Georg accoste à Portsmouth en compagnie de six autres officiers. Le colonel von Kühn s'est joint à eux. Le soleil promène ses rayons sur la côte blanchie à la craie. Ce premier miroitement séduit les visiteurs.

En pénétrant dans la ville, Georg en sent aussitôt le battement particulier et il comprend les paroles du capitaine van Herlingen. Elle respire en effet différemment des autres, cette ville. Elle attend les vagues en retenant son souffle et les repousse en jouant sans relâche avec la mer et le vent. L'air sent le large et les hommes se soumettent malgré eux au tempo imposé par l'océan. Une douce servitude les enchaîne à l'immensité. Le corps s'ajuste. Les yeux s'agrandissent. La tête oublie tout le reste. Portsmouth ensorcelle.

Les maisons aux cheminées immenses, le pavement de pierres, la politesse des gens, les meubles d'acajou, tout déconcerte les arrivants. Sans oublier les femmes, pour la plupart revêtues du manteau rouge des servantes. Plusieurs d'entre elles se rendent au marché où le capitaine Dahler entraîne les visiteurs. Les fleurs embaument la place. Cerises, choux, pois, poulets et canards s'entremêlent dans un merveilleux désordre et les officiers avancent au milieu de cet éden en perdant toute contenance, raillés par leur cicérone.

Une femme les suit depuis leur arrivée, discrètement. Elles sont plusieurs ici à exercer leur métier, dans cette ville où les marins de passage ne demandent qu'à les aimer. Beaucoup s'affichent en envoyant des baisers bruyants aux officiers mal à l'aise. Cette femme-là, au contraire, fait preuve de réserve. Patiente, elle attend que Georg soit à l'écart et en profite pour s'approcher de lui.

— Je t'attends demain, lui souffle-t-elle à l'oreille en lui offrant une fleur.

Le jeune officier, fasciné autant par son audace que par sa voix, ne peut s'empêcher de la regarder dans les yeux. Des yeux verts presque cruels à force de perspicacité.

— Tes amis s'en vont, lui dit-elle de sa voix aussi rocailleuse que les côtes de son pays. Reviens demain.

Elle disparaît aussitôt dans les clameurs du marché.

Dahler, revenu sur ses pas pour chercher Georg, n'a rien vu de la rencontre.

— Viens vite, Georg! Nous sommes en retard pour notre rendez-vous chez l'amiral. Dépêche-toi!

Pour la première fois depuis très longtemps, Georg partage un secret avec une femme.

— As-tu les jambes paralysées? Cours un peu, je ne voudrais pas arriver après tout le monde.

Le vieil amiral anglais, en homme raffiné, reçoit ses hôtes avec beaucoup de grâce. Mince et élégant dans ses habits d'apparat, il force le respect. Le colonel von Kühn se réjouit de cette rencontre au cours de laquelle on lui donne l'assurance qu'il pourra disposer de plusieurs bateaux supplémentaires ainsi que de tout l'équipement nécessaire à une bonne traversée. Affable comme toujours, il se découvre de nombreuses affinités avec l'amiral et entretient avec lui une conversation animée.

Tenus à l'écart de ce duo, les officiers se regroupent pour échanger leurs impressions sur Portsmouth. Georg se tait, encore obsédé par l'étrange jeune femme du marché. Il revoit son visage très précisément. «Demain...», a-t-elle dit. Mal dans sa peau, apeuré, l'officier combat son envie d'elle. «Demain...» Jamais il n'a eu à lutter ainsi contre cet appétit du corps.

Un peu plus tard, l'amiral les salue avec une réelle sympathie et leur souhaite une bonne fin de journée. En recevant le soleil de midi dans les yeux, Georg constate qu'il a froid malgré une chaleur ambiante agréable. Il suit confusément le capitaine Dahler qui les dirige vers l'arsenal où travaillent plus de 200 hommes.

— Comme vous pouvez le constater, explique leur guide, l'arsenal est solidement construit et bien organisé. Je vous montre d'abord les canons.

Pour calmer son anxiété, Georg se surprend à compter les piliers qui soutiennent l'immense bâtisse. Il en dénombre 22 de chaque côté. Tout près de là, dans un espace ouvert, se trouvent les canons des bateaux en réparation. Ils sont disposés proprement, en deux rangées. En les montrant du doigt, Dahler accumule les explications, visiblement fier de ses connaissances, et surtout de les partager.

— Sur le canon du haut, vous pouvez lire le nom du bateau, le numéro du canon et son calibre. Celui-ci, par exemple, appartient au *Britannia* qui transporte 100 canons. Il est donc clairement indiqué: 28-42 livres, 28-24 livres, 28-12 livres et 16-6 livres. Il y a quatre semaines, 100 canons d'une capacité de 24 livres ont été envoyés à Québec.

Par-dessus le vacarme de l'arsenal, au travers des mots techniques, Georg en entend d'autres, plus puissants. «Je t'attends demain.» Que fera-t-il demain? Et si demain ne venait jamais... Peut-être cela vaudrait-il mieux. Il a du mal à se ressaisir, à réintégrer cette forteresse imprenable qu'il s'est si douloureusement forgée depuis toutes ces années. Des rougeurs lui montent au visage et il s'imagine que chacun peut lire ses pensées. Ce qui aurait dû n'être qu'une mésaventure insignifiante prend tout à coup des proportions monstrueuses.

Il se retrouve, éberlué, au milieu du chantier où s'élèvent un nombre incroyable de mâts de toutes les tailles.

— Le mât principal du *Duke William* mesure 115 pieds et coûte 150 guinées, continue le capitaine Dahler, tout en les poussant un peu plus loin.

Des hommes s'affairent à goudronner les cordes fabriquées par d'autres. Après les avoir observés pendant quelques instants, les visiteurs se dirigent vers la partie de l'arsenal où sont construits les bateaux de guerre. Les immenses carcasses, faites de poutres jointes les unes aux autres, reposent dans les bassins spécialement conçus à cet effet. Tout à la fois fragiles et puissantes, elles ressemblent à de grands oiseaux auxquels on aurait coupé les ailes.

— On peut construire 16 ou 17 bateaux en même temps ici, leur explique un travailleur.

— Combien de temps cela peut-il prendre pour construire un bateau? demande le colonel von Kühn.

— Un an environ, lui répond l'employé, heureux de l'intérêt de cet officier pour son travail. Cependant, il est préférable d'attendre cinq ou six ans avant de le mettre à l'eau.

Tous regardent avec fascination ce gigantesque atelier aux dimensions surhumaines. Les menuisiers grouillent de partout, minuscules à côté des monstres marins auxquels ils donnent forme et vie.

Georg n'en peut plus de ces structures colossales où tout lui semble excessif. Il lui tarde de se retrouver seul et de faire la paix avec lui-même. Il lui faut chasser l'image de cette femme, aux yeux perçants. Elle doit disparaître pour que les émotions s'évanouissent et que son corps cesse de le torturer.

Sur le chemin du retour, des cris attirent le groupe. On procède à l'embarquement de nouvelles recrues destinées à aller rejoindre le régiment de dragons de Preston, déjà en Amérique. Les chevaux des dragons, peu habitués à de telles manœuvres, piaffent et hennissent, apeurés. Toujours à la merci d'une ruade, les hommes se servent de toute la force de leurs bras et de leurs voix pour calmer les bêtes nerveuses et fringantes. Les chevaux au poil ruisselant de sueur se débattent avec vigueur. Chaque coup de marteau, chaque mouvement brusque les fait reculer de dix pas. Ils semblent déplacés dans ce cénacle de la mer. Leurs grands corps musclés faits pour galoper à travers champs ne trouvent guère d'alliance possible avec l'océan. Ils n'ont en commun que la noblesse. L'étrangeté de cet univers inquiète grandement les bêtes, sensibles aux sons et aux odeurs, et il faut plusieurs hommes pour réussir à les immobiliser et à leur passer une large courroie sous le ventre, grâce à laquelle on pourra les hisser sur le bateau. Lorsqu'ils perdent pied, les animaux cessent comme par magie de se débattre. Ils s'immobilisent, momifiés, mais leurs naseaux dilatés et leurs yeux hagards témoignent de leur terreur. En moins d'une heure, 50 chevaux sont ainsi embarqués. Georg et ses compagnons, troublés par le spectacle, n'ont pas vu le temps passer. Il leur faut remonter à bord du *Friesland*.

Le lendemain, Georg retourne à Portsmouth en compagnie du capitaine van Herlingen et de deux officiers. Il se rend d'abord au quartier des officiers en charge de la construction des bateaux pour y transmettre des ordres du colonel von Kühn. Ensuite, après avoir salué le monument dédié à Guillaume III, il pénètre à l'intérieur du collège naval fréquenté par une centaine de jeunes hommes venus y apprendre les rudiments du dur métier de la mer. Une connaissance du colonel von Kühn y enseigne; il a un message à lui transmettre.

Le capitaine van Herlingen, qui l'a accompagné jusque-là, en profite pour s'esquiver.

— Je vous laisse ici, dit-il. J'ai de petites courses à faire.

Le joyeux capitaine s'éloigne dans un grand éclat de rire pendant que Georg est entraîné par son hôte, trop heureux de lui faire admirer une reproduction fidèle du *Victory*, un bateau de guerre de 120 canons, malheureusement perdu par la marine anglaise.

Tout en faisant mine de s'intéresser, Georg respire mal. Le sortilège opère encore une fois. Il n'est plus l'homme distant, toujours en contrôle. Dans ce port sans loi, ses sentiments se trouvent à découvert, sans protection.

Quand vient enfin le temps de repartir, tout le monde est au rendez-vous, sauf le capitaine van Herlingen.

— Nous allons nous séparer en deux groupes et le chercher un peu, propose un officier. Il ne peut pas être bien loin.

En longeant les rues droites et larges de Portsmouth, Georg craint à chaque tournant de rencontrer la jeune femme à laquelle il pensait avoir réussi à échapper. Plusieurs fois, il croit la reconnaître, mais ce n'est jamais elle. Après des recherches infructueuses dans les rues entourant le chantier naval, il s'aventure plus avant dans les ruelles désertes. La noirceur s'alourdit en même temps que l'atmosphère. Comme si la nuit venait plus tôt dans ce coin du port, pour abriter ce qui doit rester secret. Quelques hommes croisent l'officier en lui jetant des regards soupçonneux, mais il les ignore, totalement aspiré par cette femme qui s'éloigne devant lui, d'un pas nonchalant. Les mêmes cheveux d'un brun tendre caressent le cou, la même démarche lascive. Il court sans plus penser, pressé de la serrer contre lui. Il découvre tout à coup qu'il la cherche depuis longtemps, qu'il désirait cette rencontre. Un besoin d'elle, violent, sauvage.

— Attends-moi!

Il la rejoint et la saisit par le bras pour la forcer à se retourner. Il s'est trompé. La femme tremble et il n'a pas le temps de s'excuser que trois hommes à la mine patibulaire sortent de l'obscurité et s'approchent de lui, menaçants. Georg tient encore le bras de la jeune femme lorsqu'une voix empâtée mais amicale sourd des ténèbres.

— Hé, les gars! C'est mon ami, allez jouer ailleurs.

Le capitaine van Herlingen sort de l'ombre derrière les trois hommes surpris.

— Viens, on va s'amuser un peu, continue le capitaine à l'adresse de Georg. Je trouve que tu ne ris pas assez. Ce n'est pas bon pour la santé.

Complètement ivre, mais parfaitement à l'aise dans ces rues sales et secrètes où on le reconnaît, le vieux loup de mer veut entraîner Georg à l'intérieur d'une taverne d'où s'échappe une fumée dense.

Les trois hommes et la femme s'éloignent en haussant les épaules pendant que Georg cherche à comprendre ce qui lui arrive. La discipline prend le dessus.

— Venez capitaine, il faut partir d'ici.

Le vieil homme résiste. Dans son ivresse, il ressemble à un enfant qui voudrait continuer à s'amuser et que les adultes disputent avec tendresse.

— Le colonel nous attend. Nous sommes déjà en retard. On vous cherche partout.

Georg aime trop le capitaine pour l'amener de force. Il cherche les bonnes paroles.

— Le *Friesland* va partir sans vous. Sans son capitaine, il est en danger. Venez vite.

— Personne ne touchera à mon bateau, mon garçon. Je te suis. Mais j'espère que tu connais le chemin parce que moi, je n'y vois plus rien, répond le marin en hoquetant.

Bras dessus bras dessous, l'un supportant l'autre, les deux hommes se dirigent vers le port où leurs compagnons les attendent à bord du bateau mis à leur disposition pour les ramener sur le *Friesland*. En apercevant le capitaine, les autres refusent de l'embarquer.

— Il ne peut pas revenir à bord dans cet état!

— Alors je reste avec lui, répond précipitamment Georg. Revenez nous chercher à l'aube.

Il a parlé sans réfléchir et, pendant que les officiers disparaissent, enveloppés par la nuit et leur bonne conscience, il supporte le capitaine tant bien que mal jusqu'à l'auberge la plus proche où il peut enfin étendre le fêtard qui s'endort aussitôt.

Assis près de lui, Georg entend trois petits coups frappés à la porte. Il ne sursaute pas; il savait. Il la sentait près de lui comme on sent l'orage qui approche. Il ouvre la porte; elle lui sourit. En le prenant par la main, elle l'attire vers elle et l'embrasse. Et il se laisse séduire, vaincu par cette inconnue qui comprend sans savoir. Il la suit dans une chambre voisine et, quand ils s'étendent l'un près de l'autre, leurs corps se reconnaissent. La tête de la jeune femme se blottit sur l'épaule de Georg, leurs doigts se resserrent comme de vieux amis retrouvés, leurs sexes se soudent l'un à l'autre et leurs odeurs s'entrelacent, exhalant tous les plaisirs.

Plus rien ne les habite qu'eux-mêmes. Ni passé ni avenir. Et leur commune passion sombre doucement dans l'opacité qui les camoufle au monde.

Portsmouth, le 12 juin 1776

Cher Martin,

Nous sommes en rade à Portsmouth et nous attendons. Sans rien savoir. On ne nous dit rien. Personne ne nous parle de la guerre, de ces rebelles dont l'Angleterre veut se débarrasser à tout prix.
Pourquoi sommes-nous là, affamés, entassés les uns sur les autres?
Qu'est-ce qui nous attend demain, le mois prochain?
Les hommes ne savent rien et s'inquiètent pour ceux qu'ils aiment.
Recevront-ils l'argent nécessaire pour vivre, ou pour survivre?
Les reverront-ils jamais?
Dans quel monde étrange nous a-t-on précipités?
Pourquoi?... Pourquoi?...
Que sommes-nous à côté des soldats avides de combats, à côté des officiers assoiffés de victoires et d'honneurs, à côté des marins, robustes complices de la mer? Que sommes-nous donc, pauvres êtres déracinés qui s'abîment à tenter de comprendre l'inconcevable?

Je voudrais parfois prendre ces hommes dans mes bras, les consoler, leur chanter les berceuses d'autrefois pour qu'ils rejoignent en eux les rives de l'enfance et de l'espérance.
Je voudrais briser ce temps odieux, emmêler le devenir à l'achevé. Que la mer devienne vallée de rires. Que du ciel implacable dégringole en cascades une justice rieuse. Que des mots disparaissent à jamais qui disent la misère et la tyrannie, la mort et l'oppression.
Je voudrais devenir Dieu et réinventer la vie...
Je ne peux qu'écouter jusqu'à ce que le silence même devienne caresse.

X

— Le capitaine Jacob prendra les commandes de la flotte sur la frégate *Amazone*. Certains d'entre vous devront prendre en charge les nouveaux bateaux.

— Nous disposerons de combien de bateaux en tout, colonel von Kühn?

— Deux frégates, l'*Amazone* et le *Garland*, et 15 bateaux. Dix de ces voiliers transporteront les troupes brunswickoises, sur les cinq autres monteront les recrues anglaises.

Les officiers, réunis pour la dernière fois avant le départ, écoutent le colonel avec attention. Il trace en quelques mots l'histoire des mois à venir.

— Capitaine Thomae, je vous confie 167 soldats sur le *Hellegunda Christiana*, un 310 tonnes. Capitaine von Lützow, c'est vous qui aurez le plus grand nombre d'hommes: 354. Vous monterez à bord du *Friesland*. Major von Barner, je vous confie le *Margaretha Alida*, un 620 tonnes où prendront place 308 soldats.

Georg s'impatiente. Le *Jung Bonifacius*, le *Frau Johanna*, le *Lively*, tous trouvent preneur. Puis son tour arrive enfin.

— Capitaine Beyer, vous dirigerez le *British Queen* sur lequel prendront place 129 hommes et une dizaine de femmes.

Georg a du mal à retenir un mouvement de dépit. Le colonel n'y prend garde et continue:

— Ces hommes, je vous le précise, capitaine, sont des recrues allemandes et anglaises souvent révoltées et rébarbatives à la discipline militaire. Il ne faut pas vous attendre à une traversée de tout repos. Il vous faudra être ferme.

Le colonel reste évasif, mais il sait jusqu'où peuvent aller certaines de ces recrues. Il compte, sans le dire, sur l'intransigeance reconnue du capitaine Beyer pour les tenir en respect. Il devait absolument confier ce bateau à un homme droit, tout d'une pièce, qui n'acceptera aucun compromis et ne s'enfargera pas constamment dans ses principes humanitaires. Le capitaine Georg Beyer est l'homme tout désigné pour ce poste de confiance.

Au même moment, les capitaines des bateaux tiennent aussi une réunion importante. Le capitaine Jacob leur explique les signaux relatifs à chaque situation et leur fait ses recommandations de dernière heure.

— La flotte doit naviguer sur deux lignes. Je fermerai la marche avec l'*Amazone* et le capitaine Smith prendra la tête sur le *Juno*. Au cas où les bateaux seraient séparés, l'île aux Coudres, sur le fleuve Saint-Laurent, constitue le lieu de rendez-vous. Si vous rencontrez des bateaux de nuit, la réponse au premier appel doit être: «Roi d'Angleterre». L'autre réplique: «Dieu vous garde». La réponse est alors: «Amen».

La réunion prend fin juste au moment où un coup de canon attire tout le monde sur le pont. Trois bateaux transportant le régiment de Waldeck annoncent ainsi leur arrivée. Un peu plus tard suivra la deuxième division de Hesse avec 15 bateaux. Les princes de l'Empire germanique ont tenu parole.

L'embarquement des 129 hommes et des quelques femmes confiés à Georg se passe relativement bien. Le capitaine Peter Hall, un homme timide, les accueille à son bord avec une gentillesse obséquieuse.

LA GUERRE DES AUTRES

— Je suis très honoré de vous accueillir à bord du *British Queen*, capitaine, dit-il. J'espère que vous n'hésiterez pas à faire appel à moi, quelles que soient les circonstances.

Devant cet homme avenant mais timoré, Georg regrette la présence enthousiaste du capitaine van Herlingen, mais il n'a guère de temps à consacrer à sa déception. Hommes, bagages et munitions prennent rapidement place sur le bateau et requièrent toute son attention. Chacun passe devant lui avec dans les bras son avoir qui se résume à bien peu de chose: un oreiller, des couvertures, pour quelques rares exceptions, une paire de chaussettes ou une image sainte.

Il les regarde défiler et sursaute en apercevant Johann Vogel. Celui-ci le croise sans lever les yeux, mais le capitaine n'est pas dupe. Il a l'impression désagréable que la recrue n'a pas voulu l'embarrasser. Blanc de colère, d'abord contre lui-même, il cherche un moyen de l'empêcher de monter à bord. Mais Johann a déjà les deux pieds sur le bateau et le cortège des recrues, impossible à freiner, l'entraîne dans le ventre de l'embarcation.

Le capitaine Beyer se sent envahi, démasqué, menacé, et le ridicule de la situation ne fait qu'aviver sa rancune. Comment lutter quand l'ennemi refuse le combat, l'ignore même? Incommodé par une soudaine douleur à l'abdomen, Georg se dirige vers sa cabine, mais il aperçoit, au milieu du va-et-vient, un jeune garçon qui serre sous son bras, comme un trésor, un petit violon. L'officier sourit. Il se sent mieux jusqu'à ce qu'une silhouette plantée devant lui lui cache le jeune violoniste.

— Lieutenant Becking, mon capitaine. À vos ordres. Le colonel von Kühn m'envoie sur le *British Queen*.

La tenue est impeccable, le salut respectueux, les yeux brillants. On ne pouvait s'attendre à moins du lieutenant Becking. Georg le connaît bien. Leurs carrières se sont souvent croisées. Plus jeune que lui, le lieutenant doit son grade beaucoup plus à la renommée de sa famille qu'à ses exploits militaires. Passionné, bouillant, impulsif, il ne fait cependant rien à moitié, même ses gaffes, aussi monumentales que ses colères. Il se lance dans l'aventure de cette campagne américaine avec sa fougue habituelle, à toute vitesse, son honneur lui servant de bouclier comme si, l'honneur étant sauf, le reste importait peu.

— Bienvenue à bord, lieutenant. Nous ne serons pas trop de deux officiers sur ce bateau. Venez que je vous présente au capitaine Hall.

Le lieutenant n'arrive pas seul. Il amène avec lui un petit chien recueilli à Portsmouth.

— Je n'ai pas pu résister. Il pleurait à fendre l'âme sur la place du marché. Je lui ai donné à manger et, depuis lors, il me suit comme mon ombre. Nous sommes devenus les meilleurs amis du monde. Je l'ai appelé Glück pour qu'il me porte chance.

Georg le met en garde:

— J'aime mieux vous prévenir: je n'hésiterai pas à le jeter par-dessus bord s'il nous cause le moindre embarras.

— Entendu, mon capitaine.

Le lieutenant Becking prend le jeune animal dans ses bras pour suivre plus rapidement son supérieur. Il a raconté comment il l'a trouvé, mais il n'a pas expliqué tout ce que ce chiot représente pour lui. Réconfort, chaleur, un goût d'enfance. Une présence qui n'exige rien et qui remet le monde à l'endroit quand tout semble vouloir basculer. En gagnant ses quartiers un peu plus tard, il s'accroche au petit chien comme un noyé à une bouée.

XI

25 juin 1776. La flotte quitte enfin Portsmouth. Sur tous les ponts, on tourne les cabestans pour hisser les grand-voiles dans une chorégraphie remarquable dirigée de main de maître par un vent doux et favorable. Des matelots grimpés dans les haubans marchent avec agilité sur les vergues. Les timoniers tiennent solidement la barre, attentifs aux sondeurs qui, à califourchon sur la poulaine, fouillent les secrets des profondeurs. Rien ne doit être laissé au hasard. Tout en haut du grand mât, les vigies s'installent à la hune. Chacun est à son poste et respire déjà l'air du large. L'*Amazone*, dernier voilier à lever l'ancre, salue la citadelle de douze coups de canon. Onze détonations lui répondent, marquant officiellement le départ.

Devant le port de Portsmouth, Georg, emporté par le spectacle grandiose, éprouve une nostalgie sereine. Les découvertes à venir le fascinent déjà et effacent ce qui doit être oublié. Ces voiles ouvertes à perte de vue sur l'océan, comme une immense voie lactée, l'entraînent dans un tourbillon où l'imagination dépasse les frontières de l'entendement. Il veut réussir, prouver à l'Ancien et au Nouveau Monde que Georg Beyer existe et qu'il est indispensable à l'histoire. Se prouver à lui-même qu'il ne doit rien à personne. L'épisode de Portsmouth se termine ici, mais il lui a beaucoup appris.

À côté de lui, le lieutenant Becking tourne son visage poupin vers le ciel.

— Vous croyez que le voyage sera long? demande-t-il.

Il a peur et cherche auprès de son supérieur un réconfort, si minime soit-il. La réponse de Georg claque froidement comme on signifie son congé à un importun.

— Je l'ignore, lieutenant. Parlez-en au capitaine Hall; il connaît ces traversées beaucoup mieux que moi.

Le capitaine s'éloigne sur ces mots, abandonnant son subalterne à ses appréhensions.

Le lendemain matin, la mer a pris possession de la flotte. De l'eau, à perte de vue. Où que l'on regarde, de l'eau. Les marins, habitués à cette immensité, effectuent leur travail sans même s'étonner des coups de feu qui percent l'océan et affolent les soldats. Le premier rappelle à l'ordre un bateau danois ayant omis de hisser son drapeau selon la procédure habituelle. Le deuxième s'adresse au *Mediator* qui n'a pas encore répondu à l'ordre du commodore de se rapprocher. Le boulet frappe l'eau tout près du bateau pris en faute et celui-ci n'est pas long à rejoindre les autres.

La nuit suivante demeure clémente et au petit matin la côte de Cornwall est en vue. Le *Margaretha*, incapable de continuer sa route à cause d'une avarie, doit être remorqué par l'*Amazone* au grand amusement des soldats et des marins des autres bateaux.

Après l'office religieux, Karl et Éva courent sur le pont sous l'œil amusé de Jacob et de Karine. Johann est avec eux.

— Éva semble complètement remise, remarque-t-il.

— Oui, lui répond Jacob. Mme Kühn l'a fait examiner par un docteur de Portsmouth. Tout est rentré dans l'ordre.

Karine pense tout haut:

— J'aurais tellement aimé être sur le même bateau que le colonel et sa femme. Je me sentais rassurée quand elle veillait sur Éva.

Jacob prend sa main pour partager l'inquiétude. La jeune femme lui sourit, confiante. Elle veut croire son mari et ses rêves fous. L'été la pousse à l'optimisme et l'anxiété du départ a cédé la place à l'espoir. De toute façon, elle n'a plus le choix.

Un vent bienfaisant berce les voiles, et les bateaux naviguent à une vitesse raisonnable. Ils franchissent une quarantaine de milles chaque jour et les marins, à qui la mer offre un répit et qui le savent, ne refusent jamais de s'amuser quand l'occasion se présente.

Un coup de feu fait sursauter tout le monde sur le *British Queen*. Le capitaine Hall a tiré un canard qui nageait près du bateau.

— Regarde maman, chuchote Éva.

La gorge de la fillette se noue. Elle n'aimait pas la mort du canard, mais ce qu'elle voit maintenant relègue le premier incident aux oubliettes. Le timonier n'a pas hésité un seul instant. Un câble enroulé autour du corps, il saute dans les vagues. Éva se rapproche de sa mère et se retient solidement à sa robe. Après avoir disparu quelques instants, l'homme reparaît, s'empare du canard et se laisse hisser sur le bateau, sa prise à bout de bras. Les enfants, bouche bée devant la hardiesse du marin, envient son courage et sa folie.

Il faut les jappements impétueux du chien pour les ramener à leurs jeux. La queue frétillante, le corniaud poursuit ses amis. Pour eux, il se change en lion; il va les dévorer. Heureusement, les enfants lui échappent de justesse en se réfugiant sur un coffre où il ne peut les atteindre. Cris et jappements emplissent le pont, s'échappent sur les vagues, virevoltent jusqu'au ciel. Les matelots, habitués à la solitude et au silence, se réjouissent de toute cette joie enfantine qui n'a pas l'heur de plaire à tout le monde.

Georg bondit du quartier des officiers. Il ordonne aux enfants de cesser leurs jeux et administre un coup de pied au chien. Celui-ci, blessé, a du mal à se relever. Le lieutenant Becking, témoin de la scène, se dirige aussitôt vers le capitaine et, plus impulsif que courageux, le provoque en duel. Ce dernier doit accepter et la rencontre est prévue pour le lendemain.

Malgré toutes les interdictions énoncées par le capitaine Beyer, Karl a voulu assister au duel. Bien caché, il retient son souffle pendant que les deux hommes prennent place, sans témoin. L'aube s'ouvre sur un soleil pâle. Les autres bateaux forment lentement un cercle autour du *British Queen*. Au loin, on perçoit faiblement le bruit de l'eau qui gicle de la tête des baleines. Karl n'a pas envie de la mort. La brise est trop douce, la mer trop calme. Comme un grand commencement. Il faudrait défendre aux hommes de mourir. Le petit chien a senti sa présence et vient en boitillant le retrouver, avide de réconfort. Ils n'ont pas longtemps à attendre: un coup de feu les paralyse tous les deux. En relevant la tête, l'enfant aperçoit le lieutenant Becking gisant par terre. Une tache de sang s'agrandit près de son cœur. Le petit lieutenant est mort. Georg quitte le pont sur un ordre bref mais sans retour:

— Trouvez le chien et tuez-le!

Karl, effrayé, serre son ami contre lui pour l'empêcher d'aboyer. Il doit trouver une cachette sûre. Le cagibi, près du quartier des officiers! Avec toute la hardiesse et l'inconscience des enfants qui luttent pour ce qu'ils croient être juste, le garçon se faufile le plus rapidement possible vers l'arrière du bateau. Plusieurs fois, il échappe de justesse à la vigilance des soldats. Il aperçoit même son père qui passe tout près de lui sans le voir. Du côté des officiers, tout est plus calme et, parvenu à sa cachette, le garçon relâche sa surveillance.

— Que fais-tu ici?

La voix du capitaine Beyer lui coupe les jambes. Il croit s'évanouir de frayeur en apercevant l'officier planté devant lui, le regard mauvais, prêt à tuer encore, pense-t-il.

— Je t'ai posé une question.

Karl se ressaisit. La vie de son ami dépend de ce qu'il va dire. Il doit être à la hauteur.

— Je suis venu cacher le chien pour vous empêcher de le tuer.

— C'est toi qui joues du violon? demande Georg plus doucement.

— Oui.

À leur mémoire à tous deux remonte un souvenir d'orage, de larmes et de musique. Ils n'entendent qu'au tout dernier instant les pas des deux soldats toujours à la poursuite du chien. Georg réagit le premier:

— Cache-le, vite!

Le garçon n'hésite pas une seconde et, quand les deux hommes les rejoignent, le chien a disparu.

LA GUERRE DES AUTRES

— Nous ne le trouvons nulle part, mon capitaine.

— Cessez les recherches, ordonne Georg. Il doit être allé mourir dans quelque recoin et nous avons des choses plus importantes à faire. Retournez à votre poste.

— Bien, mon capitaine.

Une fois les soldats partis, l'officier, désemparé devant sa propre faiblesse, se tourne brusquement vers l'enfant et lui ordonne:

— Emmène-le avec toi et que je ne le revoie plus!

Le lendemain, une cour martiale acquitte sans plus de formalités le capitaine Georg Beyer. Le lieutenant Becking, revêtu de ses plus beaux atours et enroulé dans un hamac, disparaît dans la mer avec tous les honneurs dus à un soldat loyal et courageux. Dans ses prières, l'aumônier recommande son âme à Dieu.

XII

Après quelques jours de pluie condamnant les hommes à une réclusion abrutissante, le ciel se dégage enfin. Les bateaux hollandais, pauvrement équipés et conduits par des marins négligents, ont encore pris du retard. Une fois de plus, il faut les attendre. Il se passe bien une demi-journée avant qu'on les aperçoive, naviguant péniblement malgré un soleil radieux et une brise complaisante.

Ces innombrables interruptions ajoutées aux tristes journées de pluie et de bruine ont abattu marins et soldats. Le voyage s'étire, source d'ennuis et de révolte. Tout prend des proportions alarmantes et sur le visage des hommes, dans leurs attitudes, on devine un désespoir nourri à même la langueur du temps. Les rations quotidiennes se répètent inlassablement et laissent un goût d'écœurement dans la bouche. Le scorbut en tourmente plusieurs; d'autres souffrent de la peur, et l'on ne saurait dire lesquels ont le plus de chances de survivre.

Le capitaine Hall, sensible à l'humeur de ses hommes, sent une menace rôder autour de son bateau. Il reconnaît bien cette étape critique des longues traversées et tente de convaincre Georg d'agir.

— Les hommes ont besoin de changements, de divertissements.
— Que proposez-vous?
— Je suggère une danse, ce soir, avec les dames.

Georg écarquille les yeux. Il ne croit guère aux vertus curatives de tels épanchements. Le moral des hommes est affecté, certes, mais une danse ne risque-t-elle pas d'amplifier le mal? Le capitaine du navire insiste:

— Un changement dans la routine remettrait les hommes dans la bonne voie. Ils en ont besoin, vous pouvez me croire.

Georg doit bien reconnaître la longue expérience du capitaine. Il accepte le risque à son corps défendant.

— D'accord, dit-il. Mais je vous tiens responsable de tout incident fâcheux qui pourrait survenir.

Aussitôt la nouvelle répandue, on astique les violons, en soutirant quelques accords discordants, histoire de s'ajuster les uns aux autres. Les guimbardes apparaissent comme par magie. Déchaînés, les hommes retrouvent leur entrain. Deux d'entre eux se lancent même à la mer en ayant pris soin de s'attacher à un câble. Une façon comme une autre de se débarrasser de l'odeur et de la crasse. Les marins revêtent leurs plus beaux costumes, ceux réservés aux filles des escales. Les femmes relèvent leurs cheveux et sortent des cachettes peignes, bijoux et rubans. Karine hésite. Avant de la quitter, Mme Kühn lui a fait cadeau d'une robe somptueuse. «Vous en aurez besoin en Amérique, lui a-t-elle dit. La vôtre ne tiendra plus longtemps. Il faut être à son avantage pour commencer une vie nouvelle.» Sourire aux lèvres, elle palpe le tissu, jouit de sa douceur. Les couleurs moirées coulent entre ses doigts comme mille neiges étincelantes. Elle imagine la surprise de Jacob et l'envie des autres femmes puis, doucement, respectueusement, elle rabat le petit matelas sur la robe bien étalée. Elle ne la portera pas ce soir. Une autre fois. Quand l'enjeu sera plus important.

— Tu viens, Karine? lui crie une de ses compagnes.

— Je vous suis dans un instant.

Et la danse commence! Le bateau tangue sous la frénésie des marins emportés par les airs de violon. Les hommes s'accrochent les uns aux autres, virevoltent au rythme de la musique endiablée.

LA GUERRE DES AUTRES

Le bateau prend feu, ensorcelé par les derniers rayons d'un soleil flamboyant qui attise la fougue des hommes et la volupté des femmes. Celles-ci, peu nombreuses, sont vite ravies à leur cavalier. Elles tournent sans toujours reconnaître les bras qui les soulèvent.

Le rire de Karine jette autour d'elle un souffle de désir. Elle rit de toute son âme, séduite par la douceur du soir et par la musique. Elle s'agrippe aux bras musclés qui la saisissent et profitent de sa joie. Des mains batifolent, mais elle n'en a cure. Rien ne peut ternir son bonheur.

Jacob, quant à lui, participe peu à l'élan commun. Il n'aime pas voir sa femme dans les bras de tous ces hommes qui se la partagent comme on se partage un quignon de pain.

La nuit tombe maintenant sur le navire éclairé par mille lanternes. Les autres bateaux, pareils à des lucioles, se sont rapprochés. Marins et soldats, envieux, veulent entendre la musique, tantôt gaillarde, tantôt langoureuse. Le vent souffle dans les longues voiles blanches comme une rumeur sans paroles pendant que des cris joyeux montent jusqu'aux étoiles. Sur tous les ponts, des rires fusent comme des étincelles. Les pieds martèlent les planches, et aux pas hystériques des hommes se lie insidieusement le bal de la mer, mystérieux et imprévisible. Ces bateaux qui frissonnent sous les lueurs nocturnes échappent au temps comme les farfadets des légendes. Ils naviguent dans un univers magique, dominé par un oubli providentiel et salutaire.

Heureux de l'insouciance momentanée de ses compagnons, Johann, peu familier avec la danse, se retire vers l'arrière du bateau. Il enjambe câbles, poulies, hale-bas et drisses et monte à l'échelle menant à l'abri des pilotes. Georg est déjà là, appuyé au bastingage, la tête levée vers les étoiles. Pendant un moment, Johann observe la silhouette élancée à laquelle l'uniforme donne une prestance singulière. Ombre énigmatique et vulnérable.

Poussé par il ne sait quelle étrange fascination, le soldat se rapproche doucement de l'officier. Qui sait? Peut-être la musique et l'obscurité enveloppante permettront-elles un contact, répréhensible en d'autres temps.

Un mauvais pas le fait trébucher. Georg se retourne prestement, prêt à bondir comme un animal à l'affût. Haletant, il regarde autour de lui, comme s'il cherchait à fuir. Derrière lui, la mer ronronne, à la fois effrayante et câline. Devant lui, le soldat aux yeux gris. Entre eux, aussi lourd qu'un bouclier, le corps d'une femme sans vie.

Georg tente de retrouver son calme. Le mutisme inquisiteur de Johann l'irrite. Tout comme la tendresse, la lucidité et la générosité qui transparaissent dans son regard satiné. Toutes choses qu'il voudrait anéantir.

Mû par une impulsion incontrôlable, l'officier s'avance, menaçant, vers le soldat. Johann ne bronche pas.

— Pardonnez-moi, mon capitaine, dit-il. Je n'ai pas voulu vous déranger. Je cherchais seulement un peu de silence.

Sans un mot, Georg passe devant lui, le bouscule et se précipite vers sa cabine.

Pendant ce temps, sur le pont, au hasard des pas, Karine a retrouvé les bras de Jacob. Haletante, elle rejette la tête en arrière, offerte à toutes les convoitises. Ses cheveux défaits tombent sur ses épaules. Jacob l'entraîne à l'écart pour la soustraire aux regards des hommes. Il la prend dans ses bras et la dépose doucement par terre. En dégrafant son corsage, il respire l'odeur chaude, caresse la peau ruisselante sous les rayons de lune, baise les seins soulevés par une respiration saccadée, provocante. Le corps de Karine hurle son désir et Jacob la prend jusqu'à l'apaisement.

Quand les amants s'éveillent, ils n'entendent plus que le clapotis des vagues sur la coque du bateau. La musique s'est tue. Les pas des danseurs ne claquent plus que dans les mémoires et l'aube grise attire les bateaux vers elle, sorcière de mauvais augure.

XIII

— Nous pouvons facilement venir à bout des marins. En tuant le capitaine Beyer et le capitaine Hall et en nous emparant de toutes les armes, nous devenons maîtres du bateau.

Christian Muller, Thomas Roth et Joseph Kuntz, tous trois arrachés de force à leurs familles et vendus à prix fort au roi d'Angleterre, tissent avec détermination des ferments de mutinerie devant une poignée de leurs camarades.

— Et les autres bateaux? rétorque un de ceux-ci. Tu les oublies?

— Pas du tout! explique Muller, le plus résolu des meneurs. C'est justement pour ça qu'il faut agir lors de la prochaine tempête. Pendant que tous les autres seront occupés à maintenir leurs bateaux, ce sera facile de s'éloigner et de faire demi-tour.

— Pour aller où? Et comment? demandent les autres, perplexes.

Tout est prévu. À cette étape, Thomas Roth prend les commandes.

— Ne vous en faites pas, les rassure-t-il. Quand nous serons maîtres du bateau, je me charge de vous ramener chez vous.

Les hommes écoutent comme s'il s'agissait là d'un beau rêve, sans plus. Ils opposent à l'exaltation des émeutiers la force des éléments déchaînés, leur ignorance de la mer, leur résignation. Sans se décourager, conscient de leur témérité et désireux de convaincre les plus timorés, Muller revient à la charge.

— Il faudra surtout poster des hommes aux canons. Pour ce qui est des marins, j'en connais plusieurs qui seront tout de suite de notre côté.

— Et les soldats? Vous avez pensé aux soldats? L'avancement les attend en Amérique; ils en rêvent depuis des mois!

— Et les recrues anglaises? Qui vous dit qu'elles nous suivront?

— Les récalcitrants, j'en fais mon affaire!

Joseph Kuntz a haussé le ton sans le vouloir. Ses bras puissants battent l'air, menaçants.

— Vous tenez vraiment à mourir dans cette guerre qui ne nous regarde pas? ajoute-t-il.

Joseph et ses compagnons ont décidé de réussir. Ils ne supporteront aucun obstacle. Ceux qui ne sont pas avec eux sont contre eux. Leur désir de liberté les dévore; ils en oublient la réalité.

— Il faudrait en parler à Johann Vogel. Lui saura, risque une des personnes présentes, aussitôt appuyée par d'autres.

— Je ne crois pas, réplique sèchement Joseph. Il n'acceptera pas.

— Comment peux-tu dire ça? Johann ne refusera pas de nous aider.

— Parce que je le connais, soutient Joseph. Il refusera de tuer, et notre projet ne peut réussir si nous épargnons les officiers.

Les hommes se taisent, le temps de soupeser avec soin les dernières paroles de leur compagnon. Au bout d'un moment, une recrue résume ainsi la pensée de tous:

— Nous ne ferons rien sans en avoir parlé à Johann Vogel. Si votre plan a du sens, il nous le dira.

Depuis le début de cette aventure, les hommes ont instinctivement choisi Johann pour leur servir de guide. À travers leur sagesse rudimentaire, ils le perçoivent comme l'étincelle capable d'embraser leur courage. Puisqu'il a signé un pacte avec les mots, puisqu'il sait leur faire exprimer l'inexprimable, il doit sûrement connaître le secret de leur survie.

Les trois meneurs comprennent qu'ils n'arriveront à rien en écartant l'étudiant de leur projet.

— C'est bon, admet Thomas Roth, malgré la réprobation muette de ses complices. Je parlerai à Johann Vogel. S'il accepte, vous êtes avec nous?

Les hommes grommellent leur acquiescement et quittent un à un la cabine surchauffée. Après leur départ, les émeutiers font le point.

— Tu crois que Vogel nous appuiera? demande Christian.
— Je ne sais pas. Nous verrons bien.
— C'est tout vu! s'insurge Joseph. Il ne viendra pas et les hommes resteront avec lui.
— Tu sembles bien le connaître.
— Oui. Depuis longtemps. C'est un beau parleur. Ah! Pour ça, il parle! Beaucoup! Et il rêve tout éveillé. Mais la vue du sang le rend malade. Il va tout faire échouer avec ses grandes idées.
— Alors pourquoi les hommes lui font-ils tellement confiance?
— Parce qu'ils aiment mieux écouter les beaux parleurs que de passer aux actes. C'est plus facile et moins dangereux.
— Que suggères-tu?
— Johann Vogel doit être tenu en dehors de tout ça.

Christian Muller, muet jusqu'à maintenant, intervient sans élever la voix:

— Il va peut-être avoir un accident. Rien n'est sûr sur ces bateaux.

Après un silence lourd de sens, Thomas pose la main sur l'épaule de Joseph.

— Allez, oublie Vogel. Notre plan ne peut échouer, nous avons tout prévu.

Tout. Sauf la présence inopinée du petit garçon, terrorisé derrière la porte. Il a beau se boucher les oreilles pour ne pas entendre, rien n'y fait. Les comploteurs sont partis depuis de longues minutes, mais il les entend toujours. «En tuant le capitaine Beyer... En tuant le capitaine Beyer...» Pourquoi répètent-ils toujours la même phrase? Le sang lui bat douloureusement aux tempes pendant que cette phrase lui martèle le front. «En tuant le capitaine Beyer... En tuant le capitaine

Beyer...» Les mots emplissent sa tête, frappent sa nuque, enserrent son front, brouillent ses yeux. Il les refuse, refuse tout en bloc, les mots, la mort, tout, mais les images reviennent, terrifiantes. C'est vrai, le capitaine a tué le petit lieutenant; mais il ne doit pas mourir. Le capitaine a puni également, il a crié, châtié. Mais il a pleuré aussi et il a sauvé le petit chien. Pour l'enfant, les larmes et la bonté annulent les pires méchancetés.

À l'aveuglette, il quitte sa cachette et retrouve péniblement sa paillasse, écartelé entre des sentiments contradictoires sur lesquels il s'endort d'un sommeil agité.

Quelques heures plus tard, au plus creux de la nuit, Karl se réveille en sursaut. Le bateau lui semble valser dangereusement. Le tonnerre fulmine, redoutable. Serait-ce la tempête? Déjà? Des éclairs transpercent la cale. L'enfant tremble de peur. S'il y a tempête, les hommes tueront le capitaine Beyer. Ils l'ont bien dit: ils profiteront de la tempête. Sans plus réfléchir, le garçon se faufile à travers les paillasses sans réveiller personne; il traverse ainsi, dans l'obscurité, tout le bateau pour se rendre à la cabine du capitaine. Ils vont tuer le capitaine Beyer. La tempête intérieure qui l'assaille lui cache le magnifique clair de lune et la bise amicale de cette nuit d'été. Le ciel lui semble brouillé par quelque orage que rien ne pourra assouvir. Le vent, le froid, la pluie ou le tonnerre n'ont rien à y voir. La tempête est en lui.

Georg dormait mal. Il entend immédiatement les petites mains tremblantes qui grattent à sa porte. En ouvrant, il reçoit dans ses bras le petit garçon fébrile, confus.

— Ils vont vous tuer! crie-t-il en tirant sur les vêtements de l'officier. Ils vont vous tuer! Il faut vous cacher! Vite!

— Calme-toi, lui dit le capitaine en essayant de se dégager.

— Mais ils vont vous tuer!

Le petit garçon se met à pleurer doucement dans les bras de l'officier. La mission est trop lourde; il n'en peut plus. Les tristesses de l'homme et de l'enfant s'entrelacent dans un compte à rebours vertigineux. Les années s'effacent les unes après les autres et découvrent deux petits enfants perdus dans un monde trop grand.

Karl est le premier à se ressaisir.

— Ils vont vous tuer! répète-t-il en criant.

Georg le prend dans ses bras et l'emmène jusqu'à son lit où il le dépose pour ensuite s'asseoir près de lui. Il lui faut un moment pour réintégrer ses fonctions d'officier.

— Tu crois que quelqu'un veut me tuer? demande-t-il d'une voix calme.

— Je le sais, je les ai entendus! Ils voulaient vous tuer à la première tempête. Quand j'ai entendu le tonnerre, je suis venu vous le dire; je ne veux pas qu'ils vous tuent.

— Tu as entendu le tonnerre?

— Oui. Et j'ai vu des éclairs. Je voulais arriver avant eux pour vous dire de vous cacher. Vite!

Georg serre le garçon contre lui. À son grand étonnement, il connaît les gestes. Ses bras se souviennent.

— Regarde Karl, il n'y a plus de tempête. Je ne suis plus en danger maintenant. Tu m'as sauvé.

Karl sourit. À travers le hublot, les étoiles et la lune lui apparaissent, plus brillantes que jamais. Le capitaine et l'enfant restent là, sans parler. Longtemps. Jusqu'à ce qu'une ombre passe dans les yeux de l'officier.

— Qui voulait me tuer? Combien étaient-ils? Où les as-tu entendus?

Il mitraille l'enfant de questions plus cinglantes que des gifles. Devant le regard effrayé de Karl, il se reprend toutefois et parle plus calmement.

— Il y aura d'autres tempêtes, tu sais, et ces hommes vont encore essayer de me tuer. Tu dois me dire qui ils sont.

— Et vous allez les faire mourir?

Georg voudrait, en effet, les jeter par-dessus bord sans plus de cérémonies mais, pour apaiser l'enfant, il leur désigne un autre sort.

— Non, je ne vais pas les faire mourir. Je vais les envoyer sur un autre bateau où ils ne pourront plus faire de mal à personne.

Karl a confiance. Son grand ami n'a pas tué le petit chien; il ne tuera pas les trois hommes.

En pleine nuit, les mutins sont arrêtés et le commodore, mis au courant par le tuyau acoustique[2], charge le lieutenant du Roy, du *Lively*, de les conduire sous bonne surveillance au bateau du capitaine Plessens. Ces arrestations exaspèrent les recrues. Leur mécontentement ne tarde pas à se manifester de différentes façons. Les soldats doivent redoubler de vigilance. Désormais, l'incident le plus insignifiant risque de provoquer une émeute et la routine qui ramène chaque jour les mêmes rations, les mêmes manœuvres, les mêmes douleurs, concourt à aviver la révolte. Plusieurs hommes atteints de scorbut brûlent de fièvre. L'ombre de la mort plane.

Quelques jours après l'arrestation des trois mutins, certaines recrues, guidées par Johann, refusent de tenir leur tour de garde tant qu'on ne leur aura pas fourni de la viande. Georg place les rebelles sous bonne garde et se rend auprès du colonel von Kühn pour lui demander la permission de punir sévèrement les coupables.

— Les hommes n'hésiteront plus à se rebeller si on laisse ces recrues impunies, argue-t-il.

— Vous avez raison, capitaine. Je vous envoie le lieutenant du Roy avec deux caporaux et douze hommes. La punition doit être exemplaire.

Le lendemain, devant tous les soldats, recrues, femmes et enfants réunis, les prisonniers reçoivent chacun 50 coups de fouet, ce qui a pour effet immédiat de calmer les esprits, mais d'augmenter l'amertume.

---

2. Mieux connu aujourd'hui sous le nom de porte-voix, le tuyau acoustique était un instrument en forme de tronc de cône qui pouvait mesurer jusqu'à six pieds de longueur, destiné à augmenter la portée de la voix entre deux vaisseaux.

Heureusement, l'été se répand sur la mer. Des journées chaudes succèdent aux journées pluvieuses et d'autres bateaux croisent la flotte, remplis à ras bord de rêves à vendre. Un bateau espagnol arrive de la Havane et retourne chez lui déposer sa cargaison de sucre. D'autres viennent des Indes, un autre de la Jamaïque. Leurs voiles, pareilles à des revenants, soufflent des murmures empoisonnés qui racontent le pays, les amis, les amours.

À bord du *British Queen*, la trêve aura toutefois été de courte durée. Les incidents se multiplient. Pendant l'office religieux, un homme désespéré se jette à la mer et les bateaux lancés à son secours arrivent trop tard. Le lendemain, trois hommes tentent de rejoindre à la nage un bateau espagnol, espérant qu'il voudra bien les prendre à son bord. Ils disparaissent dans une mer rouge, happés par des requins. Le même jour, deux femmes succombent au scorbut. On lance leur corps par-dessus bord sous les yeux effarés de leurs maris.

Alerté, le commodore devient de plus en plus exigeant. L'atmosphère de grogne se répercute sur les autres bateaux et les plaintes s'accumulent. Il ordonne donc que les voiliers demeurent rassemblés. À deux reprises, il sévit contre le *British Queen* et les boulets lancés tout près de la coque énervent les soldats. Georg doit s'entretenir vivement avec le capitaine Hall, trop négligent selon lui.

— Vous devez être plus vigilant, lui dit-il. Ces mesures de sécurité sont essentielles et il faut vous y plier. Nous ne devons pas nous éloigner de la flotte.

Le capitaine du bateau ne le sait que trop. Il pense avec amertume aux sept shillings qu'il devra débourser pour chaque coup de canon le rappelant à l'ordre. Il harangue ses marins avec une ardeur inhabituelle qui n'effraie personne, surtout en ce premier août, fête du souverain de Brunswick, un événement souligné en grande pompe sur toutes les embarcations.

À travers le tuyau acoustique, Georg s'entretient avec le capitaine van Herlingen, comme ils l'ont fait à l'occasion depuis le début de la traversée.

LA GUERRE DES AUTRES

— Vous faites face à des avaries, à ce qu'on dit, capitaine Beyer?
— Les hommes ne sont pas habitués à ces longues traversées. C'est normal qu'ils réagissent mal, explique Georg. Il suffit de les tenir en main.
— Quand les hommes ont faim ou quand ils souffrent, il ne faut pas tenter de leur faire entendre raison.
— Il le faudra bien malgré tout.
— Oubliez les règles de l'armée; la mer a ses lois propres.
Un cri interrompt leur conversation.
— Bateaux en vue!

Du mât principal, la vigie annonce sept bateaux encore visibles d'elle seule. Ils n'arborent aucun pavillon. Il est quatre heures de l'après-midi.

Toute la journée, on tente en vain de les apercevoir. Le marin visionnaire est accusé de supercherie ou d'hallucinations. On se moque de lui sans toutefois se séparer trop longtemps de son arme.

À minuit, un coup de canon réveille la flotte. Les bateaux mystérieux sont en vue et se rapprochent à grande vitesse. Du *Garland*, quatre lanternes accrochées les unes au-dessus des autres scintillent sur le mât arrière. Le signal est compris: les bateaux n'ont pas encore été identifiés, restez sur vos gardes. Les marins courent aux canons. Les soldats chargent leurs mousquets et se dispersent sur le pont.

La tension monte à mesure que se rapprochent les bateaux. Envoyé en éclaireur, le *British Queen* se trouve bientôt face au premier voilier clandestin. Georg ordonne à ses hommes de hisser le drapeau britannique. Après quelques instants d'une attente angoissante, son vis-à-vis fait de même. Ils ont affaire à des bateaux anglais.

— We come from East Indies, lui apprend une voix éraillée à travers le tuyau acoustique.

Aussitôt mis au courant, le commodore envoie des hommes vérifier la véracité de ces affirmations et la petite guerre prend fin autour d'une bouteille de rhum.

Tous respirent mieux. L'anxiété des dernières heures cède la place au sommeil et ces voiliers apparus dans la nuit resteront gravés dans les mémoires tels des vaisseaux fantômes apprivoisés.

À bord du British Queen, *le 4 août 1776*

Les hommes en ont assez, Martin. Aucune parole ne les apaise. Si le voyage ne prend fin bientôt, je ne sais vers quel désastre nous courons. Je ne reconnais plus les serfs de l'Empire germanique. Ceux-là mêmes qui nous semblaient si apathiques et résignés ruent et grognent aujourd'hui. Peut-être ont-ils touché ici l'abîme de l'indigence. Il aura fallu cette vie infernale pour que les tisons de la haine brûlent leur esprit.

La rébellion fomente plus facilement dans la faim, dans la courbature, dans le prurit, la moisissure et les nausées.

Elle ne naît pas dans la tête des hommes. Nous nous trompions, Martin. Elle croît d'abord dans le corps, ensemencée par l'eau putride et nauséabonde qu'il faut filtrer à travers une chemise. Elle devient évidente quand les dents se brisent sur des biscuits trop durs, hérités d'une autre guerre et que seuls les boulets de canon réussissent à broyer. Elle germe secrètement dans les raisins trop secs où grouille la vermine et dans le riz aux couleurs suspectes. Elle fermente comme par magie dans la crasse et la maladie.

Ceux qui survivront à cette déchéance seront-ils toujours des hommes?...

XIV

Accompagnée par quelques baleines audacieuses et enjouées, la flotte continue sa course, malicieusement aiguillée par le vent. Nerveux, Georg et le capitaine Hall hument l'air du large pour en déceler les embûches.

— La journée d'hier a été bonne, commente le capitaine du navire pour amorcer la conversation. Nous avons parcouru 103 milles. C'est notre meilleure performance, mais je ne crois pas que nous pourrons la répéter aujourd'hui.

Indifférent aux propos de son compagnon, Georg scrute l'horizon maussade sans répondre. L'autre continue:

— Le vent ne me dit rien de bon.

Ces vaisseaux redoutables deviennent des enfants dans les bras du vent et seuls les marins rompus à ses manigances savent le deviner.

— Le ciel se couvre. J'ai peur que nous essuyions une forte tempête. Mes hommes sont nerveux et leur instinct les trompe rarement.

— Que pouvons-nous faire? demande Georg d'une voix qui trahit son anxiété.

— Rien, sinon attacher tout ce qui peut bouger. Et prier...

À dix heures, quelques hommes ont réussi à s'endormir. Les autres veillent. L'orage s'avance lentement, tiré par un vent sournois qui met du temps à prendre toute sa force. La lourdeur de l'atmosphère laisse présager le pire et il faut à Karine et à ses compagnes toutes leurs réserves d'amour et de tendresse pour calmer les enfants apeurés. Toutes se collent les unes aux autres pour résister au roulis. Chaque mouvement, chaque craquement leur broie les os aussi cruellement qu'un étau.

Jacob et d'autres recrues aident les marins sur le pont tandis qu'un petit groupe, dirigé par Johann, attache tout ce qui peut l'être. Enfermé dans sa cabine, Georg essaie de prier comme le lui a conseillé le capitaine Hall. La tête enfouie dans son oreiller, il est incapable de participer aux opérations de sauvetage.

Les bourrasques, soudain, deviennent si violentes que la nuit tout entière semble se heurter au bateau. La mer jaillit de partout, montagne en furie. Les vagues rugissent en se lançant vers le ciel où elles cravachent la pluie. Duel titanesque.

Les cris des marins traversent à peine les hurlements de la mer. Jacob se rattrape difficilement aux cordages. Les ordres du capitaine Hall ne lui parviennent plus, étouffés par les clameurs de la tourmente.

Soudain, un craquement atroce rampe tout le long du bateau. Le *British Queen*, aveugle, vient de harponner le *True Friend*. Suivent quatre secousses violentes, quatre coups de butoir. Le bateau chancelle, tailladé par l'autre embarcation et malmené par la mer. À la lueur d'un éclair, les marins aperçoivent un homme projeté à l'eau. Plusieurs sont brusquement jetés sur le pont et n'arrivent pas à se relever. C'est chacun pour soi. On s'accroche à tout ce qui semble encore tenir, parfois à un compagnon que l'on entraîne dans sa chute.

Karl n'en peut plus. Dans la cale, le désordre est indescriptible. Le garçon entend les cris des femmes et des enfants, de même que les craquements du bateau comme autant de gémissements. Là-haut, son père se bat avec les hommes contre la mer en furie. Sa place est sur le pont, avec eux. Et comment Georg résiste-t-il sans lui, sans le violon? Il doit tous les retrouver. Ils comptent sur lui. Sans hésiter, il s'engage dans l'échelle, mais la valse démente du navire l'empêche de progresser. Il doit rapidement se réfugier sous un escalier, le seul endroit où il ne risque pas d'être projeté sur les murs. Pendant plus de deux heures, il devra attendre là, malade, incapable même de se lever. Autour de lui, un vacarme assourdissant de bois qui craque, de débris qui se heurtent les uns aux autres. Puis l'orage, repu, se calme un peu. L'enfant peut alors se rendre sur le pont, malgré le vent qui lui cingle les joues et menace, à tout moment, de le jeter par-dessus bord. Il lui faut se raccrocher à tout ce qui tient encore pour avancer.

— À l'aide...

Le garçon s'arrête. Il croit avoir entendu une voix épuisée tout près de lui.

— À l'aide... Aidez-moi...

En chancelant, il cherche d'où vient la voix et découvre avec stupeur son père suspendu au-dessus de l'eau, se tenant comme il le peut à un mât coupé en deux. Karl tente vainement d'agripper la main libre, sanguinolente, qui frappe l'air, mais leurs doigts se frôlent sans jamais se retenir. Conscient de sa faiblesse, le garçon laisse son père et court à la cabine de Georg. L'officier, à genoux, livide, ne l'entend pas, même si l'enfant hurle pour le tirer de son hébétude.

— Vite! Mon père va mourir! Levez-vous! J'ai besoin de vous!

Il pousse le capitaine sans pitié, le frappe au visage, le griffe.

Incapable de raisonner, celui-ci reste indifférent, sourd et aveugle. Il meurt à petit feu, la bouche sèche, le cœur au ralenti. La tempête l'assassine. Pour la millième fois. La voix de Karl se mêle dans sa tête à celle d'un autre enfant. Paralysé, celui-ci reste là à regarder son père le renier, à regarder sa mère mourir, à regarder sa vie se dérouler sans lui. Il ne peut rien faire. Son grand corps d'homme, magnifique, lui refuse tout secours. Il ne peut ni crier, ni courir, ni se jeter à l'eau pour enfin mourir comme il le souhaite depuis si longtemps. Seul avec sa pauvre existence, il geint comme un moribond. Le bruit d'un corps de femme qui s'effondre sur le sol. Des coups de fouet. «Tu n'es plus mon fils...» Des cheveux si blonds dans la vase. Longs comme sa mémoire.

— Venez, je vous en prie... Venez aider mon père.

Il repousse l'enfant qui l'appelle à l'aide. Alors celui-ci lui crache sa haine au visage.

— Je te déteste! Je te déteste! Tu n'es plus mon ami! Je te déteste!

Karl court retrouver son père, de plus en plus mal en point, ne survivant que par la force de son bras valide.

— Donne-moi la main, papa! Je vais t'aider.

Dans un effort surhumain, Jacob réussit à saisir les petits doigts malhabiles et impuissants. Il va entraîner son fils dans la mer déchaînée lorsque des bras vigoureux saisissent l'enfant par la taille et le tirent vers l'arrière. Georg met toute la force qui lui reste dans ce geste ultime. La main de Jacob glisse sur les petits doigts; Karl sent son père lui échapper.

— Non! Papa, tiens ma main! Papa!

Il va partir avec lui. Il ne doit pas lâcher sa main. Un grand silence s'installe autour de ces trois êtres. Le reste de l'univers a cessé d'exister et toute la vie se résume à ces mains suppliantes qui s'agrippent les unes aux autres. Tout en tenant fermement le garçon pour éviter que le roulis du bateau ne le fasse basculer par-dessus bord, Georg tente de saisir la main de Jacob, mais il est trop tard. Il n'y arrivera pas. Jacob disparaît dans la mer profonde. La longue plainte qui s'échappe de son corps heurté par le bateau tarit le sang dans les veines de son fils. Pendant quelques instants, Karl cesse de vivre dans les bras de Georg, mais rapidement la colère et le dépit le ramènent à la vie.

— C'est de ta faute! hurle-t-il. Tu as tué mon père. Tu aurais pu le sauver, c'est de ta faute!

L'enfant frappe, et frappe, et frappe encore. Puis, à bout de force, il s'effondre aux pieds de Georg. Petit amas de souffrance et d'incompréhension.

La tempête s'éloigne, laissant aux survivants la tâche pénible de compter les morts.

À la lueur de l'aube encore zébrée des restes de l'orage, le *True Friend* et le *British Queen* se retrouvent face à face, îlots esseulés dans l'immensité de l'océan. Le reste de la flotte a disparu, et les équipages des deux bateaux gravement avariés ne doivent plus compter que sur eux-mêmes pour soigner leurs blessures et retrouver leur route.

La célérité du capitaine du *True Friend* a sauvé les bateaux d'un naufrage certain. Malgré la violence de la tempête, il a tout de suite sectionné le mât de beaupré du *British Queen*. En se retirant, celui-ci a brisé le mât d'artimon de sa victime, déchiré le mât de tempête et emporté la voile supérieure tout en jetant par-dessus bord câbles et poulies. Les dommages du *British Queen* semblent donc minimes comparés à ceux du *True Friend*. Toutefois, les pertes en vies humaines sont plus importantes. Trois marins et quatre soldats manquent à l'appel sur le bateau du capitaine Hall.

Encore secoués par l'effroi et par l'ampleur du désastre, les hommes et les femmes errent comme des amnésiques sur un champ de bataille. Des chaises brisées s'appuient sur des canons délivrés de leurs attaches. Bottes, gobelets et valises s'entassent pêle-mêle. Des pantalons déchirés gisent près d'une écoutille arrachée. La misère et la douleur peuvent aussi être risibles.

Karine et Éva cherchent leurs hommes à travers les décombres et les blessés.

— Papa! Karl!

La fillette appelle d'une petite voix tremblante, affaiblie par une forte fièvre. Pourquoi son père n'est-il plus jamais là quand elle a besoin de lui? Ce bateau est maudit. Elle voudrait se trouver ailleurs, courir encore dans les champs qui bordent le village de Nettelcamp. Elle s'ennuie des fleurs, du gros arbre où chantait l'oiseau gentil. Elle se rappelle l'odeur de la bonne soupe, la douceur de son lit, le rire de son père quand il lui racontait des histoires.

— On va chez nous... supplie-t-elle.

De grosses larmes coulent sur ses joues. Karine la serre contre sa poitrine en refoulant les siennes. Autour d'elles fusent des cris. On distingue à peine les ordres des appels à l'aide. Deux hommes sont très gravement blessés et le médecin du *True Friend* fait la navette entre les deux bateaux, de même que le charpentier et l'aumônier dont les services sont requis partout en même temps.

Le capitaine Hall a posté des marins là où le besoin s'en faisait le plus sentir et il s'adonne maintenant à une inspection plus poussée de son bâtiment. Heureusement, ses hommes savent la mer et ses furies; depuis longtemps, ils ont pris le parti de ses méchancetés. Ils lui appartiennent corps et âme. Elle coule dans leurs mémoires, la mer, s'accouple à leurs larmes. Ils la connaissent de toutes leurs souvenances et acceptent patiemment ses humeurs.

Les soldats de Georg ont plus de mal à se remettre. Quelques-uns, hagards, s'acharnent à retrouver un chapeau ou un couteau, comme si l'avenir en dépendait. D'autres épient constamment le ciel, anxieux. Certains se sont joints aux marins qui remettent le bateau en marche. Tous attendent des ordres qui tardent à venir.

Le capitaine Beyer s'éveille douloureusement de ce cauchemar. Il reconquiert à petites doses le détachement salutaire qui assurera sa survivance. Karl dort près de lui et il l'envie. Dormir... L'engourdissement. Ne plus rien ressentir.

En se dirigeant vers les soldats qui le réclament, l'officier croise Karine et Éva, en larmes toutes les deux. La première, sans qu'il y paraisse, par en dedans; la seconde avec effusion, sans pudeur. Elles appellent Karl et Jacob et leurs voix s'élèvent plus vers le ciel qu'elles ne s'adressent à leurs compagnons d'infortune.

Il y aurait tant de choses à dire. Georg voudrait désapprendre la parole. En l'apercevant, Éva se blottit contre le ventre de sa mère. Elle est convaincue que Georg ne pleure jamais parce qu'il fait toujours pleurer les autres. Elle a peur.

— Ton fils est dans ma cabine, dit l'officier sans regarder Karine. Il va bien.

La jeune femme reçoit cette nouvelle avec reconnaissance.

— Je peux aller le chercher? demande-t-elle.
— Oui.

Il les suit du regard, mais ce qu'il voit, c'est Karl, sa petite main dans la sienne, si frêle et si forte à la fois. La douleur extrême de l'enfant qui devra expliquer la mort, trop grande pour lui.

— Attends!

LA GUERRE DES AUTRES

Karine ne se retourne pas. Elle sait que ce qui viendra lui fera mal. Elle désire ne jamais l'entendre. Karl va bien. Le reste ne pourrait-il attendre?

Georg la rejoint et l'oblige à se retourner.

— Ton mari est mort cette nuit. Nous n'avons rien pu faire pour le sauver. Karl a essayé, mais il n'a pas pu.

Les yeux de Karine transpercent ceux de l'officier. Elle le déteste. Il détruit tout ce qu'il lui restait d'espoir et il ne donne rien en retour. «Ton mari est mort cette nuit...» Quel mari? Quelle nuit? Elle refait lentement les syllabes, remonte à la surface, rature les mots pour endiguer le goût de fiel qui lui monte à la bouche. «Ton mari est mort cette nuit...»

— Capitaine!

De partout sur le bateau, on le réclame. Georg hésite un moment. Entre la vie et la mort. Entre l'élan et le rejet. Karine choisit pour lui.

— Viens, Éva, dit-elle en tournant le dos au capitaine. Nous allons chercher ton frère.

Elle n'a fait que quelques pas lorsqu'elle croise Johann. Sans dire un mot, elle s'effondre dans ses bras. Il caresse les cheveux blonds, doucement.

— Je veux retrouver Karl, murmure-t-elle enfin. Il doit être tellement malheureux.

Incapable d'échapper à une emprise qu'il n'identifie pas encore, Georg les regarde se diriger vers sa cabine. Il reste seul, cerné de cris, engourdi. Un soldat surexcité l'entraîne vers ce qui reste du mât de beaupré.

La cabine du capitaine Beyer est vide. Seule une odeur d'homme et de sueur persiste.

— Où est-il, Johann? Il faut le trouver. J'ai tellement besoin de lui!

Karl viendra plus tard chercher auprès de sa mère le réconfort. Pour le moment, il caresse son violon qui lui rend à sa façon la tendresse donnée. Les notes s'égrènent au bout de ses doigts, plus fragiles que la vie même, limpides et pures comme l'enfance épargnée. Une mélodie belle comme la main qui la crée, avec la douceur des souvenirs heureux.

Plus tard, Karine retrouvera son fils. Elle croira le retrouver. Plus tard. Quand l'âme du violon aura pansé le cœur mutilé de l'enfant.

XV

Discrètement, le capitaine Hall entraîne Georg à l'écart. Depuis deux jours, ils ont repris la route, suivis du *True Friend*. Les deux bateaux coupent l'eau, toutes voiles dehors, sous un ciel clément.

— Nous avons une importante fuite d'eau du côté de la soute. Mes hommes y ont travaillé toute la nuit, mais nous avons besoin d'aide.

— Je vous envoie des hommes. Combien?

— Quatre hommes sûrs. Je ne veux pas ébruiter la chose. Vos soldats ont eu passablement d'émotions. La panique est à éviter à tout prix. Inutile de vous dire que ce travail est des plus dangereux. Les hommes risquent de se retrouver à la mer à la moindre inattention. Une vague un peu forte et tout peut céder.

— La situation est aussi alarmante?

— Comme je vous le dis, capitaine Beyer.

Johann et trois de ses camarades sont dépêchés au secours des matelots épuisés. Georg n'a précisé à aucun d'eux la gravité des dégâts. Il leur a simplement ordonné d'obéir au capitaine Hall. Pour les autres soldats et recrues, ils vont effectuer quelques travaux de routine.

En apercevant la brèche et les masses d'eau pompée continuellement et sans résultat apparent par les marins, Johann et ses compagnons ne peuvent dissimuler leurs craintes. Ils aimeraient rebrousser chemin, mais c'est impossible.

— Allons-y, leur dit Johann. Il faut boucher ce trou.

Sa détermination leur insuffle le désir de se battre encore contre cette mer agressive qui les tient en otage.

Un peu plus loin, Georg et le capitaine Hall s'entretiennent sans hausser la voix.

— Vous croyez que nous sommes en danger? demande le Brunswickois.

— Si le beau temps persiste, ça ira. S'il y a une autre tempête avant que l'on ait colmaté...

Le haussement d'épaules du marin en dit long.

Quelques heures plus tard, les recrues, épuisées, retournent à leur cabine pour prendre une heure de repos. Elles y sont aussitôt assaillies par des hommes affolés.

— C'est vrai que le bateau va couler?

— On dit qu'il y a un trou grand comme un homme!

Ils forment un cercle autour de leurs compagnons. Des dizaines d'yeux interrogateurs fixent ces pauvres hommes condamnés au secret.

— Il y a une brèche, c'est vrai, dit finalement Johann, mais nous arriverons sans peine à la colmater.

Un soldat plus âgé que les autres refuse de saisir cet espoir.

— Il ment! crie-t-il. Il n'y a plus rien à faire, mais il ne veut pas nous le dire. Nous allons couler!

Fiévreux, impatients, les hommes resserrent le cercle autour de leurs camarades en maugréant.

— Je ne vous mens pas, réplique Johann. Il y a une brèche assez importante, je vous le répète, mais la réparation va bon train. Encore quelques heures et tout sera rentré dans l'ordre.

Malgré les ordres reçus, il estime leur devoir la vérité. Son assurance les apaise. Un des hommes se joint à lui pour en appeler à leur patience.

— Faisons confiance à Johann. Il nous tiendra au courant. De toute façon, nous ne pouvons rien faire de plus.

LA GUERRE DES AUTRES

Toute la nuit, les hommes désignés assistent le charpentier du *British Queen*, un joyeux gaillard au cou de taureau qui sait le bois comme les marins savent la mer. Dans les cabines, personne ne dort. Les coups de marteau résonnent le long de la coque.

À l'aube, un soleil radieux efface les dernières craintes et Johann, harassé mais heureux, peut confirmer la nouvelle qui court déjà: dans quelques minutes, le trou béant ne sera plus qu'un mauvais souvenir. Des cris de joie reçoivent cette information et le danger s'éloigne, vaincu encore une fois.

À mesure que le bateau avance, il plonge dans un brouillard de plus en plus dense. Le ra des tambours, mélancolique, perce la brume et la nuit. Les hommes se relaient pour maintenir constamment le contact entre les deux vaisseaux égarés. Le 16 août, la triste brumaille se dissipe enfin et le banc de Terre-Neuve apparaît. Comme des enfants en vacances, les hommes épargnés par la maladie tendent leurs lignes dans l'espoir d'attraper quelques-unes de ces morues dont les marins leur ont tant vanté les mérites. Pour maintenir les lignes, ils utilisent des boulets de canon et, après une vingtaine de minutes à peine, une morue de dix livres est hissée sur le pont au milieu des cris. Le quart d'heure qui suit rapporte une dizaine de prises pesant plus de vingt livres chacune.

Cette viande appétissante est la bienvenue, car à cette étape de la traversée les vivres se raréfient. Le pain de seigle est maintenant complètement moisi. Les poulets ont tous été mangés par les officiers, et la viande qui reste attire la répulsion plus que l'envie. Les rations quotidiennes consistent invariablement en porc salé et en pois, autant pour les officiers que pour les marins et les soldats. Chaque jour, des hommes se battent pour réussir à tremper leurs lèvres dans une eau putride à l'odeur inquiétante. Dans de telles conditions, comment éviter que les morues ne suscitent les convoitises? Chacun veut voir, toucher, sentir. Les papilles salivent. Ce cadeau de la mer dépasse toutes les espérances. Elle leur a volé des vies; elle leur offre la survie en retour.

Georg laisse les hommes se réjouir de cette abondance inespérée. Au contact de la mer, de ses mesquineries et de ses grandeurs, il acquiert peu à peu le goût de la joie. Glück, le petit chien de Karl, vient se frotter à ses jambes. Le corniaud, d'une maigreur cadavérique, a quitté sa cachette depuis quelques jours et personne n'a trouvé à y redire. Georg non plus.

— Il faut repartir, le vent est favorable, annonce le capitaine Hall.

Le plaisir des soldats aura été de courte durée.

— Retournez à vos quartiers, ordonne Georg.

— Quand pourrons-nous manger les morues? demande un soldat.

— Vous en aurez pour le dîner. Chacun aura sa part.

Méfiants et peu habitués aux largesses de leur supérieur, les hommes quittent le pont en jetant un coup d'œil inquiet à leurs prises. Mais, dès que le poisson est apprêté, Georg le fait distribuer en rations égales aux malades d'abord, puis aux femmes, aux enfants, aux soldats et aux marins. Le repas, ce soir-là, se prend dans un silence respectueux, avec tous les rites propres à une communion. Dans le quartier des soldats où Karl a été accepté, Johann partage sa part avec le garçon et son chien, tout aussi affamés l'un que l'autre. Dans le réduit où les femmes sont entassées et où la puanteur devient de plus en plus obsédante, Karine fait manger Éva, doucement, patiemment. Dans le corps de la fillette, la maladie s'impose. Ses cheveux blonds ont perdu leur éclat et les joues pâles et creuses altèrent la vivacité des yeux. Karine pose sa main sur le front brûlant et sursaute en sentant la chaleur qui s'en dégage.

— Mange, ma chérie. Ça va te donner des forces et demain tu pourras pêcher toi aussi.

Elle met dans sa voix toute la conviction possible, mais les enfants devinent toujours la tromperie derrière les déguisements, aussi beaux et tendres soient-ils.

— Je vais rester malade.

— Mais non, avec ce poisson, tu vas guérir. Il faut manger.

— Où est papa? geint la fillette.

— Il est au ciel. Je te l'ai expliqué hier. Il est allé au ciel pour nous faire une place et un jour nous allons tous le retrouver.

— Je veux aller au ciel aussi. Je veux papa.

Karine détourne la tête pour cacher ses larmes. «Non! Pas ma petite fille! Les petites filles ne doivent pas mourir! Je vous en prie, mon Dieu...»

Éva s'endort enfin d'un sommeil agité et Karine peut donner libre cours à son désespoir. Elle appelle Jacob. «Veille sur elle. Demande à Dieu qu'il me la laisse. Jacob, mon amour, protège-nous.» Elle n'en peut plus. Il faudra bien la vie entière pour guérir de toute cette peine. Épuisée, elle s'allonge auprès d'Éva maintenant recroquevillée sur sa couche. Elle serre dans ses bras ce petit être que la vie abandonne peu à peu.

XVI

Après le grand banc de Terre-Neuve, les hommes reprennent espoir. En mer depuis près de trois mois, ils peuvent maintenant sentir la terre au froid qui s'accentue de jour en jour. Le poisson abondant leur assure la survie, et la présence amusante des pingouins, la plainte douce des baleines, les cormorans, les sarcelles, tout les rassure et leur annonce la fin prochaine de ce long périple. Des pêcheurs canadiens leur apprennent que les rebelles américains ont quitté le Canada. La guerre s'éloigne donc en même temps que l'été. La mer elle-même prépare la grande rentrée. Les odeurs se diluent dans la fraîcheur des matins. De chaudes évaporations montent de l'eau et se heurtent à la froidure de l'air.

Les hommes attendent sans vraiment savoir. Le pays est maintenant loin derrière, inaccessible. Force leur est d'avancer vers ce qui n'a encore qu'un nom, sans visage ni cœur. Devant eux se profile Placentia Bay, suivie de l'île Saint-Pierre. Tous écarquillent les yeux pour ne rien manquer. Ils hument l'odeur de pins et de terre qui glisse vers eux. De plus en plus de bateaux croisent leur route et ils échappent ainsi à la solitude des dernières semaines. En effet, tous les marins des frégates et des bateaux de pêche les saluent chaleureusement. Des pêcheurs échangent du poisson contre du brandy avec les officiers. La proximité rassurante de la terre ravit à l'océan une part considérable de son mystère. Délivrés, les voyageurs reprennent un rythme plus familier; leur respiration s'accorde au vent qui frôle la côte. L'horizon se resserre et les yeux recommencent à voir après des semaines d'aveuglement. Même les tempêtes n'apeurent plus. Le vent ne charrie plus la même désespérance puisqu'il apporte les clameurs de la terre.

Georg passe de plus en plus de temps avec Karl, délaissé par sa mère, tout entière tournée vers la fillette malade.
— Il faut placer tes doigts de façon à ne jamais toucher la deuxième corde.
— C'est difficile.
— Je sais, mais tu vas y arriver.

À la lueur d'un fanal, pour la millième fois, le petit garçon recommence sous le regard attentif du chiot dont les oreilles bougent dans tous les sens à chaque son. L'archet glisse sur les cordes.
— Je n'y arriverai jamais, se désole l'enfant.
— Il ne faut pas te décourager. Tu vas voir comme cette pièce est jolie. C'est ma...

Georg se tait. C'est sa mère qui lui a appris cette petite sonate quand il avait à peu près l'âge de Karl. De cela, il ne peut pas encore parler. Seulement accepter, amer, qu'il est difficile de s'affranchir des secrets trop longtemps tus.
— Arrêtons-nous là. Je vais te reconduire.
— Regardez! La mer brûle! s'écrie le garçon dès qu'ils se retrouvent sur le pont.

Le vaisseau se faufile dans la nuit, coupant les vagues avec force, et des étincelles virevoltent en effet autour de la coque, diffusant une lumière ardente. Karl écarquille les yeux sans comprendre, tout à la fois émerveillé et craintif.
— Le bateau nage dans le feu, murmure-t-il.

Amusés, le capitaine Hall et deux marins s'approchent en souriant.
— C'est la friction de l'huile et des particules de feu dans l'eau salée qui crée cette lumière, explique l'un des marins.

— Mais non! rétorque le capitaine Hall. C'est à cause des animalcules dans l'eau.

Ils reprennent alors une discussion déjà tenue des centaines de fois par tous les marins du monde. Personne n'a jamais pu s'entendre à ce sujet et il semble bien que l'unanimité ne se fera pas encore ce soir. Georg propose alors une expérience. Selon ses instructions, on hisse une chaudière d'eau de mer sur le pont. Dès que l'on remue l'eau, des étincelles jaillissent pour disparaître aussitôt que l'eau redevient calme. À travers un fin mouchoir, le capitaine filtre l'eau puis tout le monde le suit dans sa cabine où, toutes chandelles éteintes, le mouchoir jette une lumière pareille à celle de charbons ardents. Les témoins doivent donc se ranger à l'avis du capitaine Hall.

— Il doit y avoir de petits animaux qui ont une tache phosphorescente sous le ventre, comme le ver luisant, explique celui-ci.

Karl est fasciné, mais Georg le rappelle à l'ordre:

— Il faut aller te coucher maintenant.

Le lendemain, le 25 août 1776, la côte de Terre-Neuve est en vue, majestueuse. Les bateaux naviguent toute la journée, poussés par un bon vent et par l'espoir d'entrer bientôt dans le golfe du Saint-Laurent. Vers la fin de l'après-midi, ils passent devant l'île aux Oiseaux sise au milieu du golfe et, dans la soirée, ils voient clairement l'île Bonaventure puis le cap Rosier qui leur indique l'embouchure du fleuve. Tout le bâtiment trépigne. La nouvelle se répand comme rafale de neige. La dernière étape du voyage s'amorce et la couleur de l'eau change en même temps que l'humeur des soldats. Tout le monde veut participer aux manœuvres. Les esprits s'échauffent et le capitaine Beyer doit réduire les heures passées sur le pont afin d'éviter tout incident.

Karine, au chevet de la petite Éva, ne sait que prier. Johann la réconforte du mieux qu'il peut.

— Nous serons bientôt arrivés. Ça ira.

Malheureusement, les trois jours suivants, un vent contraire oblige les voiliers à l'inaction. Les patiences s'effilochent devant cet arrêt forcé, si près du but, et Georg doit maintenir une discipline sévère. Les hommes succombent à l'exaspération au moindre contretemps.

Au matin du quatrième jour, le capitaine du *True Friend*, M. Dommes, annonce que la femme d'un de ses mousquetaires a donné naissance à un garçon. L'enfant se prénommera Laurent en l'honneur du fleuve. Le jour même, un soldat du *British Queen* et sa femme agissent comme parrain et marraine, mais la cérémonie est écourtée en raison d'un vent favorable qui permet aux bateaux de repartir. Ils n'ont pas encore atteint leur vitesse de croisière que Karl pénètre en trombe dans la cabine du capitaine Beyer. Il porte dans ses bras le petit chien ensanglanté et des larmes mouillent ses joues. Georg prend l'animal et le dépose sur son lit. Muet, l'enfant attend un miracle. Après un examen sommaire, l'officier constate qu'il n'y a plus rien à faire. Le chiot a été mordu par un ou plusieurs rats auxquels il a dû s'attaquer, poussé par la faim. Il est mort.

— Je regrette, Karl. Je ne peux rien faire.

L'enfant pleure. Georg l'attire vers lui en le tenant fermement par les épaules.

— Ta responsabilité ne s'arrête pas là, lui dit-il en le regardant droit dans les yeux. Tu t'es occupé de Glück quand il était vivant. Tu dois continuer à t'occuper de lui maintenant qu'il est mort. Il compte sur toi. C'était un animal courageux. Tu dois être digne de lui.

Il va vers un gros coffre dont il soulève le couvercle pour en retirer un châle jauni qu'il rapporte à l'enfant. Celui-ci enveloppe le chiot dans la pièce de tissu et tous les deux sortent de la cabine. Karl ne pleure plus. Très grave, il reconduit son petit ami aux portes de sa nouvelle vie.

Le jour suivant, la brise amène avec elle une pluie diluvienne suivie d'un brouillard intense. Le danger de frapper la côte étant trop grand, le capitaine Hall ordonne de jeter l'ancre. Son collègue du *True Friend* veut en profiter pour se rendre à terre. Il invite Georg à l'accompagner mais, seul officier à bord, celui-ci croit préférable de décliner l'offre. Parce qu'il lui fait confiance, malgré tout, il délègue Johann.

Le rivage, difficile d'accès à cause des rochers bien camouflés, s'ouvre sur une forêt immense, insondable. À l'entrée d'une baie magnifique, les explorateurs découvrent avec ravissement quatre huttes récemment abandonnées. Recouvertes d'écorce, elles contiennent des paniers et des vases faits du même matériau. Un peu plus loin, les hommes se rafraîchissent à une chute. Johann laisse l'eau caresser ses mains. Il touche à la vie, plein de reconnaissance. Un instant isolé de ses compagnons, il pense se perdre dans la forêt, disparaître à jamais dans ce pays d'illusions, oublier la guerre pour que la guerre l'oublie. Les yeux suppliants de Karine, seule avec sa fille malade, le rappellent à bord, comme des phares sans lesquels il risquerait de perdre ce qu'il ne possède pas encore.

Le 1er septembre, neuf bateaux venant de Québec croisent leur route. Ils prennent avec eux les lettres des officiers pour leurs parents restés au pays. Marins et soldats s'insurgent contre ce traitement de faveur.

— Nous voulons aussi écrire à nos familles!

— Vous ne savez même pas écrire, rétorque Georg.

— Je vais écrire pour eux, propose Johann.

Conscient de la précarité de sa position tant qu'il n'a pas rejoint le reste de la flotte, Georg piétine son orgueil décuplé devant ce petit soldat trop parfait, toujours prêt, croit-il, à le défier. Il décide de ne pas heurter les hommes.

— Vous avez une heure, leur dit-il. Pas une minute de plus.

Soldats et marins font la queue pour dicter leurs messages. Parfois une seule phrase pour dire l'ennui ou l'amour. Parfois des cris de détresse à travers des mots de tous les jours.

LA GUERRE DES AUTRES

Avant de ranger sa plume, Johann rejoint Karine.
— Tu veux écrire à quelqu'un?
— Je n'ai plus personne là-bas. Tout ce qu'il me reste est ici.
Elle regarde Karl et Éva, puis plonge ses yeux dans ceux de Johann.

1er septembre 1776

Cher Martin,

Notre voyage tire à sa fin. Quand tu recevras cette série de lettres, je serai quelque part dans un nouveau monde dont je ne sais rien encore.

Comment les gens vivent-ils ici? Quels visages y prennent la misère et l'opulence? Quels ravages la guerre a-t-elle semés?

Nous allons bientôt accoster en terre étrangère. Aurons-nous seulement le temps de panser nos plaies... avant d'être engloutis dans la guerre?

Nous avons perdu des hommes dans cette traversée. Deux enfants sont morts également et rares sont ceux que le scorbut n'a pas atteints. Mon ami Jacob n'est plus. Il rêvait d'un monde à la mesure de ses forces. Sa femme et ses enfants, maintenant seuls, devront faire face, sans lui. La petite Éva est tellement malade que je me demande même si elle survivra.

Que la misère de nos gens est grande, Martin. Plus grande parfois que notre courage et notre foi.

XVII

Quelques milles avant d'atteindre l'île Barnabé, le 8 septembre, un pilote chargé de mener le bateau à Québec monte à bord. Âgé de soixante-douze ans et père de douze enfants, Jean Pelletier a la peau ravinée des hommes de la mer. Ses yeux perçants d'un bleu vif trahissent une jeunesse éternelle. Intarissable, il discourt comme un vieux loup de mer et brosse en quelques heures une histoire singulière de son pays, aussitôt traduite par des interprètes aux hommes agglutinés autour de lui. Autant d'anecdotes que de rides! Autant de menteries que d'étoiles dans les yeux!

— La vie nous fait pas de cadeau, répète-t-il souvent. Autant la renmieuter le plus qu'on peut!

À Rimouski, quelques hommes débarquent afin de renouveler les provisions de légumes. Dès leur retour à bord, on lève les voiles. Embelli par les propos pittoresques de M. Pelletier, le pays se révèle aux nouveaux arrivants: l'île Bic, l'île Basque, l'île aux Pommes, l'île Verte; les érables, les épinettes, les merisiers et les pins blancs. Un monde aux dimensions gigantesques où les arbres deviennent forêt profonde, où le fleuve se refuse à n'être qu'un fleuve et garde encore des allures d'océan. Un monde sans limites, vivant et coloré, comme le pilote qui le raconte.

À l'île aux Coudres, lieu de rendez-vous, un message attend les deux bateaux égarés: «Rendez-vous à Québec. Bonne route. Signé: Colonel von Kühn».

Au chevet d'Éva, Karine et Johann sentent l'espoir leur échapper.
— Nous n'arriverons pas à temps, pleure Karine. Elle ne me reconnaît plus.
— Les enfants sont plus résistants qu'on ne le pense. Le voyage tire à sa fin. Garde espoir, Karine. À Québec, on pourra la soigner.

Mais la foi ne passe plus. Les traits livides de la fillette ne recèlent qu'une faible vie, incapable de livrer la dernière bataille. Johann, impuissant, ne sait qu'être là, disponible, chaque fois qu'il peut tromper la vigilance de ses supérieurs.

Depuis quelques jours, le capitaine Beyer prépare avec fébrilité ses hommes au débarquement. Il veut présenter au colonel von Kühn des soldats disciplinés. Habits, mousquets, bottes et chapeaux sont astiqués. Les périodes d'exercice reprennent et les règlements se resserrent. Accroché à Georg comme son ombre, Karl s'initie aux manœuvres militaires et seul le spectacle fabuleux des chutes Montmorency arrive à le distraire de ses devoirs. Les rayons du soleil se mirent sur les cascades, aussitôt engloutis par le courant. Il n'a jamais rien vu de pareil et il est aussi impressionné qu'il l'avait été en longeant l'île d'Orléans, cette terre effrontée qui courtise le fleuve et où les maisons s'alignent sagement, encadrées de forêts verdoyantes ou de montagnes dénudées. Un paysage incompréhensible.

— Québec! Québec!

Tous ceux qui ne croupissent pas dans l'entrepont, empoignés par le scorbut, accourent sur le pont, les soldats en rangs serrés au pied des marins grimpés aux vergues. Au loin, des clochers percent le ciel. Entrés en rade depuis des jours, les bateaux de la flotte reposent comme des oiseaux sur les battures. Le *True Friend* et le *British Queen* se joignent à eux, se fondent enfin au troupeau retrouvé, heureux. Des cris de joie les saluent puis se perdent dans les roulements des tambours.

Dès qu'on a jeté l'ancre, Georg se rend sur l'*Amazone* où le colonel von Kühn reçoit son rapport et lui apprend que le *Friesland* manque toujours à l'appel. Le capitaine voudrait s'enquérir d'une foule de choses, mais Mme Kühn, arrivée en coup de vent, les interrompt en s'excusant:

— Je ne devrais pas, je sais, mais je voudrais savoir comment va la petite Éva.

— J'ai bien peur qu'elle ne se porte très mal, comme plusieurs des passagers du *British Queen*, lui répond Georg.

— Je pars avec vous, ordonne-t-elle, sans tenir compte de la gêne de l'officier. Emmenez-moi à bord, immédiatement.

En voyant apparaître Mme Kühn dans sa robe immaculée, Karine reprend espoir. Éva pourra être sauvée. Un ange est auprès d'elle.

— Cet endroit est infect! s'exclame la femme du colonel, indignée. Comment avez-vous pu survivre dans de telles conditions?

La blancheur de sa robe, sa coiffure impeccable, sa peau rosée tranchent sur la saleté et la misère. Les femmes amaigries et honteuses n'osent s'approcher. Mme Kühn en veut à la terre entière. Elle a honte elle aussi.

— Venez, dit-elle à Karine. Une embarcation nous attend.

Karine ne voit rien des maisons brûlées de Québec, ni des marchands sur la place, ni même des Indiens. Elle ne saurait dire si les routes sont de pierre ou de terre, si les gens qui la croisent sont riches ou pauvres. Rien. Seulement Éva. Ses petites mains inertes. Ses cheveux sales. Le pauvre corps d'Éva. Sa toute petite fille que des hommes et des femmes lavent, peignent, coupent, blessent. Éva si fragile et si menue dans le grand lit blanc.

— Venez madame. Kommen Sie. Il faut vous reposer, maintenant. Je sais que vous avez un petit garçon. Il aura besoin de vous.

— Nein. Ich muss hier bleiben. Éva a besoin de moi. Je dois rester avec elle.

La religieuse hoche la tête. Elle comprend. Depuis hier, des cornettes se penchent au-dessus de la fillette, mais celle-ci n'a pas encore ouvert les yeux pour saluer le Nouveau Monde.

Un rayon de soleil effleure le drap où repose la main d'Éva. La petite n'en sent plus la chaleur. Plus rien ne l'atteint. Même pas l'amour désespéré de sa mère.

Peinée, la religieuse insiste:
— Il faut manger ce que je vous ai apporté. Essen.
Karine ne répond pas. Elle regarde Éva. Elle la dévore des yeux pour être la première à surprendre un geste, un sourire, un mot. Sœur Anne de la Croix voudrait tellement être utile à ces deux êtres brisés et solitaires. L'espoir, pour l'enfant, réside plus dans le Père éternel que dans la vie visible. Il faut l'accompagner jusqu'aux portes du ciel, la transporter par la prière là où les forces humaines ne comptent plus et la confier à Dieu. Il faut la laisser partir, lui offrir cet immense cadeau de l'acceptation. Sœur Anne cherche les mots, mais sa pauvre connaissance de la langue allemande ne lui permet qu'une caresse sur l'épaule de Karine. Le cœur de la religieuse parle d'abondance, mais ses lèvres arrivent mal à transmettre le message.
— Priez avec moi pour que Dieu l'accepte dans son paradis. Gott... Himmel...
— Nein! Nein!
Le désespoir s'arrache enfin au corps. Il envahit la pièce, se heurte aux murs trop blancs, brouille tout. Assez de morts, assez de faim, assez de misère! Non au présent, au passé, à tout ce qui doit venir et qui blessera encore et toujours! Une douleur insupportable, sans commencement ni fin, comme une blessure originelle, une vague fouettée par le vent qui ne trouve jamais de rive. Karine s'effondre, repliée sur elle-même, la tête dans les mains. Sa chair frémit, tout abandonnée à la douleur, soulagée que le combat prenne fin. Éva peut partir. Les chaînes qui la retenaient se brisent peu à peu. Éva peut mourir.

Karine, Sœur Anne, Mme Kühn et l'aumônier de l'*Amazone* suivent le petit cercueil porté par un soldat. Cette fin de septembre de l'an 1776 flamboie de partout.
Derrière le groupuscule, sur le chemin du cimetière, un cortège imposant s'amène. On reconduit en grande pompe un membre de la loge anglaise des francs-maçons à son dernier sommeil. Les drapeaux de deuil ouvrent la procession, suivis de tous les membres de la loge

placés sagement deux par deux, selon leur rang et leur ancienneté. La truelle du maçon qu'ils portent tous à leur côté épouse leurs mouvements. Vêtus de noir, ils arborent fièrement une fine écharpe blanche qui va d'une épaule à l'autre ainsi qu'un fichu blanc à leur chapeau. Derrière les membres de la loge, deux prêtres précèdent un détachement composé de cinq officiers et de 300 hommes de la milice anglaise. Sur le cercueil trônent l'épée et les insignes maçonniques du défunt. En fin de cortège défile dans un silence respectueux la compagnie de milice à laquelle il appartenait.

Karine et ses accompagnateurs, vite rejoints et refoulés par la suite funèbre, ont dû s'écarter de la route. Le soldat en profite pour déposer son fardeau et souffler un peu. Éva n'est pas lourde, mais la pente est abrupte. À regret, il voit poindre la fin du cortège et le moment où il devra repartir.

Quelques instants plus tard, le petit cercueil enseveli dans la terre disparaît sous un tapis de feuilles écarlates poussées par la brise. Les arbres savent bien que la mort n'est pas éternelle. La terre le sait aussi, qui s'endort, rieuse, sous un soleil de fête. Le fleuve ronronne au loin transportant les messages d'autres continents et d'autres vies.

Karine voudrait remonter le fleuve et le temps. Dérouler ces moments de sa vie. Ramener sa petite fille avec elle et retrouver quelque part sur la mer la santé perdue. Rencontrer Jacob et reprendre leur histoire. Reprendre également la main de Karl là où elle l'a laissée, au creux d'une tempête. Remonter la mer. Remonter le temps. Récrire sa version du récit.

— Qu'allez-vous faire maintenant, Karine?

Que peut-elle faire? Et que lui importe? Pour le moment, elle résiste au désir qu'elle a de s'étendre sur la terre humide qui recouvre Éva et qui sera désormais le seul coin de ce pays qui lui appartienne. Elle se sent vieille. Si vieille... Sa mémoire s'embrouille, submergée par toute cette eau qui l'a dépossédée de tout. Ses rêves se butent à l'absurde, s'effritent dans ce pays aux allures de titan.

S'étendre sur la terre humide et dormir jusqu'à l'engourdissement.

— Venez. Vous allez retourner au bateau et je vais voir ce que je peux faire.

L'aumônier et la femme du colonel l'arrachent cruellement à son unique pays, cette parcelle de terre qui a englouti son enfant.

Sur le *British Queen* comme sur les autres voiliers, l'excitation est à son comble. Le colonel von Kühn a reçu l'ordre de rejoindre l'armée du général von Riedesel, prête à attaquer les rebelles sur le lac Champlain. L'odeur de la guerre échauffe les soldats.

Au milieu du branle-bas général, Karl aperçoit sa mère, seule. Il ne pose aucune question et s'enfuit. Trop longtemps abandonné au milieu des hommes, le petit garçon rejette l'enfance. Karine ébauche un élan vers lui, mais elle ne sait plus surmonter sa douleur.

— Karine...

Les yeux gris de Johann. Si bons. La jeune femme se réfugie dans ses bras. Il la recueille comme un chat abandonné. Parce qu'il possède depuis toujours le don de l'apaisement, la vie passe de ses mains à celles de Karine, le sang circule de cœur à cœur.

— Tout le monde sur le pont!

Ils doivent se séparer. La moitié du régiment du colonel von Kühn débarque enfin pour entreprendre une longue marche vers le champ de bataille. Fier, son violon en bandoulière, un petit garçon mène les troupes en portant l'étendard du régiment. Mme Kühn a tenu promesse. Elle amène Karine avec elle. La paysanne deviendra sa servante, sa dame de compagnie, sa confidente.

Le faubourg Saint-Jean leur apparaît dans un état lamentable. Préoccupée par l'apathie de sa compagne, Mme Kühn tente maladroitement de la distraire.

— C'est triste de voir toutes ces maisons détruites, n'est-ce pas Karine?

— La guerre n'a pitié de rien, madame.

Devant leur calèche, les soldats avancent péniblement. Les quinze semaines de navigation leur ont littéralement coupé les jambes et les moindres aspérités leur semblent énormes. Sitôt rendus à Sainte-Foy, ils profitent d'un court repos puis ils reprennent la marche jusqu'à la rivière du cap Rouge qu'ils traversent à bord d'un bac. Rejetés sur les routes rocailleuses, ils défilent en silence, épiés par des monstres sacrés: à gauche, le Saint-Laurent, géant apaisé, rassasié de cadavres; à droite, les montagnes rougeoyantes.

Chaque village reçoit les troupes à sa façon. On les escorte, on les observe effrontément. On les craint aussi, on les applaudit parfois, rarement. Karl, surtout, attire les regards. Quelques-uns s'indignent, d'autres s'émeuvent.

— Mon mari m'apprend à l'instant que le *Friesland* est enfin arrivé à l'île Bic, annonce Mme Kühn.

Karine s'en réjouit à peine, par pure politesse. Elle pense au capitaine van Herlingen et à sa bonne humeur, mais elle pense également à Jacob qui ne saura rien de ces maisons de pierre, ni de la rivière Jacques-Cartier, ni de la magnifique église de Cap-Santé, rien de ce pays qu'il a tant rêvé. Puis ses pensées se tournent vers Johann, et Karl, son petit garçon réfugié auprès du capitaine Beyer. Tous ces hommes, pleins d'espoirs et de craintes, dont elle ne sait rien, sinon qu'ils sont prisonniers de cette aventure absurde, comme elle. Et quand elle songe à Éva, la douleur la traverse, plus déchirante qu'un coup de poignard en plein cœur.

Le pays semble se cacher derrière la pluie incessante. Une bruine légère enveloppe le paysage.

À Deschambault, on dresse le campement pour une journée afin de permettre aux hommes de refaire leurs forces et pour voir au ravitaillement. Mme Kühn souffre d'une vilaine toux. Inquiet, le colonel vient souvent la voir. Elle le rassure de son mieux.

— Ne t'en fais pas. C'est cette pluie qui ne me va pas du tout. Karine s'occupe bien de moi et le médecin m'a donné un médicament qui devrait agir rapidement. Tu peux tranquillement retourner à tes occupations.

Le lendemain, la toux s'est aggravée. Heureusement, la route s'élargit et les troupes progressent plus facilement. Une halte prolongée à Sainte-Anne permet à la malade de se reposer, mais il faut bien remonter dans la calèche et, malgré sa bonne volonté, Karine réussit mal à soulager sa maîtresse. Comment lui redonner santé et sourire? Ce pays ne doit pas avoir raison de tous les siens.

— Voyez les noisetiers, madame, comme ils sont beaux!

À son tour de faire diversion. Devant les chevaux, une famille de perdrix s'épivarde. Des canards sauvages lancent leurs cris.

— Regardez, madame! Une volée de grives!

Québec, le 30 septembre 1776

Québec enfin! J'ai vu Québec, Martin. Cette ville sortie du néant et de l'immensité.

Québec, ses remparts et ses palissades... ses cicatrices également.

Ses noms chantants: cap Diamant, porte Saint-Louis, porte Saint-Jean...

J'ai découvert Québec à cœur ouvert en oubliant la faim et la douleur du corps.

Sur la place du marché, j'ai foulé le sol à pas feutrés, séduit par la cathédrale, par le collège des Jésuites et le couvent des Récollets. J'avais rêvé la France, la Nouvelle-France m'a charmé.

J'aurais souhaité un grand silence sur la place d'Armes effarouchée par nos pas.

J'aurais voulu frapper seul à la porte du couvent des Ursulines et leur demander de prier pour moi.

Québec enfin!

La pierre, partout, arrachée au roc.

Les toits de bardeaux.

Les chiens attelés à de petits chariots et traités sans ménagement par leurs propriétaires.

Les calèches conduites par des nègres où prennent place des dames bien mises.

Les marchands et les marins.

Tous ces gens, ces hommes, ces femmes, et ces enfants sans entraves qui brandissent leur liberté sans s'en rendre compte, comme si elle leur collait à la peau, venue de leur mémoire, répétée à perte de voix par le pays.

J'aurais voulu m'accoupler à Québec et la reconnaître de l'intérieur...

Nous n'avons fait que passer, étrangers condamnés à le demeurer.

XVIII

Batiscan, Champlain, Cap-de-la-Magdeleine... Le Nouveau Monde défile devant les étrangers venus le défendre. Tous ces petits villages, où seul le quotidien compte, frissonnent. Leurs habitants ne connaissent de la vie que la sueur, la naissance et la mort. Leur destin s'en arrange et ne demande rien de plus.

— Qu'est-ce qui se passe?

La secousse a presque renversé Mme Kühn qui se redresse difficilement, aidée de Karine.

— N'ayez pas peur, madame. Le cheval s'est pris une patte.

Le charretier est déjà descendu pour tenter de calmer la pauvre bête. Le pont est fait de grosses poutres rondes posées les unes contre les autres. À travers les interstices, larges comme deux mains, on peut voir l'eau couler, ce qui effraie l'animal.

— Il vaut mieux sortir, madame, conseille le conducteur. Nous allons tenter de dégager le cheval et ça peut brasser.

La calèche penche dangereusement et les soubresauts de la bête accentuent les risques. Pendant que Karine aide sa maîtresse, encore somnolente, des hommes détellent l'animal. Celui-ci, apeuré, tire de toutes ses forces pour se dégager. Ses jambes libres menacent quiconque s'en approche. Sa tête encense.

— Allons, mon beau. Doucement.

Le charretier, un habitant de Deschambault dont on a loué les services, caresse la bête, la réconforte d'une voix calme en se tenant tout de même à une distance raisonnable des sabots redoutables. Épuisé par ses efforts infructueux, le cheval écoute. Ses oreilles bougent, aux aguets. Son instinct lui dit de fuir; son amitié pour les hommes lui conseille d'attendre.

— Allons, reste tranquille. Doucement. Je vais te dégager. Doucement, mon beau.

L'homme caresse le long cou frémissant, puis il saisit la jambe coincée. En prenant solidement appui sur les autres jambes et en se guidant sur la main de l'homme, la bête rassemble ses forces et risque un dernier sursaut. Elle est enfin dégagée et peut franchir, tremblante, les dernières poutres qui la séparent du sol boueux mais ferme.

Pour traverser les nombreux ponts de la région, il faudra dorénavant au conducteur descendre chaque fois de la calèche et guider le cheval en le tenant par la bride et en le rassurant. Les chevaux n'oublient pas facilement.

Aux Trois-Rivières, une pluie froide persiste toujours. Karine accompagne Martha Kühn à l'hôpital tenu par les Ursulines. Pendant que médecins et infirmières la prennent en charge, Karine se retrouve seule au milieu des lits blancs, des murs blancs, des draps blancs. Le chagrin la terrasse, plus violent que jamais. Elle a mal d'Éva et voudrait fuir, mais la toux sèche de Martha l'arrache à sa douleur. La malade ne se plaint pas; elle reste immobile pour amadouer la maladie, mais ses sifflements font peine à entendre.

Le lendemain, elle va mieux, mais ne peut suivre les troupes.

— Tu vas m'attendre ici, ordonne gentiment le colonel. M. de Tonnencour met sa maison à notre disposition. Dès que tu pourras quitter l'hôpital, tu t'installeras chez lui avec Karine.

— J'aimerais mieux aller avec toi. Cet homme me gêne.

— M. de Tonnencour? Mais c'est un gentilhomme, je t'assure. On le dit l'homme le plus riche du Canada. Je serai tranquille de te savoir chez lui. Tu y recevras de bons soins. D'ailleurs, M. de Tonnencour voyage beaucoup. Il sera probablement absent la plupart du temps et ses trois filles te tiendront compagnie. Elles me semblent charmantes. Dans ton état, c'est une maison que les autorités anglaises m'ont chaleureusement recommandée.

— Tu dois absolument partir? insiste Martha.

— Oui, il le faut. Nous devons rejoindre l'armée le plus rapidement possible. Le général Riedesel nous attend à l'île aux Noix. Je m'en veux tellement de t'avoir permis de m'accompagner.

— Mais non, tu sais bien que je ne pouvais pas rester là-bas. Ne t'inquiète pas pour moi, je vais guérir, je te le promets. Mais reviens vite.

Karine, dans un coin de la chambre, se fait discrète. En observant les époux, elle rêve aux mains de Jacob, à ses étreintes. Elle songe également à...

— Mon Dieu! Karl! Mon petit!

Le colonel et sa femme se retournent. Elle a crié.

— Il ne faut pas que mon fils parte avec les soldats. Il est trop petit pour la guerre! supplie-t-elle.

Martha regarde son mari. Ce dernier les rassure toutes les deux.

— Il peut rester avec toi. Mais qu'il sache se rendre utile.

Karine n'a pas besoin de remercier. Tout son corps exprime sa reconnaissance.

— Prends bien soin de ma femme, dit encore le colonel. Et c'est une prière plus qu'un ordre. À bientôt, Martha.

Plus tard, Karine retrouve Johann derrière l'hôpital où un kiosque les protège de la pluie. Ils sont seuls, dépendants l'un de l'autre. Il ne sera pas question de batailles ce soir, ni même de départ. Ils ne parleront pas des dangers de la guerre, encore moins de l'ennui et de l'inquiétude. Non, Karine et Johann veulent parler d'eux. L'urgence les pousse à se découvrir l'un l'autre. Parfois, leurs mains se croisent; leurs joues se frôlent. Ils se consolent en se faisant confiance. Comme s'il ne restait que la confiance.

Avant le lever du soleil, le canon réveille les hommes. Karine observe son fils qui les regarde partir, triste, dépité. Elle voudrait le prendre dans ses bras et le bercer comme autrefois. Ce petit garçon a tellement besoin d'amour.

— Ils vont revenir bientôt, lui dit-elle. Les rebelles ne seront pas longs à mater, tu verras. J'ai besoin de toi ici.

Sans répondre, l'enfant s'éloigne vers quelque monde secret dont seuls son violon et lui connaissent le mot de passe. Il est trop grand maintenant pour quémander les cajoleries. Et pourtant, les bras de sa mère lui manquent.

Le médecin ayant permis à Martha de quitter l'hôpital, elle se rend, comme convenu, chez M. de Tonnencour. Entrepreneur, marchand, prêteur, ce colonel de milice est, en effet, un des hommes les plus riches du Canada, sinon le plus riche. Il mène sa vie tambour battant, dirige un *saloon* dans sa maison, pourvoit une grande partie du Canada en vins et s'éparpille à travers le pays entre ses différentes habitations, toutes plus luxueuses les unes que les autres. Il reçoit avec faste la femme du colonel Kühn, mais celle-ci, encore fragile, demande vite de se retirer dans ses appartements.

Après le repas du soir, Karine s'inquiète de ne pas voir Karl. Elle quitte la somptueuse demeure et part à sa recherche dans les rues des Trois-Rivières. La vie, ici, bat au rythme des marchands. Tout y est offert et trouve preneur. Hommes d'affaires et seigneurs se côtoient en cachant poliment le mépris qu'ils éprouvent les uns envers les autres. Enchâssées entre la place d'Armes et le couvent des Ursulines, des demeures opulentes trahissent les richesses emmagasinées dans la cité.

De plus en plus soucieuse, Karine croise des gens qui rentrent chez eux. Les lampes s'allument une à une dans les maisons. Après quelques minutes, elle se retrouve dans un quartier plus pauvre où les maisons de bois sentent la sueur. Karl reste introuvable et la nuit menace. Elle doit revenir chez leur hôte et demander du secours. La jeune femme repasse par la place d'Armes déserte. Soldats et marchands ont disparu et ce silence, troublant après l'agitation du jour, augmente son anxiété. C'est en courant qu'elle se dirige vers la chambre de sa maîtresse.

Elle n'a pas atteint l'étage lorsqu'elle s'entend interpellée. Une servante lui fait signe de descendre.

— J'ai un message pour toi.

Karine ne comprend pas. La grosse dame agite un papier et gesticule en tous sens pour qu'elle descende.

— Was ist los? demande Karine. Ich verstehe nicht.

— C'est pour toi; un message. Viens.

Karine redescend les marches et prend le papier que la femme lui met dans les mains.

— Lis. Un soldat a laissé ça pour toi.

La jeune femme comprend enfin que ce papier est pour elle, mais elle ne sait pas lire.

— Ich kann nicht lesen.

À force de gestes et de supplications, la femme comprend.

— Je peux pas lire non plus, lui répond la grosse dame, peinée. C'est écrit en allemand. J'ai de la misère à lire ma pauv' langue; imagine ce charabia!

Fatiguée de ce manège qui ne mène à rien, Karine remercie la servante et court frapper à la porte de Mme Kühn. Mise au courant de l'incident, celle-ci prend le papier. Elle sourit et s'empresse de rassurer la jeune femme.

— Le message dit: «Ne vous inquiétez pas. Karl est avec moi. Je veillerai sur lui.» Et c'est signé: capitaine Georg Beyer.

Karine remarque que pour la première fois le capitaine Beyer l'a vouvoyée.

L'enfant a réussi à rattraper le régiment par ses propres moyens. Il a repris sa place, le drapeau solidement fiché sur sa hanche, insensible aux trous, à la boue et aux cailloux acérés.

Pointe-du-Lac, Machiche, paroisse de la Rivière-du-Loup...

Entre les villages où on les dévisage effrontément comme des animaux sauvages, se dressent des rivières et des forêts qui ralentissent leur marche. Le 8 octobre, le Saint-Laurent leur fait face encore une fois, comme si leurs routes devaient se croiser jusqu'à la fin des temps. De routes misérables en forêts mystérieuses, de rivières majestueuses en ruisseaux impétueux, sous la pluie glaciale, à la merci du vent comme du soleil, les hommes atteignent enfin le fort Chambly, de plus en plus touché par les murmures de la guerre toute proche. Appelés à combattre bientôt, soldats et recrues se préparent fébrilement à répondre à l'ordre de marche malgré la fatigue accumulée, lorsque, le matin du 15 octobre, une nouvelle fulgurante leur parvient.

— Les rebelles ont été mis en déroute!
— The Americans have retreated!
— Unsere soldaten haben die Rebellen in die Flucht geschlagen!

Répétée dans toutes les langues, la victoire du général Carleton au lac Champlain devient la victoire commune. On apprend dans l'exubérance générale que la flotte rebelle a été presque entièrement détruite. Les ennemis qui n'ont pas péri ont fui, abandonnant les bateaux en flammes. L'*Enterprise*, le *Washington*, le *Philadelphia*, le *Congress*, le *Newhaven*, le *Revenge*... tous ont subi la foudre de Carleton et des soldats de Riedesel. Ces noms clamaient liberté et indépendance; leurs voix se sont tues, muselées par les boulets de l'armée du roi d'Angleterre. Retranchés en catastrophe à Ticonderoga, les Américains devront attendre le printemps pour prendre leur revanche, car l'hiver cernera bientôt le pays, obligeant les belligérants à une trêve. Carleton juge la saison trop avancée pour poursuivre le combat et il ordonne à ses troupes de se replier sur leurs futurs quartiers d'hiver au Canada. L'ennemi change de visage. Il s'appellera, pour les mois qui viennent, neige, poudrerie, glace, méfiance, ennui. Et toute l'énergie des hommes servira à contrer ses attaques sournoises.

Les quartiers d'hiver sont donc assignés. À travers des sentiers connus mais maquillés par la neige, les troupes du colonel von Kühn reprennent le chemin des Trois-Rivières. La guerre n'a pas voulu d'eux. Reste à vaincre un pays qui ne les désire peut-être pas non plus.

Les officiers reçoivent les ordres du général von Riedesel. Les quartiers généraux s'établiront aux Trois-Rivières et seront gardés par les dragons de Brunswick et le régiment de Riedesel. Des détachements logeront à Pointe-du-Lac et à Cap-de-la-Magdeleine. D'autres régiments, dont celui de Kühn, seront affectés aux paroisses de Champlain, Batiscan et Sainte-Anne. Celui de Barner ira à Pointe-aux-Fers et à l'île aux Noix, celui de Breymann à Saint-Antoine et Saint-Denis tandis que le régiment du prince Frédéric quittera Québec pour les paroisses de la Rivière-du-Loup et Machiche. Un autre se partagera entre Maskinongé et Berthier.

De Québec à Montréal, le pays vibre sous les pas des soldats. Il en vient de partout. Dans tous les villages, le fleuve déverse son flot d'humains épuisés et inquiets. Même les plus frondeurs éprouvent une crainte inavouée. Que leur réserve donc ce pays qu'ils n'ont pas encore eu le temps d'apprivoiser et sur lequel la neige tombe sans jamais s'arrêter?

— Karl! Enfin...

Le garçon revient avec les soldats. Le capitaine Beyer marche à côté de lui. L'exubérance enfantine du premier s'accorde mal à la fatigue du second. L'enfant s'accommode de la guerre comme d'un jeu; l'adulte la vit dans toute sa dureté. En apercevant sa mère, Karl se lance contre elle. Il a bien des larmes à se faire pardonner, il le sait. Alors, pour y arriver, il accepte momentanément de redevenir un enfant. Karine le regarde, émerveillée.

— Karl! Tu n'as rien? Tu vas bien? Tu es sûr que tu vas bien?
— Mais oui, maman! Il n'y a même pas eu de bataille!

Son air méprisant ne plaît pas à Karine. Elle voudrait tellement lui insuffler le respect de la vie et une grande haine pour toutes les tueries.

— Tu aurais dû voir au fort...

Il a tant à dire. Il connaît maintenant des histoires fabuleuses que sa mère ignore. Désormais, c'est lui qui racontera, et elle écoutera, admirative.

— Viens, tu vas tout me raconter.

Avant de partir, Karl salue Georg avec une rudesse toute militaire. Karine surprend alors dans les yeux de l'officier une tendresse furtive. Elle pense au message: «Je veillerai sur lui...» Le capitaine a tenu parole.

— Danke schön. Merci.

Deuxième partie
BATISCAN

I

Petite paroisse pauvre soudain envahie par ces mercenaires venus d'ailleurs, aux allures brusques et au langage guttural incompréhensible, Batiscan, troublée, se replie sur elle-même. Un silence prudent s'installe dans les chaumières comme dans les lieux publics.

En ce mois de novembre 1776, on ne distingue plus très bien l'ami de l'ennemi. Partout, les rires se figent en présence de ces visiteurs importuns. Les habitants ne reconnaissent plus les rives du Saint-Laurent, défigurées par l'étranger.

Combien faudra-t-il de temps pour que la gêne disparaisse, pour que diminue l'incompréhension entre Canadiens et Allemands encerclés par l'hiver? Combien de temps pour les obliger à se regarder, à se comprendre?

Pour plusieurs habitants, la présence des Allemands représente un fardeau, quand ce n'est pas un danger, une atteinte de plus à leur liberté constamment menacée depuis la conquête du Canada par les Anglais en 1760. Et ceux-là le crient haut et fort dès qu'ils en ont la chance. Même dans les familles, des clans se forment. Et les discussions sont parfois vives. Déchirantes.

— Qu'est-ce que vous attendez pour vous réveiller? Qu'il ne vous reste vraiment plus rien? Les Américains vous offrent la liberté, l'égalité, la fierté... et vous leur tournez le dos! Pourquoi, Seigneur? Pourquoi? Vous ne voyez donc rien! Vous n'en aurez donc jamais assez de ces Anglais prétentieux qui vous méprisent! Qui vous maintiennent dans l'ignorance et la crasse! Et qui n'hésitent pas à engager des mercenaires allemands pour mieux vous tenir en esclavage.

Julien se tait, au bord des larmes. Il les regarde tous, dépité et inquiet. Triste surtout. Sa mère lui tourne le dos. En face de lui, son père tire sur sa pipe en se berçant et Julien prend son mutisme pour de la lâcheté. Aigri, il s'adresse sans ménagement à cet homme vieilli avant l'âge, avec une volonté évidente de le blesser.

— Une fois déjà, les Anglais vous ont tout enlevé. Vous vous êtes laissé déposséder sans bouger. Et vous allez les laisser recommencer? Repousser du revers de la main la chance que vous offrent les Américains? Il faut vous défendre, vous battre, vous venger... au lieu de ramper devant eux comme un lâche!

— Julien! Tais-toi!

Sa mère s'est retournée, le visage durci. Elle toise son fils, et l'autorité qui émane d'elle, loin de l'intimider, le rassure. La fermeté du regard, les lèvres volontaires, la force dans tout le corps de cette femme lui redonnent espoir.

— Ton père ne mérite pas ton mépris, Julien. Il a lutté plus que tu ne lutteras jamais, mais vos ennemis ne sont pas les mêmes.

Elle pense aux souches arrachées, à la sueur qui fertilise la terre. Elle songe aux petites victoires d'un peuple sur la misère, le froid, la faim et la peur. Combat sans fin, toujours à reprendre, qui tient autant de l'acharnement que du courage. Pierre Gauthier, son mari, ne lui inspire à elle aucun mépris. Et tant qu'elle sera près de lui, on le respectera. Louise se rappelle aussi ces autres temps plus lointains. Le soleil était plus chaud alors, les hivers plus doux... Elle contemple en silence ce passé disparu loin au-dedans d'elle-même. «Tu te rappelles, Pierre, la jolie maison que nous avions? Toute blanche au-dehors comme au-dedans. Notre maison à l'orée de la vie... Julien et Marie y sont nés en même temps que nos bêtes, grasses comme l'herbe des prés. Tu te souviens, Pierre? J'avais peint un soleil sur la porte. En entrant, chaque personne en poussait les rayons à l'intérieur, hiver comme été. Tu te rappelles la tapisserie dans notre chambre? Une folie! Nous avions encore le goût des folies à cette époque...

Un mur magique, noyé sous le bleu et l'or du tissu. Tu te souviens, Pierre? Tu dois te souvenir. Tu n'en parles jamais, mais tu dois te souvenir de ce temps-là. Chaque jour, je surprends dans tes gestes, dans tes yeux, une bribe de souvenir. Comment pourrais-tu oublier? Un fonctionnaire zélé et stupide, cupide surtout, nous a volé tout cela au nom de la nouvelle justice. Et ton fils a hérité de la rage et de la faim. Tu as gardé pour toi la honte et la tristesse.»

Sans dire un mot, Louise Gauthier se rapproche de son mari et lui tend la main. Ils font front. Ils résistent ensemble comme toujours, à leur façon. Aujourd'hui pourtant, l'agression les affecte davantage, car elle vient de leur propre fils.

— À ton âge, tu peux te permettre de rêver, mon garçon, ajoute Louise Gauthier. Ton père et moi, on n'en a plus ni le temps ni les moyens.

Julien avance vers sa mère. Il voudrait la prendre dans ses bras, l'amener ailleurs, loin de cette cabane plantée stupidement au milieu de champs improductifs. Toute cette pauvreté injurie sa beauté. Il rêve pour elle, c'est vrai, de manoirs aux pièces immenses, de bijoux rutilants, de chevaux fringants, de musiques divines.

— Il faut aller faire le train, dit son père de sa voix étouffée et rauque. C'est l'heure.

— Les vaches peuvent bien attendre, lui répond son fils, agressif. De toute façon, elles ne donnent pas de lait. Les poules ne pondent plus, les cochons sont maigres à faire peur et la brebis se fait mourir à nourrir ses petits.

Pour éviter une nouvelle dispute, Marie, la sœur de Julien, l'interrompt.

— J'y vais; j'ai terminé le raccommodage.

Joseph, le fils aîné des Lamothe, s'empresse de la suivre. Il fait à la jeune fille une cour discrète qui crève pourtant les yeux de tout le monde, sauf de la principale intéressée. Ou, du moins, fait-elle mine de ne rien voir. Dévoré par sa passion, Joseph a soigneusement évité de se mêler à la conversation, peu enclin vers la politique, la guerre ou ces mille petits riens qui enveniment la vie.

Fils de notable, il connaît Marie depuis sa plus tendre enfance et compte bien l'épouser un jour, malgré le désaccord avoué du père Lamothe. Il saura bien faire entendre raison à son père qui, c'est de notoriété publique, ne refuse jamais longtemps une faveur à son fils unique. D'ailleurs, Marie a hérité de l'étonnante beauté de sa mère, et M. Lamothe père résiste difficilement au charme féminin.

Avant même qu'ils aient refermé la porte sur l'automne et la nuit, Julien maugrée:

— Celui-là, tout ce qui l'intéresse, c'est les jupons, le vin et tout ce qui va avec. J'aime pas beaucoup le voir tourner autour de Marie.

Sa mère lui répond en souriant, tout de même amusée par cette jalousie toute fraternelle.

— Je m'occupe de ça, mon garçon. Ne t'en mêle surtout pas.

Elle connaît bien son fils. À dix-huit ans, il oscille toujours entre l'enfance et l'âge de raison. Ses idéaux ressemblent à de grandes forêts noires où tout pousse de travers, la fardoche prenant parfois le dessus sur les grandes épinettes.

— Joseph Lamothe ne fera jamais rien de bon, renchérit Julien, intraitable. Il se laisse vivre, exploite son père tant qu'il peut. C'est un lâche.

Sa mère allait lui répondre: «Tu veux dire qu'il ne voit pas la vie à ta façon...», mais elle n'en eut pas le temps, la porte venant de s'ouvrir sur Johann, Nicholas et Friedrich, tout frissonnants dans leurs costumes trop légers. Chaque fois que les trois soldats pénètrent dans cette maison où on les a billetés[3], les visages se détournent, les conversations cessent et chacun vaque à ses occupations avec un empressement qui masque mal la peur et la haine.

— Les enfants, c'est l'heure! Allez vous coucher! ordonne Mme Gauthier.

Les trois plus jeunes ne se le font pas dire deux fois, trop heureux d'échapper ainsi à l'atmosphère oppressante. Après avoir embrassé leurs parents, ils se dirigent vers la chambre de ces derniers où

---

3. Donner à un militaire le droit à un logement réquisitionné.

une paillasse jetée par terre leur sert de lit. La petite pièce a emmagasiné toute la fraîcheur de ce soir de novembre, comme un bien précieux, et les enfants frissonnent, serrés les uns contre les autres, pendant que leur mère les borde.

— On va manquer de bois cette nuit, remarque Mme Gauthier en revenant dans la grande pièce et en ne s'adressant à personne en particulier.

D'un même élan, Johann Vogel et Julien Gauthier se dirigent vers la porte. Sans se parler ni même se regarder, ils franchissent le seuil, l'un suivant l'autre. Julien déteste cette promiscuité. Il manque d'air. Les Allemands sont partout! Ils ont envahi la province, investi les maisons les unes après les autres, imposé leur présence, violé l'intimité physique, familiale et spirituelle des Canadiens. «Comme si les Anglais ne suffisaient pas à empuantir l'air!», pense-t-il. Il les déteste tous, les uns et les autres, il abhorre leurs coutumes, leur dieu, leur langue. Ces hommes-là menacent tout ce qu'il aime, tout ce à quoi il croit. Il ne peut plus sentir leur souffle mêlé au sien. La rage le rend malade.

Tout à sa colère, il échappe un morceau de bois qui roule jusqu'aux pieds de Johann. Celui-ci le ramasse et le lui rapporte. Les deux mains liées par son fardeau, le jeune Canadien doit accepter l'aide de l'Allemand. Leurs regards se retiennent un instant. À peine le temps de s'entrevoir, aveuglés qu'ils sont, l'un par le ressentiment, l'autre par la gêne. Les poings fermés, Julien lance son exaspération à la face de Johann.

— J'ai pas besoin de toi! Je peux rentrer le bois tout seul! Je le faisais avant que tu sois là et je le ferai encore quand tu seras parti!

— Les Allemands doivent se charger de fournir le bois, lui répond doucement le Brunswickois avec un accent chantant qui mord dans les mots. Vous avez assez de nous héberger, nous voulons faire notre part.

— Si vous voulez faire votre part, décampez! Allez vous faire tuer où vous voudrez, mais pas ici! On n'a pas besoin de vous! Trois de plus dans une petite maison comme la nôtre, vous voyez donc pas que c'est invivable!

— Je sais. C'est dur pour nous aussi. Mais nous ne sommes quand même que trois. Il y a des Canadiens qui doivent recevoir sept ou huit soldats. En faisant un effort, il doit bien y avoir un moyen de s'entendre.

— S'entendre avec des traîtres, jamais!

Johann désirerait démêler tout cela, comprendre mieux les réactions du jeune homme. Parler avec lui de cette guerre qu'il n'a pas voulue et qu'il comprend mal. Expliquer. Mais il n'en a pas le loisir, Julien est déjà parti.

En le regardant se diriger d'un pas volontaire vers la maison, le soldat croit reconnaître une révolte qu'il pensait avoir domptée. Une jeunesse qui ressemble à la sienne. Derrière lui, les voix de Marie et de Joseph détournent son attention. Le jeune homme en extase a pris la main de sa compagne. Celle-ci, insouciante, sautille pour se réchauffer et entraîne son soupirant vers la maison, sans égards pour ses désirs refoulés. Johann les suit, les bras chargés de bois, la tête débordante de souvenirs et de questions. Il entre juste à temps pour entendre Mme Gauthier donner son congé à l'amoureux éperdu.

— Il faut que tu rentres, mon Joseph. Ta mère va s'inquiéter.

— Déjà! soupire-t-il.

— Eh oui! Le temps passe vite en bonne compagnie, hein?

Le jeune Lamothe salue à regret. Marie lui adresse un sourire qui le revigorera jusqu'à la prochaine veillée.

Nicholas et Friedrich, malgré leur peu de connaissance du français, ne sont pas dupes du manège du jeune homme. Marie n'est plus une enfant; elle a seize ans et sa féminité naïvement provocante les émoustille eux aussi. Julien devine chez eux un appétit malsain et sa haine s'en trouve redoublée. Pour protéger sa petite sœur contre leurs regards, il se dresse entre elle et eux, chevalier valeureux. Sa rentrée furieuse n'a d'ailleurs pas échappé aux deux soldats qui questionnent Johann:

— Was ist los mit diesem Jungen?

— Nichts. Rien, répond Johann. Allons nous coucher.

Tous les trois se retirent dans un coin de la grande pièce commune où des rideaux grossiers les isolent du reste de la maisonnée.

Marie rejoint sa mère dans son lit tandis que Julien et son père s'étendent côte à côte près du feu. Le sommeil les distrait rapidement de la rancœur et de l'inimitié. Le temps de rêver chacun ses rêves, le seul bien qui reste entier quand la réalité quotidienne doit être partagée contre son gré.

Batiscan, le 22 novembre 1776

Ça y est, Martin. Nous avons installé nos quartiers d'hiver à Batiscan. Les gens chez lesquels j'ai été billeté sont pauvres, extrêmement pauvres, mais leur misère me semble plus douce que celle des nôtres. Peut-être parce qu'ils n'ont pas renoncé à la liberté du cœur. À part les exercices des jours de paye, nous avons très peu l'occasion de sortir. J'essaie de me rendre utile aux Gauthier pour leur faire un peu oublier notre présence, mais ce n'est pas facile. Le fils aîné, Julien, nous accepte mal. Il a la révolte dans l'âme et ne se cache pas pour crier sa sympathie aux rebelles américains. Quand je pense combien nous avons été persécutés parce que nous disions notre désaccord avec la politique des princes! Je me demande toujours comment un pays peut être assez fort pour laisser ses dissidents s'afficher ainsi!

Julien me plaît, malgré sa colère et sa malveillance envers nous. Sa passion me rappelle la nôtre, si lointaine, et j'ai parfois le désir immense de me ranger de son côté, seulement pour avoir l'impression de me battre encore pour un idéal.

La jeune sœur de Julien, Marie, accepte parfois de satisfaire ma curiosité et de me parler de son pays. Elle sait bien en conter les légendes. C'est une jeune fille charmante.

II

Le sergent Heinrich Heinemann effectue sa tournée quotidienne chez les habitants de Batiscan qui ont accueilli, bien malgré eux, des soldats allemands. Il apporte de mauvaises nouvelles: les provisions tardent à arriver. Le capitaine Georg Beyer qui l'accompagne aujourd'hui se charge d'apprendre aux soldats qu'ils devront se contenter de peu pour les prochains jours, à moins que les habitants où ils logent n'acceptent de leur vendre quelques denrées. Pour les soldats billetés dans le village, qui n'ont que leur solde pour vivre, la situation soulève une grande inquiétude. Ils ont très peu de ressources. Plusieurs sont malades et manquent d'un apport alimentaire indispensable à leur guérison.

Pour les autres qui ont échoué dans les rangs, comme Johann, Friedrich et Nicholas, tout se passe relativement bien. La nourriture, sans être abondante, est à portée de main et les habitants profitent avec plaisir de l'occasion qui s'offre à eux de faire quelques sous en vendant à prix fort poules, oies ou canards. De plus, les bois grouillent de gibier.

Ce matin-là, le capitaine Beyer et le sergent Heinemann retrouvent Johann et ses compagnons en train d'aider les Gauthier à réparer un mur de la grange. Georg ignore Johann et retourne le plus vite possible au village après avoir fait les recommandations d'usage. Pour le reste, il s'en remet au jugement d'Heinemann.

Ce dernier s'attarde chez les Gauthier. Il aime discuter avec les soldats, les encourager, les connaître mieux, écouter leurs doléances s'il le faut. Après quelques minutes d'une discussion anodine sur le mode de construction canadien, Johann propose à brûle-pourpoint:

— Étant donné que l'on manque de vivres, je pourrais aller chasser. En partageant les produits de ma chasse avec Friedrich et Nicholas, ça nous permettra de tenir un bout de temps sans devoir tout acheter.

Pris de court, le sergent songe immédiatement à une évasion. Ce ne serait pas la première, loin de là! Les rangs de l'armée allemande se déciment à vue d'œil. Il doit cependant admettre que la recrue Vogel fait preuve d'une conduite exemplaire et jouit, par le fait même, d'un préjugé favorable.

— Tu crois que tu t'y retrouveras? La forêt canadienne n'a rien à voir avec la nôtre.

— Je n'irai pas seul. J'ai rencontré un Indien à quelques reprises au village et nous nous sommes liés d'amitié. Il m'a offert plusieurs fois de l'accompagner à la chasse.

L'officier hésite encore, conscient des risques qu'il prend.

— Tu ne penses pas à fuir? demande-t-il en regardant Johann droit dans les yeux. Tu sais que le capitaine Beyer me le ferait payer cher.

— Non. Je serai de retour dans trois jours.

La réponse est donnée sans l'ombre d'une hésitation.

— Trois jours. Pas un de plus.

— Merci, sergent. Je serai là dans trois jours et vous aurez trois recrues nourries grassement à peu de frais.

Friedrich et Nicholas ont tout entendu. Ils rouspètent, mais le sergent demeure intraitable. Il leur est formellement interdit de quitter la maison des Gauthier, sauf, bien sûr, pour la corvée de bois de chauffage ou pour participer aux exercices. Ces deux hommes ne lui inspirent guère confiance. Le premier est plus discret peut-être, mais ni l'un ni l'autre ne réussissent à cacher leurs velléités d'évasion. Peu disciplinés, plus habiles au jeu qu'au tir, ils ne perdent pas une occasion de s'amuser et oublient trop aisément leurs devoirs de soldats. Ils n'hésiteront pas à prendre la fuite si l'occasion leur en est offerte. Pas question de chasse pour eux.

— Johann ira chasser pour vous trois. Et personne n'a besoin de le savoir si vous voulez conserver votre gibier...

Ces trois jours de chasse représentent pour Johann une liberté provisoire dont il compte bien profiter pleinement. Il s'y prépare avec soin et, quand son ami passe le prendre, il est fin prêt depuis une heure. À Julien qui les regarde partir, la mine renfermée, il demande:

— Tu viens avec nous?

Le jeune homme disparaît dans la maison sans même prendre la peine de répondre. Johann oublie vite son attitude hostile; rien ne viendra assombrir sa joie. Devant lui, l'Indien marche d'un pas puissant et agile. Une bête de race qui se confond aux couleurs de la forêt, qui se mêle harmonieusement à tous ses mouvements.

— Tu es magnifique, Waldgeist!
— Comment tu as appelé moi?
— Waldgeist, un génie des bois.
— Ça pas mon nom. Vrai génie des bois, pas content.
— Au contraire! Il sera très heureux!
— Je te donne un nom aussi. Ami-aux-yeux-tristes.

Ce fut là leur conversation la plus élaborée. Pendant trois jours, ils tissèrent leur complicité dans le silence, chacun calquant sa respiration sur celle de l'autre, la trace de leurs pas se confondant, leurs yeux se tournant ensemble vers un même horizon. Pendant trois jours et trois nuits, ils réinventèrent l'amitié sans le savoir et se parlèrent de paix à travers de longs silences. À mille lieues de la guerre, dans un monde vierge tout entier à apprivoiser. Plus rien entre Johann et ses craintes, entre lui et ses rêves. Rien qu'un ami qui, d'instinct, sait respecter les pensées comme il sait renifler le vent, entendre les rivières longtemps avant de les voir et découvrir les sentiers cachés des bêtes.

Sur le chemin du retour, chargés de perdrix et de lièvres, ils marchent sans se retourner, l'Indien précédant l'Allemand. Ce dernier apprécie la démarche feutrée de son ami, à travers des sentiers qui semblent s'ouvrir devant lui et se refermer derrière eux.

Pourtant, plus ils se rapprochent des hommes, plus ils ressentent un malaise inexplicable. Soudain, Waldgeist, qui avait depuis quelque temps déjà ralenti son allure, s'arrête complètement, aux aguets. Après quelques instants, Johann peut lui aussi entendre des voix qui se rapprochent. Il reconnaît des mots allemands. Les hommes parlent de nourriture, d'attaque, de nuit. Johann n'est pas long à comprendre ce qui se trame. Quelques soldats du village, désespérés de ne pas recevoir de rations convenables, ont décidé de piller les granges des habitants les plus éloignés. D'après leurs explications, ils se dirigent vers la ferme des Gauthier.

Dès qu'ils sont passés, Johann explique la situation à son ami.

— Il faut arriver avant eux. Je dois les empêcher de voler les Gauthier.

— Toi te battre contre tes frères?

— Ceux-là veulent faire le mal.

Johann pense à Julien, à sa haine plus forte que sa raison. Et il a peur pour lui. Comme si l'obscurité le guidait par la main, l'Indien entraîne Johann dans un sentier invisible. Des branches sournoises se dressent devant eux; l'Indien les devine et les contourne. Il leur faut très peu de temps avant d'apercevoir la maison isolée au bout du rang.

— Pars maintenant. Va retrouver les tiens. Je ne voudrais pas qu'il t'arrive quelque chose.

— Toi besoin de moi.

— C'est une affaire entre mes frères et moi; nous devons la régler seuls.

— Bien.

— Merci, Waldgeist. À bientôt.

L'Indien disparaît dans la nuit. Johann pénètre dans la maison. Julien, son père et sa mère discutent devant l'âtre. Les autres sont couchés. En voyant Johann chargé de victuailles, Julien a un geste spontané d'enfant émerveillé qu'il refrène aussitôt. Seule Louise se lève et vient vers Johann.

— Tu as fait bonne chasse.
— Pas trop mal pour une première fois.
Sous prétexte de lui montrer son butin, il l'entraîne à l'écart et lui explique la situation.
— J'ai peur pour votre fils. Pourrez-vous l'empêcher d'intervenir?
— Je ne sais pas.
Puis elle se reprend, volontaire:
— Oui, je pourrai.
Tandis qu'elle retourne près du feu, Johann s'adresse en allemand à ses compagnons, réveillés par son arrivée. Sans leur laisser le temps de s'extasier sur ses prises, il leur trace rapidement une esquisse exacte de ce qui se prépare et leur explique son plan: attendre les soldats dehors et les prendre par surprise pour les empêcher de passer aux actes.
— Warum? demande Friedrich, en complet désaccord, et plutôt enclin à se ranger du côté des pillards. Wir mussen mit Ihnen gegen die Kanadieren kampfen.
Johann avait prévu ces réticences. Sa réponse est toute prête.
— Ils sont Allemands, c'est vrai. Comme nous. Mais ce qu'ils enlèvent aux Gauthier, ils nous l'enlèvent à nous également. Notre sort est lié à celui de cette famille, que nous le voulions ou non.
Nicholas intervient.
— Et tu comptes les arrêter de quelle façon?
— Je ne sais pas encore.
— Combien sont-ils?
— Cinq ou six, peut-être sept.
— Il faudrait que les Gauthier viennent avec nous.
— Laissez-les en dehors de ça. Nous allons nous arranger entre Allemands.
Conscient de leur agitation et désireux d'en connaître la cause, Julien questionne sa mère.
— Qu'est-ce qui se passe?
— Je ne sais pas.

— Je suis sûr que tu le sais. Où vont-ils en pleine nuit? Dis-moi ce qui se passe ou je les suis.

Mme Gauthier doit se résoudre à tout lui expliquer en même temps qu'à son mari et aux autres enfants réveillés par les éclats de voix. Comme elle s'y attendait, Julien explose.

— Les salauds! Je les attends!

— Tu ne feras rien, mon garçon.

— Ah! C'est ce que tu crois! Si on les laisse faire, ils nous voleront bientôt le pays tout entier. Ce sont des voleurs qui essaient de se faire passer pour des soldats!

Mme Gauthier se campe devant son fils et le regarde sévèrement pour qu'il comprenne bien.

— Les Allemands vont s'arranger entre eux. Johann m'a promis de les faire partir et je lui fais confiance.

— Il a promis! Elle est bien bonne celle-là! Il va plutôt les aider à tout prendre, oui! Dans dix ans, ils riront encore à gorge déployée de notre naïveté et de notre lâcheté!

Sa mère va se poster devant la porte. Elle en interdit l'accès à Julien, sans peur ni haine, seulement avec amour et fierté.

— Je ne te laisserai pas y aller parce que je veux que dans dix ans tu puisses rire avec nous de ton ardeur. Je ne doute pas de ton courage; il te dévore le cœur. Mais garde-le pour défendre autre chose que ta haine.

Marie vient rejoindre sa mère et la prend par la main. Elle a compris que Louise veut protéger son fils de sa propre colère. Toutes les deux opposent farouchement à Julien leur affection.

Des cris leur parviennent de l'extérieur. Le jeune Canadien tressaille, mais il n'ose affronter sa mère. Comme les autres, il écoute, mais il ne comprend rien aux mots étrangers lancés dans la nuit.

— Halt!

Johann a sommé les voleurs de ne pas avancer. Surpris de trouver sur leur chemin trois compatriotes, les hommes tentent de les convaincre de ne pas se mêler de cette histoire.

— Wir sind hungrig! crie l'un d'eux. Nous avons besoin de nourriture. Depuis sept jours, nous n'avons eu que de quoi survivre, sans plus.

Johann connaît bien celui qui vient de parler, l'instigateur de la démarche. Il a fait la traversée sur le *True Friend* et a démontré beaucoup de courage et d'intelligence lors de la collision avec le *British Queen*. La discussion sera franche.

— Je comprends. La situation est pénible pour vous au village. Mais voler et piller ne vous attirera que des ennuis. La population nous accepte mal et la monter contre nous davantage ne peut que nous nuire.

— Qu'est-ce que tu proposes? demande l'autre.

Johann entrevoit une solution.

— Attendez-moi!

Il court chercher le produit de sa chasse abandonné dans la maison et revient près de la grange. Les soldats affamés n'en croient pas leurs yeux. Toute cette viande les fait saliver.

— Prenez tout, propose Johann. Ça devrait vous aider à attendre les rations.

Les hommes se jettent sur le gibier. Friedrich et Nicholas réclament leur part. Ils ne veulent pas laisser échapper toute cette nourriture.

Après un partage animé, tous repartent en lançant des cris de joie. Johann pense alors avec tristesse à la perdrix dodue abattue pour Karine. Elle a disparu elle aussi dans la curée.

III

— Ta joie me réjouit, Karine.

Martha Kühn n'a pas totalement recouvré la santé et les nombreux déplacements de son mari qu'elle tient à accompagner lui soutirent chaque fois un peu plus d'énergie.

— Votre teint blême m'attriste, madame. Vous devriez prendre soin de vous et suivre les conseils du médecin.

Martha sourit. Entre les deux femmes a germé une affection sincère. Une amitié impossible ailleurs que dans ce pays insolite. Ici, les deux étrangères ont besoin de se rassurer l'une l'autre, de se protéger.

— Tu te réjouis d'aller à Batiscan à ce que je vois.

— Oh oui, madame!

Karine a du mal, en effet, à contenir son impatience. Elle n'a pas vu Johann depuis un mois et il lui manque plus qu'elle ne l'aurait cru. Elle a beaucoup pensé à lui. Il était l'ami de Jacob et elle a l'impression, parfois, que son mari, de là-haut, la pousse dans ses bras.

Le général Riedesel ayant installé ses quartiers généraux aux Trois-Rivières, les colonels des différents régiments sont également tenus d'y vivre, ce qui les oblige à des déplacements constants puisque leurs troupes sont éparpillées entre Québec et Trois-Rivières. Les hommes du colonel von Kühn étant, pour la plupart, cantonnés à Batiscan, ce dernier s'y rend une fois par mois pour distribuer les soldes et procéder en même temps à une inspection générale. Il a toujours hâte de revoir ses soldats et le trot du cheval, encore aujourd'hui, lui semble trop lent. En grande conversation avec les deux officiers assis près de lui, il s'interrompt de temps en temps pour houspiller le conducteur nonchalant.

Sa femme, installée dans une autre calèche avec Karl et Karine, s'amuse de son manège.

— Tout le monde me semble bien pressé d'arriver au bout de ce voyage, dit-elle avec un sourire narquois. Batiscan détiendrait-il un secret que j'ignore?

Karine rougit. Moqueuse, Mme Kühn n'en continue pas moins son affectueux bavardage.

— Karl non plus n'en mène pas large. Je crois que, si on le laissait faire, il partirait au pas de course.

Le petit garçon, en effet, s'agite de plus en plus. Pour calmer son impatience de revoir le capitaine Beyer, il pince parfois une corde de son violon déposé sur ses genoux. Martha a du mal à comprendre l'engouement de l'enfant pour cet officier dont le regard sévère la rebute. Elle ne se sent aucune affection pour ce soldat ambitieux, impossible à émouvoir et pourtant elle remarque, comme tout le monde, l'étrange influence du garçon sur l'officier. Une alchimie mystérieuse. Intrigante magie des cœurs.

Les premières maisons de Batiscan surprennent les voyageurs dans leurs réflexions. Les habitants, dehors ou à leurs fenêtres, observent les arrivants avec une curiosité encore inaltérée, malgré le temps qui passe et l'habitude qui aurait dû s'installer. Le ciel bleuté et le soleil ardent camouflent le froid piquant de cette fin de novembre. L'absence de neige, déconcertante en ce temps-ci de l'année, permet de croire à un automne sans fin. Ces journées radieuses, volées à l'hiver, dérident Canadiens, Anglais et Allemands sans toutefois leur faire oublier la pesante promiscuité à laquelle les obligent les circonstances.

En entrant dans le village, les calèches ralentissent puis s'immobilisent en face de l'église où les soldats se tiennent au garde-à-vous, superbes malgré leurs uniformes trop légers. Le jour de paye signifie beaucoup pour eux. L'exercice, obligatoire cette journée-là, leur rappelle leur condition de soldats et leur permet, l'espace de quelques ordres, d'échapper à la routine et à l'ennui.

Une étincelle de fierté brille dans les yeux du colonel pendant qu'il les passe en revue, entouré de sa femme, des officiers arrivés avec lui et du capitaine Beyer.

Incapable de se soustraire à sa tâche, ce dernier a quand même pu apercevoir Karine et son fils, restés derrière. Fort de l'affection de l'enfant et impatient de le retrouver, il se surprend à penser de plus en plus à la mère à laquelle il tourne le dos, entraîné par le colonel et sa suite. Sans la voir, il devine qu'elle a trouvé celui qu'elle cherchait, car, devant lui, Johann trépigne, les yeux rieurs. La tête blonde que le chapeau militaire ne réussit pas à soumettre regarde au-delà des officiers qui défilent, loin, jusqu'à la jeune femme. Georg ressent alors une amère solitude.

Étendus dans le foin, imprégnés de la forte odeur des bêtes, avec tout autour le silence apaisant du village endormi, Karine et Johann luttent contre eux-mêmes. Entre leurs corps, se dresse Jacob, l'ami, l'amant disparu. Et ils ont du mal à s'entendre avec ce souvenir. Qu'aurait pensé Jacob de cette alliance? Aurait-il souhaité que son ami s'occupe ainsi de sa femme? Donnerait-il son accord à cette amitié qui se transforme en amour?

Tendrement, Johann prend Karine dans ses bras. Leurs jambes s'entrelacent; leurs cheveux blonds s'emmêlent.

— Je t'aime, Karine.
— Je t'aime aussi.

Il veut l'embrasser, mais elle le repousse avec douceur.

— Je ne peux pas... Pas encore. Je t'en prie, Johann, ne m'en veux pas. Aime-moi quand même, j'en ai tellement besoin.

Il caresse son visage. Il ne lui en veut pas. Lui-même ne sait trop comment identifier ce sentiment qui le pousse vers elle. Fidélité? Amour? Amitié? Ils ont tous les deux besoin de tendresse. Voilà peut-être la seule certitude.

— Ramène-moi, veux-tu? J'ai besoin d'être seule.

Serrés l'un contre l'autre, ils avaient réussi à oublier l'hiver, mais le froid les rattrape.

— Il va te falloir un manteau plus chaud, constate Karine en voyant Johann frissonner.

— Si je me fie aux rumeurs, nous devrions recevoir très bientôt des vêtements plus appropriés aux rigueurs de l'hiver.

Ils traversent le village à pas de loup.

— Un jour, je t'amènerai à la chasse, murmure Johann.

— Un jour, je t'aimerai très fort.

Leurs promesses se diluent dans la nuit, comme les cristaux de neige qui s'émiettent timidement dans l'air sans se poser nulle part.

IV

Cochons, bœufs, moutons, oies, canards, dindes... Tout y passe! Le Canada fait boucherie! Comme un grand festival!

    Les Gauthier mettent, depuis deux jours, toutes leurs énergies à ce massacre annuel. Seule la petite Florence s'inquiète. Elle adore les animaux, sans exception. Et s'il n'en tenait qu'à elle, personne ne toucherait ni aux poules si cocasses, ni aux agneaux si doux, ni au bœuf au souffle si chaud. Mais les petites filles n'ont rien à dire dans ces histoires de grands et, pour passer l'hiver, il faut bien remplir le hangar. La froide saison ne s'attendrit jamais, elle.

    Johann observe Pierre Gauthier en train d'affûter son couteau, respectueusement, comme s'il s'agissait d'un instrument sacré. Autour d'eux, Mme Gauthier et sa fille aînée s'affairent sans relâche à préparer la viande fraîche pour la congélation. Le hangar construit à cet effet laisse le vent pénétrer de partout. Les pièces de viande, d'abord saisies à l'air libre, y seront ensuite suspendues au grand étonnement des trois Allemands. Johann, curieux, ne cesse d'interroger les Gauthier.

    — Vous êtes sûrs que la viande gardera un bon goût?

Les femmes rient de son air incrédule.

    — Tu me donneras des nouvelles de ma dinde de Noël. On verra bien si le goût est toujours là!

Pierre Gauthier rit lui aussi de l'ébahissement des soldats. En s'approchant de la seille où il puise une grande louche d'eau, il ne peut s'empêcher d'ajouter à leur étonnement.

— On a même congelé du lait comme ça... quand on en avait trop.

Ce souvenir heureux l'a ébranlé. Il se retire aussitôt dans ses pensées pour ne plus avoir à affronter la réalité. Sa femme s'arrête un moment de travailler. S'ils étaient seuls, elle s'assoirait près de lui et le forcerait à parler pour vider l'amertume. Pour enfin vivre le présent, profiter du peu qu'il offre, les yeux ouverts. Mais ils ne sont pas seuls... Jamais. Le regard de Louise se pose sur une petite cuillère d'argent, unique rescapée d'un passé heureux et prospère. Elle secoue la tête.

Des pas sur la galerie la font sursauter. Marie va ouvrir et le sergent Heinemann se dépêche d'entrer. Il ne manque jamais une journée et les habitants de Batiscan apprécient sa visite, car il règle souvent des mésententes. Tous reconnaissent son esprit d'équité. Sa tâche n'est pas toujours facile. Satisfaire les habitants, les soldats et ses supérieurs demande diplomatie et jugement, mais le petit sergent au visage parsemé de taches de son s'en sort avec brio.

— Vous allez bien, madame Gauthier? demande-t-il dans un français sans accent.

— Venez donc boire une tasse de thé, sergent, ça va vous réchauffer!

Heinrich Heinemann salue l'homme de la maison. Sourit à Marie. Fait un clin d'œil aux plus jeunes. Interroge les soldats.

— Nichts besonderes?

Rien de spécial. Après avoir donné les dernières nouvelles du régiment, il questionne:

— Votre fils n'est pas là, madame Gauthier?

Sitôt l'abattage terminé, ce matin-là, Julien a disparu sans dire où il allait. Il s'éclipse d'ailleurs de plus en plus souvent.

— Il ne doit pas être allé très loin, répond-elle en cachant son appréhension. Le travail n'est pas fini.

Le sergent n'insiste pas, mais il aurait préféré voir Julien. L'attachement du jeune homme à la cause des rebelles américains est de notoriété publique, et le capitaine Beyer a ordonné de le surveiller aussi étroitement que les soldats.

— Je vais repartir. J'ai d'autres maisons à visiter. Si quelque chose ne va pas, n'hésitez pas à me prévenir.

— Il va falloir aller voir aux animaux, rappelle Louise, en ouvrant la porte au sergent.

— J'y vais, maman, s'empresse Marie.

La jeune fille n'est pas encore rendue à la grange qu'elle entend des pas derrière elle. Friedrich l'a suivie. Nu-tête sous la neige, il s'immobilise. Des flocons délicats collent à sa chevelure. Puis, au bout d'un moment, il entre derrière Marie, et la chaleur dégagée par les animaux leur rougit les joues à tous les deux. En se rapprochant de la jeune Canadienne, pour l'aider, le soldat respire difficilement. Marie le regarde sans gêne. Elle oublie d'avoir peur, car elle est ici chez elle. Cet étranger ne peut rien dans un pays qui ne le reconnaît pas. Elle poursuit donc sa besogne en acceptant son aide. Imperceptiblement, leurs haleines se rapprochent, jusqu'à ce que la jeune fille, lasse de ce manège, se tourne vers Friedrich et le toise du regard fier et autoritaire que lui a légué sa mère. Elle devine la passion dans les yeux du Brunswickois. Celui-ci n'arrive plus à cacher son désir. Il voudrait la saisir par la taille et la jeter par terre. S'emparer d'elle, mordre les seins arrogants qui pointent sous la veste de lainage. Il souffre, obsédé par ce corps provocant. Marie le sait, mais elle continue à le regarder, impudique, et Friedrich ne bouge pas, paralysé par la vivacité intransigeante des yeux bruns. Quand le silence entre eux devient trop lourd, Marie retourne à la maison, laissant l'homme seul et honteux.

Quelques heures plus tard, réveillé par Julien enfin de retour, Johann entend les sanglots étouffés de Friedrich mêlés aux ronflements de Nicholas.

V

Partis des Trois-Rivières plus tôt que prévu pour se rendre à Québec, le général Riedesel et son escorte — parmi laquelle se trouvent le colonel von Kühn et sa femme, Karine et son fils — surprennent Batiscan en plein recueillement. La messe vient de se terminer et les cloches sonnent à toute volée pour raccompagner les fidèles. Le général pourrait facilement croire à une réception officielle sans l'air ahuri des habitants qui se retournent un à un vers le cortège. Les sentiments sont partagés quant à l'accueil à réserver à ce grand personnage, mais le général, âgé d'une quarantaine d'années, impose d'emblée le respect. Noble d'allure et de sentiments, il appartient déjà à la légende et sa visite à Batiscan bouleverse les Canadiens, même ceux qui s'en défendent. Chacun de ses passages dans les petits villages qui jalonnent le fleuve soulève des discussions véhémentes les jours suivants.

Car le général aime ce pays. Il aime les gens qui l'ont bâti et les regarde vivre avec intérêt.

Le curé de Batiscan, M. Le Fèvre, salue le chef des troupes allemandes avec courtoisie, et celui-ci ordonne une halte afin de s'entretenir quelques instants avec l'homme d'Église. Les villageois s'agglutinent alors autour des voyageurs avec un sans-gêne auquel ne s'habituent pas les officiers. La candeur et la simplicité des habitants leur semblent toujours un manque de respect flagrant pour l'autorité qu'ils représentent et que jamais en Europe personne n'aurait songé à remettre en question. Quelques minutes plus tard, les soldats déjà réunis pour l'exercice resserrent les rangs pour accueillir leur chef. Satisfait de leur tenue, le général félicite le capitaine Beyer.

Karine cherche Johann des yeux, en vain. Il n'assiste pas à l'entraînement. La jeune femme, très inquiète, suit pourtant Mme Kühn et s'affaire le plus rapidement possible à leur installation pour la nuit, dans le presbytère réquisitionné pour l'occasion. Elle ne cesse, tout ce temps, de penser à Johann. Peut-être est-il malade. Où peut-il bien être? Il faut une bonne raison pour manquer l'exercice. Le capitaine Beyer n'a pas l'habitude de badiner avec la discipline.

La noirceur s'étend bientôt sur la paroisse anormalement animée. «Je vais voir le capitaine. Il me dira où est Johann», décide Karine. Mais Georg est déjà assis à la table du curé Le Fèvre, en compagnie de tous les officiers. Impossible de le déranger.

Indécise quant à l'action à entreprendre, la jeune femme quitte le presbytère. Un soldat qui la reconnaît l'interpelle. Sans répondre à ses formules de politesse et à ses questions, elle lui demande où se trouve Johann. Il ne sait pas.

— Peux-tu me conduire chez les gens où il habite?

— C'est loin. Tu ne peux pas y aller à pied, surtout par un temps pareil.

Elle réalise à peine que le vent a pris possession du village. Une poudrerie joyeuse danse follement sur les chemins de Batiscan.

— Je peux avoir une carriole, affirme-t-elle.

— Bon, si tu y tiens.

Des rafales de neige délicates frôlent les joues des voyageurs comme des voiles légers. La carriole, empruntée sans permission à sa maîtresse, file à belle allure. Klaus s'amuse comme un enfant à conduire un cheval beaucoup plus expérimenté que lui.

— C'est encore loin? lui crie Karine.

— On arrive dans quelques minutes. Tu es sûre que la femme du colonel ne dira rien si elle apprend qu'on a pris sa voiture?

— Je m'occupe de ça, lui répond Karine. Toi, regarde où tu vas!

«J'ai beau regarder, je n'y vois rien! Je me demande si j'ai bien fait d'écouter cette femme... De toute façon, elle serait venue toute seule et je ne pouvais pas l'abandonner par un temps pareil sur une route qu'elle ne connaît pas», songe Klaus pour se rassurer.

Devant eux, une lumière vacille enfin entre les arbres. La maison des Gauthier surgit de la nuit, silhouette amicale dans les tourbillons de neige. Tête baissée, Karine franchit difficilement les quelques pieds qui séparent la route de la maison, tandis que Klaus se résout à abandonner le cheval en espérant qu'il ne décidera pas de retourner seul au village.

C'est Marie qui vient ouvrir et Karine, surprise par tant de charme au bout d'une route aussi sauvage, bafouille les quelques mots de français qu'elle avait préparés avec tant de soin.

— Johann... Ici?

Marie la regarde avec plus d'intérêt qu'elle ne voudrait en laisser poindre. Voilà donc vers qui voguent les pensées de Johann le soir quand il reste silencieux, à l'écart. Telle qu'elle lui apparaît, intimidée, les joues rougies par le vent et le souffle court, Karine lui plaît. Ses yeux bleus vibrent d'une tendresse sans limites et Marie lui sourit, charmée.

— Fais-la entrer, voyons! Qu'est-ce que tu attends?

Louise Gauthier pousse sa fille et entraîne Karine à l'intérieur. Klaus la suit, inquiet, mais aussitôt réconforté par l'accueil chaleureux de Nicholas et Friedrich.

— Wie geth es dir? Was machen Sie hier?

Les deux soldats ont l'agréable impression de recevoir une visite comme ils le faisaient autrefois, à la maison. La présence inattendue de Karine et de Klaus recrée un espace et un temps bien à eux. Leur exubérance repousse même un moment l'existence des Gauthier. Se rejoignant dans un même langage, ces étrangers s'approprient vite les lieux, réduisant les habitants à la condition peu commode de spectateurs. Blessé par cette intrusion, Julien réagit le premier.

— Johann n'est pas ici, dit-il sèchement. Il est parti.

Friedrich rassure Karine.

— Il est parti avec son ami indien. Il ne peut rien leur arriver: Waldgeist est un peu sorcier.

Une heure plus tard, Karine et son guide repartent. Le vent s'est mystérieusement apaisé, comme si l'hiver n'arrivait pas à prendre le dessus cette année-là, comme si décembre avait renoncé à tous ses privilèges. Sans se retourner, la visiteuse s'éloigne. Ce voyage lui aura permis de connaître les visages qui entourent la vie quotidienne de Johann. Elle emporte avec elle le sourire jeune de Marie, son front dégagé, ses pommettes saillantes, ses cheveux épais, ses yeux d'un brun presque noir, pareils à ceux d'un animal libre mais confiant. Elle ne voit pas Marie, le front appuyé à la fenêtre, scruter la nuit pendant de longues minutes. Comme pour s'assurer que la carriole ne reviendra pas. Un sentiment confus oppresse la jeune Canadienne, une menace trouble.

Le lendemain matin, Karine, songeuse, est toute aux préparatifs du départ pour Québec lorsque Georg, entraîné par Karl, frappe à sa porte. Les deux complices ont manigancé un plan qui leur permettra de demeurer ensemble plus longtemps que prévu. Devant la jeune femme étonnée, Georg n'ose plus parler. Il bredouille quelques excuses et tarde à en venir aux faits. Frustré, l'enfant prend les choses en main.

— Le capitaine veut que je reste avec lui, maman.

— Mais... Voyons... C'est impossible. Ce voyage à Québec te faisait tellement plaisir! Tu ne veux plus venir?

Georg explique:

— J'ai eu le plaisir et l'honneur d'être invité à Québec par le colonel. Je m'y rendrai donc moi aussi afin d'assister au premier anniversaire de la libération de la ville. Cependant, je ne pars que dans deux jours. J'avais pensé garder Karl avec moi. Nous aurions fait le voyage ensemble et il vous aurait retrouvée à Québec.

Karine regarde Karl. Il y a tellement d'espoir dans ses yeux qu'elle ne peut refuser. L'enfant éclate de joie et entraîne Georg à l'extérieur. Tiré à bout de bras par le garçon impatient, l'officier y perd un peu de dignité mais y gagne beaucoup de douceur. Son affection pour Karl le contraint à abandonner sa cuirasse, et Karine, témoin involontaire de ces défaillances, s'attache de plus en plus à l'homme nouveau et fragile qui naît devant elle. «Tout est donc possible, pense-t-elle. J'espère qu'il pourra être heureux.»

Parvenu à sa chambre, Georg fait asseoir Karl sur le lit et l'oblige à fermer les yeux.

— J'ai une surprise pour toi, déclare-t-il. Voilà. Tu peux regarder.

L'enfant voudrait ne pas avoir ouvert les yeux pour ressentir encore ce plaisir fulgurant qui l'a envahi pendant quelques secondes. Frémir encore de la tête aux pieds. Recommencer la joie. Son bonheur est trop grand pour l'évacuer en une seule secousse. Il se tait, retient son cri le plus longtemps possible.

Georg se méprend.

— Tu ne l'aimes pas? Tu aurais préféré autre chose? Tu peux me le dire. Je ne serai pas fâché.

Karl se précipite contre lui, enfouit sa tête dans la laine du manteau encore mouillée de neige. Il pleure doucement, de joie. Ce moment ne devrait jamais finir. En essuyant ses yeux, il rassure l'officier:

— Je n'ai jamais rien eu d'aussi beau... sauf mon violon.

Il prend délicatement le chapeau de renard auquel est accrochée une superbe queue rousse. Ses petits doigts glissent dans la fourrure épaisse et soyeuse. Georg le presse de l'essayer.

— Il faut le mettre pour voir de quoi tu auras l'air.

Avec des gestes lents et timides, Karl dépose le chapeau sur sa tête.

— Magnifique! Un vrai coureur des bois! Wunderbar! Le plus grand coureur des bois de six ans que j'aie jamais vu!

Le sourire radieux de l'enfant relègue aux oubliettes les économies disparues dans les mains du marchand et les discussions arides pour faire baisser les prix. Ce sourire-là réchauffe Georg aussi sûrement qu'un grand feu dans l'âtre.

— Il faut que je le montre à maman!

Il court dans la neige, mais Karine disparaît déjà, emportée au petit trot par un cheval bai. Trois carrioles glissent gracieusement sur le chemin du Roy, entraînant tout ce beau monde vers Québec. Le 31 décembre, dans quelques jours, on y fêtera en grande pompe le premier anniversaire de la libération de la ville. Il y a un an, en effet, les rebelles américains perdaient leur chef, le général Montgomery, alors que lui et ses hommes assiégeaient Québec. Désespérés par la mort de leur général, les Américains se retiraient alors de l'autre côté du fleuve pour bientôt reprendre le siège avec Arnold à leur tête. L'arrivée des Anglais et des Allemands les obligea à retraiter jusqu'aux frontières, marquant ainsi la fin de l'occupation américaine en terre canadienne. Pour fêter cette victoire importante, tous les officiers anglais et allemands cantonnés de Montréal à Québec ont été invités à des célébrations grandioses que personne ne voudrait manquer.

Karl a donc raté le départ de peu et il n'est pas le seul.

Une heure plus tard, en effet, Johann se présente chez le sergent Heinemann avec un petit paquet. Un cadeau pour Karine.

— Je voulais le lui donner, mais je ne savais pas que le colonel partirait si tôt pour Québec. Pourriez-vous l'apporter et le lui donner pour moi?

— Je ne vais pas à Québec, lui répond le sergent, désolé. Seul le capitaine Beyer assistera aux célébrations. Je le remplacerai ici.

Déçu, Johann n'insiste pas. Il va partir, mais le sergent le retient.

— J'ai une idée. Je ne te promets rien. Je ne crois pas que le capitaine soit disposé à servir de commissionnaire à ses soldats, mais le jeune Karl sera sûrement heureux d'apporter un cadeau à sa mère. Attends-moi ici.

Quelques instants plus tard, le sergent entre chez le capitaine. Il aperçoit Karl et lui sourit en cachant le mieux possible sa satisfaction.

— J'ai un paquet pour Mme Karine Lessart. J'avais pensé que vous pourriez peut-être le lui apporter à Québec.

Georg n'a pas encore eu le temps de réagir que déjà le garçon se précipite vers le sergent et s'empare de la petite boîte.

— C'est pour maman? demande-t-il tout excité en tournant la boîte dans tous les sens.

— Oui, répond le sergent. On m'a dit que c'était un cadeau.

— Elle va être contente, s'écrie Karl. Mais ce n'est sûrement pas un chapeau comme le mien, ajoute-t-il en soupesant la boîte.

Très digne et apparemment désintéressé, le capitaine demande:

— De qui vient ce cadeau, sergent Heinemann?

Désarçonné, le petit officier répond à contrecœur.

— De... du soldat Johann Vogel.

Blême soudain, Georg se retient de montrer sa colère. Il questionne le sergent avec toute la fermeté militaire dont il est capable. Son long corps, robuste et harmonieux, frémit à peine, sa voix ne tremble pas. Seul l'obscurcissement trouble de ses yeux le trahit.

— Quand avez-vous vu le soldat Vogel, sergent?

— J'en viens tout juste, mon capitaine. À l'instant.

— Est-il encore dans votre chambre?

— Je crois que oui.

— Vous allez le mettre immédiatement aux arrêts.

— Mais...

Bouleversé, l'officier subalterne tente de se ressaisir.

— Puis-je demander de quoi on l'accuse, mon capitaine?

— Il a manqué le dernier exercice sans raison valable.

— Il était allé à la chasse, avec ma permission. Son compagnon a été victime d'un accident et il a dû le reconduire jusqu'à son campement. L'abandonner aurait signifié le condamner à mort. Le soldat Vogel a agi avec générosité.

Le sergent a parlé rapidement pour avoir le temps de tout dire mais, loin de calmer le courroux de son supérieur, ses explications ont avivé sa colère.

— Depuis quand permettez-vous à des soldats de partir chasser? explose-t-il.

— Seuls deux ou trois en qui j'ai toute confiance ont obtenu cette permission et ils sont toujours revenus au jour fixé par moi, mon capitaine.

— Ce pays a transformé nos soldats. Il les attire et les soudoie avec un acharnement inintelligible! Vous ne pouvez plus faire confiance à aucun d'entre eux. Vous devriez le savoir, sergent Heinemann. Je vous ordonne de mettre le soldat Johann Vogel aux arrêts pour une semaine. Il recevra trente coups de bâton chaque jour. Quant à vous, nous reparlerons de votre conduite répréhensible dès mon retour de Québec.

Georg retourne à sa table de travail et croise le regard étonné de Karl. Celui-ci ne comprend rien à la colère de son ami. Il serre le cadeau destiné à sa mère dans sa main, bien décidé à ce qu'il arrive malgré tout à bon port.

Le petit sergent au visage tavelé comprend qu'il l'a échappé belle et s'éloigne rapidement après avoir salué. Peiné, il annonce à Johann la mauvaise nouvelle. Celui-ci le rassure.

— Ce n'est pas votre faute, sergent. Ça devait arriver. Mais croyez-vous que Karine aura mon colis?

— Le jeune Karl semblait bien décidé à le lui apporter.

— C'est parfait! jubile Johann. Je vous remercie.

Pendant que l'officier amène la recrue à l'entrepôt servant de prison, ce dernier lui adresse une dernière requête.

— Je voulais donner ces fourrures à Mme Gauthier et à sa fille. Pourriez-vous les leur remettre pour moi?

Une heure plus tard, Heinrich Heinemann offre à Marie et à sa mère les présents de Johann.

— Vous en ferez ce que vous voudrez, dit-il. Vous pourrez les vendre et vous offrir des gâteries pour fêter le Nouvel An. C'est ce que Johann désire.

Marie ne vendra jamais ce présent. Discrètement, elle dépose son trésor sous son oreiller et, tout le reste de la journée, elle attendra le soir pour retrouver dans l'obscurité la douceur de la fourrure et, du même coup, les yeux gris velours de Johann.

VI

«L'hiver des Allemands», comme l'appellent les habitants, ne cesse de surprendre par sa clémence. Le froid se terre, intimidé, dirait-on, par ces déplacements inhabituels de soldats. Les roulements de tambour remplacent les poudreries. L'hiver, pudique, réfrène ses envolées légendaires devant les étrangers. Comme s'il voulait garder ses fureurs pour ceux qui le connaissent bien et ne le craignent plus.

La douceur de l'air n'empêche pourtant pas Karl et Georg de s'emmitoufler dans leur capot gris à collet de mouton blanc bordé de bleu et de tenir leurs mains bien au chaud dans de grosses mitaines, bleues également. La tête protégée par une tuque de même teinte sur laquelle Karl a coiffé son chapeau de renard, les deux voyageurs se dirigent vers Québec. Tantôt longeant le fleuve, tantôt le dominant, ils refont à l'envers ce chemin dentelé par un hiver magnanime. Un cristal de givre recouvre les branches auxquelles s'accrochent de gros flocons de neige. Le cheval tire la carriole d'un trot élégant en faisant tinter les clochettes. Sagement, il ralentit sa course à l'approche des cours d'eau pour permettre au conducteur de vérifier l'épaisseur de la glace. Le vieux François Frigon, fort et sans peur malgré son âge respectable, contraint parfois l'animal à s'aventurer sur une mince couche de glace sous laquelle on devine aisément la force du courant. Les passagers retiennent leur souffle, Karl se rapproche de Georg, prêt à sauter, et seul le cri de joie du conducteur les libère du frisson qui les secouait.

— J'aimerais conduire le cheval. Tu crois que je pourrais?

Le garçon tournait cette question dans sa tête depuis des lieues. Quelques instants plus tard, il tient les guides, rempli d'orgueil. Le cheval, désorienté par les mains inexpérimentées, entraîne la carriole vers des sentiers non battus. Georg n'est pas tranquille: la neige cache parfois des trous béants où il est facile de s'enliser. Un seul faux pas et... Debout derrière l'enfant, M. Frigon tente de ramener la bête à de meilleurs sentiments.

— Doucement, Cocotte. Aide le petit un peu, ma grosse. Allez... Tout doux... Au trot!

La grosse jument blanche reprend son rythme de croisière. Elle a compris le jeu et se fie plus à son instinct qu'aux ordres contradictoires de Karl. Celui-ci a d'ailleurs pris le parti de ne plus bouger et il se laisserait geler les mains plutôt que de renoncer à son plaisir. Heureusement, le vieux François connaît le chemin par cœur et il flaire bientôt un pont plus hasardeux que les autres.

— Tu ferais mieux de me laisser la place, petit. Nous ne sommes pas au bout de nos peines.

Pas à pas, ils franchissent le pont branlant, détaché presque entièrement de ses amarres et que les eaux font tanguer à leur gré. L'officier passe son bras autour de l'enfant et le serre contre lui. Le danger passé, ils resteront ainsi jusqu'à Cap-Santé où ils passeront la nuit avant d'entreprendre la dernière étape de leur voyage.

La ville délire! Les carrioles arrivent de partout! Une agitation joyeuse parcourt les rues de Québec. Le premier anniversaire de l'échec américain soulève la ferveur des citoyens. Même ceux qui, jusque-là, avaient affiché une certaine indifférence, se sentent entraînés par les réjouissances. À 9 heures, le matin du 31 décembre, toute la ville endimanchée se retrouve à la cathédrale de Québec où Mgr Briand officie un service d'action de grâces. Karl sursaute, intrigué, en voyant entrer dans l'église huit hommes auxquels on a passé une corde au cou. Il pousse Georg du coude et chuchote:

— Qu'est-ce qu'ils ont fait?

— Ce sont des Canadiens qui ont conspiré contre l'Angleterre.
— Et pourquoi on les amène à l'église?
— Pour qu'ils demandent pardon au roi, à l'Église et à Dieu. Sinon ils ne pourront être graciés.
— Ce n'est pas une grosse punition pour des traîtres. Moi, je les aurais fait fouetter.

Karl veut entrer dans l'église à la suite des prisonniers, mais Georg l'arrête.

— Tu dois rejoindre ta mère, maintenant. J'ai beaucoup à faire et elle a demandé que tu reviennes à temps pour l'aider à je ne sais plus trop quoi.
— Donne-moi le cadeau pour elle. Je vais le lui apporter.

Georg espérait que l'enfant aurait oublié. Il bredouille une excuse.

— Il est dans ma chambre... Je n'ai pas le temps d'aller le chercher maintenant. Je l'apporterai ce soir, c'est promis. Mais ne lui en parle surtout pas: ce sera une surprise.

Excité, Karl court retrouver sa mère tandis que Georg se prépare à la prochaine célébration. Un peu plus tard, le gouverneur Carleton, escorté du général von Riedesel, du colonel von Kühn et de tous les officiers présents, passe en revue la milice française de Québec devant le monastère des Récollets. Huit compagnies défilent en lançant le triple salut au cri de «Vive le Roi!» De nombreux coups de canon succèdent aux vivats. Partout, l'enthousiasme est à son comble. La journée s'orchestre magnifiquement autour des célébrations les plus grandioses. De la citadelle retentissent des salves d'artillerie, et une danse à laquelle sont conviés une centaine de dames et plus de 200 messieurs couronne la fête.

Depuis le matin, Georg, fasciné par le faste et l'élégance déployés dans toute la ville, a joyeusement participé à l'élan collectif. Il regarde maintenant évoluer les danseurs tout en pensant à Karine. «Je dois lui apporter la boîte; j'ai promis à Karl.» Il quitte la salle de bal suivi par des dizaines d'yeux féminins que son départ attriste, se rend à sa chambre où il prend la petite boîte et va ensuite frapper à la porte de Karine. Il l'entend se lever et sent un vertige indescriptible lui nouer le cœur. «Qu'est-ce que je fais ici? pense-t-il, affolé. J'en suis rendu à faire les commissions de mes soldats! De quoi ai-je l'air? Devant une servante, par surcroît!» L'idée lui vient de déposer le paquet par terre et de s'enfuir, mais Karine apparaît déjà dans l'embrasure de la porte. Elle a revêtu la magnifique robe dont Mme Kühn lui avait fait cadeau. Ce soir, elle fête en silence, seule. Son fils dort dans le grand lit. Éva n'est pas loin non plus, et Jacob sourit dans ses souvenirs. La présence inopinée du capitaine perturbe sa quiétude et lui fait redouter quelque malheur. Tout de suite, elle pense à sa maîtresse.

— Mme Kühn ne va pas bien?

Georg reste muet. Il croyait rendre visite à une servante. Une grande dame d'une infinie beauté lui a ouvert.

— Non... Ce n'est rien... bafouille-t-il. Je... Karl devait l'apporter... Il a oublié. Un paquet... De Johann Vogel. Il vous a manquée à Batiscan.

— De Johann!

Karine s'empare de la petite boîte ovale sur laquelle une marguerite est sculptée à la gouge. Elle sourit, oubliant complètement le capitaine. Il devrait partir. Sa mission se termine là. Il n'a plus rien à faire dans cette chambre où il pénètre pourtant avec le sentiment inconfortable de profaner un lieu sacré. Devant Karl endormi, son chapeau placé de guingois sur la tête, il retient un éclat de rire. Karine caresse la boîte un long moment avant de l'ouvrir. À l'intérieur, elle trouve un petit médaillon en forme de cœur accroché à une chaînette en or. Elle ose à peine y toucher et son émoi, presque palpable, blesse Georg. Il voudrait avoir fait ce cadeau, que Karine lui doive cette étincelle dans ses yeux, que le sourire sur ses lèvres ait été dessiné par lui. Cette femme lui importe beaucoup. Qui est-elle donc? Il cherche la pauvre esclave, maigre et avilie dans ses hardes déchirées. Il voudrait avoir pitié. «Cette femme est une paysanne sans éducation, incapable même d'écrire son nom, à laquelle tu fais la charité de t'occuper de son fils. Elle ne doit rien exiger de plus. Tu n'as rien à faire ici, rien à faire avec ces pauvres gens.» De tout cela, il voudrait se convaincre, mais il n'y arrive pas. Karine est trop belle, trop racée.

Sans saluer la jeune femme, il quitte la chambre en toute hâte, fuyant ainsi l'émotion qui l'étreint. L'officier fuit sa jalousie, son désir. Il choisit encore une fois la froideur à cette ardeur soudaine et trop angoissante.

Lassé des fêtes successives auxquelles il ne trouve plus aucun intérêt, il rentre le lendemain à Batiscan, sans même avoir fait ses adieux à Karl. Aussitôt, sa tâche d'officier l'accapare suffisamment pour lui permettre d'oublier l'intermède douloureux de Québec. Dès son retour, en effet, le sergent Heinemann l'informe des problèmes croissants dans les relations entre Canadiens et Allemands. Johann Vogel a été puni – moins sévèrement peut-être que ne le stipulaient les ordres – et le sergent a la ferme intention de ne plus accorder de permission spéciale susceptible de lui attirer des ennuis. Il a eu sa leçon.

— Pendant votre absence, deux habitants ont encore refusé de louer leur carriole, explique-t-il. J'ai même dû faire ma tournée à pied hier.

— Il va falloir régler une fois pour toutes cette situation. Les habitants ne respectent aucune autorité. Leurs agissements deviennent insupportables. J'en parlerai au colonel à son retour de Québec. Il faudra sévir.

— Il y a les problèmes de carrioles, mais il y a pire. Un habitant du Troisième Rang accuse un de nos soldats de l'avoir frappé à coups de bâton pendant que deux autres le retenaient.

— Il dit vrai?

— Je crois que oui. Jusqu'à maintenant, tous les témoignages prouvent la culpabilité des trois soldats.

— Ils seront punis sévèrement.

«Même si une bonne leçon ne peut faire de tort à ces Canadiens...» pense Georg.

Sans vouloir excuser ses hommes, il comprend leur agacement. Lui-même supporte mal l'impertinence des Canadiens. Ses rapports avec les gens du pays se compliquent un peu plus chaque jour et il constate avec exacerbation que les autorités anglaises ne font rien pour améliorer la situation. Elles profitent, au contraire, du manque d'espace dans les édifices publics pour billeter les soldats allemands chez les habitants, les déloyaux reconnus s'en voyant imposer plus que les autres. Les soldats ont d'abord été logés à raison de deux ou trois par maison, mais maintenant on en dénombre quatre, six ou même douze dans certaines demeures. Parfaitement conscientes des problèmes inévitables que de telles situations risquent d'engendrer, les autorités britanniques n'hésitent pourtant pas à poser ces gestes afin de démontrer à la population que, si elle n'est pas aux côtés du roi anglais lorsqu'il a besoin d'elle, de nombreux désagréments l'attendent. «Faut-il donc s'étonner des résultats, pense Georg, surtout quand on connaît l'indiscipline des habitants de ce pays?»

Deux semaines plus tard, le colonel von Kühn et sa suite reviennent de Québec. Tous sont invités aux Trois-Rivières, le 20 janvier prochain, pour célébrer la fête de la reine d'Angleterre chez le général von Riedesel. Mme Kühn a abusé de ses forces toujours chancelantes et elle ne se sent pas bien. Ces fêtes et ces voyages ininterrompus l'ont exténuée et sa santé défaillante l'oblige à accepter l'invitation du curé Le Fèvre de Batiscan.

— Restez ici quelques jours, lui dit-il, empressé, le temps de vous remettre. Vous n'en pouvez visiblement plus. Je crois qu'il ne serait pas prudent de repartir.

Martha n'a pas le courage de résister. Elle entrevoit les quelques milles qui la séparent des Trois-Rivières comme une distance infranchissable. Elle n'aspire, pour le moment, qu'à un sommeil réparateur.

— Tu pourras m'excuser auprès du général? demande-t-elle à son mari.

— Si c'est ce que tu désires, je suis sûr qu'il comprendra.

Le curé Le Fèvre, pour sa part et sans trop le laisser paraître, se réjouit à l'avance de la présence chez lui de cette femme cultivée avec laquelle il adore tenir de longues conversations. Martha Kühn lui plaît et il ne s'en cache pas, heureux d'être immunisé contre les mauvaises langues et contre les tentations par la robe sacrée qu'il porte. Il a renoncé aux plaisirs de la chair, certes, mais s'accorde avec largesse les plaisirs de l'amitié et de la complicité entre gens raffinés.

— Partez sans crainte, mon colonel, nous nous occuperons de votre charmante épouse, déclare-t-il d'un ton peu rassurant pour l'officier.

En apprenant la nouvelle, Karine demande aussitôt la permission d'en avertir Johann. Conduite par un habitant, elle emprunte le Huitième Rang. Le soleil l'éblouit. La neige scintillante se mire dans un ciel flamboyant. L'hiver poursuit son œuvre de bienfaisance auprès des étrangers. La jeune Allemande pense avec un sourire aux bras de Johann, à la douceur de sa peau. «Galope, cheval! Mon amour m'attend!»

Autour de la maison des Gauthier règne une animation insolite. Le cheval s'est mis au pas de lui-même et Karine a tout le loisir d'observer sans être vue. Johann a chaussé des raquettes et s'exerce à marcher avec ces engins bizarres. Le dos courbé comme un ours, les bras levés pour tenir son équilibre, les pieds de travers, il provoque les rires de Marie qui tourne autour de lui. Sa gaieté s'échappe d'elle en notes cristallines et se répand sur la campagne environnante. Johann tombe, se relève, tombe de nouveau, guignol désopilant. Pour déclencher de nouveaux éclats de rire chez son unique spectatrice, il accentue sa maladresse.

Karine voudrait repartir sans être vue. Elle est de trop. Ce temps privilégié ne lui appartient pas. Elle en brisera l'harmonie. Elle va ordonner au cocher de faire demi-tour lorsque Johann l'aperçoit en se relevant d'une nouvelle chute. Il court vers elle, toujours affublé de ses pattes d'ours.

— Karine!

Pour l'aider à descendre, il la prend par la taille et tous les deux s'affalent par terre dans la neige. Le paysan retient son cheval, apeuré par leurs cris, et détourne la tête sans pouvoir dissimuler un sourire. Marie est rentrée. Personne ne verra les lèvres de Johann, posées sur celles de Karine. Ni ses bras qui l'enferment. Ni ses yeux si tendres quand il la regarde.

    Alors, les amoureux! Je m'en vais ou j'attends? s'enquiert le paysan bourru.

Ramenés à l'ordre, ils se relèvent ensemble, Karine soutenant Johann encore empêtré dans ses raquettes. La carriole sur laquelle ils s'appuyaient leur fait faux bond, ébranlée par le cheval impatienté, et tous les deux se retrouvent encore une fois par terre.

— Je crois que je n'y arriverai jamais, pleure Johann, à bout de rires.

— Je crois que tu serais plus à ton aise en marchant sur la tête. Heureusement qu'il n'y a pas beaucoup de neige!

— Tu as raison. Elle ne sont pas indispensables. J'abandonne.

En retirant ses raquettes, il demande:

— Comment se fait-il que tu sois à Batiscan?

— Mme Kühn ne va pas bien. Nous resterons ici quelque temps.

Le conducteur de la carriole les interrompt encore une fois.

— J'ai pas que ça à faire, les jeunes! Je vous emmène quelque part?

— Je dois repartir, dit Karine qui devine l'impatience du conducteur plus qu'elle ne comprend les mots.

— Je viens avec toi. C'est jour de paye et nous avons un exercice.

Quelques instants plus tard, ils repartent vers le village. Friedrich et Nicholas les accompagnent, les privant de ce moment d'intimité auquel ils aspiraient. Avant de le quitter, Karine glisse un paquet dans la main de Johann.

— Un petit cadeau...

Immédiatement après l'exercice, les trois soldats reviennent chez les Gauthier et y trouvent la maîtresse de maison en pleurs. Toute la famille se tourne vers eux avec animosité. Johann interroge Marie du regard, mais elle détourne les yeux. Julien, bouillant de colère, les pointe du doigt.

— Quelqu'un a volé la petite cuillère d'argent de ma mère. C'est un souvenir auquel elle tenait beaucoup. Celui qui a fait ça va me le payer!

Il s'approche des Allemands comme s'il voulait les attaquer, tous les trois, et les réduire en miettes par la seule force de sa haine. Puis, sans leur laisser le temps ni de se défendre ni de comprendre, il se dirige vers la chambre où couchent ces étrangers. Nicholas veut le suivre, mais Friedrich et Johann le retiennent. Dans la petite pièce, Julien renverse tout pendant que Nicholas enrage. Pourquoi ses compagnons l'empêchent-ils d'agir?

Quelques instants plus tard, Julien revient, triomphant, la cuillère dans la main. Johann n'ose pas y croire. Le Canadien brandit le poing vers Nicholas.

— C'est lui qui l'a volée. Je l'ai trouvée dans ses affaires.

Plus rapide que tous les autres, il se jette sur le coupable. Julien n'a que dix-huit ans; le soldat en a trente-cinq et il connaît toutes les astuces du combat. Toutefois, l'inexpérience du Canadien est largement compensée par sa rage et son désir de tuer. Il lutte pour la justice et défend tout un peuple opprimé. Il frappe avec le désespoir sauvage de celui qui n'a plus rien à perdre. Johann, Friedrich et Marie se jettent dans la mêlée ainsi que Louis, le jeune frère de Julien, que sa mère réussit tant bien que mal à retenir par un bras.

— Marie, reviens! Ne te mêle pas de ça!

Un coup que Nicholas réservait à Julien frappe la jeune fille en plein ventre. Elle plie les genoux en suffoquant et les hommes, déconcertés, cessent le combat. Mme Gauthier se penche vers sa fille, caresse ses cheveux, lui parle doucement en attendant qu'elle reprenne son souffle, puis toutes les deux se rendent à leur chambre sans un regard pour les hommes.

— Tu ne l'emporteras pas en paradis, grogne Julien en levant le poing vers Nicholas.

— Ça suffit!

Pierre Gauthier a à peine élevé la voix, mais tous ont compris. Johann entraîne rapidement ses compagnons vers leurs paillasses. Julien quitte la maison.

Le lendemain matin, le capitaine Beyer et le sergent Heinemann, accompagnés de deux soldats, viennent arrêter Nicholas Schultz, accusé de vol par Julien Gauthier. L'enquête dure à peine une heure et, devant les témoignages accablants, le coupable est condamné à cent coups de bâton. Il restera emprisonné en attendant son châtiment.

21 janvier 1777

Te souviens-tu, Martin, de notre arrogance? Notre instruction nous a fait croire à notre intelligence. Beau mensonge. Horrible malentendu... Il y a très longtemps, dans un autre univers, j'ai cru un moment connaître la Vérité.

Moi, Johann Vogel, je savais et devais sauver le monde.

Dans ce pays trop vaste, comment se fait-il que je ne sache plus rien? Autrefois, il y a si longtemps maintenant, les méchants avaient un nom, les misérables, un visage. Facile le partage entre bons et mauvais, entre riches et pauvres, entre lâches et courageux, entre innocents et coupables. Ici, les valeurs chavirent, valsent au gré des bourrasques. Les mots perdent leur sens. Le bien et le mal s'entrecroisent. On ne peut plus distinguer le vrai du faux. Tous ont tort; tous ont raison. Même les haines s'expliquent et deviennent fierté.

En est-il toujours ainsi lorsque plusieurs peuples se partagent un pays?

Quatre peuples, fondateurs ou conquérants. Aucun n'accepte la domination; tous revendiquent leur appartenance, leur ancienneté, leur pouvoir. Qui a tort? Qui a raison?

Pourquoi les Canadiens accepteraient-ils la domination des Anglais?
Pourquoi les Indiens accueilleraient-ils les étrangers sur cette terre nourrie depuis des millénaires de leur sang?
Et que viennent faire les Allemands dans le cours de cette histoire?

Quatre peuples. Quatre incohérences dans un pays puissant, capable de forger à lui seul sa propre destinée.

Qui est ce Johann Vogel qui a pu croire un jour détenir la Vérité? Parle-moi de lui, Martin...

VII

— Où vas-tu, Karl?
— Je vais chasser, capitaine!

La queue de renard lui cachant la moitié du visage, le garçon gambade avec entrain. Ses chasses se résument à quelques croûtes de pain lancées aux oiseaux ou à des heures d'attente dans l'espoir de voir apparaître un lièvre ou, pourquoi pas, un orignal égaré.

— Ne t'éloigne pas, lui recommande tout de même l'officier. Il fait nuit très tôt.

L'enfant se dirige vers la rivière en chantonnant. À la sortie du village, il croise un groupe d'hommes. Ceux-ci le regardent à peine et s'empressent de rejoindre des amis venus à leur rencontre. Après un long conciliabule, ils pénètrent dans le village et disparaissent dans une maison pour réapparaître, quelques heures plus tard, devant le presbytère d'où sort le capitaine Beyer.

L'un d'eux, plus frondeur que les autres, hèle l'officier:

— Nous avons à vous parler, capitaine Beyer!

Visiblement en colère, les hommes s'agglutinent autour de l'Allemand. Malgré leurs manières brusques et déplaisantes, celui-ci s'efforce de garder son calme.

— Que se passe-t-il, messieurs? demande-t-il d'une voix tranchante.

Chacun attend que l'autre parle. Georg reconnaît quelques visages. Julien Gauthier est là avec son ami François Leclerc,

Louis Bolduc également ainsi que Damien Tellier et une dizaine d'autres. Plusieurs tiennent dans leur main un maillet, une varlope ou une fourche. Certains pour se défendre si le besoin s'en fait sentir, d'autres pour attaquer. Après quelques secondes d'hésitation, Louis Bolduc prend la parole.

— Vos soldats m'ont volé deux fusils, des munitions et toute ma réserve de tabac, accuse-t-il.

Georg, cinglant, réplique:

— Pourquoi accusez-vous mes soldats?

Le Canadien prend un ton méprisant:

— Parce qu'avant que vous arriviez dans ce village personne avait songé à me voler.

D'autres veulent soudain parler et les voix s'élèvent, discordantes, autour de Georg.

— Louis Bolduc est pas le seul à avoir été volé. On a pris tous mes œufs.

— Depuis une semaine, la viande disparaît dans mon hangar.

Un des hommes écarte les autres pour se frayer un chemin jusqu'à Georg. Il brandit une faux au-dessus des têtes. Le brouhaha s'estompe jusqu'au silence. L'Allemand et le Canadien se toisent. Aussi grand que Georg, Joseph Corriveau en impose. Ses cheveux châtains coupés très courts et ses yeux verts striés de jaune donnent à son visage une allure inquiétante. Lentement, en appuyant bien sur chaque mot, il s'adresse au capitaine:

— Si un seul de vos soldats ose encore un geste ou une parole déplacée envers ma femme, je l'abats comme un chien... Et je ne demanderai de permission à personne.

Le capitaine Beyer, flegmatique, n'a pas baissé les yeux un seul instant.

— Venez à mon bureau, ordonne-t-il. Je vais enregistrer vos dépositions et chacune de vos plaintes fera l'objet d'une enquête.

Les habitants ne bougent pas. Ils ne croient guère en la justice germanique. Et d'ailleurs, comment pourrait-on jamais leur rendre justice? Comment réparer cette agression quotidienne? Comment leur faire oublier qu'on les dépossède chaque jour de leur identité? Les Allemands grugent leur vie, sans ménagement. Ils sont partout. À leur table, dans leur lit, à la porte de leur église, dans leur étable. Quelle justice humaine pourra jamais leur rendre ce temps de misère partagé de force avec l'étranger?

Julien Gauthier profite de leur méfiance.

— Le temps de mener l'enquête et nous n'aurons plus rien, crie-t-il. C'est une belle façon de protéger des voleurs!

Les hommes parlent de plus en plus fort, tous en même temps, même ceux qui n'ont aucune plainte à formuler. Ils se lient d'instinct contre l'ennemi. Dans le brouhaha, quelques-uns brandissent des armes. Un homme bouscule Georg.

— Retournez chez vous et que le diable vous emporte!

— Vos soldats devraient tous être pendus!

— On n'a pas besoin de voleurs ici!

Enhardis par leur complicité, les habitants vocifèrent de plus belle et seules la fierté et l'arrogante sévérité du capitaine les tiennent encore en respect. Au-dessus des cris s'élève soudain une voix nasillarde que tout le monde connaît.

— Que se passe-t-il ici? crie John Smith, le capitaine de milice. Laissez passer! Faites de la place!

Alerté par tout ce bruit, le sergent Heincmann, accompagné de quatre soldats allemands, intervient au même moment. Les nouveaux arrivants se rangent aux côtés de Georg et les habitants reculent. Plusieurs souhaiteraient maintenant être très loin. Trop tard. Le capitaine Smith a déjà noté tous les noms et il s'adresse à eux dans un français plus que déficient.

— Un de vous autres venir avec moi.

Il désigne Louis Bolduc.

— Les autres, chez eux! Right now!

N'eût été la présence des soldats allemands, plusieurs auraient regimbé, car l'autorité du capitaine anglais, malingre et cocasse dans son habit trop grand, laisse beaucoup à désirer. Julien Gauthier et François Leclerc, tout particulièrement, considèrent que la manifestation est loin d'avoir atteint son but. Mais les armes des soldats et leur célérité à s'en servir constituent des arguments de taille et tous retournent en maugréant à leurs occupations.

Le capitaine Smith, fier de sa performance, entraîne son homologue allemand et Bolduc derrière lui.

— J'arrange tout, dit-il.

Opposé à l'intrusion du milicien anglais dans les affaires allemandes, Georg tente de l'éloigner.

— Je vous remercie de votre intervention, dit-il. Mais ce problème concerne les autorités allemandes. Je ferai part dès que possible à mes supérieurs des plaintes des habitants.

— Pas question, réplique le capitaine Smith. Cette affaire regarde moi. Je suis responsabilisé de l'ordre dans ce paroisse.

Georg va répondre assez vertement à l'officier anglais lorsque Karine, sortie de nulle part, rouge et essoufflée, l'interrompt.

— Ist Karl mit ihnen? Est-ce que Karl est avec vous? Il n'est pas rentré... J'avais espéré qu'il pourrait être ici.

Elle tremble. Troublé par l'anxiété de sa compatriote, l'officier lui répond doucement:

— Je l'ai vu au milieu de l'après-midi. Il m'a dit qu'il allait à la chasse.

— Il n'est pas revenu.

— Il est peut-être chez quelqu'un. Il a pu rencontrer des amis.

— J'ai cherché partout. J'ai demandé à tout le monde. Personne ne l'a vu.

Karine ne veut pas pleurer. Ne pas se laisser emporter par la peur. Il lui faut garder les idées claires. Dieu ne permettra pas qu'elle perde Karl. Elle a assez donné à ce pays.

— Il commence à faire noir; les recherches sont presque impossibles, murmure Georg pour lui-même.

— Il faut le trouver! Je vous en prie, capitaine. Il faut le trouver. Un enfant ne peut pas passer la nuit dans cette forêt en plein hiver. C'est trop cruel! Trouvez-le, je vous en prie.

— Je le trouverai!

LA GUERRE DES AUTRES

Georg explique la situation au capitaine Smith. Celui-ci, trop heureux de pouvoir se mêler des affaires de ces Allemands, presse l'officier de partir.

— Je m'occupe de Bolduc et des autres. Allez!

Georg entraîne Karine jusqu'à sa chambre et lui fait répéter calmement toutes les démarches qu'elle a déjà faites. Avant de partir avec quelques soldats, il la rassure.

— Ne vous en faites pas, je vais le ramener. Attendez ici, ce ne sera pas long.

Abandonnée, Karine désire Johann près d'elle, mais elle n'a plus la force de l'appeler. Il est trop loin, inaccessible. Elle se tourne alors vers Jacob. «Ramène-le moi. Ne me laisse pas toute seule ici. Ne me prends pas tout ce qu'il me restait de toi. Laisse-moi notre petit garçon. Veille sur lui; j'en ai tellement besoin.»

Les heures passent. Elle ne bouge pas, ne pense même pas à faire du feu malgré le froid de plus en plus mordant. Elle s'emmure au-dedans d'elle-même.

— Allez vite chercher un médecin!

Georg dépose un petit pantin disloqué sur son lit. Un chapeau de renard roux tombe sur l'oreiller.

— Karl...

Karine entend sa propre voix comme si elle venait d'une autre.

— Karl...

— Il est là, Karine. Ne t'inquiète plus, ce ne sera pas grave. Le médecin vient d'arriver; il va le guérir.

La voix de Mme Kühn atteint à peine son esprit engourdi.

— Pauvre Karine! Nous allons tout faire pour le sauver. N'ayez pas peur.

Le curé Le Fèvre est là aussi.

De l'autre côté du lit, Georg tient la main du garçon et soudain toute la chambre redevient réelle. Karine remonte vers la vie. Karl a besoin d'elle. Elle se rapproche de Georg qui lui cède la place. En prenant la main de son fils, elle y découvre toute la chaleur de l'officier. Le visage de l'enfant porte d'horribles traces de coups; ses vêtements déchirés témoignent d'une lutte.

Après un court examen, le médecin rassure tout le monde.

— Il faut attendre un peu avant d'être sûr, mais je crois qu'il n'y a rien de cassé.

Le curé Le Fèvre s'adresse à Georg:

— Nous allons le transporter au presbytère.

Le docteur Cazeau intervient avec fermeté.

— Il ne faut surtout pas le bouger. Du moins pas dans les prochaines heures. Le mieux serait de le laisser dormir. Il est très faible et a besoin de beaucoup de repos et de calme. C'est un garçon solide; il s'en remettra.

Mme Kühn veut entraîner Karine, mais celle-ci refuse de partir.

— Je vais lui laisser ma chambre, propose Georg, toujours un peu intimidé par la femme du colonel.

— Venez donc chez moi, capitaine, offre le curé Le Fèvre.

En partant, Georg renvoie tous les soldats qui ont participé aux recherches. Johann qui est accouru dès qu'il a su la nouvelle ne peut voir Karine, mais il s'attarde un moment devant la fenêtre avant de repartir chez les Gauthier.

La jeune mère reste seule avec son fils. Elle ne peut quitter des yeux la tuméfaction sur ses lèvres et elle sent sur sa bouche à elle un poing qui frappe. «Qui a fait ça? Qui a pu faire une chose pareille? Peut-on détester à ce point pour s'en prendre à un enfant?» Plus les heures passent et moins elle comprend. La respiration calme de Karl la rassure, mais dans sa tête les questions se bousculent.

Soudain, Georg se dresse devant elle. Elle ne l'a pas entendu entrer.

— Excusez-moi. J'ai frappé mais vous n'avez pas répondu. Je n'arrivais pas à dormir, j'étais trop inquiet. Je vais remettre du bois dans l'âtre si vous le permettez. Puis-je rester un moment?

Karine lui indique une chaise. De chaque côté du lit, ils caressent les doigts inertes de l'enfant dont seul le souffle régulier brise le silence. Au bout d'un moment, Karine ne peut plus garder ses questions pour elle.

— Qui a fait ça? Pourquoi?

Sa voix résonne dans la chambre obscure, comme une longue plainte.

— Je ne le sais pas. Quand je l'ai trouvé près de la rivière, Karl délirait. «Va-t'en étranger... Va-t'en...» Il a répété ces mots plusieurs fois puis, quand il m'a reconnu, il n'a plus voulu parler. Comme s'il avait peur. Je soupçonne un groupe d'enfants, fils de prorebelles. Quelques Canadiens nous détestent et nous voient comme des occupants plutôt que comme des libérateurs. Ils se laissent facilement leurrer par la propagande américaine. Et ce que les parents pensent, ils le transmettent à leurs enfants qui le comprennent à leur façon.

— C'est terrible! Ils peuvent recommencer!

— Non! Plus jamais ils ne toucheront au petit.

La dureté de son visage, l'éclat de méchanceté dans ses yeux noirs effraient Karine. Une bête féroce jamais complètement matée se nourrit maintenant de la souffrance de Karl et grandit, prête à bondir. Karine a peur. Pour elle et pour lui.

— Ne laissez pas la souffrance vous détruire, murmure-t-elle.

Georg caresse le front de Karl, et ce geste tendre le sauve de l'asphyxie.

Quand la voix de Karl réveille sa mère, Georg n'est plus là. Karine reçoit seule le magnifique cadeau du triomphe de la vie.

VIII

Les premiers à payer sont les Gauthier. Georg y réinstalle Nicholas Schultz, encore échauffé par les cent coups de bâton. Et ce, malgré les protestations de toute la famille.

— C'est un voleur! Vous ne pouvez pas nous obliger à le garder chez nous!

Même le sergent Heinemann s'oppose:

— Vous risquez bien des complications en agissant ainsi.

Mais Georg reste inflexible.

Julien, imprudent, invective l'officier. Une injustice aussi flagrante le révolte. Il pense à sa mère, obligée de nourrir cet homme. Et Marie, qui devra subir ses regards de prédateur! Et son père, toujours aussi lâche devant l'oppression! Écœuré par tant de cruauté et de soumission, il sort en claquant la porte.

Au village, quelques hommes, comme à l'accoutumée, sont rassemblés chez le forgeron. En voyant entrer Julien, ils le saluent distraitement, sans cérémonie. Un homme de plus ou de moins... La chaleur de la forge appartient à tout le monde.

Julien les regarde fumer tranquillement leur pipe; il les écoute raconter leurs histoires et il se prend à les détester. Encore une fois, ils ont choisi de courber l'échine. Après un bref moment de lucidité où ils ont osé demander justice, ils sont rentrés chez eux, bien au chaud, pour se vautrer dans leurs habitudes et leur aveuglement. Ils ont vite réintégré cet univers clos contenu dans les limites du village.

LA GUERRE DES AUTRES

Leurs propos s'attardent aux douceurs de l'hiver, au sermon du curé, aux difficultés du vêlage, pendant que tout près d'eux le sort du pays se décide. Ils préservent avant tout leur tranquillité au prix d'une docilité avilissante. «Personne ne crie donc jamais ici? Ce pays immense endort-il les consciences? Ne soyez plus si raisonnables! La sagesse vous va mal, vous tue à petit feu...» La fougue et la jeunesse de Julien s'égratignent à cette insouciance des aînés. Il a besoin de hurler sa rage, de frapper s'il le faut. Ces hommes encore jeunes et forts qui jouent paisiblement à être vieux le dégoûtent.

— Il va y avoir la conscription, lance-t-il. On va vous obliger à vous battre pour défendre les biens d'un roi que vous ne connaissez même pas et tout ce que vous trouvez à faire, c'est de placoter en fumant votre pipe et en jouant aux cartes!

Tous le regardent avec un air offusqué. De telles déclarations n'ont rien à faire ici, dans ce lieu privilégié où les hommes se croient à l'abri de tout. Mais Julien soutient leurs regards un long moment jusqu'à ce qu'Amable Desnoyers, le forgeron, prenne la parole avec un brin de condescendance.

— Qu'est-ce que tu racontes, mon Julien? Personne va nous obliger à nous battre si on veut pas.

— Il a peut-être raison, rétorque Damien Tellier. Ce qui va sortir du premier conseil législatif risque d'en surprendre plusieurs.

Les autres écoutent avec intérêt, comme on assiste à un bon spectacle. Après tout, cette conversation mettra du piquant dans une soirée somme toute assez ennuyante. Ils attendent la suite. Depuis la victoire des Britanniques sur les Français, les habitants ont affiché une assurance quelque peu fataliste. Se considérant comme les possesseurs légitimes du territoire et forts de leur nombre, ils croient leur bon droit inattaquable. La discussion ne présente donc pas de danger sérieux. Laissons les protagonistes offrir leur meilleure performance.

Julien les relance:

— Ce sera pas la première fois que les Anglais nous feront un coup de cochon!

— Tu y vas un peu fort, mon gars, proteste le forgeron. J'ai pas vu beaucoup de changements depuis 1760. Et à l'âge que j'ai, j'en sais plus long que toi là-dessus.

Mais Damien Tellier a le même âge que le forgeron, peut-être même est-il plus vieux, personne ne pourrait le dire avec exactitude.

— Pas de changements! s'exclame-t-il. Tu as la mémoire courte mon Desnoyers! Tu as oublié tous les marchands canadiens éliminés du commerce des fourrures et les abus des fonctionnaires anglais qui ont expulsé 400 familles de leurs maisons en quatre ou cinq ans. Le père de Julien pourrait vous en parler longuement des changements!

— Carleton a passé une loi qui a réduit les pouvoirs des fonctionnaires, riposte le forgeron.

— Parlons-en des lois! Connais-tu un Canadien qui a son mot à dire dans la justice de ce pays? Tu as vu ce qui s'est passé chez Louis Bolduc? Une enquête à ce qu'ils disent! Les poules auront des dents quand cette enquête-là aura abouti!

Antoine Frigon, le cultivateur le plus à l'aise du canton, se cherche un rôle dans cette pièce qui risque de passer à l'histoire et de remplir le vide de bien des veillées. Il croit avoir trouvé un argument de taille.

— Personne nous a jamais empêchés de faire notre religion, brame-t-il.

— Je comprends, clame Tellier. Carleton a acheté l'évêque et tous ses prêtres avec!

Le silence tombe aussi lourdement qu'un grand chêne abattu par un bûcheron. La chaleur devient oppressante dans la forge. Tellier est allé trop loin. Ce pays n'est pas encore prêt à blâmer aussi ouvertement ses prêtres. Pour alléger l'atmosphère, Frigon déclare sur un ton désinvolte:

— On a un drôle d'hiver tout de même!...

Au grand soulagement de tous, la séance politique prend fin. Les conversations reprennent autour de thèmes connus, rabâchés, rassurants.

Encore une fois déçu par les siens, et les sachant au bout de leur pauvre révolte pour ce soir, Julien quitte la forge et plonge dans la douceur de la nuit. En passant devant le presbytère, il entend de la musique. Le curé Le Fèvre donne une fête pour ses amis anglais et allemands venus de Sainte-Anne, de Grondines, de Cap-de-la-Magdeleine. Tous endimanchés dans des costumes de guerre qui s'usent loin des canons. Des costumes de parade...

Les officiers allemands apprécient les soirées du curé de Batiscan. Ils y côtoient Français et Anglais, y nouent des amitiés passagères et y rencontrent des dames susceptibles de les soulager momentanément du mal du pays. Cette fois-ci, la soirée honore la présence de Mme Kühn et souligne son départ prochain pour les Trois-Rivières.

Bien reposée, celle-ci sourit aux invités et danse avec entrain. Le curé n'a rien ménagé pour son bien-être, et le colonel, arrivé cet après-midi, ne manque pas de lui exprimer sa reconnaissance.

Julien les aperçoit à travers la vitre qui s'entretiennent avec animation, et un plan mûrit dans sa tête. Il va partir. Plus rien ne le retient ici, dans ce monde trop petit qui lui tourne le dos. Tout est possible ailleurs, là où les êtres vivent éveillés et lucides.

— Je dois partir d'ici, murmure-t-il pour sceller un pacte.

Georg qui l'observe depuis un moment n'a pu saisir ses paroles. Il voit le jeune insoumis s'éloigner à grands pas en direction du Huitième Rang et résiste difficilement à l'envie de le suivre. D'une agilité presque féline, le jeune homme disparaît, avalé par l'obscurité. «Il faudra le surveiller, pense le capitaine. Je ne serais pas surpris qu'il ait beaucoup à faire dans toutes ces histoires de vol chez Bolduc et les autres. J'en parlerai au colonel dès demain avant qu'il n'ait réussi à monter tout le village contre nous.» Georg repense à l'enquête menée ces derniers jours. Pas un soldat billeté chez les habitants victimes de vol n'a découché. Toutes leurs affaires ont été fouillées, sans résultat. Mais partout on retrouve la trace d'un des jeunes appartenant à la bande de Julien Gauthier. «Il faudra vérifier ses déplacements et ceux des autres jeunes. Ils peuvent être dangereux.»

Après avoir contourné le presbytère, il entre par la porte arrière donnant sur le fleuve et frappe à la deuxième chambre. Karine vient lui ouvrir. À son cou, il remarque tout de suite le médaillon offert par Johann et ce détail l'agace.

— Je venais prendre des nouvelles de Karl.

— Il va beaucoup mieux. Entrez.

Le garçon ne dort pas et à la vue de son ami il se redresse dans son lit.

— Je vois que tu vas mieux, en effet! Mais reste couché, il est tard et tu devrais dormir.

— J'en ai assez de dormir. Je n'ai plus le droit de rien faire.

À part quelques minuscules cicatrices, son petit visage ne porte plus de marques de blessures. Georg voudrait caresser les joues rondes, mais il n'ose pas devant Karine.

— Il te faut avant tout guérir. Ensuite, tout te sera permis. Sois patient, ce ne sera plus très long.

— Tu vas m'amener à la pêche sous la glace? J'ai entendu des soldats qui en parlaient.

— Il est un peu tard, je crois. Les petits poissons ont compris et se sont sauvés ailleurs.

Karl sourit, puis son visage redevient grave.

— Tu sais, je n'ai pas pu me défendre. C'étaient des enfants, mais ils étaient tous plus grands que moi.

— Tu es sûr qu'il n'y avait que des enfants?

— Oui, mais plus grands. Ils avaient douze ans au moins. Et ils étaient plusieurs. Je n'ai pas pu me défendre. Je n'ai même pas eu le temps de bien voir leurs visages.

— Je sais. Tu as été très brave, j'en suis sûr. Ne pense plus à ça. Ils ne te feront plus jamais de mal, je te le promets.

— Pourquoi ils ont dit qu'ils n'avaient pas besoin de moi ici? Ils ont dit que les Allemands étaient des voleurs. Ce n'est pas vrai, n'est-ce pas?

Georg serre sur sa poitrine la tête blonde de l'enfant.

— Ce n'est pas vrai, affirme-t-il.

— Tu m'as dit que nous étions venus libérer leur pays. Pourquoi ils ne nous aiment pas?

— Ils n'ont pas bien compris.

Il caresse les cheveux du garçon, touche sa joue du bout des doigts. En levant les yeux, il rencontre le regard de Karine. Celle-ci ne peut refouler ses larmes. Si seulement il pouvait ouvrir les bras et inclure la mère dans l'amour qu'il porte au fils. Tous ces gestes qu'il ébauche dans sa tête et qui avortent avant de rejoindre leur destinataire.

Karl s'est endormi dans ses bras. Il le dépose dans son lit et le borde doucement. Puis il quitte la chambre. Il n'ira pas danser ce soir.

Deux jours plus tard, Karl et Karine quittent Batiscan pour retourner aux Trois-Rivières avec le colonel et sa femme. Pour celui qui reste, le souvenir garde les blessures béantes.

22 mars 1777

Cher Martin,

Un printemps hâtif nous libère un peu plus chaque jour d'un hiver que j'avais escompté beaucoup plus rude. Les habitants ont commencé à entailler les érables. Avec une cognée spécialement conçue à cet effet, ils incisent l'arbre et en retirent la sève à travers un copeau de bois. Ils font ensuite bouillir cette sève et en font un sucre très brun qu'ils versent dans des moules. Il leur faut faire vite, car la saison des sucres est très courte. Cette activité à laquelle plusieurs de nos soldats prêtent main-forte nous débarrasse un peu de la tension de l'hiver, mais personne n'oublie pour autant ses rancœurs.

Le fils de Karine Lessart, le jeune Karl, a été molesté très sévèrement par des Canadiens cet hiver. Toute cette haine me fait mal. Plusieurs soldats allemands sont accusés de vol. Plusieurs ont déserté. Des habitants complotent. Tous ont hâte de nous voir partir.

Julien Gauthier est de plus en plus secret et je le soupçonne d'ourdir une rébellion.

Marie est de plus en plus belle. J'aimerais que tu la connaisses. Il émane d'elle une vivacité presque... insolente en ces temps difficiles.

IX

Le Conseil législatif, formé à la suite de l'Acte de Québec et dont la mise sur pied avait donné lieu à de nombreuses joutes oratoires, divulgue à la fin de la session seize ordonnances sur lesquelles les conseillers se sont mis d'accord.

Commerce, cours de justice, voirie, monnaie... toutes les sphères de la vie des Canadiens sont touchées par ces lois, et la milice ne fait pas exception. En effet, une ordonnance régit les milices de la province de Québec et l'article premier instaure le service militaire obligatoire. La nouvelle loi afflige les habitants et réanime les velléités de rébellion que la langueur de l'hiver avait étouffées. Libérés depuis quinze ans de tout service militaire, tous considèrent comme une trahison la signature apposée le 29 mars 1777 au bas de cette ordonnance.

«Tous particuliers, tant dans les villes que dans les campagnes, depuis l'âge de seize ans jusqu'à soixante, sont obligés de servir dans la milice de la paroisse où ils sont domiciliés; et du jour et après la publication de cette ordonnance, tous particuliers (exceptés ceux ci-après exceptés) qui refuseront de servir ou qui négligeront de venir s'enrôler sous les officiers nommés par Son Excellence le capitaine général et commandant en chef dans les différentes paroisses, encourront l'amende de cinq livres...»

— Tu peux arrêter, on connaît la suite!

Le forgeron fulmine et toute la forge avec lui. Il y fait plus chaud qu'à l'accoutumée en ce début d'avril. Le feu est plus rouge, la boucane des pipes plus dense. Dans un geste rageur, Damien Tellier jette au feu l'ordonnance qu'il lisait.

— Il fallait s'en douter, bougonne-t-il.

En se tournant vers Antoine Frigon, il ricane, sarcastique.

— Alors, les Anglais, mon Antoine? Ils sont toujours aussi fins? Tu les as toujours défendus. Qu'est-ce que tu penses de ce coup-là?

— J'en pense... J'en pense qu'ils ont leurs raisons, bredouille le cultivateur, mal à l'aise. On va quand même pas laisser les Américains envahir le pays! De toute façon, c'est juste une ordonnance. C'est pour prévenir seulement. Je pense pas que Carleton songe sérieusement à lever une milice. C'est juste au cas.

— Juste au cas! Tu verras si c'est au cas! s'écrie le forgeron. Le jeune Gauthier avait raison. Et si ça continue, il va falloir se battre pour défendre notre liberté.

— Se battre contre qui? Et comment? Si ça se trouve, on va tous se retrouver en prison. L'ordonnance le dit: on commence par nous faire payer une amende si on refuse de s'enrôler. Comme personne n'a d'argent pour payer, on se retrouve en prison. Leur plan est clair.

— Notre évêque va intercéder en notre faveur, risque Charles Piché, un menuisier réputé dans toute la paroisse.

— Tu crois ça vraiment? se moque Tellier. Moi je crois qu'on peut compter sur personne. Tu as vu qui est exempté? Les juges, les seigneurs et, bien sûr, le clergé. Même les étudiants des Séminaires de Québec et de Montréal! Comme si la vie d'un habitant valait pas celle d'un curé!

— Il va peut-être falloir tous porter la soutane pour éviter la guerre, soutient en riant Jacques Delorme, un cordonnier enjoué qui prend à la légère ces rumeurs insensées de guerre et de conscription.

— Et vous, docteur, vous dites rien, remarque Desnoyers. Qu'est-ce que vous en pensez?

Le docteur Cazeau tire sur sa pipe. Il réfléchit.

— Je crois qu'il va falloir attendre, dit-il enfin de sa voix grave et posée, habituée à réconforter dans les moments les plus pénibles. Les Anglais nous ont conquis; ils agissent en conquérants. Laissons-les faire en gardant l'œil ouvert. Ils vont vite se rendre compte qu'il est plus facile de conquérir un territoire que des esprits.

— Et ces maudits Allemands qui se sont installés chez nous! Combien de temps il va falloir encore les supporter? clame Tellier.

— T'en as rien que deux, toi! Moi j'en ai quatre, se lamente Piché.

Le cordonnier qui en héberge trois n'a pas à se plaindre.

— Ils s'arrangent pour ne pas déranger et ils viennent même m'aider à la boutique assez souvent.

— Ben les miens, ils aident pas! Et j'ai même l'impression qu'ils me volent!

— C'est drôle que Frigon ait eu juste un soldat. Et un sergent à part ça, qui est jamais là...

Le cultivateur va répondre mais le docteur Cazeau intervient. Cette discussion ne doit pas dégénérer en dispute entre les habitants.

— Il faut essayer de comprendre ces hommes, plaide-t-il. La plupart d'entre eux ne savent même pas pourquoi ils sont ici. On leur a dit qu'ils devaient libérer un pays assiégé, c'est tout. Ils ne savent même pas contre qui. Plusieurs, à ce que j'ai pu comprendre, ne sont pas des soldats de carrière. Ce sont des travailleurs, comme vous et moi.

— C'est-y qu'ils auraient eu la conscription là-bas aussi? demande le cordonnier de son ton railleur.

— C'est un peu ça, oui, répond le médecin.

Une bouffée d'air frais envahit la forge, suivie aussitôt du capitaine de milice, John Smith.

— Comment allez-vous? demande-t-il avec son fort accent. Pas chaud, dehors.

Antoine Frigon est le seul à lui répondre. Les autres semblent ne pas l'avoir vu.

— Ça va bien, capitaine. Entrez donc.

Depuis l'émission de l'ordonnance, l'officier anglais espionne les habitants avec un plaisir évident. De plus en plus maigrelet, le menton saillant et les oreilles trop grandes pour son petit visage de belette, il prend des notes constamment. Quand viendra le temps de lever une milice, personne ne pourra lui échapper. Une clause spéciale donne droit aux officiers de milice d'arrêter tous les déserteurs, vagabonds ou voyageurs soupçonnés de pactiser avec l'ennemi, de même que toute personne qui logera ou cachera des déserteurs. Voilà donc une excellente raison d'intensifier la surveillance. Ce qui n'était qu'un droit devient un devoir dans l'esprit du capitaine.

Un à un, les hommes quittent la forge sans saluer l'officier qui n'a d'autre choix que de partir aussi. Chacun emporte ses idées toutes faites, ses certitudes. Pour les plus optimistes, cette ordonnance ne constitue que des menaces, des mots sans lendemain, destinés avant tout à calmer les esprits révoltés et par trop téméraires. Pour d'autres, c'est un fardeau intolérable imposé par un conquérant aux vaincus. Pour tous, c'est un rappel de la guerre remisée pour l'hiver et dont le printemps ravive les forces.

Au milieu de cette incertitude qui secoue les deux rives du fleuve, Louise Gauthier s'inquiète pour les siens. Pierre a été malade une grande partie de l'hiver. De plus en plus taciturne, il s'éloigne du quotidien et elle a du mal à le rejoindre dans ses retranchements. Résigné à vivre, il pleure à sa façon, dans le silence et la jonglerie.

Julien, quant à lui, disparaît des journées entières, laissant tout le travail à Marie, sans même s'excuser. Entre les Allemands et lui, il existe une animosité étouffante, toujours sur le point d'exploser, et les plus jeunes se ressentent vivement de cette atmosphère haineuse. La petite Florence dort mal; ses nuits sont peuplées de cauchemars. Louis et Josette se disputent sans arrêt, parodiant sans le savoir les agissements des grands. Seule Marie préserve sa joie de vivre envers et contre tout, insouciante de la convoitise de plus en plus évidente des hommes et imperméable à l'atmosphère enfiellée de la maison.

Les trois Allemands prennent chaque jour davantage de place malgré les efforts louables de Johann pour garder un semblant d'harmonie. Louise lui sait gré de sa délicatesse, mais n'en rêve pas moins du jour de leur départ.

— Que la guerre revienne pour nous libérer des Allemands!

Elle a parlé tout haut et ses propres paroles lui font peur. Elle regrette déjà. Personne ne devrait désirer la guerre.

— Qu'est-ce que tu dis, maman? demande la petite Florence.

— Rien, mon trésor. Il est temps de dormir.

— Je veux voir Julien avant. Il a promis de me raconter une histoire si j'étais sage.

— Julien n'est pas là et j'ai bien peur qu'il rentre trop tard.

Florence s'inquiète:

— J'ai pas été sage, maman?

— Mais bien sûr, voyons! Et je le dirai à ton chenapan de frère pour qu'il te raconte deux histoires demain. Allez, maintenant au dodo!

En soulevant la couverture, Louise trouve deux feuilles pliées en quatre. Sur l'une d'elles, il est écrit «maman», sur l'autre, «Florence».

— Qu'est-ce que c'est, maman?

Louise déplie le papier qui lui est adressé. Une main maladroite a tracé les lettres: «Ne t'inquiète pas pour moi. Je dois partir. Je t'aime. Julien.» La petite Florence a déjà déplié l'autre feuille.

— Regarde, maman, c'est un dessin! Une petite fille qui joue dans la neige. Elle a un manteau comme le mien. C'est pour moi?

— Oui, lui répond sa mère, d'une voix émue. Julien savait qu'il ne serait pas là pour te raconter une histoire, alors il t'a laissé un dessin.

— Comme ça, il savait d'avance que je serais sage?

La logique enfantine de Florence touche Louise. Elle l'embrasse tendrement.

— Dors maintenant.

Revenue à la cuisine, elle relit le message de son fils. Deux fois. Trois fois. Des mots intransigeants. Julien est parti. Ce moment tant redouté la laisse sans résistance. Et quand le reste de la famille revient du train, Louise cache le message dans la poche de son tablier. Jamais seule.

— Pas d'hiver et un printemps qui arrive presque avant les corneilles. On aura tout vu, marmonne Pierre.

— Où est Marie?

— Nous l'avons laissée dehors avec son beau Joseph.

— Il démissionnera donc jamais, celui-là, soupire Louise.

Son mari la prend par la taille, avec dans les yeux l'air espiègle de ses vingt ans.

— Il faut pas le mésestimer. Il est tenace, le jeune! Peut-être qu'il réussira à la faire changer d'idée.

— N'y compte pas trop, mon marieux!

Pierre regagne sa chaise quand Johann et Nicholas arrivent. Les deux soldats s'installent à la table pour jouer aux cartes. Leur compagnon est resté à l'extérieur.

Dans la grange, Marie et Joseph sont couchés dans le foin. Étendus sur le dos, les mains derrière la tête, ils parlent du printemps hâtif et de l'été qui vient quand soudain Joseph se redresse et demande à brûle-pourpoint.

— Marie, veux-tu m'épouser?

La jeune fille ne peut retenir un grand éclat de rire qui offusque l'amoureux éconduit. Aussitôt adoucie par son air de chien battu, Marie tente de le consoler.

— C'est pas parce que c'est toi, Joseph. Mais je ne veux pas me marier. Pas tout de suite, en tout cas.

— Alors, je peux continuer à te courtiser? demande-t-il plein d'espoir.

— Mais bien sûr! Tant que tu voudras! Mais je ne veux pas te laisser de faux espoirs.

Joseph, rassuré, part quelques minutes plus tard. Le village est loin et sa mère n'aime pas le savoir dehors à cette heure-ci. Marie, allongée, les bras en croix, profite tout son soûl de cette soirée. Elle ne veut pas rentrer. Dans la maison envahie elle se sent mal parfois, sans le laisser paraître. Trop de regards fourbes, trop de paroles

contradictoires. Puis elle pense à ce désopilant Joseph et ne peut s'empêcher de rire encore une fois de sa proposition.
— Me marier avec lui! Pauvre Joseph!
Derrière les éclats de rire de la jeune fille se profile l'image de Johann. Johann et ses yeux de douceur, ses longues mains de poète, et cette autorité toute naturelle sur les êtres et les choses.
Un craquement la fait sursauter.
Elle n'a pas le temps de se relever pour vérifier d'où vient le bruit. Une ombre gigantesque se jette sur elle. La main énorme de Friedrich lui broie le visage, l'empêche de respirer. Elle entend une voix souffler dans ses oreilles.
— Schweigen Sie! Silence!
Des jambes lourdes remontent jusqu'à son sexe et la frappent durement. Des mains de géant entre lesquelles elle disparaît empoignent ses seins. Une bouche répugnante répand sa bave sur ses joues, sur ses lèvres, dans son cou. Écrasée, salie. Un corps démesuré sur une âme minuscule, violée. Arrache-cœur. Désespérance. La chemise de Marie en lambeaux comme sa vie. Et les mains continuent de fouiller son corps. Elles arrachent sa jupe, détruisent, profanent.
Puis soudain la délivrance, alors qu'elle n'y croyait plus. L'ombre gigantesque est projetée plus loin, mais la noirceur demeure. Un silence entoure Marie, ce qu'il reste de Marie. La jeune fille ne voit pas les deux hommes se battre, elle n'entend pas leurs plaintes, ni leur rage. Marie se retire à l'intérieur d'elle-même. Elle se réfugie dans ce petit espace au creux du ventre qui a échappé à l'outrage. Le corps dévasté protège ce cocon précieux et non asservi d'où la vie peut germer à nouveau. Marie redonne naissance à Marie. De son ventre jaillit la suite. Principe de vie régénérateur. Conscience de soi. Sanctuaire secret plus puissant que le corps meurtri. Marie se terre au-dedans d'elle-même, se recrée, se réinvente lentement, émerge de la mort, poussée par un souffle mystérieux émanant des profondeurs de son corps. La renaissance est douloureuse. Un passage étroit dont elle s'extirpe péniblement. Le corps résiste à l'appel de la vie, mais la voix de Johann l'attire doucement vers la lumière. Il a enlevé son long manteau pour l'en recouvrir. Il la prend dans

ses bras, la soulève précieusement, pour ne rien briser. À travers lui, Marie redécouvre la jouissance de vivre, la tiédeur de son propre corps, sa beauté intacte.

En les voyant entrer dans la maison, Louise comprend. La sortie précipitée de Johann, l'absence de Friedrich... Ce qu'elle craignait depuis toujours est arrivé. Après avoir déposé la jeune fille dans le lit de sa mère, Johann revient à la cuisine. M. Gauthier met son manteau et décroche son fusil. Johann met la main sur son bras.

— Ça ne servirait à rien... Il est parti.

Le vieil homme, brisé, hésite un moment, puis il préfère la défaite qu'il connaît si bien à la vengeance qu'il n'a plus la force d'assumer. Louise Gauthier se chargera seule des démarches visant à faire arrêter Friedrich Kellermann. Mais elle se heurtera à la rancune inassouvie de Georg, à la jalousie inavouée des officiers de la milice, à l'indifférence de la justice civile britannique, au parti pris du curé. Même Marie lui opposera un silence obstiné. La jeune fille veut surtout oublier.

Trois semaines plus tard, Friedrich, le déserteur, est tout de même arrêté à Sainte-Anne-de-la-Pérade, chez un tanneur où il avait trouvé de l'emploi. Il est amené aux Trois-Rivières puis, après un procès expéditif, emprisonné pour deux mois.

Les Canadiens ne s'en tiendront pourtant pas là. Les représentants du peuple pressent Carleton d'agir. Ils ne peuvent plus supporter la vulgarité de certains Allemands, et l'histoire des Gauthier a vite débordé le cadre de Batiscan. Le gouverneur ne peut faire autrement que de mettre sur pied une commission d'enquête, composée de Saint-George Dupré, Edward William Gray et Pierre Panet, et chargée de s'enquérir des plaintes contre les exactions de corvée et de logement ainsi que de la conduite des Allemands. Forts de cette promesse, les habitants attendent. Pour le moment.

Chez les Gauthier, un jeune soldat a pris la place de Friedrich. Ernst Grothe, dix-neuf ans, bredouille quelques mots de français et sa bonne volonté, sa mine espiègle, sa naïveté déconcertante ont vite fait de lui gagner les faveurs de sa nouvelle famille. Florence est folle de lui et sa présence allège l'atmosphère dans une maison où la rancœur empoisonne la vie de tout le monde.

X

31 mai 1777. L'ordre de marche transmis à tous les régiments allemands et anglais indique comme lieu de rendez-vous Cumberland Head, sur la rive nord du lac Champlain. Pour Burgoyne, qui a remplacé Carleton au poste de commandant en chef des opérations militaires, le plan est simple mais sans faille. Avec ses hommes, il se portera contre Ticonderoga tandis que le lieutenant-colonel Barry Saint-Leger accomplira une diversion par le lac Ontario puis se dirigera vers la rivière Mohawk pour s'emparer des nombreux forts la jalonnant. Venant du sud, le major général William Howe refermera l'étau sur les Américains.

Peu conscients de ces tactiques militaires, ignorant les grandes stratégies étudiées en haut lieu, les soldats, allemands et britanniques, presque aussi nombreux les uns que les aytres, quittent leurs quartiers d'hiver sans connaître exactement leur destination. Le printemps respire enfin à son aise. Pour les habitants, le cauchemar prend fin. Les maisons libérées font peau neuve; on efface les traces, on chasse les odeurs. Le départ des Allemands restitue aux familles canadiennes la jouissance pleine, libre et entière de leurs biens et, encore plus important, leur intimité.

Après avoir donné à tous ses officiers un ordre de marche précis, le général von Riedesel leur énonce une dernière directive: «Tous les régiments et toutes les compagnies, avant de quitter leurs quartiers d'hiver, requerront des paroisses respectives où ils ont pris leurs quartiers durant l'hiver des certificats qui prouvent qu'ils ne doivent à personne et que personne n'a aucun grief contre eux. Cela est ordonné afin de ne pas perdre notre bonne réputation de discipline».

Le général devrait savoir que certaines dettes ne se remboursent pas et que certaines offenses demeurent à jamais irréparables.

La veille du départ, les trois soldats prennent leur dernier repas chez Louise et Pierre Gauthier. Seuls les plus jeunes, Florence, Josette et Louis, osent quelques questions et Johann leur répond avec chaleur et simplicité, comme il l'a toujours fait.

— Pourquoi tu t'en vas?
— Je dois aller à la guerre.
— Tu vas mourir?
— Je ne sais pas.

L'aversion que porte la famille Gauthier à Friedrich, Nicholas et leurs semblables n'a d'égale que l'affection qu'elle éprouve pour Johann et Ernst. Leur intelligence et leur bonté ont réussi à percer toutes les résistances.

Florence, attristée, s'assoit sur les genoux de Ernst qui la serre contre lui, comme le ferait un grand frère.

— J'aimerais mieux que tu restes.

Marie se lève, incapable de cacher sa peine plus longtemps. S'entourant les épaules d'un châle, elle sort précipitamment. Johann regarde Louise et celle-ci acquiesce à sa demande muette. Poussé par quelque secrète impatience, le jeune soldat court retrouver Marie. Côte à côte, ils empruntent un sentier menant à la rivière. Ce début de juin embaume l'herbe tendre, et la musique du cours d'eau se répand dans la campagne. Ils marchent longtemps sans parler, le long de la Batiscan. Comme s'ils ne devaient jamais revenir sur leurs pas. La forêt les enserre, toujours plus dense. Les isole.

Fatigués, ils s'assoient au pied d'un arbre. Hésitent à parler. N'osent pas se regarder. Pressentent l'urgence de se dire, de se dévoiler, malgré le manque de certitude. Ils se sont crus à l'abri de tout, n'ont guère porté attention à leurs sentiments, forts de leur jeunesse et de la vie à vivre, éternelle. Aujourd'hui, le temps impérieux de la guerre les surprend et les oblige à cesser leurs jeux.

— Johann, ne t'en va pas...
— Il le faut, Marie.
— Tu vas revenir?
— Je ne le sais pas.
— Il faut que tu reviennes, Johann. Promets-le-moi. Je t'aime...

Elle a murmuré les derniers mots. Il prend son visage dans ses mains et leur baiser malhabile, timide, tourbillonne au rythme de la rivière. Ce pays ne sera plus jamais le même, enrichi pour toujours de leurs naïves amours.

En arrivant aux Trois-Rivières, le capitaine Beyer reste ébranlé par l'ordre qu'il a reçu. La garnison à laquelle il est affecté comprend 667 hommes sous les ordres du lieutenant-colonel von Kohle. Ces hommes, pour la plupart malades ou parias, n'ont pas droit au combat. Ils demeureront en poste aux Trois-Rivières pour y remplacer leurs compagnons partants. «Pourquoi moi?» se répète constamment Georg. Il ressent cette affectation comme une dégradation malgré les encouragements du colonel von Kohle.

— C'est un poste de confiance et de grandes responsabilités. J'ai besoin de vous aux Trois-Rivières. N'oubliez pas qu'il y a plusieurs façons de faire la guerre et de prouver sa loyauté.

Ces paroles, bien que sincères, avivent la honte du capitaine. Il devra pourtant s'y faire.

Après avoir confié les malades aux bons soins des Ursulines, il se rend chez M. de Tonnencour en compagnie des autres officiers. Un repas copieux les y attend. En face de la maison, la place d'Armes grouille de monde et Georg est heureux d'échapper au vacarme de la ville. Mlle de Tonnencour le conduit à la salle à dîner où les officiers paraissent tous épuisés. Le branle-bas des derniers jours les a tenus en haleine et très peu s'attardent chez leur hôte.

En retrouvant les clameurs extérieures, une heure plus tard, Georg s'entend interpeller. Karine se dirige vers lui à grands pas.

— Je voulais vous remercier pour tout ce que vous avez fait pour Karl. Je ne crois pas vous avoir assez montré ma reconnaissance. Excusez-moi.

— J'allais marcher un peu, lui répond l'officier. Accepteriez-vous de m'accompagner?

Ils se rendent jusqu'au couvent des Ursulines et s'assoient sur un banc. Le fleuve, tout près, se devine à la générosité de l'air. Tout semble si simple en ce soir d'été. Ils discourent de tout et de rien, comme de vieux complices, avec humour. Georg en oublie son humiliation. Parce qu'ils sont bien, ils reculent le moment de rentrer jusqu'à ce que la fraîcheur du soir les fasse frissonner.

Le lendemain matin, Georg retrouve Karl. Le garçon, parfaitement remis, veut tout savoir. Combien de canons, combien de soldats, combien de prisonniers? L'heure, le jour du départ, le lieu du rendez-vous, le poste qu'on lui réserve.

— Je ne vais pas à la guerre, Karl, avoue Georg, désemparé. Je reste ici.

Le garçon hésite à le croire. Georg continue.

— Des soldats doivent rester pour protéger la ville. Je suis de ceux-là.

L'officier ne rit pas; ce qu'il dit est donc vrai! Karl refuse cette évidence.

— Non! Tu vas aller à la guerre! Et moi aussi!

Le petit retient ses larmes. Un soldat ne doit pas pleurer.

— Moi je partirai, affirme-t-il, le visage fermé.

Georg ne peut plus supporter la déception et le mépris de l'enfant. Il a peur de le perdre.

— Ne pars pas, Karl. Reste avec moi, je t'en prie. J'ai besoin de toi. Si tu savais comme j'ai besoin de toi...

Karl perçoit à travers les paroles de l'officier une souffrance simple, enfin libérée. Sa décision est vite prise: il ne partira pas. Ce serait une trahison indigne d'un ami.

— Je reste avec toi, déclare-t-il.

Les soldats, réunis sur la place d'Armes, profitent d'une halte pour manger et refaire leurs forces.

Au milieu des hommes allongés ici et là, dans un chahut où traînent des bras et des jambes, Karine ne passe pas inaperçue. Des éclats de voix s'élèvent au-dessus du vacarme continuel pour souligner son arrivée et Johann qu'elle rejoint doit subir les quolibets parfois salaces de ses compagnons. Gêné, il réussit à se frayer un passage vers un coin désert où ils pourront parler.

Karine s'inquiète:

— Tu as l'air fatigué.

— Ça va aller, cette halte nous fera du bien à tous. Nous ne sommes plus habitués aux grandes marches sous le soleil.

— Vous repartez bientôt?

— Tout à l'heure.

— Sois prudent.

Il lui touche le bras. Tant de choses à dire... Mais déjà les tambours rappellent les soldats. En la quittant, Johann éprouve un étrange vertige fait d'impuissance et de remords. Comment lui dire son amour pour Marie? Il ne prendra pas la place de Jacob. Son ami décédé lui a confié sa femme. Cela il le sait avec certitude. Mais ce qu'il a à offrir, c'est une amitié sincère, profonde, indéfectible. Cette amitié pourra-t-elle satisfaire Karine qui s'attendait à plus?

Les rangs se reforment et la jeune femme s'éloigne, devenant une silhouette imprécise. Attristé, Johann en arrive pourtant à se pardonner sa lâcheté. Peut-être son silence perdra-t-il tout son sens demain. Peut-être même lui permettra-t-il de survivre au-delà de la mort dans la pensée de Karine. Comment savoir ce que lui réserve la guerre?...

En route pour la guerre, 10 juin 1777

Voilà! La guerre reprend ses droits!
Nous avons quitté Batiscan pour rejoindre le gros des troupes aux Trois-Rivières.
J'ai quitté la famille Gauthier sans savoir si je les reverrai un jour.
J'ai quitté Marie...

Nous allons à la rencontre des rebelles américains pour les empêcher d'envahir le Canada en passant par le lac Champlain. Tout le monde semble confiant. La mauvaise réputation militaire des rebelles nous laisse espérer une victoire facile.

Il y a quand même de plus en plus de désertions dans nos rangs. À mesure que la guerre se rapproche, les recrues fuient dans les bois. Ceux qui sont rattrapés paient pour les autres.

Est-il possible que je sois en route pour la guerre, Martin?

J'ai peine à y croire.

XI

Le fort Chambly se dresse, arrogant. Sa silhouette imposante se profile fièrement en avant-plan, preuve irréfutable de la présence de l'homme dans cette nature sauvage. Gardien énergique de l'arrière-pays, il s'avance au milieu des eaux, téméraire. Derrière les embrasures, on devine les canons chargés. Le long des courtines, les sentinelles aux aguets se relaient sans cesse.

Passé aux mains des rebelles américains en octobre 1775, le fort a vite été repris par les troupes fraîchement débarquées d'Europe au printemps 1776. Il sert avant tout à assurer le ravitaillement du fort Saint-Jean, même si, aujourd'hui, il connaît une animation particulière.

— Quand nous sommes arrivés, les troupes américaines étaient éparpillées à travers le pays. Jusqu'à Montréal!

Les hommes écoutent avec intérêt le récit du lieutenant Stock. Il leur parle d'une guerre jusqu'à présent si lointaine pour eux. Arrivé au Québec en juin 1776, le lieutenant a participé, sous les ordres de von Riedesel, à l'expédition menée contre les Américains, alors maîtres de Montréal.

— Nous avions reçu l'ordre de nous rendre dans la région de Sorel et d'y établir un campement près des Américains. Riedesel commandait un corps séparé comprenant le régiment de Riedesel, le bataillon de grenadiers, le régiment d'infanterie de Hesse-Hanau de von Gall, le bataillon écossais de McLean, le Royal Emigrants, 150 Canadiens et 300 Indiens.

Les soldats connaissent déjà l'issue de cette campagne, mais ils pressent le lieutenant de continuer, trouvant un plaisir enfantin à cette histoire qui finit bien.

— Vous auriez dû voir les Indiens! Leurs paupières étaient peinturées en rouge et ils avaient enduit leurs uniformes d'une peinture de la même couleur!

Johann n'aime pas le dédain derrière les paroles de l'officier. Il sait, par Waldgeist, que les marques rouges démontrent la fierté des Indiens et indiquent leur volonté de se battre jusqu'à la mort.

— Ils étaient armés de longs fusils et de couteaux effilés qui leur servaient à prendre les scalps, continue le lieutenant, volubile. La première fois, ça donne des frissons jusque dans le cuir chevelu!

— Et vous vous êtes battus? demande un soldat.

— Les Américains ont eu peur. Ils ont abandonné Montréal, puis le fort Chambly, puis le fort Saint-Jean en brûlant tout ce qu'ils pouvaient.

La suite, il ne la racontera pas. Tous la connaissent par cœur. La bataille du lac Champlain et l'audacieuse manœuvre d'Arnold, chef des rebelles: pris dans un cul-de-sac, celui-ci, à la faveur de la nuit, traverse avec sa flotte, et dans le plus grand des silences, le blocus anglais. Poursuivi jusqu'à Crown Point, il subit alors de lourdes pertes. Seulement trois de ses bateaux échappent à l'assaut britannique. Au cours du long hiver qui a suivi, cette histoire a vite pris des allures de légende et ceux qui la racontent s'arrogent le droit de l'embellir.

Laissant les soldats imaginer le reste, le lieutenant Ludwig Stock entraîne Johann près de la rivière. Ils peuvent, en levant les yeux, apercevoir le sommet d'une montagne aux courbes harmonieuses. L'eau, décoiffée, s'ébroue sous la griffe du vent.

— Je suis content de te retrouver ici, dit Ludwig.

— Moi aussi. Et que tu appartiennes à mon régiment me réjouit.

— C'est quand même étrange de se quitter sur les bancs de l'université et de se retrouver en pleine guerre dans un pays étranger, si loin de chez nous!

Johann se souvient du jeune étudiant sérieux, méticuleux, toujours dans les premiers rangs, avide d'apprendre.

— L'armée te va bien. Que tu sois lieutenant ne me surprend pas du tout.

En remontant le temps, les deux amis se redonnent courage. Ils ont su, chacun à sa façon, tirer parti de la vie et des connaissances acquises, mais de se savoir disponibles l'un pour l'autre les fortifie.

— Aussi bien revenir au camp; la journée de demain sera dure, prédit Ludwig.

— Celles qui suivront également, renchérit Johann.

Le Brunswickois ne croyait pas si bien dire. Tout près du fort, la force des rapides gambadant sur quatre lieues empêche les bateaux de remonter le courant. Les hommes doivent donc portager munitions, ravitaillement et embarcations jusqu'à Sainte-Thérèse, ce qui ralentit considérablement leur avancée.

Après plusieurs jours d'un travail herculéen, ils sont enfin prêts à embarquer. Au fort Saint-Jean où ils s'arrêtent peu de temps après, les fortifications ont été élargies, de nouvelles maisons ont été construites pour les officiers ainsi que des baraques pouvant accommoder plus de 500 hommes. Forge, brasserie, ateliers de toutes sortes ont également été érigés pendant l'hiver. La présence militaire s'accentue de jour en jour et un mouvement continuel agite le fort et ses environs. Les 34 vaisseaux enfin réunis n'attendent plus que l'ordre du départ.

— Tu crois que nous partirons bientôt?

— Tu es si pressé, Johann? se moque le lieutenant Stock. Trente-neuf bateaux sont arrivés d'Europe hier. Ils amènent des troupes d'Angleterre et 400 chasseurs de Hanau, des nouvelles recrues, de l'argent, des munitions, des vêtements. Je crois bien que la guerre ne sera pas longue.

— On ne peut jamais prévoir la durée d'une guerre... Ni ses conséquences.

— C'est vrai, j'oubliais! s'exclame l'officier sans relever le sous-entendu de son ami. La femme du général Riedesel et ses trois filles sont elles aussi arrivées à Québec.

— Lui du moins a de quoi se réjouir!

— Mon vieux, à voir ton sourire niais et tes yeux langoureux, on dirait plus un amoureux transi qu'un valeureux soldat!

Devant la mimique cocasse et très expressive de Ludwig, Johann ne peut retenir un grand rire. Et les deux soldats au cœur d'étudiant s'engagent dans une danse diabolique aux pas clownesques. Deux enfants qui se préservent à leur façon d'une grande peur.

— Les voilà!

Karl les a aperçus le premier. En courant, il répand la nouvelle parmi la foule rassemblée au bord du fleuve. Tous se tournent alors vers un point minuscule qui se rapproche lentement. Quelques minutes plus tard, les spectateurs attentifs peuvent discerner les canots d'écorce où ont pris place Mme Riedesel, ses trois filles et leurs servantes.

Quand les frêles embarcations accostent enfin, des cris de joie accueillent les voyageuses. Mme Riedesel est reçue triomphalement par les Allemands restés aux Trois-Rivières. Tous ceux qui ont pu quitter leur lit d'hôpital s'alignent le long de la grève et hurlent leur joie. Le colonel von Kohle tient à être le premier à leur souhaiter la bienvenue. Après lui, Mme Kühn embrasse sa compatriote avec effusion pendant que Karine s'occupe de sa suite.

Des dizaines de curieux se massent derrière le cortège conduisant Mme Riedesel à la demeure préparée pour elle par son mari. Plutôt rondelette mais très jolie, l'héroïne du jour ne sourit guère. Elle jette un regard fier sur tout ce qui l'entoure et tente de cacher sa fatigue. Ses trois dames de compagnie ne peuvent, quant à elles, dissimuler leur épuisement et leur angoisse. Pendant que leur maîtresse s'entretient avec les officiers et Mme Kühn, ces dernières, aidées de Karine, voient à installer confortablement les trois fillettes. Une fois celles-ci endormies, elles peuvent enfin laisser libre cours à leur dépit fortement accru par leur profonde lassitude. Karine tente de les rassurer.

— Après une bonne nuit dans un lit confortable, vous verrez les choses autrement.

— Je ne crois pas! s'exclame l'une d'elles, la plus petite, dont les rides moqueuses au coin des yeux laissent deviner une nature rieuse. Je n'oublierai jamais ce voyage épouvantable! Après une longue traversée en mer, le voyage en chaloupe jusqu'à Pointe-aux-Trembles, puis la calèche cahotante avec ce conducteur qui marmonnait sans arrêt. On ne savait jamais s'il s'adressait à nous ou à son cheval!

Sa compagne, Lämmchen, complète l'histoire.

— Et pour finir, cette randonnée périlleuse dans des canots pas plus grands que la poche de mon tablier, au beau milieu d'une tempête de grêle!

— Et ce n'est pas terminé! ajoute la troisième. On repart demain!

Karine s'étonne:

— Vous ne restez pas aux Trois-Rivières?

— Mme Riedesel veut à tout prix rejoindre son mari. Elle ira jusqu'aux champs de bataille s'il le faut, mais elle le rejoindra!

— Alors, vous irez à fort Chambly?

Les trois femmes ne répondent pas. Ce nouvel endroit ne leur dit rien qui vaille. Karine fait des plans, en pensant à Johann. Si seulement elle savait écrire!

— Peut-être pourriez-vous...

— Quoi?

— Non... Non, rien. Gar nichts.

Lämmchen, taquine, demande:

— Aurais-tu un amoureux perdu quelque part dans la forêt canadienne?

Les femmes se mettent à rire et leurs propos s'égarent dans les grandeurs et les misères de ce pays pour ensuite s'étendre aux coutumes vestimentaires des femmes d'habitants. Un peu plus tard, les bâillements envahissent la conversation et sonnent l'heure du coucher.

Le lendemain matin, alors que l'orage amorcé la veille a pris des proportions alarmantes, elles montent toutes dans la calèche couverte prêtée par le grand vicaire Saint-Onge et se dirigent vers Chambly.

Karine et les autres les saluent longuement de la main. Envieuse, la jeune femme aimerait les suivre pour retrouver Johann. Malgré la pluie, malgré la fatigue, malgré la guerre. Retrouver Johann, même en ignorant s'il le désire.

— Maman! Je suis tout trempé! Viens jouer avec moi dans la maison.

— Je n'ai pas le temps de jouer, Karl. J'ai du travail. Mme Kühn reçoit le grand vicaire et d'autres invités ce soir.

Georg a tout entendu. Il offre ses services.

— Capitaine Beyer, au rapport! J'ai une heure pour jouer. Faites de moi ce que vous voudrez, jeune homme!

La pluie redouble, charriée par un vent rageur. Karl saisit la main de Georg et celle de sa mère et les entraîne en courant vers la chaleur de la maison.

XII

Le matin du 14 juin 1777, à l'île aux Noix, le général Carleton reçoit le régiment de dragons et assiste au débarquement des soldats allemands. Devant la bonne tenue et la discipline des troupes brunswickoises, il ne peut qu'exprimer son entière satisfaction. Il remplit là sa dernière tâche de commandant en chef avant de repartir pour Montréal et de laisser à Burgoyne le suprême commandement des troupes.

Les rayons de soleil ont réveillé les moustiques, et les hommes ont beaucoup de mal à supporter l'assaut de milliers de bestioles qui s'agglutinent autour des yeux, dans le nez, les oreilles ou la bouche. Quelques-uns, plus fragiles aux piqûres, ont déjà le visage enflé tandis que les plus solides trouvent encore la force d'en rire.

— Si on avait des moustiques comme ça chez nous, y a pas une dame qui mettrait le nez dehors!

En parlant, le musicien se frappe la joue avec force pour tuer les insectes qui le harcèlent.

— Attention à toi, joueur de tambour! lui crient les autres.

Mais tous n'ont pas son courage ou sa résistance. La campagne s'annonce pénible et cette guerre à laquelle certains aspiraient depuis si longtemps prend des allures de guérilla au cœur d'une forêt inhospitalière et indomptable.

Venus du Canada, plus de 3 000 Anglais, autant d'Allemands, 250 volontaires tories et canadiens et 400 Indiens sont en alerte.

LA GUERRE DES AUTRES

Le premier rendez-vous à Cumberland Head fourmille déjà de soldats lorsque Johann et ses camarades y arrivent le 17 juin.

Rendus fous par les hordes d'insectes voraces, inquiets de cette drôle de guerre qui les attend, les hommes s'énervent. Les engueulades fusent. Bien sûr, dans la tête des officiers, au quartier général, les plans apparaissent très clairs. L'armée se divisera en deux ailes, celle de Phillips à droite, celle de Riedesel à gauche. L'avant-garde de l'aile droite sera composée de deux groupes de Canadiens, celle de l'aile gauche de deux groupes d'Indiens. Les 300 dragons de Brunswick formeront la réserve à l'arrière des troupes.

Pour les simples soldats cependant, rien ne transparaît de ces grandes stratégies. En attendant les ordres, ils respirent la sueur de leur voisin le plus proche, se réchauffent du mieux qu'ils peuvent au même feu et leurs visions s'arrêtent aux alentours immédiats, à ces hommes, tout près d'eux, qu'ils connaissent, bien ou mal, qu'ils aiment ou supportent. Seules comptent l'heure présente, leur faim, la brûlure cruelle des insectes. Ils n'entrevoient de la guerre que le corps à corps redouté et de plus en plus menaçant, à mesure que l'on se rapproche de l'ennemi.

Maintenant qu'ils se sont retrouvés, Ludwig et Johann passent beaucoup de temps ensemble.

— Si tu veux, propose Ludwig, je dis un mot pour toi au capitaine et tu seras nommé officier.

— Non, lui répond Johann, je préfère rester un simple soldat.

— À ce que je vois, tes grandes idées humanitaires ont survécu à toutes les épreuves. Égalité, justice, liberté pour le peuple... C'est bien ce que tu disais?

— Oui...

— Tu peux servir ton peuple autant, sinon plus, en étant officier.

— Ne parlons pas de cela maintenant. De toute façon, ces sacrées bestioles ne font pas de différences entre les grades, elles!

Avec de grands gestes, il feint d'attraper un ennemi invisible tournoyant autour de sa tête. Il happe l'air, impuissant, devant Ludwig amusé.

— Au pays, si quelqu'un te voyait, tu risquerais d'être enfermé!

— Plutôt l'asile que ces tueurs voraces!

— J'ai un message à porter, viens avec moi. Peut-être réussirons-nous à les semer...

Ils traversent des rangées interminables d'hommes tous semblables. Partout des nuages de fumée enveloppent les soldats rassemblés autour du feu, malgré la chaleur. Peu à peu cependant, un mouvement se crée, venu de la rive. Les hommes s'écartent pour laisser passer la milice canadienne tout juste arrivée. Les habitants, vêtus du pantalon de laine du pays, avancent sous les ordres des capitaines Monin, McKay et Boucherville. Leurs pas de paysans habitués aux labours irréguliers s'accordent bien à la forêt délabrée.

Soudain, Johann saisit le bras de son ami.

— Oh non! s'exclame-t-il.

— Qu'est-ce qu'il y a? demande Ludwig, inquiet devant la blancheur du soldat.

Mais Johann est déjà parti. Il court pour rattraper Pierre Gauthier qui marche comme un automate, prostré, les yeux hagards. Quand le soldat lui met la main sur l'épaule, le vieil homme s'arrête sans le regarder. Il faut que Johann l'oblige à tourner la tête vers lui.

— Monsieur Gauthier! Que faites-vous ici?

Une lueur passe dans les yeux du Canadien quand il reconnaît Johann. Mais il ne répond toujours pas. Des larmes brouillent ses yeux.

— Pourquoi êtes-vous ici? insiste Johann en le bousculant. C'est une erreur. Vous ne devriez pas être ici.

— Carleton a ordonné que deux hommes mariés soient envoyés à la place de chaque garçon qui avait déserté, murmure-t-il enfin. Ils ont cherché Julien partout, mais ils l'ont pas trouvé... Alors je suis ici à sa place.

Un éclair de fierté passe dans ses yeux. Johann en veut à Julien, aux Anglais, à la guerre, à la vie. Il en veut à tout le monde. Cet homme ne devrait pas être ici. Il a besoin de repos, de tranquillité. On n'envoie pas un homme blessé à la guerre.

LA GUERRE DES AUTRES

Devant son désarroi, Pierre Gauthier lui prend le bras en le regardant dans les yeux.

— Ça va aller, le rassure-t-il.

Il s'éloigne ensuite au milieu de ses compagnons. Aussitôt, des cris s'élèvent au-dessus du campement, extirpant Johann de son hébétude.

— Ils arrivent! Les voilà!

Dans leurs canots d'écorce remplis à pleine capacité d'hommes, de femmes, d'enfants et même de chiens, les Indiens glissent sur l'eau, imperturbables, si étroitement liés aux éléments qu'on les dirait partie prenante du décor. Ils étonnent toujours, autant par leur fierté que par leur bestialité. Les Allemands, comme les autres, éprouvent tout à la fois du respect et de la répulsion devant ces hommes encore sauvages desquels émane pourtant une noblesse exceptionnelle.

Waldgeist a aperçu Johann le premier. Les deux hommes s'enlacent sous les regards ébahis des soldats. Ludwig, intrigué et attendri, les rejoint.

— Tu me présentes?

— Voici mon ami Waldgeist.

— Waldgeist...

— Oui, le génie des bois. Je te présente Ludwig Stock, un ami de mon pays.

L'Indien, réservé, salue et entraîne Johann à l'abri des regards curieux pour lui remettre une lettre. Un seul mot pour expliquer: Marie.

Sans attendre, il retourne ensuite vers les siens. Johann range le bout de papier dans sa poche et rejoint Ludwig avec lequel il s'empresse vers son régiment. Plus tard, à la lueur du feu, il savoure les mots simples de Marie.

«*Mon amour,*

Je m'ennuie de toi. Ils ont emmené papa. Si tu le peux, veille sur lui. Prends soin de toi, il faut que tu reviennes, je t'aime tant. Cette guerre finira bien un jour et je pourrai cesser de pleurer. Je t'embrasse très fort.

Marie»

En froissant le papier sur son visage, Johann retrouve l'odeur de Batiscan, celle du foin dans les cheveux de Marie. Et il se prend à détester cette guerre de toute son âme.

— Nous n'y arriverons pas toutes seules!
— Je peux vous aider!
— Moi aussi!
— Moi aussi, maman, je veux aider...

Louis, Josette et Florence se jettent sur les genoux de leur mère, assise dans la berceuse de Pierre. Marie, debout derrière elle, se penche et l'entoure de ses bras.

— Tu vois bien, nous ne sommes pas seules. D'ailleurs, je suis sûre que les gens du village vont nous aider. Et puis cette guerre ne durera peut-être pas très longtemps. Il faut pas laisser tout le travail pour les hommes quand ils reviendront.

Louise Gauthier saisit le message de sa fille. On a besoin d'elle ici, de toute sa force, de son courage. Le travail ne fait peur à personne, elle s'en rend bien compte. Seules sa lassitude et sa prostration pourront abattre ses enfants. Louise se redresse et son ardeur nouvelle enveloppe les siens.

— Au travail, les enfants! Il faut que votre père soit fier de nous à son retour.

La petite Florence s'agrippe à sa jupe.

— Qu'est-ce que je fais moi, maman? Je sais rien faire. Je suis trop petite.

En la prenant dans ses bras, Louise apaise ses craintes.

— Ne t'en fais pas, ma chérie. Tout le monde aura quelque chose à faire.. Ce n'est pas l'ouvrage qui manque!

Marie se rend aux champs. La journée est si belle. Elle imagine Julien dirigeant le cheval à grands cris. Son père sème derrière lui. Elle rêve que Johann la prend dans ses bras, l'arrache à la misère, à l'ennui. Ils vont revenir tous les trois. Il n'en peut être autrement; Marie le désire si fort.

XIII

À Cumberland Head, le 20 juin 1777, les tambours battent la marche générale. L'armée, munie de vivres pour dix jours, se met en branle. Elle a été précédée par les Indiens, partis depuis deux jours. Chasseurs, infanterie légère et grenadiers partent les premiers. Les canons grondent au-dessus des musiques militaires. Huit cents bateaux propulsés par des centaines de rames s'en vont doucement vers la guerre.

À midi, tous les soldats arrivent au camp de Ligonier Bay abandonné la veille par le général Fraser. Le temps est maussade: les nuages s'amoncellent. Encore une fois, les tambours parlent et appellent les hommes pour l'embarquement. Des cris traversent les rangs; des ordres jaillissent de partout. Quelques instants avant le départ, le vent se lève et les bateaux sont projetés dans tous les sens. Les soldats maugréent.

— On ne peut pas embarquer par un temps pareil!
— Le lac est méconnaissable. On se croirait en pleine mer!

À travers la tourmente, l'ordre de retourner au camp leur parvient enfin. Le lendemain, le vent s'apaise et tous s'embarquent, rassurés. C'était une ruse... Quelques minutes après le départ, le vent s'élève à nouveau. Il tient l'armée à sa merci et s'en donne à cœur joie. Les vagues roulent sous les bateaux. Le tonnerre explose. Les brisants jaillissent de la rive où ils se frappent violemment aux rochers. Que faire maintenant? Le retour est impossible. Il faut attendre et prier. Les troupes se laissent entraîner par l'eau, furieuse. Les soldats au gouvernail doivent faire preuve d'une dextérité remarquable. Ils n'abandonnent pas, s'arquent de toutes leurs forces jusqu'à ce que le lac s'apaise et se couvre d'un brouillard dense percé par l'appel incessant des tambours qui indiquent la route à suivre.

Au campement suivant, après avoir coupé des arbres afin de créer une clairière artificielle, les soldats cuisent du pain pour les quatre prochains jours. Autour des cendres chaudes, les plaintes s'accumulent.

— Drôle d'armée qui ne fournit même pas de pain à ses soldats. Même l'armée russe nourrissait mieux ses hommes. Ils ont traîné des fours à pain pendant toutes les guerres d'Ukraine.

— Y a pas que le pain! Je ne sais pas ce que je donnerais pour un peu de whisky et du tabac.

— On travaille comme des forcenés dans cette forêt perdue qui ne mène nulle part et on ne nous donne rien d'autre que de la viande salée et de la farine.

— Surveille ton pain au lieu de te plaindre, sinon il aura raison des dents qui te restent!

De dire leurs misères à haute voix les réconforte. Ils peuvent en rire ensemble et désamorcer leur fureur. Rencontrer la misère, la reconnaître et en rire... Ensemble.

D'autres tempêtes, des rames brisées, des bateaux endommagés. D'autres campements. Attendre les provisions. Attendre les ordres. Les malades qui hurlent avec les loups. La guerre qui s'impose petit à petit. Avancer. Toujours.

Au fort Ticonderoga, l'ennemi attend. Plus de 4 000 hommes déterminés sous les ordres du major Arthur Saint-Clair. D'un côté comme de l'autre, la tension monte. L'affrontement est pour bientôt. Les rebelles sont couverts sur le flanc droit par le fort Independance, construit sur une élévation de terrain et renforcé par trois lignes successives de fortifications, de l'autre côté du cours d'eau. Entre les deux forts s'étire un pont derrière lequel sont amarrés quatre vaisseaux armés. Deux brigades américaines tiennent le fort Ticonderoga, une troisième est au fort Independance tandis que la quatrième est éparpillée à l'extérieur des forts en des endroits stratégiques.

Dans les rangs allemands, l'impatience fait grincer des dents.

— Qu'est-ce qu'on attend pour attaquer?

Ludwig les calme du mieux qu'il peut.

— Nous devons attendre l'artillerie lourde.

Chaque jour, les troupes britanniques avancent lentement en deux ailes distinctes vers les forts. Quelques coups de canon les tiennent cependant à une distance respectable. Indiens et Canadiens, à l'avant-garde, rencontrent les rebelles de plus près, et une escarmouche fait des morts et des blessés des deux côtés.

Le matin du 5 juillet, des flammes s'élèvent au-dessus du fort Ticonderoga menaçant de tout faire exploser. Les troupes allemandes et britanniques profitent de cette alarme pour improviser une attaque.

— Tout le monde sur les bateaux!

Les hommes de Riedesel se préparent rapidement tandis que Burgoyne fait changer la position de ses fusils pour supporter leur avance. Les Américains, anxieux, sortent du fort pour mieux contrer leurs assaillants. La bataille est de courte durée et, avec l'obscurité, chacun réintègre ses bases. Durant la nuit, des flammes montent de la poudrière du fort. Tout explose dans un fracas horrifiant et, au petit matin, les soldats de l'armée britannique constatent avec soulagement que les Américains ont abandonné leurs positions en laissant à leurs attaquants 80 canons, 500 tonnes de farine, de la viande, des armes, des munitions, 200 bœufs et des tentes. Ils laissent également quelques blessés dans les deux camps parmi lesquels Pierre Gauthier, inconscient. Le chirurgien penché au-dessus de lui ne peut plus rien faire. À Johann qui lui demande, plein d'espoir, si le vieil homme s'en remettra, il répond:

— Il a perdu trop de sang. Je ne peux plus rien faire pour lui.

Johann s'agenouille près du blessé et lui prend la main sans réussir à rattraper la vie qui se sauve. Les cris de victoire résonnent autour d'eux. Ludwig vient rejoindre son ami et, ensemble, ils recueillent le dernier souffle de Pierre Gauthier.

LA GUERRE DES AUTRES

— Viens, Johann. Laisse les autres s'en occuper maintenant.
— Je crois qu'il l'a fait exprès...
— Qu'est-ce que tu racontes là ?
— Il l'a fait exprès de mourir. D'ailleurs, il était déjà mort.

Entraîné par l'officier, Johann pense à Marie et ses yeux se brouillent.

Poursuivis par terre et par mer, les rebelles chassés par l'explosion du fort Ticonderoga sont vite rattrapés et faits prisonniers. Portages, marches difficiles à travers des chemins impraticables, des journées et des nuits entières passées dans les bois, sans tentes, les affres de la dysenterie, rien n'est épargné aux soldats du roi d'Angleterre qui paient chèrement leurs victoires.

Car, il leur faut bien se rendre à l'évidence et s'en réjouir malgré tout, l'ennemi retraite de partout. Il abandonne, l'un après l'autre et sans résistance, les forts Anne, Edwards, Miller, Hardy et George. Tel que prévu, les affrontements sont rares et chacun se moque de la couardise des rebelles.

Le 21 juillet, Riedesel effectue quelques changements au sein de ses troupes. Ludwig et Johann rejoignent alors le bataillon de grenadiers de Breymann. Là comme ailleurs, les hommes rouspètent.

— Il nous faudrait des chevaux !
— Nous allons bientôt manquer de munitions !

Du côté anglais, les désertions se multiplient, tandis que les soldats allemands, plus aguerris, supportent encore privations et misères.

— Burgoyne a ordonné aux Indiens de poursuivre et de scalper tous les déserteurs qu'ils pourront rattraper. Je ne voudrais pas être à leur place, dit un grenadier.

Tous rient. Sans joie cependant. Johann observe ses nouveaux compagnons. Rien ne les distingue des précédents. La même fatigue dans tout le corps, la même puanteur. L'un d'eux, plus grand et plus costaud, brille autant par sa stature que par sa faconde.

— Les dragons du colonel Baum sont partis pour Bennington. Il y a des Canadiens et des Indiens avec lui.

— Ils vont enfin rapporter des chevaux et des munitions! s'exclame un soldat au visage boursouflé par les piqûres d'insectes.

— S'ils en reviennent... Riedesel n'aurait jamais dû les laisser partir, c'est trop dangereux.

Ludwig ne peut s'empêcher de se joindre à la conversation.

— Le général était contre. C'est Burgoyne qui a donné l'ordre.

Il n'a pas le temps de fournir plus d'explications. Un messager l'informe que le lieutenant-colonel Breymann le demande. Les nouvelles sont mauvaises. Baum et ses hommes ont besoin de renforts, comme le lui explique son supérieur, quelques instants plus tard.

— Mille huit cents rebelles campent près de Bennington. Le magasin est bien situé et fortifié. Il faut partir immédiatement. Nous laisserons les tentes et tous les bagages superflus.

Les hommes n'ont pas été longs à comprendre l'urgence de la situation. Ils avancent avec célérité malgré les équipements trop lourds et la pluie aveuglante qui transforme les routes en une misérable fange. Après une courte marche dans des conditions particulièrement pénibles, Breymann ordonne de bivouaquer. Des soldats, envoyés en éclaireurs, rapportent des informations alarmantes.

— Baum a été attaqué de nouveau, mais il a pu repousser l'ennemi et prendre position sur la colline. Il attend les renforts.

Le lendemain matin, un garde donne l'alerte dans le camp. Des hommes armés entourent Johann et ses compagnons. Peu nombreux, ils semblent pourtant venir de tous les côtés et les grenadiers n'attendent qu'un ordre pour engager le combat. La tension est à son comble.

— Ce sont des loyalistes! crie un des guides. Ne tirez pas. Ils veulent se joindre à nous pour protéger nos arrières.

Johann n'aime pas savoir ces hommes en manches de chemise derrière lui. Mais il doit avancer. Peu à peu, l'anxiété s'empare des soldats. Derrière chaque arbre, ils s'inventent un ennemi. Épiés, encerclés. Les règles de la guerre ne tiennent plus ici. Ils doivent livrer un combat aveugle, sans enjeu précis, sans normes. Malgré leur épuisement, Breymann pousse ses hommes qui atteignent le pont de Saint-Luc, dans l'après-midi du 16 août. À peine se sont-ils engagés sur le pont qu'ils aperçoivent un fort regroupement d'hommes armés installés avantageusement sur une colline située du côté ouest. Malgré l'assurance du gouverneur Skeene qui les a rejoints et leur jure que ces hommes ne sont pas des rebelles, Breymann préfère quand même envoyer une patrouille. Celle-ci est aussitôt reçue par une volée de mousquets.

Une stratégie est alors mise au point avec le major Barner, déjà sur les lieux.

— Vous avancerez vers la colline, propose Breymann. Les grenadiers iront vers la droite.

Les fusils des deux régiments, aussitôt en position de tir, dirigent le feu sur une maison de bois rond occupée par l'ennemi. Celui-ci réplique. Les canons grondent dans des éclats de terre qui jaillissent de partout. Les supposés loyalistes de la veille ouvrent le feu sur les Allemands qui ne savent plus où tirer. Johann, comme ses compagnons, est pris au piège. Dans sa tête résonnent des airs militaires qu'il ne peut plus faire taire. Comme si la musique pouvait le garder en vie. L'ennemi, abstrait il y a quelques instants encore, devient un homme, puis un autre. Il les distingue très bien devant lui. Celui-là, si jeune... Cet autre avec son air de s'amuser. Le vieux et sa moustache. Ce n'est plus un quelconque ennemi qu'il tue, ce sont des hommes comme lui qui crient de douleur, qui hurlent leur haine en s'effondrant.

Luttant de toutes leurs forces, Johann et les siens repoussent les rebelles. Ces derniers fuient encore une fois sous l'assaut tandis que les Allemands, drogués par la victoire, se lancent à leur poursuite. Un ordre les arrête dans leur course.

— Ménagez les munitions! En arrière!

C'est alors la débandade, la retraite précipitée dans le désordre le plus complet. Déjà les troupes américaines se sont regroupées et elles se lancent à la poursuite des soldats, devenus à leur tour des fuyards. Le ciel se couvre d'une nuit bleutée. Ludwig et Johann courent désespérément. Chacun entend la respiration de l'autre et leurs cœurs battent à la même peur. Johann sent soudain dans sa jambe une morsure effroyable. Il s'arrête pour arracher cette douleur, la projeter hors de lui. Ludwig veut l'aider. Il s'arrête aussi, se retourne, puis, sans avoir eu le temps de parler, s'effondre, touché à la poitrine. Horrifié, Johann regarde tout autour. Il voit bien les cris exhalés par les mourants mais n'entend plus rien.

XIV

La rosée du matin couvre ironiquement les cadavres. Johann reprend peu à peu ses sens, abruti par la douleur concentrée dans sa jambe. Autour de lui, du sang, des corps mutilés, le silence. La mort qui ricane et jubile. Péniblement, il se rend auprès de Ludwig qui respire encore malgré le sang répandu sur sa poitrine.

Johann écoute, souhaitant presque entendre le bruit des canons, les cris des soldats, les plaintes des blessés. Pour savoir qu'il existe, que la vie continue malgré tout. Mais le silence s'étend à perte de vue, à perte de courage. Un silence triste, sans espoir. Pendant de longues minutes, l'esprit de Johann fuit la réalité. Les fleurs jaillissent soudain de partout. Kätchen court dans un champ aux couleurs diaprées. Le soleil s'accroche aux arbres, bascule dans l'herbe dorée. Puis Marie apparaît, plus rose et plus soyeuse que les roses elles-mêmes. Karine, étendue dans les fleurs, la regarde en riant et ses longs cheveux blonds frissonnent en mille cascades rieuses. Les pays se confondent; les années se pourchassent en désordre; les bonheurs s'entrecroisent dans un magnifique chassé-croisé.

Atteintes brusquement par un coup de canon tiré au loin, les images volent en éclats. Il faut fuir. Amener Ludwig loin d'ici.

Au prix d'un effort surhumain, Johann traîne son ami à l'abri de la forêt. Ce manège dure des heures, des siècles peut-être, jusqu'à ce qu'épuisé il s'écroule près d'une source. Tout en reprenant son souffle, il humecte les lèvres de Ludwig et s'abreuve lui-même à satiété. La magie de l'eau opère. Il lave sa blessure et un peu de force lui revient, dans son esprit d'abord, dans ses membres ensuite. Ludwig entrouvre les yeux et les referme en geignant. Johann ne sait pas de quoi sera fait demain, il ignore jusqu'où la vie tiendra, mais il sait qu'il doit se battre. Rire de la guerre, la ridiculiser, lui ravir ne fût-ce qu'une parcelle de son pouvoir. Fragile raillerie des survivants.

Avec une force décuplée par sa volonté, jour après jour, il entraîne donc son camarade un peu plus loin. Il le dissimule au reste du monde, plonge dans les bois, rampe, sans regarder derrière. Avec l'impression de parcourir le pays dans son entier alors qu'il n'avance que de quelques mètres. Après un certain temps, les plantes ne suffisent plus à les maintenir en vie. Leurs forces dérivent. La faim, l'épuisement, l'infection les guettent. Le cataplasme d'écorce de chêne blanc n'agit plus sur leurs plaies purulentes. Comme Waldgeist le lui a enseigné, Johann y applique alors de la petite bardane pour retarder l'infection.

— Johann! Sauve-toi!

Ludwig délire. «Si je pouvais trouver à manger, pense Johann, la rage au corps. Cette forêt renferme mille trésors et je n'ai plus la force...» À bout de résistance, il demeure pourtant près de Ludwig en luttant contre le sommeil. Il sent peu à peu monter la fraîcheur de la nuit, mais ne réussit plus à faire un feu. Sa jambe le fait terriblement souffrir. La faim également. Jusqu'à ce que le sommeil, plus fort que tout le reste, le libère enfin de ses horribles souffrances.

À travers la brume matinale, un bruit insolite réveille le jeune soldat. Transi, il lève la tête pour mieux saisir les sons. Des voix lui parviennent. Peut-être du secours. Peut-être l'ennemi qui revient sur ses pas. Son premier réflexe est de se blottir contre son ami mourant. Ce dernier respire à peine. Johann tente alors une avancée vers le nord, d'où viennent les voix. Chaque mouvement de son corps déclenche une douleur insoutenable.

Appuyé sur un arbre, il écoute un instant les bruits de la forêt. Les voix se sont tues. La nature, indifférente, a repris le fil de ses jours. Un pinson chante. Un autre lui répond. Le vent agace les feuilles. Un écureuil saute de branche en branche en poussant son cri strident.

Quelques minutes plus tard, un râle s'élève, à peine perceptible. Confus, Johann regarde le visage émacié et blafard de son ami. Il doit réagir, penser, bouger. Surmontant sa douleur, il ramasse des écorces et de la petite bardane pour panser le blessé. Même s'il sait qu'il est trop tard.

— Tu n'auras plus faim, Ludwig, ni mal. Tu vas me laisser seul en emportant ma jeunesse. Je le sais, mais je ne t'en veux pas.

Il tient la main de son ami.

L'univers du petit soldat se concentre alors sur les doigts glacés de son compagnon. Rien que le froid. Partout. Il sombre dans l'inconscience, rêve d'arbres et de fleurs de toutes les couleurs cristallisés par le froid. Les lacs gelés ont gardé leurs reflets bleutés. Le pays, pétrifié, se couvre d'un givre incolore.

Quand il revient à lui, il fait jour. Mais quel jour est-ce donc? Dans le ciel, un soleil pétillant, désinvolte, cruel. Johann entend l'eau couler d'abondance. L'écureuil est revenu. Il passe très vite, les joues gonflées de nourriture. Manger. Les autres mangent, vivent, rient. Personne à part Johann ne sait que la mort existe. Les arbres vont pourtant s'effondrer, le ciel s'obscurcir, la source se tarir! Son ami est mort.

«Nous sommes morts!» Sa voix se perd en lui, comme si toute la création élevait une barrière entre sa douleur et l'existence.

«Je suis vivant... Je suis encore vivant...» Il a faim et soif, si faim qu'un gouffre se creuse dans son estomac. Qui va l'engloutir tout entier. Sa plainte monte de la terre, fragile. «Je dois manger... manger. Je veux vivre... Manger.» Des larmes coulent sur son visage pendant que des râles montent de son ventre. Il retire son couteau de chasse et rampe vers Ludwig. D'un coup sec, sans hésiter, il tranche un morceau de chair. «Je dois manger». La chair de Ludwig pourra le garder en vie. Il pourra revoir Marie, aimer Marie encore. À travers sa faiblesse et sa confusion, une nausée le secoue violemment. Une répulsion plus forte que la faim. Écœuré par la pourriture sur son corps, dans son cerveau, il crie de toutes ses forces, même si les mots ne résonnent qu'en lui. «Je veux être un homme, pas une bête... Un homme.» Mourir en homme.

Les arbres se penchent vers lui. Il tente de s'accrocher aux branches; elles lui échappent. Il s'affaisse et tout devient facile. Les exigences s'évanouissent dans l'obscurité, la forêt s'estompe, vaincue par le silence intérieur qui le gruge. Johann sombre, à l'abri de tout.

La pluie ou la mer? Il ne sait plus. Il entend les clapotis de l'eau sur la coque d'un bateau, mais il n'ouvre pas les yeux, pas encore. Quelqu'un chante. Ou pleure. Ou prie.

— Toi boire. Toi guérir.

Waldgeist lui parle de sa voix rauque. La chasse sera bonne. Il sent des odeurs de viande. Mme Gauthier sera contente. Elle adore la saveur du lièvre. Il faudra vendre des fourrures et acheter une robe à Marie. Une robe de mariée. Toute blanche. Marie, si belle. Son corps a des reflets roses.

— Bois.

L'eau coule dans son cou. Les truites se cachent sous les rochers, mais il saura les débusquer. Il rit avant de s'endormir.

À son réveil, il aperçoit Waldgeist. Son visage sévère mais apaisant.

— Waldgeist...

Il faut au blessé beaucoup de temps pour reprendre le cours de sa vie là où il l'avait perdu. Au seuil de la mort.

— Ludwig?...

— J'ai fait comme pour mon frère.

Johann tente en vain de se lever.

— Toi te reposer encore, lui conseille Waldgeist.

— Comment m'as-tu trouvé?

— Rentrer chez nous avec nos femmes. Guerre des soldats être pour soldats, pas pour Indiens. Rentrer chez nous.
Chez nous! À Batiscan!

Le voyage à travers les ronces dure des jours. Les Indiens s'enfoncent dans des sentiers qui semblent sans issue. Des pistes s'ouvrent devant eux. Le gibier abonde et ils savent le débusquer. Grâce à leurs soins, Johann reprend vie sous le regard fier de son ami.
— Toi guérir vite.
— Grâce à toi.
Chaque jour les rapproche de Batiscan, les éloignant du même coup de la guerre, et tous s'en réjouissent. Johann et ses amis vivent hors du temps. Leur corps se trouve enraciné à la terre, aux saisons, en d'autres âges, en d'autres siècles. Ils affrontent, jour après jour, des obstacles gigantesques certes, mais moins révoltants que les barrières dressées par les hommes contre les autres hommes.
Johann ne parle pas beaucoup. Il écoute, hume, boit la terre, retrouve la vie. Des pies jacassent au grand soleil. Lui rentre à Batiscan.

XV

Le village, séquestré par cette nuit de septembre, se prépare déjà pour l'hiver. Septembre parle franc, sans faux-fuyant. Et ses chaleurs prennent des allures d'offrandes inestimables.

Soutenu par Waldgeist, Johann ouvre la porte de la maison. D'un seul regard, il embrasse la scène. Rien n'a changé. Ni les poutres mal équarries à la hache, ni les images saintes au-dessus de l'évier. La lampe de charaille aussi est restée là, accrochée près de la porte. Le coffre contenant les trésors de la famille trône toujours, appuyé sur le mur, et la terrine de terre cuite, bien rangée sur le dressoir, se reflète encore dans le petit miroir à cadre doré. Rien n'a bougé. Marie raccommode des vêtements mille fois raccommodés. Louise aide son jeune fils à déchiffrer un vieux texte jauni. La berceuse est vide... Avant même qu'un mot n'ait été prononcé, Johann retrouve sa place dans cette oasis réfractaire au changement. Il se coule doucement dans ce toujours pareil, comme dans un vieux chandail confortable. Un abri millénaire que toutes les guerres du monde n'altéreront jamais. Où même les disparus ne disparaissent pas tout à fait. Une grande douceur enveloppe le blessé. Que rien ne bouge, surtout. Le temps de renifler les odeurs, de s'étirer près du feu...

— Johann...

Marie a prononcé son nom à voix basse. Elle vient vers lui, touche son bras, caresse sa joue, et ce geste atteint une intensité amoureuse plus forte que celle d'un corps qui se donne.

— Tu es là, enfin...

Marie, si près. Et encore trop loin. Elle lui prend la main et l'entraîne vers la berceuse. Il est chez lui, chez Pierre Gauthier.

La jeune fille s'agenouille et pose sa tête sur ses genoux. Les diverses essences des arbres se sont collées à lui, intensifiées mille fois par la fumée des feux de camp.

— Tu sens bon.

— C'est la liberté...

Il veut remercier ses sauveteurs, mais ils sont déjà partis. Sans un mot, comme si tout cela allait de soi. Sur la table, Waldgeist a laissé des herbes.

Une heure plus tard, les deux plus jeunes sont endormis. Intimidé, Louis reste dans un coin de la pièce. Le silence s'installe, cruellement meublé par une question restée en suspens. Johann tremble de fatigue autant que d'émotion. Il devra parler et blesser et il n'en peut plus de ce tourment. Sa présence devient un cadeau empoisonné. On n'entend plus que le frottement de la berceuse sur le plancher. Comme une plainte. Johann se rive aux bras de la chaise. Qu'elle se taise.

— Tu as vu mon mari? demande enfin Louise Gauthier. Nous n'avons pas eu de nouvelles.

Marie a tout de suite perçu le tressaillement de Johann.

— Johann est fatigué, maman. Il faut qu'il dorme.

Elle veut se lever et lui préparer une couche, mais le soldat l'en empêche d'un geste de la main.

— J'ai vu ton père, dit-il.

Louise a déjà compris.

— Il est mort?

Johann leur doit la franchise.

— Oui. À Ticonderoga. La première escarmouche...

Johann a bougé; la berceuse reprend son mouvement geignard.

Louise Gauthier se lève. Elle semble plus grande quand elle disparaît derrière le rideau qui sépare sa chambre du reste de la maison.

Elle s'assoit près du lit, sur une petite chaise mal rempaillée et, comme on prend sa revanche, elle prend la main de son fils aîné qu'elle veillera toute la nuit.

Car Johann n'est pas le seul à être revenu à Batiscan. Julien est là également, mal en point lui aussi.

— On nous l'a ramené il y a quelques jours, explique Marie.
— Il s'est battu?
— Oui.

Johann devine que le jeune homme a choisi l'autre camp. Peut-être était-il là, parmi ces soldats sur lesquels il a tiré. Peut-être... Qui lui a infligé cette blessure? Quand? Dans quelle bataille? Johann n'ose pas demander.

— Il n'a rien voulu nous raconter, explique Marie, répondant ainsi à la question muette de Johann.

Julien ne dira rien. Ils sont là tous les deux, vivants. Peu importe d'où sont venus les coups. Ils sont de retour à Batiscan, terre promise.

Les jours, les semaines passent. Julien reprend des forces. Il circule dans la maison sans l'aide de personne, se hasarde parfois à l'extérieur. Il devient chaque jour un peu plus difficile de cacher sa présence aux gens du village. John Smith, soupçonneux, pose ça et là des questions de plus en plus embarrassantes.

Johann, quant à lui, a déjà signalé son retour aux autorités et il attend des ordres des Trois-Rivières pour réintégrer l'armée brunswickoise malgré les supplications de Marie.

— On aurait pu te cacher, dit-elle. Tu aurais pu rester avec moi.
— Jusqu'à quand? On serait venu m'arrêter et j'aurais risqué de ne plus jamais te revoir. L'armée allemande est sévère pour les déserteurs. Et de toute façon, je n'aurais pas pu rester ici en sachant que mes compagnons continuent à se battre et à souffrir.
— Des compagnons comme Nicholas et Friedrich! Tu crois qu'ils en valent la peine?

LA GUERRE DES AUTRES

— Les soldats allemands ne sont pas tous comme eux. Il y a du bon et du mauvais chez nous comme chez vous. Il ne faut pas nous juger. Tu ne sais pas les misères que l'on a fait subir aux miens. Ils n'ont pas demandé à venir ici. Plusieurs ont dû abandonner leur famille. Ils ont vu la maladie emporter des dizaines des leurs et, maintenant, ils doivent se battre contre un ennemi qu'ils n'arrivent pas à détester et qui défend chèrement sa liberté. Ne les juge pas.

Marie regrette. Elle n'a pas voulu le blesser. Parce qu'il lui en a souvent parlé, elle sait combien il aime son peuple.

— Pardonne-moi.

Il lui sourit. L'incident est clos, mais un sérieux problème reste à résoudre.

— Qu'est-ce qu'on va faire de Julien? On ne pourra plus le cacher bien longtemps. Il est difficile pour Florence de tenir sa langue. Comment lui faire comprendre que son grand frère n'a pas le droit d'être à la maison? Et si la milice le prend, il ira en prison.

— Si Waldgeist l'amenait avec lui pour l'hiver... propose Johann.

— Tu crois qu'il accepterait?

L'Indien est d'accord, mais il désire emmener également Johann.

— Je ne peux pas, répond celui-ci. J'ai reçu des ordres du colonel von Kohle. Je pars aux Trois-Rivières dès demain.

— Pour te battre encore?

— S'il le faut. Je dois rester avec les miens jusqu'au bout.

— Tes yeux sont tristes mais tes mots sont justes.

XVI

Aux Trois-Rivières, le colonel von Kohle reçoit Johann dès son arrivée. La maison construite spécialement pour abriter les officiers allemands reluit de partout. Une tapisserie de haute lice où le vert domine couvre un mur du salon. Près de la cheminée, une immense carte géographique, collée sur une toile et maintenue grâce à des gorges de bois, reproduit fidèlement les frontières connues du Nouveau Monde.

Impressionné, Johann raconte et répond aux questions de son supérieur avec le plus d'exactitude possible. La bataille de Bennington, les morts, les canons abandonnés à l'ennemi, la fuite, l'arrivée des Indiens après la mort de Ludwig, son retour à Batiscan. Le colonel écoute, impassible.

— Rapportez-vous au capitaine Beyer, ordonne-t-il enfin. Il vous assignera une tâche en attendant votre rétablissement. Nous ne savons pas encore où les soldats seront cantonnés pour l'hiver.

Malgré la froideur de l'officier, Johann s'enquiert de ses compagnons toujours à la guerre.

— Nous avons subi de lourdes pertes. En moins de deux jours, près de 700 soldats dont 400 Allemands ont été faits prisonniers. Depuis quelque temps, nous n'avons plus de nouvelles. Le général Burgoyne est à Stillwater, entièrement coupé du Canada. Notre armée a dû retraiter à Saratoga et a perdu tous ses bateaux et une grande partie de ses bagages et de ses munitions. Le lieutenant-colonel Breymann a été tué.

Encore des morts, de plus en plus de morts et de blessés. Johann pense aux Allemands qui pourriront en terre américaine, loin de leurs racines, séparés des leurs pour l'éternité. Il quitte le colonel von Kohle mais, avant de rejoindre le campement, il se dirige, presque malgré lui, vers le fleuve. Ses eaux tranquilles frissonnent à peine dans la brise automnale. Les ébats d'un rassemblement d'outardes crée des vagues artificielles. Certaines s'envolent, décrivent un cercle au-dessus de leurs compagnes puis réintègrent le troupeau. Comme des sentinelles auxquelles les autres auraient confié leur survivance. Johann avait tant rêvé pour son peuple, aujourd'hui disséminé à travers des guerres absurdes. Ceux qui sont restés là-bas attendront longtemps le retour d'un être aimé, dépossédés même de son souvenir. Et ces absences empoisonneront un peu plus la misère à laquelle ils sont condamnés. Johann s'imaginait des libertés possibles, une fierté retrouvée. Son combat, pareil à celui de Julien, n'avait qu'un but. Il avait oublié les moyens pour l'atteindre, avait négligé les obstacles à franchir pour y parvenir. Il lui semble aujourd'hui que des années ont passé. Il s'identifie au fleuve, gardien de secrets éternels. Le temps a coulé sur eux. Johann a transporté ses rêves, comme le Saint-Laurent charrie ses légendes. Et les rêves ne meurent pas tant que le cœur leur insuffle la vie. Ceux de Johann résistent mais on les a emprisonnés, bâillonnés. Ils étouffent dans le carcan de cette guerre.

Un froissement d'ailes l'oblige à se retourner. Karine le regarde avec douceur et la capeline bleue qu'elle a jetée sur ses épaules rajeunit ses traits.

— Je savais que tu étais revenu.

Johann retrouve d'un coup les accents doux de son pays quand ils passent à travers une voix féminine. Kätchen valse devant lui.

— Tu es fatigué.

— Tu es belle.

Ils se rapprochent l'un de l'autre, soudain conscients de l'importance de ce qu'ils diront.

— J'ai prié le ciel pour qu'il ne t'arrive rien, dit Karine.
— Le ciel t'a entendue mais il n'a pas épargné les autres.
— Je sais.

Karine respecte les souvenirs douloureux du soldat qui regarde loin, de l'autre côté du fleuve. Quand il revient à elle, elle lui sourit, tout simplement.

— Tu es amoureux de Marie...

Plus une certitude qu'un questionnement. Plus de nostalgie que de tristesse.

— Oui, j'aime Marie, mais...

Elle l'interrompt en posant un doigt sur sa bouche.

— Je voudrais être ton amie... si tu le veux bien. Rien de plus, rien de moins.

Johann prend le visage de Karine entre ses mains. Du bout des doigts, il en dessine le fin contour.

— Ma meilleure amie...

La main dans la main, ils s'éloignent du fleuve et, quelques instants plus tard, Karine regagne sa chambre. Le jeune homme ressent une grande légèreté pourtant assombrie par une indéfinissable impression d'inachevé.

Seule dans sa chambre, Karine songe aux soldats allemands qu'elle soigne depuis des mois au couvent des Ursulines. Ils souffrent, entre autres, de dysenterie et de scorbut. Pour ces maladies-là, on connaît les remèdes mais, pour le mal du pays qui les empoisonne, l'antidote n'existe pas. Des heures entières, les malades entretiennent Karine de leurs familles, de leurs maisons, de leur travail. Ce qui, là-bas, apparaissait comme de l'esclavage leur semble aujourd'hui un paradis perdu. Ils racontent leur vie, l'embellissent en tentant de retrouver un sentiment d'appartenance effiloché sur les eaux du fleuve. Des petits garçons, des frères dont elle aurait la responsabilité.

Elle pense, malgré elle, à Johann qu'elle désirait pourtant oublier. Une détresse sans fin se resserre insidieusement autour de ses rêveries. Elle pleure ses projets en lambeaux, son amour envolé. Demain, elle oubliera, demain seulement. Ce soir, elle aime à en perdre la raison.

XVII

En se retrouvant devant Johann Vogel, le capitaine Beyer éprouve un malaise. Ses joues, soudain décolorées, rehaussent l'éclat machiavélique de ses yeux noirs et donnent à ses traits une beauté agressive, exacerbée par un trop-plein de méfiance et d'angoisse.

Comme un être persécuté, incapable d'échapper ni à son destin ni à ses souvenirs, l'officier, paniqué, s'accroche à son bureau et se relève lentement en tentant de cacher son désarroi à son compatriote.

Celui-ci explique sa présence avec simplicité, même s'il est pleinement conscient du trouble de son supérieur.

— Le colonel von Kohle m'a ordonné de me présenter à vous, capitaine. Je reviens de Batiscan où des Indiens m'ont transporté...

Georg, comme tous les soldats des Trois-Rivières, connaît déjà l'histoire de Johann. Il n'écoute plus. Il regarde ailleurs, au-dedans de lui-même pour trouver une échappatoire. Lentement, il se gorge de puissance, revêt son armure et découvre la faiblesse du jeune homme au visage délicat et au corps frêle, debout devant lui à attendre ses ordres. À sa merci. Le militaire ne voit plus qu'une recrue détestable. Il se presse donc d'en finir. Que la cicatrice se referme pour la millième fois.

Froidement, il tend une feuille à Johann.

— Présentez-vous chez Étienne Lapierre. Vous y serez billeté. Et soyez à l'exercice demain matin.

Johann salue, se retourne et se dirige vers la porte en boitant. Georg le regarde marcher et son visage s'illumine. L'officier exulte. Personne ne voudra ici d'un soldat estropié. Ce pauvre blessé n'existe déjà plus pour l'armée. Aussi bien le retourner au pays le plus vite possible pour le remercier d'avoir risqué sa vie pour son prince...

TROISIÈME PARTIE

AUX TROIS-RIVIÈRES

I

Le doux «hiver des Allemands» de l'année précédente n'a pas récidivé. Le froid attaque sans pitié depuis des mois. Mars 1778, à peine entamé, a déjà connu des rafales à couper le souffle. Pas un coin du pays qui ne soit momifié par le froid. Le vent s'agrippe aux portes, aux fenêtres, aux murs de pierres. Il charrie des bourrasques de neige capables de faire échec à l'obscurité même. Les charnières grincent sous les attaques. Les clous pètent.

Les officiers se rapprochent du foyer où rougeoit un feu invitant. Réunis encore une fois chez le colonel von Kohle, Anglais et Allemands se côtoient par obligation. L'hiver – l'ennui surtout – les incite à plus de voisinage, mais la méfiance existe toujours. Tous la perçoivent, autant dans les paroles que dans les gestes.

Dans un coin de la pièce, les lieutenants McKinley et Nellmeyer tiennent une discussion animée sur les Canadiens. L'Allemand, contrairement à l'Anglais, leur accorde volontiers sa sympathie.

— Ce sont des gens prévenants, plaide-t-il, des gens de cœur avant tout. Et qui savent se moquer d'eux-mêmes.

— Pour ça, ils savent rire! s'exclame McKinley. Et fêter surtout! Ce n'est pas le travail qui les fera mourir. Je n'ai jamais connu un peuple aussi paresseux!

— Au contraire! Les Canadiens que j'ai rencontrés depuis presque deux ans ne ménageaient pas leurs efforts. Les femmes surtout, qui travaillent dur du matin au soir.

— Avec tous les enfants qu'elles font!... ricane l'Anglais, méprisant.

— Il en faut des enfants pour assurer la survie dans un pays comme celui-ci.

— S'ils avaient moins d'enfants, peut-être auraient-ils plus d'esprit.

— Vous êtes de mauvaise foi, me semble-t-il. Les Canadiens sont des gens d'esprit qui possèdent un langage simple, mais clair et imagé. De plus, ils me paraissent très courageux. J'en ai vu privés de nourriture pendant plusieurs jours et ne jamais se plaindre.

Entre les deux officiers, le ton monte. L'ardeur de leur discussion a peu à peu ameuté les autres. Georg, habituellement discret, sent le besoin de se délester de son amertume.

— Ils savent sourire et jouer la naïveté devant nous mais, dès que nous avons le dos tourné, ils complotent. Tous rêvent de nous voir partir et désirent ouvrir toutes grandes leurs portes aux rebelles américains.

Le colonel von Kohle se range de son avis.

— Depuis la défaite de nos troupes à Saratoga, le 17 octobre dernier, les Canadiens ont repris du poil de la bête. Ils reçoivent régulièrement des messages des rebelles et se réjouissent de chacune de leurs victoires.

Le lieutenant Nellmeyer est déçu. La discussion a pris une tournure imprévue. Il parlait des gens, de leur quotidien, de ce caractère raisonnable et joyeusement fataliste qu'il apprécie chez eux. On a lancé le débat dans une tout autre direction. Bien sûr, il lui est difficile de nier l'attachement, avoué ou non, de nombreux habitants à la cause des rebelles, même si seulement une minorité passe aux actes, distribue des pamphlets, sert de lien entre la Nouvelle-Angleterre et le Canada. De toute façon, peu enclin à contredire ses supérieurs en public, le lieutenant préfère garder ses réflexions pour lui.

Le colonel continue, péremptoire:

— Il faudra les surveiller de près. Les sauvages également. Une rumeur veut qu'ils entretiennent une correspondance régulière avec les Américains.

Un officier anglais intervient:

— Avec les Français qui se mêlent de signer des traités avec nos ennemis, les Canadiens ne savent plus à qui ils doivent allégeance.

— Et des bruits courent qu'une invasion se prépare à partir d'Albany, ajoute un autre.

— En disposant des troupes de Sorel à Saint-Jean, Carleton a été sage.

Aucun ne réussit à cacher son inquiétude. La défaite de Bennington suivie, à deux mois d'intervalle, de celle de Saratoga a miné les dernières espérances. Des centaines de soldats tués, des centaines d'autres faits prisonniers, dont le général Riedesel lui-même et le colonel von Kühn, il y a là de quoi appréhender l'avenir. Ceux qui restent tentent bien de sauver l'essentiel mais, dans la tête de plusieurs, les Américains ont déjà conquis leur indépendance. Chercheront-ils encore une fois à envahir le Canada? Les indices de réponse à cette épineuse question se résument à des rumeurs.

Après le départ des officiers, au terme d'une soirée fertile en supputations, Georg reste un moment auprès du colonel von Kohle. Pendant les mois d'été où ils se sont obligatoirement trouvés face à face, les deux hommes ont appris à se connaître. Peu de chose les rapproche, si ce n'est leur passion commune pour l'armée, leur égale solitude et leur haine des rebelles et de leurs alliés. Toutefois, dans les circonstances, cela suffit à créer des liens.

— Vous croyez que nous réussirons à contenir les Américains si les rumeurs d'invasion se confirment? questionne Georg.

— Je l'espère, répond le colonel. Si on peut détruire les efforts du petit groupe de Canadiens prorebelles... Ils sont peu nombreux mais font beaucoup de bruit. Il faudrait également enrayer l'épidémie de désertions dans nos rangs et chez les Anglais.

— Pour ce qui est des soldats qui doivent retourner au pays?

— J'ai donné des ordres, mais il faut attendre au printemps.

— Vous n'avez pas oublié Johann Vogel? Il mérite bien cette faveur.

Des coups frappés à la porte empêchent le colonel de répondre. Un messager anglais apporte un billet signé de la main du commandant de Montréal. Après l'avoir lu, le colonel congédie le jeune garçon et se tourne vers le capitaine Beyer en se frottant les mains de contentement.

— Du travail pour nous, capitaine!
— De quoi s'agit-il?
— Nous partons demain matin. Les habitants de Pointe-du-Lac se révoltent contre l'autorité britannique. Ils refusent de se conformer aux ordres de Carleton qui a fait lever le tiers des milices. Plus de trente personnes ont déjà été emprisonnées. Notre mission est de rétablir l'ordre.
— Est-ce bien à nous de remplir cette tâche?

La question de son subalterne fait sourire le colonel. Il s'attendait à cette réplique comme, d'ailleurs, il s'attendait à recevoir cette missive. Très au fait des récents événements de Pointe-du-Lac, il a eu la veille une conversation particulière avec de hauts gradés anglais à ce sujet. Une entente tacite a alors été établie: il se chargeait des mutins contre quelques avantages matériels pour lui et, pour ses hommes, les femmes à volonté et tout le butin qu'ils pourront prendre. Somme toute, une bonne affaire pour un officier ambitieux et peu scrupuleux qui compte sur son passage en Amérique pour améliorer sa situation. Cette guerre, enfin, prend une tournure intéressante!

Ce billet lui fournit l'occasion rêvée de prouver sa bonne volonté à ses amis anglais. Intelligent et perspicace, von Kohle préfère cependant entraîner Georg dans cette aventure en partant de motifs plus nobles, moins susceptibles de choquer les hautes aspirations de l'officier. Il parlera donc de droits bafoués, de lois non respectées, de trahisons.

— Il faut mater ces rebelles qui ne respectent ni leurs chefs ni leur roi.

Il glissera dans son réquisitoire les mots magiques de «mission» et «ordre». Il répétera habilement ce que Georg désire entendre. Et déjà, le capitaine Beyer savoure sa vengeance. Ces Canadiens hostiles, d'autres ont finalement constaté leur insupportable insoumission. Il n'est plus seul face à leur constante rébellion, à leur détestable mépris. D'autres ont compris qu'ils menacent l'ordre établi et qu'ils constituent une injure continuelle à la magnanimité des princes allemands et du roi britannique. Tout cela doit cesser. Le capitaine Beyer suivra son chef jusqu'au bout.

Avant de partir pour Pointe-du-Lac, Georg ne peut résister à l'envie de saluer Karl. Grâce à l'intervention de Mme Kühn, celui-ci fréquente une école tenue par un maître français. Tout en marchant vers la demeure de Karine, Georg pense aux doigts de l'enfant sur le violon usé et trop petit. Il revoit en souriant la queue de renard installée sur sa tête bouclée, hiver comme été.

Distrait par ses pensées, il demeure un instant pétrifié lorsqu'il reçoit brusquement un jeune lion dans les jambes. Le garçon, à bout de souffle, ferme les yeux en se calant dans les bras de Georg.

— Was ist los? Qu'est-ce qui se passe? demande l'officier.

Après quelques secondes, le garçon arrive à expliquer en hoquetant.

— Ils courent après moi.

— Qui ça?

Georg n'a pas besoin d'explications. Trois garçons débouchent en trombe de derrière la maison de Tonnencour. À la vue de l'officier, ils figent tous les trois, stoppés dans leur élan, décontenancés.

— Qu'est-ce qu'ils veulent, Karl?

— Tous les matins, ils courent après moi. Je dois leur échapper sinon...

— Sinon?...

L'enfant se tait.

— Sinon?... insiste Georg.

— Ils me font mal, bredouille l'enfant.

L'officier allemand sent une colère et une haine sans limites monter en lui. En tenant Karl par la main, il s'avance à pas lents vers les trois garçons trop affolés pour s'enfuir. Pour eux, le militaire représente des siècles de légendes horrifiantes, de longues soirées d'histoires cruelles racontées au coin du feu. À peine un homme, plus loup-garou qu'être humain. C'est pour démystifier leur peur des Allemands que les trois jeunes Canadiens s'acharnent sur un des leurs, plus faible. Pour se prouver qu'ils ne craignent pas cet envahisseur redoutable. Mais, devant Georg, le jeu perd son sens. Les règles établies ne tiennent plus. Ils tremblent de tous leurs membres.

L'officier s'arrête tout près d'eux. Il pourrait les toucher en tendant le bras, les écraser, mais il ne le fera pas. Il frôle déjà leur lâcheté et cela lui suffit. En les dévisageant, chacun leur tour, il dit lentement, pour être sûr d'être bien compris:

— Ne touchez plus jamais à Karl. Si quelque chose lui arrive, je vous en tiendrai personnellement responsables, même si vous n'avez rien à y voir.

Son accent guttural, pareil aux roulements du tambour, ajoute à la lourdeur de la menace et il faut aux trois garçons quelques moments avant de retrouver l'énergie de fuir. En silence, Georg reconduit son jeune ami à l'école. Des regards craintifs les suivent de loin. Le capitaine s'attarde quelques instants pour montrer à tous que cet enfant est sous sa protection, puis il repart pendant que Karl rejoint en courant un jeune garçon et une petite fille, le premier aussi blond que l'autre est noire.

— Jean! Catherine! Attendez-moi!

Les garçons entraînent aussitôt la fillette dans une ronde et la soulèvent de terre. Karl rit. Ses yeux brillent.

En revenant vers la place d'Armes, Georg croise Karine. Elle se rend à l'hôpital où les religieuses ne peuvent plus se passer d'elle.

— Vous avez dû voir Karl, dit-elle en le saluant. Il part très tôt pour l'école. Je n'arrive pas à le retenir à la maison plus longtemps.

— Il ne partira plus aussi tôt, maintenant, la rassure Georg. Nous en avons parlé et je crois avoir réussi à le convaincre.

Le sourire de Karine donne une nouvelle vigueur à ses traits tirés. Elle sait que le capitaine peut faire ce qu'il veut de Karl et que l'inverse est également vrai.

— Vous partez? demande-t-elle. J'ai vu des soldats sur la place d'Armes.

— Oui. Nous devons nous rendre à Pointe-du-Lac.

— Je vous souhaite bonne route.

La voilà qui s'en va. Qui le quitte encore une fois. Dans quelques secondes il sera trop tard. Sera-t-il toujours trop tard pour lui prendre la main, lui offrir son aide, la rassurer? Comment faire? Il voudrait tellement l'obliger, mais la jeune femme ne lui laisse aucune chance. Depuis des mois, elle se réfugie dans sa routine, se partageant entre les malades, Mme Kühn et son fils. Tous ont besoin d'elle et elle les sert sans penser à son propre bien-être. Parce qu'ils sont vulnérables, et que, pour le moment, leurs misères camouflent les siennes.

Elle va partir sans qu'il puisse la retenir. Pressé par le temps, Georg ne trouve que ces mots, trop conventionnels:

— Prenez soin de vous. À force de soigner les malades, vous risquez de tomber malade à votre tour.

Dans le sourire fatigué de Karine, il ne voit qu'un remerciement poli.

II

En route pour Pointe-du-Lac, le capitaine Beyer, un œil distrait sur ses hommes, pense au sourire triste de Karine. Cela ne fait aucun doute dans son esprit: Johann Vogel est responsable de cette détresse. L'officier a surpris si souvent le regard amoureux de la jeune femme tourné vers le soldat. Elle lui a tout offert. Et lui a tout rejeté en bloc, sans égards pour la douleur de Karine. Le jour où Johann montera sur le bateau du retour sera un grand jour pour le capitaine.

Sans s'en rendre compte, l'officier avance sur les routes à peine praticables de cette région particulièrement maltraitée par une alternance de gel et de dégel. La nuit s'allonge sous les nuages. Le jour semble ne jamais vouloir se lever.

— Nous arriverons bientôt, capitaine Beyer. Que vos hommes se tiennent prêts.

— Oui, mon colonel.

En rangs serrés, le détachement pénètre dans le village et le traverse en entier pour aller établir son campement un peu à l'écart, à l'orée du bois. La tactique a déjà fait ses preuves ailleurs. Les soldats font d'abord connaître leur présence aux villageois. Si la crainte qu'ils inspirent n'engendre pas, dans les plus brefs délais, un changement d'attitude chez les insoumis, ils passent à l'attaque sans plus de préambule.

Le capitaine de milice qui les a appelés au secours pour vaincre un soulèvement dont il ne peut venir à bout les accueille dès leur installation terminée. Les échanges ne sont pas longs; une stratégie est aussitôt mise au point qui ne laisse aucune chance aux rebelles. Le jour suivant, les Allemands déchaînés pénètrent de force dans les maisons barricadées. Rien ne leur résiste. Retentissent alors des cris d'horreur auxquels se mêlent des coups de feu tirés de partout à la fois. Des vitres volent en éclats. On brise les meubles à coups de hache. Des enfants en pleurs, à peine vêtus, sortent affolés des maisons en flammes. Pas un bâtiment, pas un magasin, pas une cabane qui n'échappe à la furie des vandales.

Courant d'une maison à l'autre, Georg encourage ses hommes, les pousse aux actes les plus vils.

— Il faut leur enlever à tout jamais le goût de se rebeller! crie-t-il. Ils doivent savoir une fois pour toutes à qui obéir.

De ces révoltés, il fera des soldats soumis. Il leur fera comprendre, malgré eux, où se trouve le bien en temps de guerre. Il s'imposera comme le libérateur de ce pays menacé par l'anarchie à cause de l'inconscience d'un peuple ignare. La justice, l'ordre et l'autorité vaincront. Tant pis pour ces enfants hurlant de terreur et ces toutes jeunes filles traînées dans les chambres par deux ou trois soldats. Georg tient le village, et les yeux épouvantés des victimes s'estompent rapidement dans la griserie du pouvoir. Il a droit de vie et de mort sur ces êtres à sa merci et cette soudaine puissance l'enivre. Il leur fera payer bien plus que leur insoumission. Tout. Les humiliations infligées aux officiers allemands par des habitants sans scrupules, les morts inutiles, les maladies, la solitude et la peine de Karine, les blessures et la peur de Karl. Tout. Payer en un jour les misères de toute une vie. Celles de sa mère, celles de l'enfance assassinée. Les habitants de Pointe-du-Lac payent pour un crime dont ils ne savent rien.

Quelques heures plus tard, quand il ne reste plus ni hommes à arrêter, ni maisons à piller, ni femmes à violer, Georg rappelle ses hommes comme le chasseur rappelle ses chiens après la curée. L'opération répression terminée, ils rentrent tous aux Trois-Rivières, sauf deux soldats allemands qui ont profité de la diversion pour déserter. Le soleil annonce une journée radieuse.

Johann, écœuré, écoute les hommes raconter leurs exploits.
— Tu aurais dû voir la beauté que j'ai réussi à avoir!
— Elle se démenait comme une diablesse, ta beauté!
— C'est comme ça que je les aime!
— Pendant que vous vous amusiez avec les femmes, regardez ce que j'ai dégoté!

Les mains pleines de pièces de monnaie, le soldat rit grassement. Il n'a pas eu de femme, mais il a ramassé beaucoup d'argent. Sans compter ce qu'il ne montre pas aux autres pour ne pas aviver leur rapacité.

Johann ne peut plus supporter leur imbécile cruauté. Il quitte la maison sans se faire remarquer. En marchant sur les trottoirs de bois, il se laisse charmer un instant par les clins d'œil du printemps contrastant avec l'odeur encore persistante des dernières tempêtes. Un oiseau qui chante un peu plus fort, une flaque d'eau qui n'était pas là la veille, le murmure du fleuve, plus intense... Ses pas claquent et, chaque fois, le bruit le surprend. Il ne veut pas révéler sa présence. Plutôt disparaître avec sa honte. Les horreurs perpétrées par quelques-uns des siens salissent tout. Il sent derrière les fenêtres les regards haineux. Son uniforme de Brunswickois lui brûle la peau. De tous les coins du pays monte une colère implacable et justifiée. Ce pays qu'il apprivoisait peu à peu lui échappe. À cause d'eux... Il n'a plus droit au printemps. Il devra renoncer à la sève savoureuse des érables, aux bramements de l'orignal dans les petits matins. Le voilà dépossédé à nouveau.

En passant devant l'hôpital, il pense à Karine. Il aimerait implorer son aide, mais il n'a plus droit non plus à cette présence affectueuse. Pendant un moment, il suit le chemin du Roy et invente des pas qui le mèneraient jusqu'à Marie. Il n'aurait qu'à suivre ce sentier tout tracé jusqu'à Batiscan. Marie est au bout. Comment retrouver Marie, la serrer très fort dans ses bras, se gaver de son énergie si pure? « Marie, murmure-t-il, quand te reverrai-je?» Des rumeurs circulent: on renverrait au pays les soldats inaptes au combat. Au printemps. Le printemps n'a nulle part plus d'éclat qu'à Batiscan. Le soleil coule dans la rivière; les fleurs percent la neige et la terre rit sous la mousse. Le vent s'enroule autour des bourgeons et ronronne, comme un chat repu.

Soudain, une pensée le glace. Marie aurait pu être à Pointe-du-Lac. Pointe-du-Lac aurait pu être Batiscan! Et ces hommes parleraient aujourd'hui de Marie comme d'un butin! Aurait-il, à cause d'eux, perdu également le droit à Marie? Non! Il ne les laissera pas tout détruire! Pour la première fois, il ressent le besoin impérieux de ne plus appartenir à cette armée dont certains chefs ne respectent rien. Sa jambe blessée, dont il n'a jamais totalement recouvré l'usage, devrait lui permettre de quitter l'armée. Il ne vaut plus rien comme soldat; ses supérieurs comprendront aisément. Ils doivent comprendre que Marie l'attend.

Tout en pressant le pas vers la maison du colonel von Kohle, il planifie sa future vie. Après avoir épousé Marie, il faudra bien qu'il vive sans sa solde. Il pourra enseigner; c'est ce pour quoi il a été formé. Il en est déjà à préparer ses cours lorsqu'il se bute au sergent Leibach.

— Je te cherchais. Le colonel von Kohle veut te voir.
— Ça tombe bien, j'allais justement lui demander de me recevoir.
— Fais vite! Il n'aime pas attendre.

Non seulement n'aime-t-il pas attendre, mais il semble dans un état d'excitation au-delà de tout entendement. Il reçoit Johann avec brusquerie.

— Te voilà, soldat Vogel! Il était temps! J'ai besoin d'un aide de camp, d'un secrétaire plus précisément. Le mien est gravement malade, il a été transporté à l'hôpital ce matin. On me dit que tu connais l'anglais et le français?

Sans laisser à Johann la chance de répondre, il continue sur le même ton survolté:

— J'ai des lettres à envoyer, je suis débordé! Tu vas t'installer là et commencer tout de suite.

Pendant qu'il crie ses directives, Johann, déçu, se tait, convaincu que sa demande serait immédiatement rejetée. Nauséeux, il tente de satisfaire son supérieur qui empile devant lui des textes à traduire, des plaintes à acheminer en haut lieu, des demandes d'argent, des ordres à transmettre aux différents régiments. À travers ces feuillets jetés pêle-mêle sur le bureau, Johann respire le mécontentement général et l'anxiété de ses chefs. Toutes choses qu'il soupçonnait sans en avoir de preuves. Les textes qu'il lit avec de plus en plus d'intérêt à mesure que les heures passent expliquent les luttes, décrivent les misères de quatre peuples condamnés à se partager un pays, l'espace d'une guerre. Anglais, Allemands, Canadiens et Indiens se déchirent alors qu'ils devraient s'unir dans un même combat. Cantonnés dans leurs différences, ces peuples arrivent mal à se forger un ennemi commun.

Johann découvre également les plaintes répétées des marchands. Le commerce des fourrures périclite depuis un an, et pour les marchands anglais, c'est bien connu, tous les malheurs viennent de l'Acte de Québec dont ils cherchent à obtenir l'abrogation. Certains Indiens, de leur côté, se sont engagés dans cette guerre. Les autorités ont saisi des messages venant des rebelles américains et qui leur avaient été confiés. Dans une autre dépêche, les prisonniers revenus de la Nouvelle-Angleterre grâce à des échanges confirment les rumeurs d'une prochaine évasion.

Le courrier raconte également les mésententes entre officiers allemands et anglais, les désertions fréquentes, les vêtements qui tardent à arriver d'Europe et les éternelles chicanes de carrioles devenues un fléau pour les officiers allemands. Tenant là un moyen d'embêter les autorités, les habitants refusent de louer leurs carrioles aux Allemands ou, quand ils acceptent, exigent un prix hors de proportion avec le service rendu. Ce qui crée aux officiers de sérieux problèmes de supervision de leurs troupes. Problèmes de billetage, d'évasions, problèmes, problèmes...

Après quelques semaines de ce nouveau travail, Johann découvre une vision nouvelle du pays. À travers les imbroglios, les quiproquos, les chicanes de clocher et les exigences des uns et des autres, il arrive à tisser un tableau plus exact de la situation. Sensible aux êtres, il cherche constamment à démêler le vrai du faux, la mauvaise foi de l'ignorance. Alors que son supérieur n'exige qu'un travail de secrétaire et de traducteur, Johann y ajoute une dimension humaine qui l'aide à patienter.

Souvent, le colonel pénètre en trombe dans la petite pièce où il travaille et le questionne à brûle-pourpoint sur tout et sur rien. Il semble dépassé par cette tâche surhumaine qui lui échoue en l'absence du colonel von Kühn, toujours prisonnier des rebelles. Homme d'action plus que d'administration, son esprit s'adapte mieux aux stratégies militaires qu'aux stratégies politiques, aujourd'hui devenues son lot. Autoritaire et sans nuances, il tranche les problèmes sociaux comme il monterait une attaque. Ennemis, couvertures, rations, déserteurs, tentes, soldats, maladies se dissolvent dans sa pensée jusqu'à ne faire qu'un: l'armée. C'est tout ce qu'il connaît.

— Des choses importantes dans le courrier aujourd'hui?

— Une plainte du lieutenant von Plessen cantonné dans la paroisse de Champlain, lui répond aussitôt Johann. Il a été très mal reçu dans la maison où il a été billeté. La petite pièce qu'on lui a donnée n'avait ni portes ni fenêtres et il a dû tout faire réparer avant de s'installer. Quand il a été malade, les habitants en ont profité pour faire un bruit infernal jusqu'à une heure avancée de la nuit. Et maintenant, on l'accuse d'avoir brisé des objets dans la maison. Il demande à être billeté ailleurs et qu'on lui fasse réparation pour tout le tort qu'on lui a causé.

Le colonel von Kohle soupire.

— Autre chose? demande-t-il.

— Oui. J'ai ici une lettre de M. Alexis Leclerc, un habitant de la paroisse de Rivière-du-Loup. Il fait appel à votre sens de la justice pour régler une situation devenue insupportable. Selon lui, le sergent Lerch, billeté chez lui, aurait, au milieu de l'hiver, délogé son père et sa mère, âgés tous deux de quatre-vingts ans, de la chambre où ils couchaient. Ils doivent maintenant dormir avec le reste de la famille, six personnes, dans une pièce déjà trop petite.

— Le capitaine Hambach devrait régler lui-même ce problème. Il est responsable de ce secteur.

— M. Leclerc n'a pas obtenu satisfaction auprès du capitaine. Il précise qu'il écrira au gouverneur lui-même si la situation ne change pas.

D'un geste las, le colonel rejette toutes ces mésententes où les sentiments prennent plus de place que la discipline. Impatienté, il presse Johann d'en finir.

— C'est tout?

— Non. Le capitaine von Barner signale qu'il manque de poudre pour les exercices.

Le colonel retrouve aussitôt son efficacité de militaire. Voilà un problème à sa mesure.

— Rassurez-le. Je m'en occupe dès aujourd'hui.

Dans la pièce attenante, Georg attend depuis quelques instants lorsque le colonel le rejoint. Le capitaine évite le plus possible de se trouver en présence de Johann. Sa requête de renvoyer le soldat blessé au pays ayant été rejetée, il a du mal à cuver son dépit. Cet étudiant lui colle à la peau comme la boue gluante des routes du Nouveau Monde. Jusqu'où devra-t-il le supporter? Les yeux gris le harcèlent comme un mauvais rêve.

— Capitaine! Je n'ai pas toute la journée à vous consacrer!

— Pardonnez-moi, mon colonel... Nous avons repris quinze déserteurs. Un détachement les ramène. Ils se dirigeaient vers New York.

LA GUERRE DES AUTRES

— Leur chef n'échappera pas à la mort et les autres devront être punis sévèrement!

Ces désertions organisées hérissent le capitaine Beyer. Il ne comprend pas comment un soldat peut choisir de déserter. L'armée est pour lui une patrie que l'on n'abandonne pas, quoi qu'il arrive. Fuir constitue dans son esprit un acte de lâcheté condamnable.

— Il faudra être de plus en plus vigilants, précise le colonel. Des habitants et des Indiens aident les déserteurs. Je dois savoir qui ils sont. N'oubliez pas que chaque déserteur équivaut à une perte considérable pour l'empire germanique et donne aux soldats des idées d'insubordination. Il faut que ça cesse! Je vous confie cette tâche, capitaine Beyer.

— Je ferai mon devoir, mon colonel. Je ne vous décevrai pas.

En quittant son supérieur, Georg se demande encore une fois pourquoi cet homme a pris tant d'importance dans sa vie. Quel est ce lien qui les unit? Pourquoi recherche-t-il toujours son approbation? Que veut-il donc lui prouver au-delà de ses qualités d'officier?

— Capitaine Beyer!

Karl court derrière lui de toute la force de ses petites jambes. Arrivé à sa hauteur, il saute dans ses bras. Leurs visages se frôlent et Karl rit.

Il faut que tu viennes! J'ai déchiffré une nouvelle pièce.

Georg hésite. Il a une lourde responsabilité, un plan à élaborer.

— Ça pourrait déranger ta mère.

— Elle n'est pas là; elle est avec Mme Kühn.

Karl l'entraîne et l'officier se laisse envoûter. Les espions peuvent attendre; l'armée aussi. La main de l'enfant renferme des promesses irrésistibles.

III

À Batiscan, le printemps s'épivarde. Des odeurs de soleil, des douceurs, des airs de coquetterie semés à tous vents, et que Marie recueille comme des dons remplis d'espérance.

Assise sur le perron, les coudes sur ses genoux relevés et le menton appuyé sur ses mains, la jeune fille jouit de la légèreté du temps. Délaissée par la plupart des habitants à cause de son amour pour Johann, harcelée par le capitaine de milice à la recherche de Julien, tourmentée par les trois plus jeunes toujours affamés, elle a cru parfois ne pas survivre à cet hiver.

— Bonjour Marie.

Comme toujours, elle n'a pas entendu venir Waldgeist qui débouche de derrière la maison. Elle éprouve une immense gratitude envers l'Indien pour les lièvres qu'il leur a apportés. Quels festins! Pendant tout l'hiver, il a été le lien entre Julien et sa famille. Aujourd'hui, il offre de l'argent.

— Frère a chassé. L'argent, pour toi.

Marie connaît bien les piètres talents de Julien et son impatience. Cet argent ne peut provenir du seul produit de sa chasse. Waldgeist a dû ajouter quelques-unes de ses plus belles fourrures.

— Merci. Tu es un grand ami.

L'Indien apporte également des nouvelles inquiétantes.

— Ton frère, parti.

— Il n'est plus avec vous?

LA GUERRE DES AUTRES

— Non. Parti.
— Où ça?
— Lui pas dire. Lui guéri et fort.

Marie regarde l'Indien s'éloigner. Ses pas feutrés glissent sur le sol. Waldgeist est-il marié? Elle ne le lui a jamais demandé. Peut-être a-t-il des enfants, beaux et souples comme lui, plus rusés que les bêtes, plus mystérieux que la forêt elle-même. «Je ne connais rien de lui, sauf sa bonté.»

— Tu parles toute seule, ma fille?

Même amaigrie, Louise Gauthier demeure imposante.

— Je ne parle pas toute seule, je pense tout haut, riposte Marie, étonnée de la voir déjà levée.

— Si ça te fait rien de penser tout bas et de travailler tout haut, ça m'arrangerait!

Ragaillardie par la chaleur printanière, Louise ébouriffe tendrement les cheveux de sa fille aînée. Celle-ci se sauve en riant vers la grange. Elle ne parlera pas de Julien. Pas tout de suite. La journée est trop belle.

«Ma fille si belle. Que te réserve donc la vie?» murmure Louise en la regardant gambader, svelte et gracieuse.

IV

Le 30 juin 1778. Les rues de Québec se couvrent peu à peu de soldats et de miliciens. Essoufflés et suant dans leurs habits d'apparat, ils accueillent avec solennité M. Haldimand venu prendre la relève de Carleton. La frégate *Montréal* qui l'a amené jusqu'ici passe devant les trois-mâts où croupissent les soldats allemands d'Anhalt-Zerbst, prisonniers de la bêtise administrative. Ayant pris la mer le 26 avril dernier, ces soldats ont atteint Québec à la fin du mois de mai. Leur prince, un homme passionné et rusé, a signé un traité avec l'Angleterre par lequel il s'engageait à mettre un régiment au service du roi. Après avoir obtenu un prix très avantageux pour ses soldats, il s'est attelé au recrutement qui fut somme toute assez facile. Cependant, sur la route menant à Stade, lieu de l'embarquement pour l'Amérique, désertions et révoltes ont germé à un rythme effarant, diminuant de beaucoup les effectifs.

Croyant, au bout du voyage, voir la fin de leurs misères, les troupes d'Anhalt-Zerbst, et les 34 femmes qui les accompagnent, ont dû faire face à une avarie de taille. Le général Carleton n'ayant reçu aucun avis officiel l'informant de leur arrivée leur a tout simplement refusé le droit de débarquer en terre canadienne. Depuis un mois, ils attendent donc le retour du quartier-maître parti en Europe afin d'obtenir les papiers nécessaires au débarquement.

Désabusés, ils observent le passage de la frégate d'Haldimand. Quelques minutes plus tard, celui-ci met pied à terre où il est accueilli par une brochette d'officiers et de notables. Avec beaucoup de sympathie, il serre la main du colonel von Kohle, venu lui offrir la bienvenue au nom des quelque 1 500 soldats allemands présentement au Canada ainsi que l'assurance de son dévouement.

V

— Ma mère est née ici, de mère et de père français, d'accord. Mais je suis Canadien. Mon père était Canadien pure laine! Pendant combien d'années faudra-t-il que je vous répète que je suis Canadien! Endurci au froid, rugueux et chaud comme la laine du pays!

C'est chaque fois la même chose. Étienne Lapierre, le libraire que tous surnomment le Français à cause de l'accent hérité de sa mère, à cause aussi de son instruction et de son éducation, n'en finit plus de revendiquer son statut de Canadien.

— As-tu déjà vu un Canadien attifé comme toi, mon pauvre Français? lui rétorquent les habitants pour le faire étriver. Et avec un parler tout droit échoué des vieux pays!

— Ce ne sont ni les vêtements ni le langage qui font un Canadien, ce sont ses idées et ses affections, répond-il en feignant d'être froissé, malgré qu'il sache pertinemment que ses compatriotes se moquent gentiment de lui.

Si les affections font foi de tout, il n'y a assurément pas plus Canadien que lui! Amour des êtres, quels qu'ils soient, amour du pays avec tous ses visages, amour du rire et de la liberté. Étienne Lapierre est vraiment tout amour.

La petite librairie, héritée de son père, réussit à le faire vivre convenablement. Fréquenté par les nobles, les riches et les communautés religieuses, l'établissement rassemble également les habitants des environs et d'ailleurs venus faire un tour en ville. Ces derniers achètent peu ou pas. Ils écoutent cependant, fascinés par la verve du libraire, attirés par son érudition, enchantés par les histoires peu banales sorties tout droit de ses livres. Il doit souvent les mettre à la porte à l'heure des repas.

Reçu avec beaucoup de courtoisie par Étienne Lapierre, sa femme Josephte et leurs deux enfants, Johann éprouve une certaine gêne à briser le cercle intime de cette famille unie et aimante.

— Reprenez un peu de soupe, Johann. Vous n'avez presque pas mangé, insiste Mme Lapierre.

— Je vous remercie, mais je crois que la chaleur de ce mois de juillet m'a enlevé l'appétit.

— Notre pays est tout contraste, n'est-ce pas? Par cette chaleur torride, nous imaginons mal les froidures de l'hiver. Et pourtant, elles reviendront.

— Alors je reprendrai volontiers de cette soupe délicieuse... mais au mois de janvier, si vous le permettez.

Surpris de la soudaine hilarité des adultes, les enfants, Jean et Catherine, joignent leurs rires aux leurs. Johann les quitte à regret quelques instants plus tard pour se rendre à son travail. Peu après son départ, les enfants rejoignent leurs compagnons de jeu à l'extérieur tandis que le libraire s'empresse d'aller répondre à un client qui vient de faire tinter la clochette suspendue à la porte de son commerce.

— Bonjour, François!

— Bonjour, Étienne. J'ai une nouvelle qui te fera plaisir.

— Ah oui?

— Le 8 juillet, il y a une semaine donc, une flotte française est arrivée dans la baie du Delaware. Douze navires de ligne et quatre frégates!

— Non! C'est bien vrai? Les Français vont enfin se mêler de cette guerre! Il était temps! Auraient-ils envie de reprendre le Canada aux Anglais?

— Je n'en sais rien; il est trop tôt pour le dire, mais tu peux me croire: c'est l'idée qui est venue à la tête de plusieurs! La nouvelle va faire des vagues!

— Comment l'as-tu apprise?
— Par la filière habituelle... Et il paraît que certains habitants ont déjà refusé de faire les corvées dans les environs de Québec. Des miliciens ont même déserté pour tenter de rejoindre la flotte française. Il y a de la révolte dans l'air! Le dernier mot n'a pas encore été dit. Quelques-uns pourraient bien avoir des surprises.
— Tu as raison. Les attitudes ne peuvent que changer avec la présence des Français. Mais tu crois vraiment qu'ils viendront jusqu'ici?
— Les sauvages répandent la rumeur qu'une entente a été conclue entre Américains et Français. Ça veut dire beaucoup, tu ne crois pas?
— Souhaitons-le.
— Je continue ma tournée.
— Fais attention à toi. Tiens-moi au courant.

Sur le chemin des vacances, Jean, Karl et Catherine, aussi imaginatifs les uns que les autres, inventent des rêveries. Ils rivalisent de créativité.
— Quand je serai grande, déclare Catherine, âgée de huit ans, je lirai cinq livres par jour et je serai la femme la plus savante du monde.
— Moi, renchérit Karl, je serai le commandant en chef de l'armée la plus forte du monde.
Beaucoup plus réaliste, Jean rêve tout simplement de dessiner. Tout le temps et partout. Et d'offrir ses toiles à tous ceux qui les trouveront belles. À onze ans, il devient plus raisonnable.
— Tu m'en donneras une? demande Karl.
— Bien sûr... Si tu es encore ici.
— Pourquoi je ne serais plus ici?
— Pourquoi il ne serait plus ici? répète la fillette, déjà inquiète.
— Parce que papa a dit que les Allemands repartiraient bientôt dans leur pays.
— Moi je ne partirai pas, marmonne Karl en s'éloignant.

LA GUERRE DES AUTRES

Jamais il ne remettra les pieds sur ces bateaux meurtriers. Repartir pour où? Un pays dont il se souvient à peine et où personne ne l'attend? Non! Jamais il ne repartira.

Jean le rejoint et met une main sur son épaule.

— Ne t'en fais pas. Papa a dû se tromper. On verra bien; je ne voulais pas te faire de peine.

VI

La fureur du capitaine Beyer frise l'hystérie. Ce militaire toujours stoïque et pragmatique, cet homme rompu depuis son plus jeune âge aux spectacles de mort, d'horreur et de misère, frôle l'apoplexie tant sa colère est grande.

— Je ne supporterai plus de telles insultes! Comment a-t-il osé? Ces Anglais se croient vraiment tout permis! Ils peuvent commander à nos hommes et nous ne pouvons commander aux leurs. Ils choisissent les meilleurs logis, festoient sans cesse, nous laissent régler tous les conflits en s'en lavant les mains. Ces hommes ne méritent pas d'appartenir à une armée, quelle qu'elle soit!

— Capitaine Beyer, mesurez vos paroles!

Le ton tranchant du colonel von Kohle ramène Georg à la raison.

— Pardonnez-moi, mon colonel, mais je crois que notre Prince n'accepterait pas qu'un officier de sa grande armée soit traité d'une façon... d'une façon... aussi dégradante. Cet officier anglais salit ma réputation devant mes soldats. Il invente de toutes pièces des histoires incroyables sur mes... sur mon... sur mes agissements, sur ma conduite morale. Depuis son arrivée aux Trois-Rivières, il y a un mois, il s'acharne sur moi.

Ce qui blesse le plus le capitaine Beyer, c'est que Karl ait été mêlé à tout cela. Leurs fréquentes rencontres, leur grande amitié sont mises en péril par la bêtise de ce capitaine McLean qui a osé proférer à leur sujet d'odieuses calomnies. Il met en doute la pureté de leurs rapports.

— Vous avez raison, capitaine. Nous ne pourrons supporter ses agissements plus longtemps. J'en parlerai dès aujourd'hui à son supérieur. Et, s'il le faut, nous écrirons au gouverneur Haldimand.

Un peu rasséréné par l'attitude compréhensive du colonel, Georg aborde un sujet moins personnel.

— Nous avons d'autres désertions à signaler. Cette fois-ci, c'est un aumônier qui a entraîné les soldats.

— Les trois déserteurs repris la semaine passée ont-ils été punis?

— Oui. Ils ont été passés par les verges deux jours de suite par tout le détachement, dix fois par jour. Ils sont maintenant en prison pour trois semaines.

— Et vous savez qui les a aidés?

— Pas exactement. Ils ont travaillé chez un forgeron de Sainte-Anne pendant deux jours, mais ils lui ont dit qu'ils venaient d'arriver. C'est le sergent de milice de l'endroit qui n'a pas cru leur histoire et nous les a ramenés.

— Où en êtes-vous dans vos recherches au sujet des Canadiens qui aident les déserteurs?

— J'ai placé des hommes de confiance un peu partout. Quelques-uns sont allés dans les bois habillés en chasseurs. Ils se sont mêlés aux Canadiens, mais n'ont encore rien découvert.

— Ces déserteurs doivent pourtant compter sur quelqu'un. Il faut découvrir qui est derrière tout cela!

— Ceux que nous avons repris semblent avoir agi seuls, sans l'aide de personne.

— Mais ceux que nous n'avons pas repris?

Venus en libérateurs, les officiers allemands n'ont jamais pu convaincre les Canadiens de leur bonne foi. De plus, l'arrivée des Français dans le conflit vient brouiller les cartes. De vieilles allégeances renaissent. Les possibilités de retour à un passé regretté donnent à plusieurs le goût de prendre les armes. Des complots se trament, des discussions animées rassemblent les Canadiens, et chacun soupçonne l'autre de trahison pendant que les Allemands, ignorant l'histoire du pays, se trouvent lancés à leur corps défendant au milieu des convoitises. Trop rigides, imperméables à l'esprit libre de ces fils de coureurs des bois, ils se cramponnent désespérément à des valeurs sûres: discipline, stratégie, hiérarchie. Ce qui n'arrange rien.

Concentrés sur les problèmes à résoudre, les deux hommes n'ont pas entendu entrer Johann. Il les tire de leur réflexion.

— Mon colonel, un homme demande à vous voir.
— Qui est-ce?
— M. François Plouffe.
— Un Canadien?
— Oui, mon colonel.
— Faites-le entrer, ordonne l'officier, agacé.

L'homme est petit. Le dos courbé, il meurt de peur. Les deux officiers, méprisants, le regardent sans un geste ni une parole réconfortante. Johann se permet d'intervenir.

— M. Plouffe a une réclamation à vous faire, mon colonel. Quatre soldats sont billetés chez lui et il n'est pas satisfait de leur comportement.

— En quoi vous déplaisent-ils? demande froidement le colonel.
— Ben... bredouille l'homme. Ils... ils sont grossiers avec ma femme et mes deux filles.

Il a murmuré. Que fait-il ici? Il n'aurait jamais dû venir. Sa femme a insisté, mais il n'aurait pas dû lui obéir. Elle s'inquiète pour les filles; c'est normal. Mais il n'aurait pas dû venir. Ce sera pire ensuite. Comment expliquer à ces officiers que leurs soldats coincent les femmes dans tous les coins de la maison, qu'ils menacent de leur faire un mauvais sort si elles ne font pas leurs quatre volontés? Ils ont beau ne s'exprimer qu'en allemand, leurs gestes parlent un langage universel. La plus jeune pleure tous les soirs. Elle ne veut plus rester seule. Elle parle même de partir de la maison. Comment leur faire comprendre?

— Grossiers, dites-vous? Expliquez-vous, le somme Georg.
— Ben... Ils font des choses que les femmes aiment pas.
— Comme quoi?
— Ben.. Vous voyez... Ils touchent...

L'homme a rougi. Lui faudra-t-il, en plus, salir sa femme et ses filles? Il n'aurait pas dû venir. Désemparé, il se tourne vers Johann. Ce dernier vient à son aide, au risque d'être rabroué.

— M. Plouffe veut dire que les soldats se permettent des attouchements et des agissements que de jeunes filles pures peuvent difficilement supporter et qui entachent leur réputation.

— Il faudrait d'abord savoir si elles sont si pures! s'esclaffe von Kohle.

Les deux officiers se paient un éclat de rire que leurs vis-à-vis n'apprécient guère. Après quelques secondes d'hilarité, le colonel, rouge et congestionné, tranche la question.

— Si mes soldats ont de tels comportements, vos filles doivent y être pour quelque chose. Je ne peux demander l'impossible à des hommes privés de femmes depuis si longtemps. Calmez les ardeurs de vos filles, mes hommes se contiendront!

L'homme repart, le dos un peu plus courbé. Il n'aurait pas dû venir, il le savait bien. Si le capitaine de milice n'a rien pu faire, comment pouvait-il espérer du secours de ces officiers? Et maintenant, ils connaissent son visage, son adresse! Que va-t-il leur arriver?

Après l'avoir reconduit, Johann songe à Marie et il comprend le désarroi de M. Plouffe. Quelques heures plus tard, il est heureux de quitter la maison du colonel. Une autre fin de journée. Une journée à côtoyer toutes les misères. Une journée de guerre sans combat. Et sans Marie. Une de plus.

La pluie n'a pas cessé depuis le matin. Calme. Un brin triste. Une pluie timide, discrète, mais persistante. Qui n'a jamais commencé et qui ne finira jamais. Semblable à la guerre, lointaine et pourtant quotidienne.

Arrivé tout près de la librairie d'Étienne Lapierre, il aperçoit deux hommes sortant précipitamment du magasin. La pluie masque leurs visages, alourdit leurs silhouettes. Il ne les reconnaît pas. «Des clients qui se seront attardés», pense-t-il. Le libraire ne laisse pas partir son monde facilement, c'est bien connu.

Accueilli par Josephte, Johann oublie vite ces deux hommes. Le fumet de la soupe le revigore et le babil des enfants le réjouit.

Invité par les enfants Lapierre, Karl donne des nouvelles de Karine. Elle va bien; elle soigne les malades. Derrière le souvenir de Karine se profile le visage de Marie. Johann a du mal à dissocier ces deux femmes. Son esprit vagabonde. Batiscan, Pierre Gauthier, Julien, Ludwig, M. Plouffe, tellement démuni. Et ces deux hommes qu'il a vus sortir de chez le libraire. Cette image revient le hanter; elle s'impose à lui sans qu'il comprenne pourquoi.

— Vous goûtez à ma tarte aux pommes, Johann?

Il sursaute. Mme Lapierre lui sourit, moqueuse.

— Vous étiez loin d'ici, n'est-ce pas?

— Oui, en effet, lui répond-il en s'emparant d'un énorme morceau de tarte.

«Ce garçon a une femme dans le cœur, songe Josephte Lapierre. J'espère qu'elle le mérite.»

En sortant, le lendemain matin, Johann tombe sur Waldgeist qui l'attendait depuis un bon moment.

— Comme je suis heureux de te voir! s'exclame le soldat.

— Moi aussi, très content.

L'Indien tend une lettre, ou plutôt une feuille froissée où Marie a dessiné un cœur. On dirait une enfant qui ne sait plus comment exprimer un trop grand amour. Elle a écrit:

«*Mon amour, penses-tu encore à moi? Je t'aime, je t'adore et je peux pas t'oublier. Je ne veux pas surtout. Si tu m'aimes toujours, donne un petit mot pour moi à l'Indien. Julien est parti! Nous avons pas de nouvelles. Maman te dit bonjour et moi je t'embrasse très très fort, mon amour.*

Marie»

Après avoir relu la lettre plusieurs fois, Johann revient enfin à Waldgeist.

— Depuis quand Julien est-il parti?

— Une lune.

— Il allait mieux?

— Lui guéri.

LA GUERRE DES AUTRES

Johann imagine le jeune rebelle, les cheveux ébouriffés, le corps svelte mais robuste. Julien! Pourquoi le souvenir des deux hommes de la veille remonte-t-il à sa mémoire? Comme s'il pouvait y avoir quelque lien entre Julien et ces fantômes! Il invente l'adolescent dans sa puissance toute nouvelle, sa démarche agressive. Un des hommes marchait comme Julien... Voilà, en y pensant bien, la cause de son embarras. «Serait-il possible que j'aie vu Julien, hier soir? Mais non! C'est une coïncidence. Que ferait Julien chez le libraire?»

— Tu sais où il a pu aller? demande-t-il à Waldgeist.
— Lui parler de combat.
— Combat...

Johann, songeur, reconduit son ami au magasin général.

— Je te retrouve tantôt.
— Et Marie?
— Je ne l'oublie pas.

Il ne pense même qu'à elle. Le rire dans ses yeux bruns. La franchise de Marie. Fille d'ormes et de rivières, fille de poudrerie et de froidure, fille-bonheur.

VII

En même temps que l'automne 1778, de nouveaux soldats allemands envahissent les rives du fleuve Saint-Laurent. D'abord, 470 Brunswickois tout juste arrivés, puis les soldats d'Anhalt-Zerbst qui ont enfin obtenu la permission de débarquer. Enfin, les survivants de la campagne de Burgoyne reviennent après une année pénible de pérégrinations à travers la Nouvelle-Angleterre.

Johann aperçoit chaque jour de nouveaux visages. Des officiers se présentent chez le colonel en quête de leurs nouvelles affectations. Une réorganisation des troupes s'impose avant l'assignation des quartiers d'hiver.

Johann espère de tout cœur pouvoir demeurer aux Trois-Rivières, le plus près possible de Batiscan. Les Lapierre l'apprécient, et son travail, bien qu'harassant, lui permet d'aider ses compatriotes sans qu'il y paraisse. Parce qu'il se sait indispensable au colonel von Kohle, il ne parle plus de démobilisation.

Le colonel pénètre dans son bureau, accompagné d'un soldat.

— Soldat Vogel, voici le soldat Adam Faber. Il habitera avec vous chez Étienne Lapierre. Je vous charge de le présenter à la famille.

Âgé d'une quarantaine d'années, Faber porte un uniforme poussiéreux. Il attend en mâchouillant sa lèvre inférieure. Le cheveu rare, les yeux globuleux, le nez fort, il renifle sans arrêt. Personnage repoussant de prime abord, il ne fait rien pour améliorer son image.

Au contraire, il accentue volontairement sa disgrâce en présentant une moue méprisante.
— Tu viens d'arriver? demande Johann en l'accompagnant chez les Lapierre.
— Oui, répond l'autre, sans ajouter de précision.
— Tes premières impressions?
— Drôle de guerre!
«Drôle de guerre, en effet! Tu ne crois pas si bien dire!» songe Johann. Chemin faisant, il appréhende la réaction des Lapierre. Déjà qu'on leur imposait sa présence, celle de ce soldat peu accommodant ne sera sûrement pas appréciée.
— Nous y sommes.
— C'est quoi à côté?
— Une librairie.
— Beaucoup de clients?
— Assez.
— Des Allemands?
— Parfois.

Mme Lapierre se préparait à sortir. Elle ne bronche pas en apprenant l'arrivée d'un nouveau pensionnaire, mais ses yeux s'embrument et elle s'empresse de quitter la maison. Elle aperçoit alors le capitaine Beyer, de l'autre côté de la rue. Il semble observer la librairie. Quand elle le salue d'un hochement de tête, il s'éloigne aussitôt et se rend au bureau du colonel où se trouve déjà le capitaine McLean.

— Vous avez lu ça, capitaine Beyer? s'exclame le colonel en lui tendant un feuillet.
— Oui. Ce matin.
— Vous auriez dû m'en parler!
— J'allais le faire, mon colonel.

McLean, toujours aussi caustique à l'endroit de Georg, se réjouit du mauvais tour qu'il vient de lui jouer en apportant au colonel un exemplaire d'une longue déclaration du roi de France à tous les anciens Français de l'Amérique septentrionale. Depuis quelque temps, l'excellent service de poste des Américains fait circuler à travers les villages et les villes une avalanche d'invitations à la révolte auxquelles sont très sensibles plusieurs Canadiens. La dernière, signée par l'amiral d'Estaing, parle de «frères ayant le même sang, la même langue, les mêmes coutumes, les mêmes lois que les Français», et qui se doivent de joindre leurs anciens compatriotes, afin de secouer le joug d'une nation étrangère.

McLean jubile devant la rage contenue de Georg.

— Partout dans le pays on ne parle que de l'arrivée prochaine d'une armée d'invasion, ajoute-t-il. Depuis que la France veut entrer dans le conflit et que la rumeur s'en intensifie, plusieurs Canadiens prêtent ouvertement leur appui à leur mère patrie. Certains prêtres ont même changé d'opinion et tous, M. Haldimand le premier, craignent qu'advenant le cas d'une nouvelle invasion les ennemis soient autant à l'intérieur qu'aux frontières du pays. Mes supérieurs me prient de vous demander... Nous devons enrayer....

Le capitaine anglais parle d'abondance et exprime bien l'inquiétude générale. Pendant l'été et l'automne 1778, les lettres écrites, traduites ou résumées par Johann n'eurent d'autre but que de diriger les troupes vers Sorel, Saint-Jean ou l'île aux Noix où les fortifications ont été reconstruites, des magasins d'approvisionnement et des baraques érigés en toute hâte. On craint de plus en plus une nouvelle invasion. Devant l'attitude frondeuse d'un grand nombre de Canadiens, Haldimand a fait appel aux Allemands pour l'aider à monter un système de fiches d'espionnage. Présomptions, marchandages, stratégies... L'armée en alerte ouvre les yeux et les oreilles pour contrer l'anarchie qui menace le pays. Libérateurs oppresseurs. Gardiens du désordre.

LA GUERRE DES AUTRES

Trois-Rivières, le 20 octobre 1778

Martin, cher ami,

T'expliquer ce qui se passe ici demanderait des pages et des pages. La situation s'aggrave. Les Canadiens en ont assez de nous. Les Anglais ne nous aident guère. Nos soldats s'évadent et se réfugient dans les bois auprès des Indiens, ou encore auprès des Canadiens prorebelles, trop heureux de les accueillir.

Avec l'hiver tout près, les Américains restent tranquilles, mais la guerre se passe plus à l'intérieur du pays qu'à ses frontières.

Les Allemands sont chargés d'espionner tout le monde et d'arrêter les comploteurs.

Je n'aime pas ça. J'ai peur pour ceux que j'aime, pour les Lapierre, pour Julien. J'ai si peur pour Marie.

VIII

— Allez, soldats! Du courage! Un autre p'tit verre à ma santé!

Affalés aux tables de bois, les hommes ne se le font pas dire deux fois. L'alcool aidant, ils oublient que tous leurs gages pourraient bien y passer. D'ailleurs, le tavernier ne les a-t-il pas rassurés:

— Buvez tant que vous voulez, soldats. Oubliez vos soucis! Je m'occupe du reste!

Il sait y faire le Corriveau! À peine un homme a-t-il terminé son verre qu'il le remplit aussitôt, tape sur l'épaule en prime. Et les soldats, apeurés par ce troisième hiver canadien qui déjà fait tourbillonner ses rafales, ne résistent pas au bien-être que leur procure la boisson. Oublier, l'espace d'une soûlerie, qu'ils ont froid et faim, qu'ils couchent à même le sol, que leur femme ne les attendra pas plus longtemps, que leurs enfants ne les connaissent déjà plus, que ce maudit pays est trop grand, ses hivers trop longs, et qu'il faut savoir parler au diable pour supporter son tempérament fougueux. Oublier tout ce qui n'est pas la taverne de Corriveau.

Sans rien comprendre de la faconde du bonhomme, les soldats voient en lui un homme avenant sur lequel on peut compter. Il est de leur côté. Et quand ils montrent leurs poches vides, il les rassure d'un geste de la main et remplit leur verre.

LA GUERRE DES AUTRES

Dans le bureau du colonel, le feu dans l'âtre réchauffe à peine la pièce. En frottant ses mains l'une contre l'autre pour faire circuler un peu de chaleur, l'officier écoute distraitement la litanie de réclamations débitée par Johann.

— On demande des couvertures pour les soldats de... Les habitants sont trop pauvres pour fournir des lits aux soldats billetés chez eux... Un soldat est accusé de vol par un capitaine de milice à... Deux officiers...

Toujours le même refrain, la même complainte d'un pays sens dessus dessous. Le colonel se rapproche du feu. Il veut remettre une bûche, mais la flamme vacille lorsque le capitaine Beyer fait irruption dans la pièce. Livide, les yeux exorbités, Georg chancelle sur ses jambes, ivre de dégoût.

— Qu'est-ce qui vous arrive, capitaine? On vous a attaqué?

D'une voix à peine audible, Georg tente d'expliquer:

— C'est le capitaine McLean...

— Qu'est-ce qu'il a encore fait? demande le colonel, impatienté par le manque de sang-froid de son subalterne. Donnez-lui un verre de cognac, Johann, et qu'on en finisse!

Georg refuse. Il ne pourrait rien avaler.

— Venez voir, dit-il finalement.

— Si vous me faites sortir pour rien par un froid pareil, capitaine, vous vous en repentirez, croyez-moi.

Johann suit les deux hommes. Au-dehors, un cheval attelé à une carriole piaffe et renâcle, du givre autour de la bouche. Johann et le colonel suivent le regard épouvanté de Georg et aperçoivent, accrochées de chaque côté de la carriole, deux têtes de chat sanguinolentes qui oscillent sous le vent glacial.

Johann rentre, attristé plus qu'horrifié. Le colonel le suit, secoué par un rire dément. Sa voix résonne haut et fort entre les craquements du bois. Il rit à gorge déployée, vulgaire. Georg ne dit rien. Il attend, blême comme la mort, le visage de glace, et Johann résiste de toutes ses forces à l'envie de mettre sa main sur son épaule pour le réconforter. Sans dire un mot, le soldat retourne à l'extérieur. Il décroche les deux pauvres bêtes, ou ce qu'il en reste, et va déposer les carcasses à l'extrémité opposée de la place d'Armes, près du fleuve. Il revient juste au moment où le capitaine Beyer sort de la maison et constate la disparition des cadavres. Il se tourne vers Johann, hésite, puis monte brusquement dans la carriole. Sous le coup de fouet, le cheval part dans un trot désordonné.

L'après-midi du même jour, le tavernier Corriveau se présente chez le colonel von Kohle.

— Je viens à propos de vos soldats.

— ....

— Ils se sont soûlés chez moi et ils sont partis sans payer. C'est la deuxième fois.

Le colonel le dévisage méchamment pendant quelques secondes, puis il utilise son meilleur français pour désarçonner le tavernier.

— C'est la deuxième fois, je sais. La première fois, j'ai payé. Je ne payerai plus.

— Et qui va me payer? s'indigne Corriveau. Vos soldats me doivent de l'argent, vous en êtes responsable!

— Vous aviez été formellement averti de ne plus les servir.

— Quand vos hommes veulent quelque chose, ils prennent les moyens pour l'obtenir! Je suis tout seul dans ma taverne et ils sont plus forts que moi!

— Je me suis renseigné, crie von Kohle. Vous les racolez jusque dans la rue comme une vieille pute! Vous les encouragez à boire en leur disant qu'ils n'auront pas à payer! Et ensuite, vous avez le culot de venir me réclamer de l'argent. Vous n'aurez rien!

Furieux, le colonel met Corriveau à la porte.

— Vous pensiez profiter de mes soldats, mais c'est fini! Vous n'aurez plus un sou! Dehors, et ne revenez plus!

Éjecté à l'extérieur dans l'air glacial, le tavernier a juste le temps de crier: «Je vais écrire au gouverneur!» avant que la porte se referme.

Chez le libraire, l'espace se rapetisse. Deux jeunes recrues, à peine débarquées d'Europe, Peter Landtman et Christian Besserer, ont elles aussi été billetées chez les Lapierre. La chambre des enfants a dû être mise à leur disposition, et Jean et Catherine couchent maintenant dans la chambre de leurs parents.

De moins en moins souvent à la maison, Étienne Lapierre passe de grandes soirées dans sa librairie où viennent le rejoindre quelques compatriotes. Quand il rentre tard de son travail, Johann aperçoit leurs silhouettes collées les unes aux autres autour de la lampe. Il aimerait participer à ces rencontres d'où le libraire revient toujours les yeux brillants de joie.

— Tu m'as gardé un peu de tourtière, ma femme? Tiens, Johann! Pas encore couché?

— J'y allais justement. J'ai travaillé plus tard. Bonne nuit.

De la chambre contiguë lui parvient la toux persistante du jeune Peter. Comment un garçon aussi jeune et souffreteux a-t-il pu être recruté? Les princes n'auraient donc plus d'hommes à louer qu'ils doivent maintenant vendre les enfants...

Mme Lapierre a elle aussi entendu les sifflements du malade. Pour la centième fois, elle se rend à son chevet, l'aide à ingurgiter un breuvage chaud à base d'herbes, remonte les couvertures et caresse la joue brûlante. De retour auprès de son mari, elle s'indigne. Pour la centième fois.

— Ce garçon est très malade; il faudrait l'amener à l'hôpital.

— Tu sais bien ce que t'a répondu le capitaine Beyer lors de sa tournée d'inspection.

— C'est la fatigue du voyage, madame, marmonne Josephte en parodiant l'officier. Il est jeune et fort et, dans quelques jours, il sera guéri. Guéri! Tu me permettras d'en douter! Si, au moins, il avait des vêtements chauds.

— Leurs manteaux devraient bientôt rentrer d'Europe, à ce qu'on dit.

— C'est ce qu'affirme notre cher capitaine. Mais il ne se rend compte de rien, cet homme! L'hiver est rentré, lui!

— Cesse de t'en faire. Tu dois prendre soin de toi aussi. Tu t'occupes trop d'eux. Tu les maternes. Ce sont des soldats, ils sont habitués à la vie rude.

— Mais non, justement! Ce ne sont que des enfants! Malades, éloignés des leurs, isolés, ne comprenant rien à ce qu'on leur dit.
— Tu ne vas quand même pas prendre Adam en pitié!
— Ah, celui-là! Il me dégoûte! Toujours silencieux, plus hypocrite qu'un carcajou! Comment un pays peut-il engendrer des êtres aussi différents? Johann, courtois, intelligent et sensible... Peter et Christian, fragiles et démunis... Et cette brute d'Adam!
— Partout dans le monde, la beauté engendre la laideur et la laideur engendre la beauté. Personne n'y échappe. Le bon côtoie le mauvais et doit s'en accommoder.
— C'est trop triste.

Épuisée et bouleversée, Josephte éclate en sanglots. Son mari l'attire vers lui. Elle pose sa tête sur son épaule et ferme les yeux. «Personne ne méritait cette guerre stupide, pense-t-elle, ni eux ni nous.» Pourra-t-elle encore longtemps partager avec ces hommes la vie quotidienne, les rations insuffisantes qu'elle comble du mieux qu'elle peut, les vêtements, les médicaments qu'elle paie souvent de sa poche, l'air qu'ils respirent? Jusqu'où aura-t-elle la patience, le courage... et l'argent?

Pourra-t-elle supporter encore longtemps la misère du jeune Peter qu'elle ressent jusque dans son ventre? Saura-t-elle sauver l'harmonie dans ce foyer envahi? Si seulement Étienne cessait ces rencontres nocturnes dans la librairie! «Je vais piquer une jase», dit-il chaque fois. Mais elle n'y croit pas. Il y a plus derrière son excitation, derrière son impatience à fermer la librairie. Elle a bien vu les soldats allemands qui se joignent régulièrement au groupe de Canadiens. Peut-on «piquer une jase» avec quelqu'un dont on connaît à peine la langue? Étienne s'amuse à un jeu dangereux, elle le sent... et elle a peur.

— Je vais faire un tour à la librairie, lui dit-il encore une fois. Michel Rouillard va venir tantôt.
— Pas ce soir, le supplie-t-elle. Il est déjà dix heures.

— Je ne reviendrai pas tard, c'est promis. Va te coucher. Rouillard part demain pour Québec, il ne restera pas longtemps.

Réveillé au milieu de la nuit par la toux amplifiée de Peter, Johann se lève et se rend à la cuisine chercher un peu d'eau pour le jeune soldat. Sous la porte qui donne sur la librairie filtre un rai de lumière. Des voix étouffées parviennent jusqu'à lui. En collant son oreille sur la lourde porte de chêne, il saisit des bribes de conversation qui le laissent pantois. Affiches de propagande... Passage vers New York... Déserteurs... Presse défectueuse... Pamphlets à distribuer... Chemins secrets... Sauvages... L'évidence le frappe de plein fouet! Ces hommes complotent. Il croit saisir de quoi il s'agit, mais il préfère tout ignorer de cette histoire pour ne trahir personne. Il recule doucement lorsqu'une voix attire son attention. Une voix qui lui rappelle Batiscan et qui s'adapte mal au murmure. «Ma sœur Marie va vous montrer le chemin. Elle connaît la maison; vous pouvez lui faire confiance.» Julien Gauthier a parlé plus haut qu'il n'aurait dû. Son impétuosité naturelle souffre de l'atmosphère de conspiration. Plus enclin au combat, à la révolte ouverte, en pleine rue, l'arme à la main, il étouffe dans ce silence imposé, au milieu de ces voix feutrées.

— Julien... murmure Johann.

Julien est là, de l'autre côté de la porte, et Johann voudrait le rejoindre, lui parler de Marie. «Ma sœur Marie va vous montrer le chemin...» Non, Julien! Ne mêle pas Marie à tes vengeances! Laisse-la en dehors de tout ça! Johann pense à la misère de la jeune fille, au chagrin de sa mère, aux enfants. Il voudrait crier à Julien d'aller les retrouver, de les aider de toute son âme. «Ils ont besoin de toi, Julien, de ta force et de ton courage.» Mais qui est-il, lui, pour demander autant, lui dont les rêves ont mené Kätchen à la mort...

Encore sous le coup de l'émotion, il s'éloigne de la porte très doucement, pour ne pas révéler sa présence, et revient vers sa chambre. Au pied de l'escalier, il se retrouve nez à nez avec Adam Faber.

— Qu'est-ce que tu fais là ? lui demande ce dernier, soupçonneux.
— J'étais venu chercher quelque chose pour Peter, de l'eau.
— Et tu as changé d'idée ?
— Sa toux semble calmée et je ne veux pas le réveiller.
— Tu dois être sourd. De notre chambre, on l'entend râler comme un agonisant. Je crois bien qu'une tisane ne lui ferait pas de tort. Et ça nous permettrait de dormir !

Adam se dirige vers la cuisine. Johann le précède et accroche volontairement une chaise. Le petit reflet sous la porte disparaît.

— Ne réveille pas toute la maison, maladroit ! s'écrie Adam en colère.
— Depuis quand t'inquiètes-tu du sommeil des autres ? le nargue Johann.
— Tiens, va plutôt porter ça à Peter et ne me réveille pas en revenant dans la chambre.

Adam remonte l'escalier, non sans avoir jeté un regard furtif et perplexe vers la porte de chêne.

IX

— Je t'amène à l'hôpital, mon garçon. Johann, faites-lui comprendre qu'il doit être soigné! supplie Josephte Lapierre.

— Il doit avoir la permission, répond Johann, navré, en espérant que la femme du libraire n'en tiendra pas compte.

— Permission ou non, je l'emmène! On verra bien si quelqu'un pourra m'empêcher de faire soigner cet enfant!

Elle habille Peter, lui enfile un manteau appartenant à son mari, enroule autour de son cou une écharpe de laine. Le jeune garçon, trop fiévreux pour résister, se laisse faire. Ils vont sortir lorsque le sergent Utte apporte un ordre pour les deux jeunes recrues.

— Vous devez vous rendre sur la place d'Armes. Il y aura un exercice et le colonel von Kohle sera présent. Il s'adressera à tous les soldats.

— Peter n'ira pas, sergent, déclare Mme Lapierre, sûre d'elle.

— Mais... Madame...

— Je l'emmène à l'hôpital. Et si votre colonel n'est pas content, j'irai le voir moi-même. J'irai même voir le gouverneur en personne s'il le faut!

Intimidé par sa détermination, le sergent se retire en compagnie de Christian Besserer. Josephte Lapierre sort quelques instants plus tard en soutenant Peter. Aussitôt arrivée à l'église des Récollets transformée depuis peu en hôpital pour les soldats, elle demande à voir un médecin. Le nombre grandissant de soldats malades oblige les chirurgiens de l'armée à réclamer l'aide occasionnelle de confrères civils. Le docteur Chénier, un Canadien, la reçoit donc avec Peter. Elle le connaît bien. Tous les notables des Trois-Rivières le connaissent et l'apprécient.

— Depuis un mois qu'il est ici, il n'a pas cessé de tousser et il est brûlant de fièvre, explique-t-elle.

Après une brève auscultation, le docteur Chénier conclut:

— C'est une pneumonie. Nous allons le garder. Vous avez eu raison de l'amener. Son état est très grave. Pas critique, heureusement, mais grave.

Mis au courant de l'opposition du capitaine Beyer à l'hospitalisation de Peter, le docteur Chénier n'est pas surpris de voir arriver l'officier le soir même.

— Si vous ne le laissez pas ici, menace-t-il, je devrai faire un rapport à vos supérieurs. Je ne crois pas qu'ils apprécieraient beaucoup de perdre un soldat à cause de votre négligence.

Georg se le tient pour dit, mais sa rancune s'accumule de jour en jour. En quittant l'hôpital, il se dirige tout droit vers la petite rue où la librairie Lapierre baigne dans l'obscurité. Entre deux maisons, quelqu'un l'attend.

— Alors?

— Pour les prendre tous, il faut venir mercredi prochain. Ils font imprimer de nouveaux pamphlets et ils ont offert à deux de nos soldats de les aider à s'évader s'ils acceptent d'apporter des tracts jusqu'à Québec. De plus, j'ai la preuve que le soldat Vogel connaît bien un des comploteurs. Il vous sera facile de l'inculper avec les autres. Il aura bien du mal à prouver son innocence.

— Mercredi? Nous serons là.

Deux jours plus tard, Johann se rend à l'hôpital où il croise Karine. Très affairée, réclamée de partout, elle lui adresse un sourire et s'éloigne.

Peter va mieux. Encore épuisé par des toux rêches et interminables, il remonte quand même la pente. Ses lèvres rosées s'expriment plus facilement, le bleuté de ses yeux éclate avec plus de vigueur. Il ne se lasse pas de ce nouveau bien-être relatif, lui qui se croyait condamné pour toujours à souffrir.

— Je devrais pouvoir sortir d'ici quelques jours. J'ai hâte de retourner chez Mme Lapierre.

— Nous avons tous hâte que tu reviennes, mais ne te presse pas trop. Il vaut mieux être sûr de ta guérison.

— Si tu veux qu'il guérisse, il va falloir le laisser se reposer.

Karine le rappelle à l'ordre. Johann n'avait pas vu l'heure avancer. Il s'excuse.

— Je te laisse, dit-il à Peter. Je reviendrai dès que je le pourrai.

En le prenant par le bras, Karine le reconduit jusqu'à la sortie.

— Tu es radieuse.

— Merci. J'aime tellement ce que je fais.

— Mme Kühn est venue rendre visite au colonel l'autre jour. Elle m'a semblé soucieuse.

— La pauvre femme se meurt d'ennui et d'inquiétude depuis que son mari est prisonnier. Elle imagine constamment les pires horreurs. Je n'arrive pas à la rassurer.

Johann prend la main de Karine. Il s'arrête et la regarde sans qu'elle ait le désir de fuir son regard.

— Tu ne m'en veux pas? demande-t-il.

— Mais non, je ne pense plus à ça. Comment pourrais-je en vouloir à un ami?

— Merci, Karine.

— Allez, au revoir. Couvre-toi bien, le vent est froid. Je ne voudrais pas t'avoir comme patient, tu es trop insupportable.

Elle se sauve en riant, réclamée par un soldat.

Au-dehors, le vent n'est pas si froid. Il pique les joues, oblige à fermer les yeux, mais il revigore plus qu'il ne pétrifie. Rien à voir avec le grand vent du nord toujours prêt à tuer. Un petit vent du sud-est, revivifiant. Les clochettes tintent sur les carrioles; des gens s'attardent sur le parapet surplombant le fleuve. Deux soldats ivres sortent en chantant de chez Corriveau. «Le colonel va finir par lui régler son compte à celui-là», pense Johann. Un peu plus loin, il salue le lieutenant Franz Rodewalt accompagné d'une charmante jeune fille. Il y a bal ce soir chez M. de Tonnencour. Les dames ont le pied plus léger qu'à l'habitude; les hommes, la démarche plus alanguie. Les grelots des carrioles chantent des airs plus joyeux. La grande période de festivités du temps des fêtes démarre lentement. Elle atteindra son paroxysme au Premier de l'an, fête de l'abondance, puis ne dérougira plus jusqu'au début du carême. «J'espère que Marie ne manque de rien. J'aimerais tant aller la voir. Peut-être entre Noël et le Jour de l'an... Je vais en parler au colonel dès demain. Il n'y a pas de raison pour qu'il me refuse.»

Il presse le pas comme si demain pouvait ainsi venir plus rapidement. Il rit tout haut du plaisir qu'il fera à Marie, de sa surprise quand elle lui ouvrira la porte. Dès demain, il achètera des cadeaux pour tout le monde: Louise, Josette, Florence, Louis. Pour Marie, il a déjà trouvé.

En quittant la rue principale pour la rue de la librairie, il aperçoit Adam et le capitaine Beyer qui remontent en sens inverse. Arrivés à sa hauteur, ils le saluent à peine et se dirigent vers la taverne du père Corriveau. Adam pénètre à l'intérieur de l'établissement tandis que le capitaine continue sa route et se perd dans l'obscurité.

Intrigué, Johann se demande d'où ils pouvaient venir. La rue de la librairie ne compte que trois maisons. D'abord celle du notaire, puis celle d'un vieil homme austère qui aurait pendant longtemps tenu un magasin général avant de se retirer là, puis, enfin, celle des Lapierre. Peut-être le capitaine avait-il besoin d'Adam et il est allé le chercher. Ce serait bien la première fois qu'il se déplace lui-même! Johann hausse les sourcils d'incrédulité en imaginant le capitaine qui court chercher un à un les soldats dont il a besoin! Sans avoir trouvé de réponse à l'énigme, il chasse cette préoccupation qui, pour le moment, lui semble futile comparativement à son projet de visiter Marie.

En passant devant la librairie, il ne distingue aucune lumière. L'établissement disparaît sous une totale obscurité mise en évidence par la faible clarté venant de la cuisine adjacente. Les réunions nocturnes semblent bien avoir cessé depuis quelques jours et Johann s'en réjouit. Il se demande même s'il n'a pas rêvé tout ça. Il n'aimerait pas que M. Lapierre et Julien soient en danger. Il espère de tout cœur avoir rêvé.

X

— Est-ce que Karl peut manger avec nous, maman?
— Bien sûr!
— Et coucher aussi?
«Ah, cette Catherine, pense Josephte Lapierre, on lui donne un doigt, il lui faut toute la main!»
— Alors, maman?
— Mmmm...
— Dis oui!
La fillette a pris ses airs de madone auxquels personne, et surtout pas sa mère, ne peut résister.
— Mais oui, voyons! s'esclaffe-t-elle. Je vous faisais marcher tous les trois.
Les deux garçons soupirent tandis que Catherine saute au cou de Josephte. En tentant de se dégager, celle-ci ajoute:
— Et si tu veux passer la Noël ou le Nouvel An avec nous, tu es le bienvenu, Karl. À condition de jouer du violon.
Le garçon roule des yeux ébahis. Il n'en revient pas de sa chance! Jean et Catherine seront ses meilleurs amis pour le reste de sa vie.
— Tu n'avais rien de prévu, j'espère, insiste Mme Lapierre.
— Oh non! s'empresse-t-il de répondre. Et ma mère non plus...
Il veut bien être heureux, mais pas sans Karine qui sera sûrement toute seule puisque Mme Kühn se rend à Québec.

— Alors, je l'invite aussi, tu le lui diras. Et puis, non, je le lui dirai moi-même en allant voir Peter, demain.

Johann se réjouit de cette invitation. La jeune femme a besoin de l'amitié sûre et tranquille de Mme Lapierre. Cette relation ne peut que lui faire du bien. La femme du libraire saisit les êtres jusque dans leurs retranchements les plus secrets. Elle devine leurs malaises. «Quelle femme extraordinaire!» pense le jeune soldat en la regardant sourire aux enfants.

— Je mange en vitesse. Je dois retourner à la librairie ce soir, lance Étienne Lapierre qui vient tout juste d'entrer.

Johann observe Josephte. Elle ne dit rien, mais son exaspération saute aux yeux. Son inquiétude surtout. Le libraire tente de la rassurer:

— J'ai des livres à reclasser et d'autres à faire venir pour les religieuses.

Il n'a trompé personne. Même Christian, malgré sa réserve habituelle, ne peut s'empêcher de lever de temps en temps les yeux vers Mme Lapierre. Adam n'est pas là, heureusement, car il a une façon de tout comprendre sans en avoir l'air qui trouble Johann.

Après le repas, Étienne retourne, comme prévu, à ses affaires. Christian apprend à écrire avec Johann tandis que Josephte s'occupe de ranger la cuisine. Les trois enfants, mystérieux, rôdent dans la maison, sans bruit. Karl se cache sous la table et observe Christian avant de rejoindre les autres et de leur mimer les gestes du soldat. Catherine et Jean s'occupent de leur mère de la même façon puis tous les trois se réunissent de nouveau, toujours en murmurant comme des comploteurs. Impatientée par leur manège, Mme Lapierre les interpelle:

— À quoi vous jouez, pour l'amour? J'ai l'impression d'être espionnée!

Les trois enfants affichent soudain une mine patibulaire. Ils se regardent, déçus.

— Qu'est-ce qui se passe? demande Mme Lapierre. Qu'est-ce que j'ai dit de si terrible?

Jean, le chef naturel du clan, prend la parole, cérémonieux:
— Comment as-tu fait pour deviner?
— Deviner quoi?
— Qu'on t'espionnait.

Johann et Josephte éclatent de rire devant la naïveté des enfants qui croyaient sincèrement espionner sans être découverts. Josephte Lapierre rit encore lorsqu'elle reconduit les trois espions au lit, dix minutes plus tard, et elle rit toujours en revenant à la cuisine.

À peine deux heures plus tard, toute la maisonnée sommeille. Sauf Johann qui repense à la place vide d'Adam Faber autour de la table, puis revoit la mine déconfite des enfants démasqués. Pauvres espions sans expérience! Il met du temps à s'endormir d'un sommeil agité. Les visages d'Adam et de Georg le hantent. Les hommes deviennent des enfants. Têtes d'hommes démesurées sur des corps d'enfants. Vers minuit, il s'éveille en retenant un cri. Le souffle court, en sueur, il se lève, s'habille en hâte et descend doucement les escaliers, tourmenté par un affreux pressentiment. Il croit avoir compris. L'espionnage! Les enfants ont saisi instinctivement qu'un espion vivait dans la maison. Ils ont repris ses attitudes, ses tics, ont recréé dans leurs jeux une atmosphère ressentie depuis quelque temps.

«Je dois avertir M. Lapierre!»

Comme il s'y attendait, une lueur vacille sous la porte de la librairie. Il va frapper lorsqu'un craquement derrière lui le fait sursauter.

— Johann, que faites-vous là?

Josephte, en robe de nuit, le regarde droit dans les yeux, intriguée. Elle aussi soupçonne quelque chose. Elle veut savoir la vérité.

— Vous devez m'aider, lui dit Johann. Je suis sûr qu'Adam espionne votre mari pour le compte du capitaine Beyer. J'aurais dû y penser avant. Le capitaine est chargé d'établir une liste des Canadiens prorebelles. J'ai l'impression qu'ils vont venir cette nuit. Adam n'était pas là au souper.

LA GUERRE DES AUTRES

— Mon Dieu...

Sans hésiter, Josephte Lapierre frappe à la porte verrouillée de la librairie. N'obtenant aucune réponse, elle crie:

— Étienne! Ouvre-moi vite! Johann et moi avons quelque chose d'urgent à te dire. Vite, je t'en prie!

La lourde porte grince et le libraire apparaît dans l'embrasure. Sa femme le bouscule et pénètre dans la grande pièce suivie de Johann. Ce qu'ils découvrent les cloue sur place. Cinq hommes s'affairent au-dessus d'une petite presse de confection artisanale. Ils n'en sont qu'au montage, mais déjà on peut lire: «Un appel à tous les Français!» Puis Johann aperçoit Julien. La lumière tamisée maquille son visage de mille reflets blafards d'où jaillissent des yeux hardis, brillants d'excitation. Tous se taisent pendant un moment. Mme Lapierre se ressaisit la première.

— Johann croit que le soldat Adam Faber est un espion à la solde du capitaine Beyer. Il faut partir, tous. Cachez tout cela.

Son mari tente de l'apaiser.

— Ne t'inquiète pas. Ils ne viendront pas cette nuit, tout de même.

Johann n'est pas de cet avis. Mille gestes, mille pressentiments lui reviennent en mémoire. Georg et Adam, ensemble. L'impatience de von Kohle, les cachotteries de Faber, son absence inexpliquée ce soir. Il tente, en choisissant ses mots, de communiquer ses certitudes aux comploteurs, et il réussit. D'un commun accord, tous décident de remettre après le Premier de l'an l'impression et la distribution des affiches de propagande. Alarmé par les révélations de Johann et sa détermination, Étienne presse maintenant ses amis de partir.

— Laissez tout cela. Je m'occupe de tout faire disparaître.

— Tu ne veux pas qu'on t'aide?

— Non, je préfère que vous partiez le plus vite possible. Je ne voudrais pas qu'il vous arrive quelque chose.

— Je serai à la maison abandonnée de Batiscan, dit Julien.

Johann frissonne et se rapproche du jeune Canadien. Julien comprend.

— Je dirai à Marie que tu vas bien.

L'un après l'autre, les hommes disparaissent dans la nuit par une porte donnant sur la cour arrière. Un seul, Denis Collet, en désaccord complet avec cette fuite précipitée, reste pour aider Étienne à ranger la presse.

— Johann, Josephte, sortez d'ici, maintenant, ordonne le libraire. Je vous rejoins dans la maison dès que j'en ai terminé. Je ne veux pas que vous soyez mêlés à cette histoire.

Johann entraîne Mme Lapierre qui résiste.

— Venez, vous allez prendre froid.

Elle n'avait pas réalisé jusqu'à maintenant combien l'air était cru. Elle tremble dans sa robe de nuit.

— Je vais m'habiller et je reviens.

— Je vais voir si toute cette agitation n'a pas réveillé les enfants, lance Johann en la suivant dans la maison.

À peine ont-ils monté quelques marches qu'un bruit infernal leur parvient de la librairie. Des cris éclatent. On se bouscule. Mme Lapierre se précipite vers la porte, mais Johann la retient.

— N'y allez pas, votre mari ne le voudrait pas.

De la librairie leur parviennent des voix rudes. Johann reconnaît celle de Georg.

— Étienne Lapierre et Denis Collet, vous êtes accusés d'avoir aidé des soldats allemands à déserter.

— Ce n'est pas vrai! proteste Denis Collet.

— Les soldats Schmidt et Westmacher ici présents ont avoué que vous les aviez aidés dès que nous les avons repris. Et ils ne sont pas les seuls! Vos noms reviennent souvent et nous savons que vous avez des complices.

Une voix au fort accent anglais ajoute:

— Vous êtes également accusés d'avoir comploté contre le roi d'Angleterre, en imprimant et en distribuant des affiches de propagande incitant à la rébellion.

Mme Lapierre échappe à Johann; elle traverse la cuisine en courant, pousse toute grande la porte de la librairie et se jette dans les bras de son mari.

— Vous n'avez pas le droit de l'arrêter, lance-t-elle, furieuse.
— Ma femme ne savait rien de tout cela, s'empresse de déclarer le libraire.

Johann qui l'a suivie est reçu froidement par le colonel von Kohle.

— Je n'ai pas de félicitations à vous faire, soldat Vogel. Vous vivez dans la maison d'un rebelle et vous ne vous rendez compte de rien. J'espère que vous n'avez rien à voir dans ce complot.

Étienne prend aussitôt sa défense:

— Johann n'était pas au courant de mes activités.

Johann se tait, impressionné par la présence inusitée en ce lieu et à cette heure tardive de tant d'officiers. À côté du colonel von Kohle se tient le capitaine McLean, de l'armée anglaise. Il a voulu assister à la victoire allemande, mais la fuite des trois autres comploteurs lui ravit une grande joie. Croyaient-ils donc s'emparer d'un réseau d'espions armés jusqu'aux dents pour venir ainsi en force? M. Lapierre et ses compagnons s'amusaient plus qu'ils ne complotaient, à un jeu juste assez dangereux pour être excitant. Ils n'accordaient à leur action qu'une portée très limitée. Sauf Julien, peut-être, qui croyait pouvoir changer le cours de l'histoire. Mais de tout cela, les officiers anglais ne tiendront pas compte. Ils puniront un crime de lèse-majesté. Justice sera rendue.

Le colonel von Kohle a assez patienté.

— Emmenez-les, ordonne-t-il.

Georg savoure sa vengeance. Julien Gauthier a réussi à filer, mais il ne sera pas difficile de faire parler le libraire. Et quand les noms éclateront au grand jour, la complicité de Johann sautera aux yeux de tous. Ses liens particuliers avec la famille Gauthier, son affection pour les Lapierre, ses antécédents révolutionnaires, tout est en place. Johann va enfin disparaître de sa vie... et de celle de Karine.

Les soldats s'avancent vers les prisonniers lorsqu'une bourrasque vive de bras et de jambes et de cris s'interpose soudain entre eux et les suspects. La petite Catherine a été la première à se précipiter sur les soldats et à les tenir en respect. Elle frappe comme une forcenée, hurlant sa révolte à coups de pied. Jean, chevaleresque, s'est jeté devant sa mère. Seul Karl, intrigué par la présence de Georg, est demeuré sur le seuil. Il ne comprend pas la peur de ses amis. Il croyait assister à un drame, mais tout va maintenant s'arranger. Georg est là; il va tout réparer, rassurer tout le monde. Il s'y connaît mieux que lui dans ce monde de grands, d'armes et d'uniformes. Il faut lui faire confiance.

— Débarrassez-moi de ces enfants, capitaine Beyer, et qu'on en finisse avec ces traîtres, crie le colonel.

Personne ne bouge. Le silence s'agrippe aux murs, ponctué de respirations stridentes. Tous regardent Georg, attendent ses ordres. Lui ne voit que Karl, ses cheveux bouclés, ses yeux interrogateurs mais confiants. Dans la tête de l'officier défilent des images floues, incohérentes et pourtant si claires. La voix du colonel résonne jusque dans ses entrailles, provoquant dans tout le corps des frissons douloureux. Comme un coup de fouet, la cruauté du colonel s'abat sur le dos de Georg. Il faut obéir! Cette voix fouille les souvenirs, déterre les angoisses. Peur et mort. Petite mort. Georg n'entend plus que la voix du père, implacable, sans cœur ni âme.

Il ferme les yeux et les cris disparaissent. La sueur perle sur son front. Comme la pluie d'un jour d'orage sur le visage d'un enfant malheureux. Lorsqu'il ouvre les yeux, le regard de Karl, confiant et amical, éclaire la pièce. Prêt à saisir l'amitié, avide de tout l'amour disponible. Georg entend un air de violon. Si fragile. Tout se confond. Sa mère chante pour lui: des enfants crient de douleur, Karl joue pendant qu'un officier, rouge de fureur, harangue ses soldats.

— Capitaine Beyer! Qu'attendez-vous? C'est un ordre! Emmenez ces hommes immédiatement!

Georg avance lentement, sans regarder personne. D'ailleurs, où que se pose son regard, il ne voit que Karl.

Josephte resserre son étreinte sur le bras de son mari. Georg avance toujours. Il va trahir. Encore. À cause d'une voix qui court dans ses veines, il devra supporter à jamais les yeux cruels d'un enfant blessé. Un autre. Trop de souffrance dans cette pièce, dans cette vie. La voix du père s'estompe, envahie peu à peu par les notes frêles d'un violon, par le rire de Karl. Georg entend tous les enfants qu'il a été et qu'il a tués un à un. Il voudrait revivre. Recommencer. Refuser la mort des enfants en lui. Aimer malgré les larmes, malgré l'angoisse de tout perdre. Il faut sauver tous les enfants de la terre qui auraient pu être et qu'une voix a détruits.

Il s'arrête un instant. Il s'arrête pour toujours. Les soldats esquissent un geste pour assister leur supérieur dans son travail de répression, mais celui-ci, contre toute attente, traverse la librairie et sort. Pendant des heures, il marche dans la neige ouatée sans savoir où il va. Perdu dans la campagne, perdu au-dedans de lui-même. Au bout du chemin, il s'étend sur le sol, insensible au froid. Les étoiles le narguent. Il ferme les yeux, les ouvre, les referme. Les étoiles dansent. Il suit leur manège, provoque les mouvements, guide leurs pas. Les étoiles n'en finissent plus de danser pour lui, par lui, de s'étirer dans la nappe sombre, de s'embrouiller, de disparaître et de reparaître. Une chaleur bienfaisante l'inonde. Et les rayons des étoiles s'étirent à travers le ciel, se rejoignent, l'enlacent.

Jamais le capitaine Beyer n'a été aussi heureux. Un bonheur d'homme. Les étoiles dansent pour lui et il apprend à aimer.

XI

Autour de la table, les invités de Mme Lapierre tentent d'oublier l'absence criante du libraire, la rareté de la nourriture et la tristesse de Karine ravivée par ce Premier de l'an. Tout comme il leur faut passer outre la hargne de Jean, le désespoir de Karl et la fatigue de l'hôtesse.

Peter est revenu. Il a repris des couleurs sans toutefois reprendre goût à la guerre. Lui et Christian se remémorent dans leur langue les fêtes de leur village natal, les soirées de danse, la musique. Et ces souvenirs ne font qu'accroître leur actuelle détresse. Johann a lui aussi une amère déception à avaler. Le colonel von Kohle a accumulé les bonnes raisons pour lui refuser un congé: «Trop de travail... Besoin de vous... Resserrer la discipline...»

Après le repas, Karl offre à Catherine et à Jean deux minuscules figurines qu'il a lui-même sculptées. Catherine lui offre en retour un gâteau en forme de bonhomme qu'elle a cuisiné en cachette. Silencieux depuis le début du repas, Jean tourne le dos à Karl sans prendre la figurine.

— Jean, je te prie de t'excuser! Personne ici ne mérite ton mépris. Surtout pas Karl!

Le garçon ne bouge pas.

— Jean! insiste sa mère. Nous avons des invités et tu leur dois le respect. Je ne veux pas d'un tel comportement chez mon fils. Ce n'est pas ce que je t'ai appris.

Jean n'arrive pas à regarder sa mère dans les yeux, mais il ne peut retenir plus longtemps les paroles qui l'étouffent.

— Ce ne sont pas nos invités. Je ne veux pas fêter avec eux. C'est à cause d'eux si papa est en prison. Je veux qu'ils s'en aillent, qu'ils nous laissent tranquilles!

En larmes, il se sauve dans la chambre de ses parents. Josephte le suit en l'excusant. Il est assis sur le bord du lit, secoué par des sanglots. Elle le prend dans ses bras et il pose sa tête sur l'épaule de sa mère qui attend patiemment que les larmes se tarissent.

— Je comprends ta peine, dit-elle enfin, mais je n'accepte pas ta haine.

— C'est de leur faute, marmonne l'enfant.

— Tu ne dois pas juger tout un peuple sur les agissements de quelques-uns. Chaque être humain est différent, unique. D'où qu'il vienne, quelle que soit sa race, il est unique et mérite qu'on essaie de le comprendre. Même nos proches sont différents de nous. Tu n'es pas Catherine et tu n'aimerais pas qu'on te juge selon son comportement à elle, et pourtant le même sang coule dans vos veines et vous vous aimez beaucoup. Comprends-tu ce que j'essaie de t'expliquer?

— Je crois... Mais c'est difficile.

Catherine frappe à la porte et entre avant d'obtenir une réponse.

— Karl et sa mère sont partis. Johann, Christian et Peter sont allés se coucher.

Jean regarde sa mère. Il est sincèrement désolé.

— Ils ont laissé ça pour nous, ajoute Catherine. Ils ont dit que c'était pour nous remercier...

Tous les trois se penchent sur le paquet enveloppé par Karine et sur lequel elle a épinglé un cœur brodé par elle. À l'intérieur, ils découvrent une magnifique peinture exécutée par Christian et pour laquelle Peter a fabriqué un cadre d'un bois lisse et doré. Derrière, la main distinguée de Johann a résumé leur pensée à tous: «Merci mon Dieu d'avoir semé sur notre longue route la tendresse et l'amitié.»

La peinture, naïve, représente la famille Lapierre. Les couleurs pastel caressent leurs visages et leur dessinent une douceur qu'ils ne se connaissaient pas.

— C'est comme cela qu'ils nous voient. Il faut être dignes d'eux, dit Josephte, émue.

Jean se blottit contre elle.

— Je comprends maintenant, maman.

Le lendemain matin, Karl et Karine, endimanchés, rendent visite à Georg à l'église Saint-James aménagée en prison. On lui a officiellement confié la garde des prisonniers, mais Georg n'est pas dupe. Cette sentence d'emprisonnement camouflée lui vient du colonel von Kohle, fort déçu de son attitude mais assez conscient de sa valeur pour imputer à la fatigue et à la nervosité un comportement si singulier chez un officier dont la réputation de droiture et de discipline n'est plus à faire. Un moment d'égarement, sans doute. Le surmenage, la tension, la malnutrition peuvent engendrer de telles erreurs, même chez les plus endurcis. Un mois de réclusion lui permettra sûrement de battre sa coulpe et de revenir à de meilleurs sentiments. Surtout que l'armée germanique a désespérément besoin de lui.

Karine a accepté de venir à contrecœur. Parce que son fils l'a suppliée en pleurant. Les «exploits» du capitaine sont parvenus jusqu'à elle et son travail de répression l'écœure. Elle n'a pas vu Georg depuis le massacre de Pointe-du-Lac et elle ne tient pas à entretenir une amitié avec le maître d'œuvre de tels événements.

Georg les entraîne à l'écart pour leur éviter le voisinage indésirable des prisonniers, leurs sarcasmes et leurs grossièretés.

— Écoute bien, lui dit Karl en calant son violon sur son épaule. Je t'ai préparé une surprise.

Au premier son, le bâtiment tout entier se recueille. Les soldats retiennent leur bavardage habituel et la musique les transporte au-delà des murs, au-delà des souffrances et des nostalgies. Elle les prend par la main, ces hommes rustres qui se croyaient invincibles, et les entraîne au pays, leur pays, celui où la terre, les arbres et le ciel leur ressemblent.

Lorsque la musique se tait, ils se sentent soudain abandonnés. Les bruits reprennent leur place, les voix s'élèvent à nouveau au-dessus des souvenirs. L'église redevient prison. Le froid, un moment repoussé par la musique, s'insinue à nouveau à travers les fentes.

Georg, plus que les autres, a du mal à réintégrer le présent. Il touche les cheveux de Karl.

— Qui t'a appris cette belle musique?
— Personne. Je l'ai apprise tout seul.

Incrédule, l'officier regarde Karine.

— C'est vrai, confirme-t-elle. Il n'a même pas voulu que je l'écoute. C'était seulement pour vous...

Georg regarde l'enfant de longues minutes.

— Merci, Karl.
— Je t'aime beaucoup.

Le garçon se rapproche de l'homme. Il sent sur son visage la rugosité de la laine; il est bien. Georg l'enlace et pose son front sur son épaule. Sur les joues de Karine coulent des larmes dont elle ne connaît ni la provenance ni la signification.

XII

— Capitaine Beyer, le roi d'Angleterre ne paie pas des officiers pour qu'ils s'engraissent en prison. Vos états de service démontrent votre loyauté. J'accepte d'oublier votre désobéissance, mais il est bien entendu qu'à la première incartade vous perdrez votre titre d'officier. Je ne supporterai pas un second affront.

Devant la semonce du colonel, Georg se découvre une force nouvelle. Il fera son devoir d'officier jusqu'au bout, celui qu'on lui a enseigné, mais il n'aura plus peur. La voix du colonel, jadis paralysante, la colère du colonel, son autorité lui apparaissent sous un nouveau jour, presque ridicules. Il n'a plus peur.

— J'ai besoin de vous, poursuit le colonel, aveugle à la métamorphose de son subalterne. De nouveaux quartiers d'hiver ont été assignés. Un régiment devra se rendre à Nicolet en passant par le lac Saint-Pierre. Je vous charge de mener ces hommes.

— Bien, mon colonel.

— Ce n'est pas tout! La discipline devra être plus rigoureuse que jamais. Le gouverneur Haldimand a transmis des instructions définissant clairement les devoirs et les obligations des militaires et des civils. Il pense être ainsi plus en mesure d'identifier les coupables en cas de conflit et il verra lui-même à ce que les punitions et les dédommagements qui s'imposent soient bien administrés.

— Les capitaines de milice et les officiers anglais ont-ils reçu les mêmes instructions?

— Oui, et certains réagissent mal. Ils se croient lésés. Il faudra tenter d'éviter le plus possible les conflits entre soldats et civils. Je compte sur vous.

— Bien, mon colonel.

En quittant le quartier général, le capitaine Beyer se laisse charmer par la féerie de l'hiver. Le froid a enfin baissé les bras. De gros flocons s'en donnent à cœur joie, flottent dans l'air et viennent s'écraser sur les tuques et les manteaux comme de gros baisers duveteux. Georg se dirige vers le fleuve, mais il se heurte constamment aux soldats rassemblés sur la place d'Armes où des vendeurs de poissons offrent leurs produits à la cantonade.

Des cris venant d'un attroupement l'obligent à rebrousser chemin et à descendre la rue vers le couvent des Ursulines. En se frayant un passage à coups de coude, il parvient jusqu'au centre du cercle où Christian Besserer est en train de relever le pauvre Peter Landtman. Ce dernier souffre terriblement. Son visage tuméfié saigne abondamment et son œil droit a presque disparu sous l'enflure. Alors que Christian lui tend la main, le capitaine McLean lui assène un coup de pied qui le fait trébucher. Les deux soldats allemands se retrouvent par terre avant que Georg ait pu faire quoi que ce soit pour arrêter le combat. Il sent une haine féroce se refermer autour d'eux. Habitants canadiens et soldats allemands et anglais se toisent, dévorés par le désir de se battre.

Au moment où le capitaine McLean esquisse un mouvement vers les deux jeunes soldats, Georg réussit à se libérer de l'étau formé par ces corps surchauffés d'hommes en colère.

— Arrêtez! crie-t-il au capitaine anglais.

Celui-ci sursaute.

— Vous n'avez pas le droit de toucher à mes soldats.

— Ces deux voyous ont emprunté une carriole sans la payer!

Georg regarde Christian. Il attend une explication.

— Ce n'est pas vrai, bafouille la jeune recrue, tremblante. Nous avons payé avant de partir. Nous voulions aller aux Forges du Saint-Maurice et le conducteur a fait son prix avant le départ.

Il désigne un habitant visiblement mal à l'aise et continue:

— Quand nous sommes revenus, il a dit que nous n'avions pas assez donné. Comme il ne voulait pas entendre raison, je lui ai demandé d'attendre parce que je n'avais pas assez d'argent sur moi. Alors il a hélé le capitaine qui s'est mis à crier et à nous battre.

Georg a écouté sans broncher, convaincu de la sincérité du jeune homme. Il se tourne lentement vers McLean, beaucoup moins arrogant maintenant.

— Estimez-vous chanceux d'avoir eu affaire à deux jeunes soldats naïfs et inexpérimentés, lui dit-il d'une voix sourde et tranchante. Nos soldats souffrent patiemment cent coups de cannes du dernier de leurs caporaux, mais ils n'endurent pas un coup de poing de qui que ce soit d'autre. Ces deux jeunes recrues n'ont pas reçu la formation adéquate. Si vous aviez eu affaire à un vrai soldat de l'armée germanique, vous seriez mort, monsieur.

Après avoir ordonné aux soldats de quitter la place, Georg s'adresse une dernière fois à McLean.

— Le colonel von Kohle fera part de votre comportement au général Haldimand.

Quatre jours plus tard, les hommes du régiment de Barner que Georg doit conduire à Nicolet sont prêts pour le départ. L'officier qui les prendra en charge à Nicolet viendra de Berthier dans les jours qui viennent. Pauvrement vêtus, les 44 soldats sautent sur place pour se réchauffer. Quatre femmes les accompagnent. L'une d'elles a enroulé des guenilles autour de ses mains. Toutes nu-tête, elles résistent mal au froid rigoureux dans leurs manteaux d'été dérisoires.

Inquiet, le capitaine Beyer interroge le ciel. Le soleil de l'aube perce faiblement l'opacité des nuages et, à tout moment, une rafale de vent charrie des bourrasques de neige à couper le souffle. Pour la deuxième fois en une heure, il insiste auprès du colonel.

— Je crois que nous devrions remettre le départ. Le temps semble vouloir se gâter et les hommes n'ont pas de vêtements appropriés pour une telle expédition. Pour ce qui est des femmes, leur état me semble encore plus lamentable que celui des soldats.

Inébranlable, le colonel lui répond durement.

— Cette compagnie doit partir aujourd'hui.

— Peut-être devrions-nous avoir recours aux services d'un guide du pays?

— Vous avez déjà emprunté ce passage. Et plus d'une fois, non?

— En effet, mais jamais par mauvais temps.

— La tempête ne se lèvera pas avant ce soir, le rassure le colonel. Vous avez amplement le temps de traverser. Donnez l'ordre de marche.

Les soldats s'alignent les uns derrière les autres. Tous penchent la tête du même côté pour éviter le vent cinglant et imprévisible. Devant le pauvre défilé, Georg maudit les responsables de l'approvisionnement qui tardent à envoyer des vêtements adéquats. Assis bien au chaud dans leurs bureaux de Londres, ils n'imaginent même pas le froid mordant de ce pays.

Christian et Peter saluent Johann venu leur dire au revoir. Tous les deux bien emmitouflés dans les manteaux offerts par Mme Lapierre, ils se distinguent nettement de leurs camarades moins bien nantis. Les jeunes recrues ont presque honte de leur bien-être. Sans se concerter, ils enlèvent en même temps leur ceinture fléchée et la donnent à deux femmes qui s'empressent aussitôt de cacher leurs oreilles déjà rougies par le vent.

— Bonne route, murmure Johann en les suivant du regard le plus longtemps possible, jusqu'à ce que le petit groupe disparaisse, fauché par une rafale de neige plus brusque et plus puissante que les autres.

Georg court de l'avant à l'arrière, nerveux. Il presse la petite troupe.

— Schneller! Plus vite, plus vite! Il faut marcher plus rapidement. Nous devons avoir traversé le lac avant que le vent tourne. Allez, plus vite! Schneller!

Tout en pressant le pas, Christian et Peter s'entretiennent de leurs compagnons.

— Tu as vu le soldat en avant? Il n'a même pas de bottes!

— Et il n'est pas le seul. Nous avons vraiment intérêt à presser le pas.

— Heureusement que Mme Lapierre nous a donné ces manteaux.

— J'espère qu'elle ne s'est pas privée pour nous les offrir. Elle a tellement fait pour nous.

Tout à leurs propos, ils se laissent peu à peu distancer par le groupe. Georg, vigilant, les rappelle à l'ordre.

— Serrez les rangs, soldats!

Aussitôt, les deux retardataires rejoignent leurs compagnons et, après deux heures de marche, ils atteignent enfin le chemin du lac déjà battu par des centaines de pas avant eux. Gonflement imposant du fleuve, le lac Saint-Pierre, enivrant de majesté pendant l'été, apparaît sous l'hiver épeurant d'immensité.

— Il faut traverser maintenant. Vous vous reposerez plus tard.

Intraitable, Georg refuse aux hommes la halte qu'ils réclament. En pestant contre sa dureté, tous empruntent une piste étroite contournant adroitement les zones dangereuses. En tête, Georg se laisse guider par le sentier rapetissé par les bancs de neige. Ses pas s'impriment dans la neige, ajoutant leur rythme propre aux souvenirs du lac. Ici et là, la piste disparaît, effacée par la poudrerie, pour ensuite reparaître sur des distances de plus en plus courtes. La blancheur aveuglante oblige les hommes et les femmes à baisser les yeux sur le sentier, unique bouée, unique espoir. Imperceptiblement, le vent les précède et dissimule la piste sur de longues distances. Les yeux plissés et la main en visière, Georg cherche à voir plus loin, mais il n'aperçoit rien d'autre qu'une neige obstinée, de plus en plus menaçante. Il songe à faire demi-tour, mais il hésite, car il ne sait plus très bien quelle rive est la plus près. Les femmes et les soldats, épuisés, ralentissent l'allure. Leurs membres ne répondent plus.

Poussée par le vent, une femme tombe derrière Georg. Il se retourne et voit la peur sur les visages. Conscient de ses responsabilités, il court le long de la colonne afin de recréer l'espoir et de faire surgir de ce néant immaculé le désir de survivre.

LA GUERRE DES AUTRES

— Tenez-vous par la main et marchez plus vite! L'autre rive n'est plus très loin! Nous avons le temps d'arriver, mais juste si vous avancez, bon Dieu!

Il pousse les plus lents, relève ceux qui tombent. Il est partout, luttant pour eux contre la neige qui bloque toutes les issues. Le vent la charrie dans les yeux, dans le nez. Elle s'infiltre dans les poumons, coupe le souffle. «Je n'y arriverai pas. La seule chance qu'il nous reste, c'est de faire demi-tour», décide Georg. En hurlant, il remonte la longue procession et ordonne la retraite. Pendant quelques minutes, ils ont le vent dans le dos. Puis tout s'entremêle. Les bourrasques viennent de partout. Les sifflements de la tourmente traversent les corps en tous sens. La femme qui précédait le jeune Peter s'effondre. Il se penche vers elle, la relève et lui donne son manteau malgré les cris de Christian.

— Nous allons perdre les autres! Avance!

— Vas-y, je te suis!

Le jeune soldat prend la femme dans ses bras, la presse contre lui. Il avance vers nulle part, s'enfonce au creux d'un terrible déchaînement de fureur. Un homme s'accroche à lui; ils trébuchent tous les trois. Peter entend la voix de Christian. Ses lèvres murmurent une réponse vite emportée par une rafale. Puis les bruits s'éloignent; il n'entend plus rien. Rien que la longue plainte du vent.

Tel un chien de berger, Georg tente désespérément de rassembler son troupeau.

— Allez par là! Plus vite! Et ne vous arrêtez surtout pas! Schneller!

Des hommes tombent devant lui. Il les frappe au visage pour les obliger à se relever. Ses pensées flottent dans une brume glaciale et ses yeux discernent mal les taches de couleur devant lui. Exténué par la dépense extraordinaire d'énergie qu'il vient de fournir, il s'immobilise, incapable d'aller plus loin. Lutter contre ce pays est dérisoire. C'est un ennemi violent, emporté, passionné... L'officier accepte la défaite, sans honte. Des soldats le frôlent; il entend des voix déchirantes crier son nom. Il ne répond pas. Tout son corps dort paisiblement, mais sa pensée résiste, passant par les yeux, seuls organes encore vivants. Une lumière infime filtre à travers les bourrasques. Il la perçoit jusque dans ses mains. Une lumière qui parle. La mort peut-être... Et si la mort n'était que lumière? Il force son esprit brumeux à comprendre le langage de cette lueur. Il lui faut saisir le message avant de mourir. Un dernier combat. Lentement, du fond de son ventre, un raisonnement se forme. Ses yeux appellent la lumière salvatrice, vivante, dansante, ensorcelante. Il faut aller vers la lumière, courir vers elle.

Malgré ses membres roidis, il repart à la chasse aux survivants. À tous ceux qu'il réussit à relever, il montre la lumière, scintillante comme l'étoile de Bethléem. Il prend une femme dans ses bras et, avec elle, il rejoint un groupe de soldats qui tournaient le dos à la lueur.

— Par là, articule-t-il avec difficulté. Il faut aller par là...

Il doit leur annoncer la bonne nouvelle. Il revient donc sur ses pas, bouscule et frappe. Il oblige les hommes agenouillés à repartir. La neige n'existe plus; seul ce petit rayon de soleil compte à ses yeux, plus fort que les hurlements du vent, plus lumineux que l'immensité glaciale. La lumière se rapproche, devient étincelle, flamme, splendeur. Maintenant qu'il pourrait presque la toucher, Georg ressent une immense souffrance. Il s'effondre et la femme qu'il portait tombe sur lui. Ses cheveux glacés frôlent ses joues et le soleil disparaît.

XIII

Mme Lapierre colle ses pas à ceux de Karine. Des plaintes montent de partout à la fois.

— Vous avez vu Peter Landtman, Karine?

La jeune femme répond sans s'arrêter, sans même se retourner:

— Non, je ne l'ai pas vu, mais vous trouverez Christian Besserer au fond de la salle à votre droite.

Mme Lapierre se précipite, sourit au passage à Karl, assis au chevet du capitaine Beyer. Quelques lits plus loin, Christian repose, profondément endormi malgré le va-et-vient autour de lui. Ses joues recouvertes de cloques suppurantes, ses mains emmaillotées dans d'épais bandages s'enfoncent dans le lit comme des monstruosités sans aucun rapport avec le reste du corps. Josephte revoit les longues mains fines, toujours occupées à dessiner, témoins fantaisistes et naïfs du quotidien. Rien qui puisse leur échapper, pas un geste, pas une attitude, pas une tristesse.

«Pourquoi, mon Dieu, vous être acharné sur ces mains qui vous servaient si bien?»

Une religieuse lui touche l'épaule.

— Il faut le laisser dormir. Le médecin lui a donné quelque chose. Demain, il aura besoin de vous.

— Vous avez des nouvelles des autres?

— Il manque deux femmes et 14 hommes. On ne peut plus rien pour eux.

— Oh non! Peter...

Mme Lapierre pleure la mort du jeune soldat. Quelle misère, quelle souffrance pour Karine et les siens. Quand cette errance prendra-t-elle fin?

— Vont-ils comprendre un jour, ma sœur? Vont-ils enfin comprendre... ou faudra-t-il envoyer tous les enfants à la mort?

— Je ne sais pas, madame. Depuis toujours, les hommes parlent de guerre avant de parler de vie.

De retour chez elle, Josephte Lapierre se rend vite à la librairie qu'elle avait confiée à une amie pendant son absence. Devant Catherine et Jean qui l'y attendaient, elle s'efforce de ne pas montrer son chagrin.

— L'école est déjà finie! Que le temps passe vite! Allez grignoter quelque chose en attendant que je ferme.

Elle salue Mme Latour en la remerciant et s'empresse de servir le notaire. Celui-ci parti, elle constate que les enfants sont encore là.

— Vous n'avez pas faim?

— Maman, demande Catherine, tu as vu Karl?

— Oui.

— Il était... comment? demande Jean.

— Comme d'habitude. Que veux-tu dire? Pourquoi me demandez-vous cela?

— Parce qu'à l'école, ce matin, il a pleuré pendant des heures. Il ne voulait pas qu'on lui parle. Et cet après-midi, on ne l'a trouvé nulle part.

— Je crois bien qu'il s'inquiétait pour son ami, le capitaine Beyer. Mais il m'a semblé très bien cet après-midi et son ami est dans un état satisfaisant. Sa vie n'est pas en danger.

Rassurés, les enfants se précipitent vers la maison.

— Je vais me faire une beurrée de mélasse, crie Catherine.

— J'en veux une aussi, lance son frère.

Ils disparaissent aussi rapidement que leurs soucis. Restée seule, Josephte entend à nouveau les plaintes des blessés courir le long des rayons. «Leur histoire pourrait remplir des livres, pense-t-elle, et pourtant, ils seront vite oubliés. Chaque vie devrait être racontée car chaque vie a l'immense mérite d'avoir été vécue.» À bout de résistance, elle pleure derrière son comptoir, la tête appuyée sur son bras. Elle pleure sur Étienne, toujours en prison, sur les soldats morts ou blessés, sur Peter, petit enfant blond arraché à l'enfance et précipité dans l'oubli. Ses larmes inondent son pays saccagé, écorché vif, et cet hiver impitoyable qui ajoute ses propres lois aux lois absurdes des hommes.

La clochette tinte. Elle lève la tête et aperçoit Johann à qui elle tend la main.

— Johann, j'ai tellement de chagrin... Pour tout. J'ai l'impression que je n'aurai pas assez de toute une vie pour pleurer tous ces malheurs.

— Je viens de l'hôpital, dit Johann. Le gouverneur a envoyé deux médecins de Québec pour prêter main-forte au pauvre docteur Chénier et aux médecins allemands. Ils n'en pouvaient plus.

— Il faut plus que des médecins! éclate Josephte. Il faut de la nourriture, des vêtements, des lits! Il faut cesser cette guerre. Johann! Je veux qu'Étienne revienne à la maison. Je ne veux plus entendre les cris des soldats battus pour avoir tenté de déserter. Je ne veux plus voir ces pauvres femmes et ces petits enfants allemands gelés dans leurs habits trop vieux, trop petits, trop légers. Nos jeunes ne doivent plus se cacher de peur d'être enrôlés dans la milice ou d'être arrêtés par vos espions. Je n'en peux plus, Johann, de toute cette agressivité qui se cherche des victimes, de part et d'autre. Qu'allons-nous faire? Si seulement je pouvais faire cesser tout cela! Dites-moi ce que je peux faire pour tous ces gens, pour tous ces peuples que j'aime et qui souffrent!...

— Continuer à les aimer, malgré tout...

XIV

Assis sur le bord du lit, Karl raconte à Georg une histoire de son cru relatant les mésaventures d'un chaton perdu et secouru par un petit garçon charitable. Autour d'eux, les infirmières s'affairent à la toilette des malades. Le docteur Chénier, les traits tirés, épuisé à force de veille et de dévouement, se penche sur un soldat très mal en point. Le froid a gelé jusqu'à l'envie de vivre chez cet homme et le médecin doit accepter de le laisser partir. Après avoir jeté un regard autour de lui, il arrive pourtant à se consoler. Tous les autres semblent en bonne voie de guérison. Certains ont perdu un doigt, un orteil ou même une jambe, mais tous les soins possibles leur ont été prodigués et de nombreuses vies ont pu être préservées.

Avant de quitter la salle, le docteur appelle Karine pour lui faire ses dernières recommandations. «Cette femme aurait pu être un merveilleux médecin, pense-t-il en la regardant venir vers lui. Elle sent les autres; elle les devine. Avec toute l'expérience qu'elle acquiert ici, je crois bien qu'elle deviendra une de nos meilleures infirmières.»

— Je vais me coucher, madame Lessart. Je crois que vous pourrez vous passer de moi pour quelques heures. D'ailleurs, vous devez en avoir assez de m'entendre grogner.

Il adresse à la jeune femme un clin d'œil malicieux et ajoute:

— S'il y a quoi que ce soit, vous me faites demander. C'est un ordre!

Après son départ, Karine rejoint son fils et le sermonne gentiment:
— Tu dois aller à l'école, maintenant.
— Pas tout de suite! Je n'ai pas fini mon histoire!
— Allez, insiste-t-elle. Sinon tu seras en retard.
L'enfant fait la moue mais, s'il veut revenir, il a intérêt à obéir. Georg l'encourage:
— Va vite à l'école, Karl. Pendant ce temps, je me reposerai en essayant d'inventer la fin de l'histoire. Nous verrons bien, ce soir, si nous avons pensé la même chose.

Stimulé par ce défi, Karl embrasse le capitaine et traverse la salle en gambadant sous le regard amusé des soldats alités. Mal à l'aise devant la désapprobation rieuse de Karine, Georg tente d'entamer la conversation pendant qu'elle refait son bandage.
— Votre fils est un enfant extraordinaire.
Elle acquiesce d'un mouvement de tête discret.
— Chaque jour, continue l'officier, je remercie Dieu de me l'avoir fait connaître et je lui demande de le combler de joie.

Karine achève son travail sans répondre. Elle va partir, mais l'officier la retient en posant une main sur son bras.
— Je ne voulais pas entreprendre cette expédition, murmure-t-il. J'ai prié à maintes reprises le colonel de la remettre à plus tard et d'habiller plus chaudement nos femmes et nos soldats. Il a refusé. Que les autres croient que j'ai pris cette initiative, malgré la tempête qui s'annonçait, m'est complètement égal. Qu'ils me condamnent, ça m'est égal aussi. Mais je veux que vous sachiez la vérité. Seulement vous. Il fallait que je vous dise tout cela.

Il laisse sa main peser sur le bras de Karine. Des regards indiscrets se tournent vers eux. L'infirmière se libère de l'emprise de Georg sans toutefois se libérer de la supplication muette de ses yeux. Troublée, elle se dirige vers d'autres patients. Toute la journée, elle change des pansements, administre des médicaments, apporte un verre d'eau, pose sa main sur des fronts brûlants, écoute les plaintes, console. Mais toujours, des yeux noirs s'accrochent à elle.

En fin d'après-midi, Karl revient. Il est à terminer son histoire lorsque des glissements de pieds l'interrompent. Les soldats capables de marcher quittent leur lit un à un et se regroupent autour du lit du capitaine. Le soldat Papenheim que l'officier se souvient d'avoir giflé sur le lac Saint-Pierre prend la parole au nom des autres:

— Capitaine Beyer, nous voulons...

Il hésite, peu habitué à s'adresser à un supérieur.

— Nous voulons... vous remercier. Si... Si vous n'aviez pas été là, personne n'en serait revenu.

Le soldat Meisner, plus jeune et plus hardi, vient à la rescousse de son compagnon.

— Vous nous avez obligés à marcher, à nous relever, et vous nous avez donné du courage pour continuer. On le voit bien maintenant que c'est ce qu'il fallait faire, même si à ce moment-là nous vous maudissions.

Les hommes veulent tous parler en même temps. Ils se coupent la parole et les mots parviennent à Georg, tout hachurés: «Sauver une femme... Prêté votre foulard... m'avez frappé pour que je me relève... êtes revenu me chercher... Merci.»

Merci. Merci. Merci. Le capitaine Beyer reçoit ce mot comme un affranchissement. Il serre des mains. La souffrance commune, l'odeur de cet hôpital, les mêmes pansements pour tous effacent la peur de l'autorité, effacent l'autorité même. Des hommes parlent à un autre homme et la haine longuement apprise se dilue dans l'atmosphère magique en un respect affectueux. Les soldats allemands qui savent craindre leurs officiers découvrent, émerveillés, qu'ils peuvent également les aimer. Moment privilégié. Bonheur inespéré, injustifié au cœur duquel Georg se sent à l'étroit. Saura-t-il apprivoiser cette nouvelle félicité? Il a besoin de temps.

— Allons, soldats! clame une religieuse. Regagnez vos lits! Vous avez tous besoin de vous reposer. Si vous n'êtes plus malades, vous allez vite regagner vos régiments!

Sœur Marie des Sept Douleurs bouscule les retardataires. Le calme revient. Des visiteurs intimidés se glissent en catimini entre les lits. Les habits des soldats venus voir leurs camarades explosent dans la blancheur dominante, rappel brutal d'une guerre à finir.

À l'écart, Karine prend un moment de repos. Assise sur un petit banc de bois inconfortable, elle observe Karl et Georg revenus à leur histoire sans fin. À travers le drap blanc, elle devine le long corps de l'officier, le ventre ferme, le torse puissant, les jambes meurtries, affaiblies par l'inactivité. Les yeux sombres sourient sans que les lèvres ne se permettent la même liberté. Derrière quoi, derrière qui se cache donc cet homme ? Une pulsion plus forte que sa raison pousse Karine vers lui. Elle partira à sa découverte malgré la peur. Elle doit savoir, percer les ténèbres où se terre l'officier. Pour lui, pour elle surtout, elle doit entreprendre cette démarche hasardeuse. Démasquer les sorcières. Comprendre. Faire confiance à l'instinct de son fils.

Elle se lève sans savoir exactement où elle ira et comment elle y parviendra. Elle passe dans la petite cuisine des religieuses, prend deux énormes galettes et rejoint Karl et Georg. À chacun, elle offre une part égale de ce festin. Ils la regardent, étonnés. Elle tire alors une chaise auprès du lit et s'y assoit.

— J'aimerais bien savoir comment finira cette histoire.

Ravi, Karl entreprend de lui narrer avec force détails les pérégrinations incroyables du chat perdu.

— Il faut bien que tu saches le début avant de savoir la fin, explique-t-il. Sans ça tu ne comprendras pas.

— C'est sûr, lui répond-elle le plus sérieusement du monde.

Elle regarde son fils plus qu'elle ne l'écoute. Une grande joie la submerge, pareille à l'eau du fleuve au printemps, enfin libérée de l'entrave des glaces.

QUATRIÈME PARTIE

LE NOUVEAU MONDE

I

Johann a préféré franchir à pied la distance qui sépare le village de la maison des Gauthier. Il renoue avec chaque aspérité de la route, s'essouffle dans la côte à Méo, toujours aussi abrupte. Tout autour, les champs se drapent de milliers de marguerites, ballerines fragiles sous la brise. Le trèfle embaume l'air. Vif comme un coyote, le chien des Charron accompagne le soldat un moment. Sa crinière de feu ondule sous le soleil de juillet. Rien n'a changé. Deux années ont passé sans qu'il y paraisse. La quiétude est la même.

De loin, le soldat aperçoit la maison. Il a tellement espéré cet instant! Saisi par le trac, son estomac se crispe. Il ne sait plus ce qu'il dira, comment il expliquera sa présence. Il n'a pas revu Marie depuis son départ de Batiscan, à l'automne de 1777. Les quelques lettres échangées par l'entremise de Waldgeist parlaient de sentiments déjà anciens, entretenus peut-être par la seule puissance de l'illusion. Et si Marie préférait le rêve à la réalité?... Il a peur tout à coup. Ces retrouvailles doivent-elles vraiment avoir lieu? Tant de questions auxquelles seule Marie pourra répondre.

Marie... Seulement la voir. Il a tellement besoin de la voir. Cela, il le sait de toute son âme. Et si elle ne l'aime plus, il partira, sans rien demander. Il se l'est promis. Dans ses rêves, il l'a promis à Marie. Près de la maison, il est accueilli par un chien inconnu dont les jappements ameutent tout le rang. À l'intérieur, un rideau se soulève et une frimousse d'enfant apparaît à la fenêtre. Derrière elle, une autre main rabaisse vivement le rideau et, avant qu'il n'ait eu le temps de frapper à la porte, Mme Gauthier apparaît sur le seuil.

— Johann! C'est bien toi! Moi qui traitais Josette de folle!

Elle se retourne et crie aux deux fillettes restées à l'intérieur:

— Josette! Florence! Venez, c'est bien lui, c'est Johann!

Elle descend la marche qui la sépare du soldat, lui touche l'épaule.

— Tu vas bien! Tu as grossi... C'est bien toi! Je suis si contente!

Derrière elle, Florence et Josette risquent un œil.

— Bonjour les filles, leur dit Johann. Comme vous avez grandi! Vous êtes presque aussi grandes que votre mère maintenant!

Les petites reculent. Mme Gauthier rit de leur air effarouché. Puis elle regarde Johann de nouveau, émerveillée.

— Julien nous a raconté... Je te remercie.

Johann ne sait trop que répondre. L'affection de Mme Gauthier apaise ses craintes. Il voudrait en jouir le plus longtemps possible, sans rien dire.

— Mais rentre, voyons! Voilà que je te laisse dehors, astheure!

— Est-ce que... (Johann rougit). Est-ce que Marie est là?

Louise Gauthier sourit. Elle savait bien qu'il ne venait pas pour elle, mais rien ne gâchera sa joie. Ce garçon lui manquait, aussi invraisemblable que cela puisse paraître.

— Marie est dans la deuxième prairie. Nous allions justement la retrouver. Mais par avant nous, nous te suivons. Elle sera contente, très contente.

Johann court. Louise Gauthier a bien dit: «Elle sera contente». Elle a même ajouté: «Très contente.» Johann contourne la grange. Très contente! Marie sera contente! Il court, s'envole, plane. Tout va bien maintenant: Marie sera contente de le revoir. Après avoir emprunté le raccourci de l'érablière, il doit grimper la butte qui surplombe la dernière prairie. Arrivé tout en haut, il s'arrête, à bout de souffle. Un son lui parvient d'abord: le bruit mat de la faucille. En avançant d'un pas, il aperçoit la jeune fille, les mains solidement agrippées à l'instrument. Ses bras battent l'air sur un rythme régulier tandis que le foin se courbe devant elle. La prairie tout entière, enchâssée dans un écrin d'épinettes, de cèdres et de sapins, semble le domaine d'une jeune reine sans prétention. Marie a changé. Son corps se balance avec une force gracieuse. Johann regarde et admire. Il voudrait la regarder pendant des heures. Se repaître de cette harmonie entre elle et la terre et le ciel. Pourra-t-il jamais se rassasier de Marie?

La jeune fille s'arrête un moment. Elle passe sa main sur son front avant de libérer ses cheveux retenus par un ruban noir. La tête rejetée en arrière, elle s'ébroue et sa longue chevelure brune s'éparpille dans son dos. Johann ne peut plus attendre. Il dévale la pente en l'appelant de toutes ses forces.

— Marie! Marie!

Effrayée, elle se tourne dans sa direction. Quel est ce fou? Que lui veut-il? Pendant une seconde, elle a peur. Puis elle le reconnaît et, sans réfléchir, sans même y croire tout à fait, elle se lance à sa rencontre. Arrivés l'un en face de l'autre, tous les deux s'immobilisent, soudain paralysés par un désir troublant, violent. Et alors qu'elle voudrait s'accrocher au cou de Johann, Marie effleure sa joue.

— Tu es revenu... enfin.

— Marie...

Démuni, il répète son nom: «Marie, Marie, Marie...» De plus en plus fort, de plus en plus haut. Il hurle et sa voix grimpe aux arbres bientôt festonnés de mille lettres. La forêt s'enjolive de la joie sauvage de Johann. Rien ne pourra plus lui résister. Avec Marie, il conquerra le monde.

— Je t'aime, Marie!

Il le crie aux oiseaux, aux lièvres, au ciel, au soleil!

— Je t'aime! Je t'aime!

Puis il s'effondre à ses pieds, la gorge sèche, le cœur à vif.

Marie s'agenouille en face de lui. Le foin les dérobe au monde. Seul un papillon intrépide fait la fête autour d'eux pendant qu'ils s'enlacent en s'imaginant les dieux de l'univers.

Réunis autour de la table pour le souper, Johann et ses hôtes discourent sans fin, avec animation.

— Comment ça se passe aux Trois-Rivières? demande Louise Gauthier. Des prisonniers sont revenus, à ce qu'il paraît.

Plus secret que jamais, le jeune Louis écoute le soldat répondre.

— Au début du mois, en effet. Ils ont été échangés à Halifax. Le colonel von Kühn est revenu avec eux. C'est même grâce à lui si j'ai pu venir. Il prendra dorénavant en charge toutes les troupes allemandes qui sont au Canada. Le colonel von Kohle a été relevé de ses fonctions de commandant en chef et je crois qu'il ne s'en plaint pas.

— Tu travaillais pour ce colonel, non?

— Oui, mais le colonel von Kühn a demandé que je reste avec lui.

— Et les soldats qui sont revenus, ils étaient comment?

— Vous auriez dû voir les recrues! La plupart portaient des uniformes français qu'ils avaient dû payer, en plus! Avec cela, ils avaient des mousquets anglais. Heureusement qu'ils parlaient encore allemand, sinon nous ne les aurions pas reconnus!

— Tu restes un peu avec nous? demande Mme Gauthier.

— Quatre jours. Je dois être rentré aux Trois-Rivières avant que les colonels von Kühn et von Kohle ne reviennent de leur voyage à Québec.

Marie, impatiente, s'adresse à son jeune frère.

— Va te coucher, Louis. Il est tard.

— T'es pas ma mère, lui répond le garçon, agressif. J'ai pas besoin de tes ordres.

Marie supplie sa mère. Celle-ci devine que les deux jeunes gens ont des choses sérieuses à se dire.

— Allez, Louis! ordonne-t-elle. Au lit!

Une fois le garçon parti dans sa chambre, Johann entreprend une démarche qu'il trouve extrêmement difficile.

— Madame Gauthier, bredouille-t-il, encouragé par le regard volontaire de Marie, Marie et moi... Je voudrais. Nous avons pensé...

Marie l'interrompt:

— Nous voulons nous marier.

Louise Gauthier savait déjà. Et déjà, elle pressent toutes les embûches qui se dresseront devant eux et qu'ils s'entêtent à mésestimer. Deux races, deux religions, deux traditions, deux clans. Comment contourner tous les obstacles? Où ces enfants vont-ils aboutir?

— Il faut y penser, suggère-t-elle.
— C'est tout pensé, madame Gauthier. J'aime Marie et elle m'aime aussi.
— Mais vous n'avez pas la même religion.
— Je ne demande rien. Nous allons nous marier devant un prêtre catholique et ma femme pourra toujours exercer librement sa religion.
— La guerre finira un jour, Johann...
— Nous le savons bien, mais nous ne voulons pas y penser tout de suite. Il sera toujours possible de trouver une solution.

Louise Gauthier se sent soudainement très fatiguée et très vieille. Lui faudra-t-il combattre les rêves de bonheur de sa fille? Faudra-t-il la sauver malgré elle?

L'arrivée impromptue de Julien la dispense pour le moment de répondre à la requête des jeunes gens. Son fils aîné, aussi brun que l'écorce des arbres, envahit l'espace. Il savait Johann à la maison; ses sources d'information ne le trompent jamais. Il embrasse sa mère et sa sœur, salue le soldat et demande:

— Tu as des nouvelles d'Étienne Lapierre?
— Il est encore en prison, mais il va bien.

Julien perd un peu de sa fougue. Une tristesse furtive assombrit son regard.

— C'est vrai que von Kohle a envoyé des hommes dans les campagnes, déguisés en chasseurs?
— Oui.
— Ils ont découvert quelque chose? Arrêté d'autres habitants?
— Oui.
— Ils viendront à Batiscan?
— Je ne sais pas.

Les deux hommes hésitent, de peur d'en dire trop. Julien doit préserver sa filière à tout prix et Johann refuse de trahir les siens.

— Tu viendras m'aider demain pour les foins? demande Marie à son frère.
— Oui. Je viendrai à la tombée du jour.
Comme il va partir, Marie le rejoint et lui glisse à l'oreille:
— Je vais me marier avec Johann.
Il la regarde, incrédule. Puis il part sans rien dire.

— Je ne peux pas vous marier comme ça! Il y a des règles à suivre. On ne se marie pas à la sauvette, sans même se connaître!
Le curé Le Fèvre, décontenancé, ne sait trop comment saper la trop grande certitude de ces amoureux. Tous les deux répliquent en même temps.
— Nous nous connaissons bien!
— Et nous nous aimons!!
— L'amour n'est pas tout, mes enfants! Je suis inquiet pour vos âmes.
— J'accepte d'embrasser la religion catholique, explique Johann. Vous ne perdez aucune âme, vous en gagnez une!
Le curé Le Fèvre a du mal à croire en la sincérité de ce soldat. La réputation d'intransigeance des Allemands cadre mal avec ce revirement de croyance. Il soupçonne là l'œuvre du démon tentateur. Et cette pauvre Marie, aveuglée par le prestige de l'uniforme, sans doute, et par l'exotisme, incapable de voir clair! Il entraîne la jeune fille à l'écart, sous prétexte de l'entendre en confession. Aussitôt seul avec elle, il tente de la raisonner.
— En cet homme se cache le diable, ma fille! Le Seigneur te l'envoie pour éprouver ta foi.
— Je ne crois pas, monsieur le curé. Il veut plutôt se servir de moi pour convertir un protestant.
Scandalisé par tant d'hérésie, le prêtre essaie encore une fois de semer le doute dans le cœur de la jeune fille.
— Comment peux-tu être aussi sûre qu'il te laissera éduquer tes enfants dans ta religion?
— Il me l'a promis.

— Et tu crois un protestant?
— Oui.
— Tu pêches par orgueil, ma pauvre fille! lui crie-t-il. Comment peux-tu espérer conserver ta foi déjà si fragile en vivant auprès d'un païen? Je regrette mais je me vois dans l'obligation de vous refuser le sacrement du mariage. Dieu m'a confié ton âme et je te sauverai malgré toi.
— Alors, lui répond Marie, livide mais sûre d'elle, je partirai demain pour les Trois-Rivières. L'aumônier allemand acceptera de nous marier.
— Tu...
Le prêtre reste estomaqué devant cette jeune fille timide qu'il a baptisée et qui ose aujourd'hui lui tenir tête. Les yeux levés au ciel, il prie en silence: «Mon Dieu, rendez-lui la raison. Veillez sur elle.»
Marie a déjà rejoint Johann et ils attendent, anxieux mais butés, que le curé revienne auprès d'eux. Rasséréné par sa prière et placé devant un ultimatum, celui-ci n'a d'autre choix que d'accéder à leur demande, tout en se promettant de veiller personnellement à ce que Johann tienne ses promesses.
— Revenez demain à dix heures. Je vous marierai.

Marie a revêtu sa robe des dimanches. Ses cheveux coulent dans la dentelle du corsage. Louis a cueilli pour elle un bouquet de fleurs sauvages où percent les taches mauves des trèfles. La jeune fille pénètre dans l'église, au bras de sa mère. Elles sont suivies de Johann et de Louis, eux-mêmes talonnés par Josette et Florence. Pas de musique. Aucun chœur. Seule la mélodie de la pluie les protège en dissimulant au monde trop hostile la petite église. Pour le moment, rien n'importe que leur grand bonheur. Ni la guerre ni les petites mesquineries des habitants ne peuvent flétrir leur félicité.
Au milieu de la cérémonie, des pas résonnent dans l'allée. Julien s'avance jusqu'à eux et vient se placer près de Johann. Louise Gauthier masque son inquiétude derrière un sourire. Louis, d'instinct, se poste à la fenêtre. Il n'y aura pas d'homélie; le curé Le Fèvre

a tout dit la veille. Rien à ajouter. Ni conseils ni vœux de bonheur. Julien a apporté deux anneaux qu'il offre à Marie. Bouleversée, la jeune fille se jette au cou de son frère qui lui murmure à l'oreille: «Tu seras heureuse avec lui». Il tend ensuite la main vers Johann, mais Louis interrompt son geste d'un cri.

— Le capitaine de milice!

Julien s'enfuit prestement par la sacristie. Il a déjà disparu depuis de longues minutes lorsque le capitaine Smith, accompagné de deux hommes, perturbe grossièrement la cérémonie. À haute voix, il somme les personnes présentes de lui répondre.

— Je sais que Julien Gauthier est ici. Dites-moi où il se cache!

— Vous êtes dans une église, s'indigne le prêtre. Vous interrompez un sacrement!

— I wonder how you could call this marriage sacred! raille l'officier. Dites où est Julien Gauthier et je pars.

— Il était ici, mais il est parti, avoue le prêtre.

Ulcéré, le capitaine quitte l'église, suivi de ses acolytes. «This Gauthier is stronger than the devil but I will get him in the end like the others», marmonne-t-il en replongeant sous la pluie.

Dix minutes plus tard, Johann et Marie sortent de l'église. Un arc-en-ciel leur ouvre les bras.

Au milieu de la nuit, Johann est réveillé par les sanglots de son épouse.

— Qu'est-ce que tu as, ma chérie? Le temps n'est pas aux larmes; il est au bonheur.

La jeune mariée n'arrive plus à calmer ses pleurs. Il la serre dans ses bras.

— Dis-moi ce qui se passe. Je t'en prie, Marie.

— Johann... Je t'aime tant.

— Je t'aime aussi, Marie. Ne pleure plus.

Dans un souffle, entre deux soubresauts, elle tente d'expliquer sa tristesse sans toutefois espérer qu'il comprenne.

— Je ne pourrai pas partir avec toi... aux Trois-Rivières.
— Mais pourquoi?
— Je ne peux pas les abandonner. Je ne peux pas. Maman a besoin de moi. Les foins ne sont pas rentrés. Le bois n'est pas coupé. Il faut semer. Je ne peux pas partir. C'est les condamner à une trop grande misère.

Elle n'ose pas relever la tête. Elle a peur de sa détresse à lui. Comment lui faire comprendre? Cet automne, peut-être... Sera-t-il en colère? Va-t-il penser qu'elle ne l'aime pas? Johann dépose un baiser sur les joues humides de sa jeune femme. Elle a raison. Il n'a pas pensé un instant lui demander d'abandonner sa famille. Il sait qu'elle doit rester à Batiscan; ce qu'il ignore, c'est comment il pourra vivre loin d'elle, loin de son corps si chaud.

— Julien va venir, dit-il. Les travaux se feront rapidement et tu pourras me rejoindre aux Trois-Rivières.

— Julien ne pourra pas rester. Il ne peut jamais venir en plein jour, c'est trop dangereux. Il doit être prudent. Si le capitaine Smith découvre qu'il se cache dans la maison abandonnée du P'tit huit, le réseau sera détruit et plusieurs hommes seront emprisonnés. Même des Allemands se cachent là en attendant de pouvoir partir pour Québec. Julien n'a pas beaucoup de temps pour nous. Il apporte un peu d'argent, mais ça ne suffit pas. Nous ne pouvons payer aucun employé.

— Je pourrai envoyer de l'argent aussi.
— En as-tu vraiment assez?

Johann baisse la tête. Elle a raison pour tout. Il devra repartir sans elle, essayer de survivre sans elle. Jusqu'à ce que l'armée accepte de le libérer. Ce qui semble, pour le moment, improbable. Marie mêle ses jambes aux siennes. Il caresse ses cuisses fermes. Le corps de la jeune femme tressaille et le soldat oublie tout pour profiter avidement de cette nuit que personne ne pourra leur dérober.

À l'aube, une surprise les attend: Waldgeist est là, sur la galerie. Il caresse le chien qui n'a pas signalé sa présence. Johann se rue sur lui.

— Waldgeist! Quel bonheur! Comment vas-tu?

L'Indien offre à Marie un collier savamment travaillé. Ravie, elle court le montrer à sa mère.

Restés seuls, les deux hommes s'assoient l'un à côté de l'autre. Devant eux, la forêt, encore ruisselante de rosée, apparaît sous la brume qui s'évapore lentement. La splendeur du paysage émeut Johann. Près de son ami, aussi grand que les montagnes, aussi fort que les rivières, il se sent petit, dépossédé, comme si l'âme de ce pays se refusait encore à l'étranger, malgré tout l'amour qu'il lui offre.

— Je pars aujourd'hui. Tantôt...
— Toi monter dans mon canot. Aller avec toi. Pas partir seul.

II

Avec Johann au loin et Julien sans cesse aux aguets, le quotidien pèse lourd pour Marie. Le mois d'août n'est plus le même. Étrange. Comme vécu par une autre. Pourtant, malgré la pénible séparation, malgré le dur labeur aux champs qui réclame tout le corps, Marie assume son destin avec courage. Elle est la femme de Johann, elle n'est plus que cela. Le reste compte si peu. À grands coups d'espoir, elle enjambe le temps, aveugle à la vie qui tourne. En attendant de pouvoir ouvrir les yeux...

— Maman! Maman!

— Josette, pour l'amour! Pourquoi tu cries comme ça?

Marie, de sa chambre, entend la fillette pleurer et sa mère qui la console.

— Vas-tu enfin me dire pourquoi tu pleures comme une madeleine? Quelqu'un t'a fait mal?

— Non. C'est Mme Lamothe... Elle a dit que Marie irait en enfer.

— Quoi?

— Parce qu'elle a marié un païen et que le bon Dieu veut pas. Maman, je veux pas que Marie aille en enfer.

— Rassure-toi. Moi je te dis que ta sœur ira tout droit au ciel. Tu peux me croire. Le bon Dieu veut avoir près de lui les gens qui s'aiment très fort et tu sais bien que Marie et Johann s'aiment très très fort.

Convaincue, la fillette pense déjà à autre chose. Sa mère retourne à ses occupations en maudissant cette Lamothe. Parce que Marie a rejeté son fils, elle se venge, la chipie!

Assise sur son lit, Marie résiste de toutes ses forces au chagrin. Son amour pour Johann est tout bonheur, tout espoir. Elle ne doit pas laisser les autres le détruire. Déterminée, elle replace sa jupe, coiffe ses cheveux et soulève le rideau qui sépare son petit coin de la grande pièce commune.

— Je vais au village, maman. Tu as bien écrit tout ce dont tu avais besoin? Tu n'as rien oublié?

— Non, je ne crois pas. Mais si tu veux... Je peux y aller à ta place.

— Mais non, l'air est si bon. J'ai le goût de marcher.

En embrassant sa mère, elle ajoute:

— Ne t'inquiète pas. Ça ira très bien.

Elle avait raison. L'air la revigore, lui pique la peau. À grandes foulées, elle se dirige vers le magasin général. Dès qu'elle ouvre la porte, quelques clientes se précipitent d'un même élan dans les tissus multicolores ou dans les petits pois. Jamais Mme Lamothe n'aura examiné avec plus d'attention les outils placardés sur le mur et jamais Mme Frigon n'aura su avec plus d'exactitude combien de bonbons contient la bonbonnière. Seule Mme Rivart, la propriétaire du magasin, salue Marie comme elle l'a toujours fait.

— Bonjour, Marie, ça va bien chez vous?

— Oui, merci, tout le monde va bien.

— On ne voit plus ta mère. J'espère qu'elle n'est pas malade!

— Oh non! Elle a beaucoup de travail. Les travaux d'été viennent à peine de se terminer et déjà elle s'est lancée dans la couture pour l'hiver. Justement, elle m'envoie lui chercher du fil et quelques petites choses. Vous avez la liste ici.

— Je te prépare ça tout de suite.

— Merci, mais je ne suis pas pressée. Je vais jeter un coup d'œil sur les tissus.

Soudain, les tissus n'intéressent plus Mme Biron qui se réfugie à l'étalage des souliers. Tous s'écartent de Marie, lui cèdent le passage.

Blessée mais très digne, Mme Johann Vogel feint de s'intéresser aux objets qui l'entourent.

— Voilà, Marie! C'est prêt! lance Mme Rivart qui a fait vite.

Au comptoir, la jeune femme croise Mme Lamothe, très mal à l'aise.

— Bonjour, lui dit Marie avec son plus beau sourire. Joseph va bien?

— Oui, très bien, lui répond la cliente en s'éloignant.

— Je mets ça sur votre compte, Marie? demande gentiment Mme Rivart.

— S'il vous plaît.

— Un instant!

M. Rivart abandonne Antoine Frigon devant les fusils et vient retrouver sa femme derrière le comptoir. Il pose la main sur le paquet destiné à Marie et déjà solidement ficelé. Il fixe sa cliente d'un œil sévère.

Apeurée, Marie cherche à comprendre. D'où vient cette haine dans le regard de M. Frigon?

— Si tu as l'argent pour payer, tu emportes ce paquet, déclare le commerçant. Sinon, tu le laisses là.

Sa femme s'interpose, indignée.

— Mais qu'est-ce qui te prend? Les Gauthier ont toujours bien payé leurs dettes. Et tu leur as toujours fait crédit avant!

— Avant, c'était avant. Et rien n'est plus comme avant!

— Qu'est-ce qu'il y a de changé? demande Marie, tremblante.

— Tout. Tu peux quitter le village n'importe quand maintenant, et ton frère peut être arrêté à tout moment. Je n'ai pas les moyens de perdre ce que vous me devez. Tu payes ou tu n'emportes rien.

— Nous payons, monsieur!

Le magasin général a changé de couleur tout d'un coup! Les clous, la farine, les fèves, les bottes, les bagues, les murs, les gens ont rougi jusqu'à la moelle. Johann Vogel, les cheveux défaits par le vent, se rend jusqu'au comptoir, paye, prend le paquet sous un bras et Marie par la main, et tous les deux sortent sans saluer. À l'extérieur, sans se concerter, les jeunes mariés se mettent à courir. Leur course folle les mène jusqu'à la rivière. Leurs pas tambourinent d'abord sur le pont de bois, puis ils s'arrêtent, enfin à l'abri, derrière un régiment de quenouilles.

— Avec tout ça, j'ai oublié d'acheter la réglisse pour les enfants! s'exclame Johann.

Le redoutable éclat de rire qui lui répond le renverse sur le dos. Marie laisse sa joie sourdre de sa poitrine comme une envolée de perdrix. Son hilarité contagieuse atteint Johann et leurs voix gambadent joyeusement sur les cailloux qui sillonnent la rivière. Leur bonheur barbouille les maisons de Batiscan et envahit le magasin général où la rougeur prédominante vire lentement au vert. Rassasiés, les amoureux se calment, essuient les gouttes de rire qui ruissellent sur leurs joues, s'embrassent, se dévorent sans gêne, goulûment.

— Marie... Folie douce... Ma petite vie...

Étendue tout contre son mari, dans les herbes odorantes, la jeune femme s'inquiète tout à coup:

— Comment ça se fait que tu es ici? Tu as...

— Mais non, je n'ai pas déserté. J'ai une permission de deux jours.

— C'est pas beaucoup...

— À nous d'étirer le temps!

Curieuse de tout ce qui concerne son époux, Marie se renseigne sur sa vie aux Trois-Rivières et sur la guerre qui risque à tout moment de le lui ravir.

— Beaucoup de soldats allemands sont passés par Batiscan pendant le mois d'août, dit-elle. Quelque chose se prépare?

— Non, je ne vois pas... Tu dois parler des vieux soldats que le colonel von Kohle a retournés en Allemagne.

— Ceux-là, je les ai vus. Julien m'a expliqué qu'ils repartaient. (Elle ne lui dira pas que son frère a ajouté: «S'ils peuvent donc tous déguerpir!») Mais il en était venu d'autres avant.

— Ah oui! Les chasseurs de Hesse-Hanau! Ils viennent d'arriver.

— Ils se sont arrêtés devant l'église. Ils n'étaient pas comme les autres.

— Que veux-tu dire?
— Je ne sais pas. Ils étaient plus comme nous. C'est ça. Sans leurs habits de soldats, on aurait pu les prendre pour des habitants.
— Ce n'est pas comme ça pour les autres soldats?
— Non. C'est difficile à expliquer. C'est comme s'ils avaient été chez eux ici. Ils ne semblaient pas étrangers.
— Tu as peut-être raison. Les chasseurs sont des soldats un peu spéciaux. Ils forment un corps d'élite recruté dans les forêts européennes. C'est peut-être pour ça que les forêts d'ici leur vont bien. Ils appartiennent aux grands espaces, aux montagnes. Ton pays doit les reconnaître.
— Mon pays a vu tellement d'étrangers ces derniers temps... Il ne se surprendra plus de rien.

Johann sourit. L'ingénuité de sa femme l'émeut. Il veut la prendre encore dans ses bras et ne penser qu'à eux, mais elle a trop de choses à dire.

— Tu as vu le bébé dans les bras de Mme Lamothe?
— Non! Je n'ai pas eu le temps! Qu'a-t-il de spécial ce bébé?
— Il est tout noir. On dit que les Lamothe l'ont acheté d'un coureur des bois. Acheté! Tu te rends compte? Comme une paire de souliers! Et on dit également qu'ils ont passé une commande pour en acheter un plus âgé. Et après ça, c'est moi qu'ils menacent de l'enfer!
— Mais qu'est-ce que tu racontes?
— Rien...

Johann pense à un esclave indien, un Panis qu'il rencontre parfois aux Trois-Rivières et que tout le monde repousse tant il a de misère accrochée au corps.

Marie s'inquiète:
— Tu crois qu'on a le droit d'acheter des personnes... même si elles sont noires?

Il ne répond pas, sachant très bien qu'il n'a rien à lui enseigner. Déjà, elle sait tout du bien et du mal. Alors, redevenue insouciante, elle l'embrasse sur la joue et se sauve en criant:

— Viens vite! Maman veut son fil avant l'hiver!

Elle court devant lui et, avec sa jambe affaiblie, il a du mal à la suivre. Les jambes fortes et alertes de la jeune femme s'adaptent, comme par magie, aux aspérités du chemin. Elle saute par-dessus les clôtures, règne sur la prairie verdoyante et Johann se demande comment il pourra mériter cette femme superbe.

III

À son retour aux Trois-Rivières, une surprise agréable attend Johann: Étienne Lapierre a été libéré.

— Je crois qu'ils n'ont pas assez de nourriture pour tous les prisonniers, raille le libraire. Il faut bien qu'ils en relâchent.

M. Lapierre a beau se moquer, son teint terreux trahit la misère et l'ennui qu'il a connus pendant tous ces longs mois passés loin de sa famille. Plus frêle qu'avant, le pas incertain, il porte sur lui, comme une couronne d'épines, la honte et la déception. Seul son discours toujours aussi assuré a résisté à l'affront.

— Alors, lance-t-il à Johann, tu nous as ravi une de nos femmes, mon sacripant! Te voilà bien pris maintenant! Quand nous la présentes-tu?

Malgré sa faconde, il a remarqué l'air assombri du soldat. Il baisse donc le ton, se fait plus chaleureux.

— C'est difficile, je sais. Mais tout va s'arranger. Tout finit toujours par s'arranger.

On frappe à la porte.

— Je me demande bien qui peut venir à cette heure, marmonne le libraire, nerveux.

— J'y vais, lui dit sa femme en posant la main sur son épaule.

Elle ouvre à un soldat allemand.

— Kann ich mit Johann Vogel sprechen?

— Je crois que vous avez une visite, Johann.

Le soldat porte le manteau vert des chasseurs par-dessus le gilet et la culotte de même couleur. Il a enlevé son chapeau à bord noir découvrant une tête plus dorée que les boutons de son uniforme. Un visage poupin sur un corps d'homme.

— Ich bin Philipp Maher.

À sa demande, Johann l'accompagne à l'extérieur. Le visiteur l'entraîne hors de la ville, vers le chemin du Roy, là où débute la forêt. Après une longue marche silencieuse, il s'arrête, regarde autour de lui, s'assure que personne ne les a suivis.

— Je veux déserter, déclare-t-il sans préambule. Et j'ai besoin que tu m'aides.

Abasourdi, Johann se demande bien pourquoi cet homme s'adresse à lui. L'autre explique:

— On m'a dit que tu connaissais bien la région et que tu avais des amis indiens. Je veux m'enfuir dans la forêt; il faut que tu m'aides!

— Je n'ai jamais aidé de déserteurs.

De chaque côté, une partie serrée se joue. Si le chasseur est sincère, il risque gros: Johann pourrait le dénoncer. S'il joue la comédie et que c'est un piège, la réponse de Johann peut le mener en prison. Les deux hommes se toisent, tentant de se deviner au-delà des mots.

— Comment ferais-tu pour survivre dans la forêt? demande finalement Johann.

— J'ai toujours vécu dans les bois. Je suis né dans la montagne.

— Tu ne connais pas les hivers canadiens.

— Je n'ai pas peur.

— Pourquoi veux-tu déserter? insiste Johann, prudent. Les chasseurs sont bien traités dans l'armée. Vous jouissez même d'un statut particulier, tout le monde le sait. Vous êtes mieux payés que la plupart des soldats allemands et vous êtes exemptés de tous les travaux. Vous n'êtes même pas employés à la construction des baraques!

— Tout ce que tu dis est vrai, rétorque Philipp, mais cette drôle de guerre risque d'être longue. Cette vie de soldat ne m'intéresse pas. Quand on a grandi dans les forêts, libre comme le vent, on supporte mal l'esclavage de la vie militaire. Je n'aime pas courber l'échine; j'aime mieux dompter la nature. On m'a dit que tu comprendrais cela aussi et que ton beau-frère pourrait m'aider.

Johann ne sait plus que penser. Les espions pullulent aux Trois-Rivières. On ne peut plus se fier à personne. Il hésite. Être arrêté signifierait ne plus revoir Marie. Le risque est trop grand.

— Je ne peux pas t'aider.

— Penses-y, s'il te plaît, supplie le chasseur, avec dans ses yeux pervenche une droiture déconcertante. Mon régiment part après-demain pour Montréal.

Les deux hommes reviennent vers la ville par des sentiers différents.

Le lendemain, un ordre du colonel von Kühn arrive de Québec. Après des discussions avec le général Haldimand, les quartiers d'hiver ont été assignés de la façon suivante: «L'état-major et le bataillon von Kohle seront à Berthier...» Johann cesse de lire. Berthier. Encore s'éloigner de Batiscan! Il en a assez! Il aura fallu d'un mot pour tout faire basculer. Berthier... Un seul mot pour piétiner les dernières résistances.

Assez de cette guerre de quartiers d'hiver, guerre ridicule où chacun cherche un ennemi à combattre. Une guerre inventée pour libérer un pays et qui s'est lentement retournée contre lui. Des comptes qui se règlent, un peuple en colère grugé par la répression, des échauffourées qui ne font que des perdants. Un champ de bataille qui ne tente plus personne, sauf quelques officiers aveugles qui ignorent ce que c'est que d'avoir faim, froid et ennui.

Les lettres s'accumulent devant Johann depuis des mois. Des soldats qui souffrent, qui agressent, des habitants qui les haïssent. Guérilla de mots, guerre de farine et de blé, de lits et de petits pois, de bottes, de tuques. Ridicule! Il en a assez! Il lui faut retrouver la vraie vie. Marie et la paix. Marie.

Avec impatience, il attend l'obscurité et retrouve Philipp Maher à qui il a donné rendez-vous à l'endroit où ils se sont rencontrés la veille.

— Tu veux toujours déserter? lui demande-t-il.
— Plus que jamais! s'exclame le chasseur de Hanau.
— Tu sais ce qui arrive aux déserteurs qui sont repris?
— Je ne serai pas repris si tu me montres le chemin. J'ai tout ce qu'il faut: de l'argent, des vivres, des outils, du savoir et du courage!
— Sois prêt demain, avant le lever du soleil.

Johann retrouve l'exubérance des années de rébellion. L'impression de résister enfin au mauvais sort, de mener sa barque. Il émerge d'une douce inconscience, plus vivant, plus fort. Il explose, et sa révolte le rassure sur ses capacités de survivre.

Avant de quitter les Lapierre, il griffonne en hâte une petite note et la laisse sur la table: «Merci pour tout. Bonne chance à vous tous». Puis il s'enfonce dans une nuit déjà clairsemée de rayons de soleil pâlots. Au lieu du rendez-vous, il se terre et attend. Après de longues minutes, il désespère de voir arriver Maher. Le jour risque de le surprendre. Tapi dans sa cachette, prêt à se sauver à la moindre alerte, il entend tout à coup une voix, puis une autre. Ce qu'il redoutait est donc arrivé. C'était un piège dans lequel il s'est jeté à corps perdu lui qui, pourtant, a longtemps fréquenté l'école de la méfiance.

— Johann...

Philipp chuchote son nom pendant que lui cherche à fuir. Tout de suite. Mais où? Comment? Philipp et ses complices lui bloquent toutes les issues. En tremblant, il risque le tout pour le tout.

— Je suis là, murmure-t-il sans se montrer. Tu devais venir seul. Avec qui es-tu?

— Ne crains rien, répond Philipp. Nous sommes cinq. Les autres ont décidé de venir avec moi. Tu peux leur faire confiance.

— Cinq! s'exclame Johann, décontenancé.

Il quitte son abri et distingue quatre silhouettes derrière le soldat. Des corps trapus aux épaules larges.

— Il faut partir vite, dit Philipp. Le soleil va se lever.

Les hommes suivent Johann. Celui-ci les mène à travers la forêt, comme autrefois il a entraîné les paysans craintifs à travers sa dissidence. Dans quelque pays qu'il soit, il courra donc toujours après la liberté.

Leurs pas crépitent dans les feuilles mortes. Dans le feu de joie des couleurs automnales, ils parcourent sans s'arrêter des milles et des milles de ruisseaux moqueurs, d'érablières moirées, de troncs d'arbres arrachés, de ronces voraces qui s'accrochent à leurs vêtements, freinent leur course.

Jamais Johann n'exprime son inquiétude. Plusieurs fois, il craint de s'être perdu. À deux reprises, il entend les sabots d'un cheval. Le chemin du Roy n'est pas loin, pas assez loin. Il doit être plus audacieux et s'enfoncer plus avant dans la forêt, malgré les obstacles. Toujours vers l'est. Suivre le soleil, poser le pied sur les rayons qui filtrent à travers les branches, barbouillées de toutes les couleurs. Peu à peu, il renifle des odeurs connues. Batiscan se rapproche. Il reconnaît les sentiers empruntés par Waldgeist et s'y engage avec confiance, sûr de le retrouver. Ses compagnons le suivent sans parler. Ils savent le silence. Plus ils avancent et plus ils se resserrent autour de Johann. Tous anticipent la fin prochaine de l'expédition et s'en réjouissent.

Avec la brunante, ils découvrent une clairière abandonnée depuis peu par les Indiens.

— Nous allons dormir ici, ordonne Johann.

— Tu crois que nous sommes assez loin, maintenant?

— Oui, les rassure leur guide. Personne ne viendra nous chercher ici.

Une heure plus tard, Johann s'endort en pensant à Waldgeist qui doit être déjà en route pour sa saison de chasse. «Attends-moi, l'Indien. Je viens avec toi. Je sais que tu n'es pas loin.» Il se réjouit à l'avance de la surprise de son ami, de celle de Marie, et son sommeil se remplit d'images qui appartiennent déjà au passé. Étienne et Josephte Lapierre, les chaînes aux pieds, cherchent Peter au milieu d'un bal où Georg enlace Karine pendant que Karl danse avec Catherine. Et tout ce beau monde rit en voyant passer Julien et Johann recouverts de la même peau d'ours.

Empoigné par son cauchemar, le jeune soldat se relève d'un bond. Il ne dort plus et pourtant les rires continuent. Il lui faut quelques secondes pour réaliser qu'une dizaine d'Indiennes gesticulent autour d'eux, touchent timidement leurs costumes de soldats et rient en s'attardant sur les boutons dorés et sur la crinière trop blonde de Philipp Maher. Derrière elles, des guerriers apparaissent. Une douzaine, sortis des bois comme par magie et qui entourent les soldats, nerveux malgré leur bravoure légendaire.

— Je n'ai jamais vu de scalp, ricane Christophe Tyssère. Je ne tiens pas à ce que le mien soit le premier.

Aucun de ses compagnons ne se risque à sourire.

— Ils ne nous feront rien, les rassure Johann, maintenant complètement éveillé. Ce sont des amis.

— Comment peux-tu en être aussi sûr? lui demande le soldat Laître, le seul encore capable de réfléchir.

De cela Johann est sûr, comme de l'exaltation qu'il sent peu à peu se mêler à son sang. Oui, de cela Johann est sûr. Parce que parmi ces hommes se tient Waldgeist, le bon génie des bois. Il croyait suivre sa trace. C'est lui qui l'a retrouvé.

IV

Encore mal à l'aise devant Karine, Georg a quand même voulu la saluer avant de partir. Lui parler de Karl également.

— Nous partons pour Berthier. L'état-major doit y établir ses quartiers d'hiver de même que le bataillon von Kohle.

— Encore partir...

Karine se désole pour tous ces soldats condamnés à reprendre la route. Esclaves toujours poussés vers nulle part. Elle a décidé de demeurer aux Trois-Rivières pour y soigner les soldats malades, pour essayer de les aider à se débarrasser un tant soit peu de cette maladie d'exil qui tient si solidement les corps en otage. Mme Kühn suivra son mari à Berthier, mais elle s'est volontiers pliée à la demande de sa dame de compagnie. «Tu seras plus utile ici, auprès des malades, lui a-t-elle dit. Maintenant que mon mari est revenu, j'essaierai de me passer de toi.»

C'est donc le choix personnel de Karine de rester aux Trois-Rivières et, pourtant, le départ des soldats l'attriste. L'impression d'être abandonnée.

— J'espère que les soldats sont prêts pour la longue marche vers Berthier. L'hiver risque de vous surprendre.

Georg saisit l'allusion à la catastrophe du lac Saint-Pierre dont il a été jugé non responsable, les soldats étant assurément trop mal vêtus pour une telle expédition. Tout le long du procès, jamais il n'a pu compter sur le soutien du colonel von Kohle. Jamais celui-ci n'a mentionné les suppliques répétées de Georg pour retarder le départ. «J'avais confié ces hommes et ces femmes au bon jugement du capitaine Beyer», s'est-il contenté de dire, se déchargeant ainsi de toute culpabilité. Les soldats eux-mêmes se sont heureusement chargés de la défense de Georg en expliquant avec ardeur la façon dont il les avait sauvés. Ses souffrances physiques évidentes et ses années de loyaux services ont fait le reste. Il n'était responsable ni de l'état lamentable de cette compagnie ni des caprices du climat, totalement imprévisible dans ce pays.

Georg chasse ces mauvais souvenirs et tranquillise l'infirmière:

— Le gouverneur Haldimand a fait parvenir à chaque soldat une paire de culottes, des souliers, une couverture et une paire de gants. Un cadeau du roi d'Angleterre! Personne ne veut revivre les atrocités du lac Saint-Pierre. De toute façon, les malades resteront ici, sous vos soins, et ceux qui partent auront des provisions suffisantes pour le voyage. J'y veillerai personnellement.

— Vous avez changé, capitaine.

— J'essaie, répond-il en baissant la tête. C'est difficile.

Comment expliquer à la jeune femme que deux êtres totalement différents cohabitent en lui? Qu'ils se battent, se déchirent. Et qu'il se sent écartelé.

— Vous réussirez, dit doucement Karine.

— Peut-être. J'espère...

Pour le moment, il ne sait même plus qui il est. Les morceaux du casse-tête sont éparpillés et il a du mal à les rassembler.

Consciente de l'audace de son geste, Karine pose sa main sur celle de Georg.

— Vous y arriverez, murmure-t-elle.

Cette marque de confiance et d'affection trouble l'officier. Il aimerait oublier qui il a été. Assassiner ce soldat aveugle, incapable de saisir de la vie autre chose que ce que l'armée lui permet de voir. Mais il a peur. Trop de bouleversements restent à venir. Comme si ce qu'il s'apprêtait à découvrir risquait de l'anéantir. Jusqu'où acceptera-t-il de se haïr? Jusqu'où un être peut-il s'autodétruire avant de se réinventer? Pour quoi, pour qui accepter de telles souffrances?

Gauchement, il prend dans ses mains les mains de Karine.

— Pour Karl... J'essaierai de toute mon âme. Pour vous...

Il est parfois des serments d'amour plus vrais que l'amour lui-même.

Avant de partir, il prend un ton plus neutre pour annoncer à Karine la désertion de Johann.

— J'ai cru que vous aimeriez savoir, ajoute-t-il tout en observant le visage de la jeune femme.

Plus forte que lui, elle cache bien son ressentiment. Il ne cherche pas plus loin et s'éloigne, heureux pour la première fois depuis longtemps. Il n'a pas révélé cependant qu'il avait ordonné de cesser les recherches deux jours à peine après la disparition de Johann. Il n'a pas permis non plus que l'on fasse surveiller la maison des Gauthier, prétextant le manque d'effectif. «Le soldat Vogel est inapte au combat. Nous ne gaspillerons ni temps ni énergies à retrouver un handicapé. Quant aux chasseurs de Hanau, nous pourrions les chercher longtemps. La forêt est leur élément. Ils y sont plus à l'aise que les bêtes sauvages.»

Par sa volonté, Johann n'a pas été retrouvé. Il est loin, dans un autre coin de ce pays immense. Karine va pouvoir oublier maintenant.

Quelques heures plus tard, les soldats silencieux longent le lac Saint-Pierre. L'ennemi impassible qui a ravi seize des leurs apparaît menaçant malgré son calme apparent. Prédateur immense, le lac se repose, chatouillé par un vent d'automne nonchalant. Comme un chat indolent qui surveille sa proie du coin de l'œil.

L'hiver tarde cette année. On a bien eu quelques brins de neige, mais le soleil a vite eu raison de ces effrontés. Rien aujourd'hui ne laisse présager les furies de demain. Comme si la saison froide ne devait jamais venir.

Et si l'hiver ne venait plus jamais... De toutes ses forces, Georg en appelle à l'été pour ne pas avoir à traverser la longue et cruelle froidure. Sauter des étapes, ne pas tout vivre, ne pas tout ressentir, même s'il sait que l'on ne rebâtit rien de bon à partir de matériaux en mauvais état. Il faut aplanir, redresser, jeter. Il faut passer l'hiver... pour mériter l'été.

À Berthier, après avoir billeté les soldats chez les habitants, le capitaine Beyer se rend chez Malcolm Nicolson, un marchand prospère où il a reçu l'ordre de s'installer. La grande maison, située en plein cœur du village, se distingue des autres par son arrogance. Une grosse dame à la moue dédaigneuse lui ouvre la porte. Derrière elle se cache un garçon d'une douzaine d'années aux lèvres tout aussi méprisantes que celles de sa mère.

— Madame Nicolson? s'enquiert Georg, poli.

Elle hoche la tête.

— Ich bin... I am Captain... Je dois habiter chez vous.

Devant son anglais déficient, il a finalement opté pour le français, mais la femme semble avoir compris. La prestance de Georg la surprend; elle s'attendait à recevoir un malappris. Elle va le faire entrer lorsqu'un homme à peine plus grand qu'elle, le cheveu rare et la silhouette courbée, la bouscule et occupe entièrement l'embrasure de la porte.

— You won't stay here! crie-t-il. Nobody can force me to take in soldiers.

Georg tente de comprendre mais l'homme a parlé trop rapidement.

— Sorry. No understand.

— Do you speak french? demande l'homme, toujours aussi survolté.

— Oui.

Dans un français éraillé, le marchand répète ce qu'il a déjà dit:

— Vous ne restez pas ici. Personne reste ici. C'est la maison de moi. Understand?

Piqué au vif, Georg pénètre dans la maison en poussant le bonhomme et sa femme. Toujours accroché au derrière imposant de sa mère, le garçon a perdu son arrogance.

— Vous avez pas le droit! hurle le marchand, le poing levé.

Sans dire un mot, Georg sort de sa poche l'ordre du colonel von Kühn lui intimant de se rendre chez le marchand Nicolson et d'y installer son quartier d'hiver.

— J'ai reçu l'ordre de rester ici, déclare-t-il sèchement. Je reste. Où est ma chambre?

— Ça va pas rester comme ça! crie Nicolson, blême de colère.

Georg suit Mme Nicolson jusqu'à une petite pièce ajoutée à la maison il y a un an et qui a depuis servi d'entrepôt. Les murs minces laissent percer les sons de la rue. Une minuscule fenêtre aux carreaux brisés s'ouvre sur la brunante. Par terre, un matelas jauni. Voilà le royaume du capitaine Georg Beyer pour les mois qui viennent. Accablé, il tourne en rond dans la cage froide où l'énorme femme l'a abandonné. Une odeur fétide qui ressemble à la solitude rampe autour de lui, ondule le long des murs, empeste la pièce.

Soudain sans défense, Georg ne sait plus comment il survivra à cet hiver dont la froidure s'infiltre déjà dans ses membres.

V

Waldgeist plisse les yeux pour voir à travers les rafales de neige. Johann est parti depuis une demi-heure, mais l'Indien scrute encore l'horizon toujours plus opaque. En alerte, il observe, décidé à accourir au moindre signe. Comme si de rester là et de penser très fort à Johann pouvait le sauver de tous les dangers.

— Je n'aurais pas dû le laisser partir, dit-il à sa femme dans une langue rude comme l'écorce des arbres.

— Il devait partir, lui répond-elle simplement.

— Alors, j'aurais dû aller avec lui.

— Les hommes doivent se prouver qu'ils sont des hommes. Ne le protège pas comme une femme. Le Kije Manito veillera sur lui.

Recouverts de fourrure, le dos tourné contre le vent, ils reconduisent Johann vers sa bien-aimée et supplient le dieu de l'hiver de l'épargner.

Le vent redouble et les quelques repères dont il avait souvenance échappent maintenant à Johann. Il doit se fier à son seul instinct. En apercevant enfin le campement des chasseurs de Hanau, il reprend courage. Les huttes et les tentes érigées sur le même modèle que les wigwams de forme conique des Indiens résistent aux plus grandes fureurs de l'hiver. Une fumée hospitalière monte par une ouverture au bout du cône. Avec soulagement et bonheur, le soldat en hume l'odeur caractéristique. Ses amis déserteurs méritent cette forêt. Ils ont su s'en faire une alliée.

— Johann! s'exclame Philipp Maher en le voyant sourdre de la tempête. Mais c'est une folie! Que fais-tu dehors par un temps pareil?

Johann lui sourit, fier de lui. Philipp n'en croit pas ses yeux. Ces deux mois de liberté et de vie sauvage ont changé le chasseur de Hanau. Ses cheveux blonds ont poussé en fardoches en même temps que sa barbe, plus rousse que dorée. Emmitouflé dans ses fourrures, le géant ressemble à l'ours canadien dont il a pris les mouvements feutrés et souples. La force également, décuplée. Ébahi, il prend Johann dans ses bras et le secoue vigoureusement. Ils rient à gorge déployée et les autres délaissent leurs cartes pour entourer le visiteur inattendu.

— Pour une surprise, c'est une surprise! Nous n'attendions pas de visite aujourd'hui!

Christophe Tyssère, espiègle, prend une mine contrite:

— Excuse le désordre. Si nous avions su, nous t'aurions préparé une chambre.

Leurs rires étouffent pendant un moment les hurlements du vent.

— À ce que je vois, tout le monde se porte à merveille ici, constate Johann.

— Les voisins sont un peu bruyants, mais à part ça, ça va.

Ils se lancent l'un l'autre des coups de poings amicaux. Johann s'amuse de leur joyeuse gaminerie.

— Mais dis donc, Johann. Nous sommes installés ici depuis plus de deux mois et tes visites ont été plus que rares. Tu n'es sûrement pas venu voir si nous allions bien par un temps pareil. Ça aurait pu attendre quelques jours!

— Je suis venu vous souhaiter la bonne année, réplique Johann. Je ne voulais pas vous abandonner ici, tout seuls, tout tristes, perdus au milieu des bois.

Son air pathétique stimule ses compagnons. Ils jouent le jeu, l'enlacent, le remercient.

— Quel dévouement tout de même! Risquer sa vie pour ses vieux amis!

Franz Laître, plus perspicace, rafraîchit leurs ardeurs.

— Surtout que nous avons la chance d'être en plein sur le chemin de Batiscan, n'est-ce pas?

Tous houspillent Johann, le bousculent avec des airs de conspirateurs.

— Ça te démangeait, hein! dit Philipp.

— Tu ne pouvais plus attendre, c'est ça? renchérit Franz.

Johann les interrompt.

— Je ne resterai pas une minute de plus avec une telle bande d'envieux!

Il reprend son lourd bagage devant les yeux incrédules de ses compagnons. Philipp le retient par le bras.

— Tu ne vas pas partir dans cette tempête.

C'est un ordre plus qu'une interrogation.

— Je suis venu jusqu'ici en pensant à vous, dit Johann en clignant de l'œil. Imaginez jusqu'où je pourrai aller en pensant à Marie.

Il s'apprête à partir malgré leurs imprécations et ils constatent avec inquiétude qu'ils ne réussiront pas à retenir cet ami fou qui parle d'amour en courant après la mort. Il leur échappe déjà, tout entier tourné vers Batiscan et la petite maison du Huitième Rang. Philipp extirpe de dessous sa paillasse trois petites poupées sculptées finement dans des branches d'érable. Trois enfants agenouillés, enfants de partout, sans visage.

— Tu trouveras bien quelqu'un à qui les donner à Batiscan, dit-il en rougissant. Ici, personne ne reconnaît mon talent.

C'est faux et il le sait. Les autres aussi, mais personne ne le contredira, histoire de préserver des sujets de discussion et de rigolade pour l'année qui commence.

Une fois Johann reparti, le vent leur semble plus violent, plus hargneux encore parce qu'une partie d'eux-mêmes s'est volontairement offerte en pâture à sa cruauté. Eux aussi, comme Waldgeist, accompagneront Johann à leur façon. Il en aura besoin.

Plus il se rapproche de Marie, moins Johann entend la tourmente. Il fait partie d'elle, respire avec elle. Il en a pris le rythme, la vigueur, l'intense folie. La poudrerie le transporte plus qu'elle ne le freine. Il devine dans son dos les mains puissantes des dieux de Waldgeist. Il trébuche quelques fois, se relève, retombe. Doucement... Doucement, le vent. Ses pieds le ralentissent; ils enflent à vue d'œil. Mais il ne s'inquiète pas de ces deux masses énormes et rigides qui le séparent de la chaleur de la neige. Tout son corps crie grâce, mais il n'entend rien. Il refuse d'écouter, s'arrête à peine quelques secondes, l'espace d'un souffle dérobé aux bourrasques. Avance soldat! Ne t'arrête pas! Les dieux veillent sur toi. Le vent mugit de partout. Avance Johann. Marie t'attend. Elle ne sait pas que tu vas venir, mais elle t'attend. Écoute: elle t'appelle. Avance plus vite! Nous avons promis à Waldgeist de veiller sur toi. Avance, encore... sans regarder... Nous t'empêcherons de rebrousser chemin. Avance...

— Mon Dieu! Maman, viens vite! C'est Johann!

Marie reconnaît à peine la boule de neige pelotonnée sur la galerie. Seuls les yeux gris animent le visage gelé. Un coin de ciel limpide, épargné. Les deux femmes soulèvent Johann et le traînent jusque devant l'âtre.

— Louis, ferme vite la porte!

«Adieu, soldat Vogel. Tu vois que nous avions raison. Marie t'attendait; il ne fallait pas t'arrêter.» Les dieux restent dehors.

— Il faut lui enlever ses vêtements, crie Louise. Les enfants, allez chercher toutes les couvertures que vous pourrez trouver.

Johann se laisse faire. Il ne sait plus d'où vient la chaleur. Du feu qui crépite devant lui ou des mains de Marie qui glissent sur son corps? Un à un, les enfants reviennent avec des couvertures pour la plupart déchirées qu'ils déposent chacun leur tour sur les épaules et les jambes de Johann. De magnifiques présents.

Une heure plus tard, Johann regarde Marie, assise près de lui. Les flammes tracent des reflets jaunes dans le brun de ses yeux.

— Bonne année, mon amour.

Il a murmuré pour elle seule, mais tous ont entendu cette voix de la résurrection. Aussitôt, on l'entoure, on l'embrasse. Il est enfin chez lui, dans les bras de Marie.

Après le repas, alors que les trois plus jeunes tiennent respectueusement les petites statuettes de Philipp au creux de leur main, Marie, appuyée par sa mère, reproche à Johann son audace. Maintenant qu'il est là, sain et sauf, elles peuvent se permettre de le semoncer.

— Tu n'aurais pas dû venir. Tu aurais pu mourir dans cette tempête.

— Je me suis dit que le capitaine de milice ne s'y risquerait pas. Nous aurons la paix.

— Espèce de fou! clame Marie.

— Fou peut-être, mais plus courageux que le capitaine Smith!

Les rires qui montent de leurs poitrines ne se rendent pas jusqu'aux lèvres, car des bruits de pas leur parviennent de la galerie. Johann se lève, prêt à faire face puisque la fuite est impossible. À leur grand soulagement, c'est Julien qui pénètre dans la maison, plus vif que la poudrerie sur laquelle il referme la porte. Louise Gauthier se précipite vers lui, comblée, tandis que Marie le débarrasse de son sac à dos et s'exclame:

— Un autre fou!

— Mais plus courageux que le capitaine de milice, rétorque Julien en serrant la main de Johann.

Deux fous, en effet! Fous de liberté, d'amour et d'idéal. Julien a, lui aussi, des présents pour tout le monde. À Louis, il offre un poignard d'homme et l'enfant se retire à l'abri de l'agitation. Seul dans un coin de la maison, il serre d'une main le poignard rutilant; de l'autre, il caresse la figurine.

Johann et Julien parlent à cœur ouvert. Tous les deux déserteurs, ils se comprennent mieux.

— Étienne Lapierre a été libéré.

— Je sais, dit Julien. J'ai eu de ses nouvelles.

L'air de conspirateur du jeune Canadien en dit long sur ses activités.

— Il se pourrait bien que sa presse se remette à fonctionner, précise-t-il avec un clin d'œil.

— Oh non! s'exclame Johann. Il ne doit pas recommencer. S'ils le reprennent, ils seront plus sévères.

— Ils ne me reprendront pas, je te dis! J'ai appris; je serai plus prudent.

Josephte Lapierre n'arrive pas à comprendre l'entêtement de son mari. Les enfants et eux, libérés des soldats allemands, connaissent à nouveau une vie de famille calme et équilibrée. La librairie n'a pas trop souffert de l'absence d'Étienne, quoique certains clients ne soient jamais revenus. Ils pourraient être heureux, pleinement, simplement, sans craintes. Et voilà que son mari recommence ses activités clandestines.

— Je n'aiderai plus les déserteurs, je te le promets. Il y a trop d'espions. Je veux juste reproduire une affiche que d'autres se chargeront de distribuer.

— Ils vont vite deviner que tout cela vient de la librairie.

— Ils ne pourront pas remonter jusqu'à moi. La distribution va commencer à Montréal et à Québec en même temps. Nous avons tout prévu. Ne t'inquiète pas.

Il lui en demande trop. Il garde pour lui la naïveté et la bonne foi et ne lui laisse en partage que l'inquiétude.

— Viens, dit-il en la serrant contre lui. Nous allons chercher les enfants. Ils doivent trépigner d'impatience. Ils avaient tellement hâte d'ouvrir leurs cadeaux.

Les enfants pèchent plus par gourmandise que par impatience. La longue table des religieuses déborde de merveilles dont ils n'auraient pu jusque-là soupçonner l'existence. Karine contemple les trois enfants, et ses souvenirs la mènent à Éva, sa fillette condamnée à ne jamais grandir. Elle la revoit telle qu'elle était à Nettelcamp, s'attarde un moment aux cheveux soyeux, aux mains potelées.

— Quelle bonne idée d'avoir invité les amis de Karl, lui confie sa voisine de table. Ces enfants réinventent la fête.

Sœur Thérèse rougit de contentement. C'est elle qui a transmis la demande de Karine à sa supérieure et sa médiation est aujourd'hui récompensée, quoique les rêveries nostalgiques de Karine la désespèrent. Parviendra-t-elle un jour, à force de bonté et de compréhension, à percer le silence réservé de cette jeune femme? Comme ses compagnes, sœur Thérèse admire et estime Karine. Depuis le départ de Mme Kühn pour Berthier, la jeune femme se consacre entièrement aux malades et à son fils, mais elle demeure secrète, effacée. Elle ne se confie à personne, offre à tous son sourire le plus chaleureux en refoulant des larmes que chacun devine.

— Vous êtes loin de nous, ma chère Karine.

Encore une fois, la religieuse tente de provoquer des confidences.

— Excusez-moi, ma sœur. C'est probablement ce délicieux repas qui me porte à rêver.

— Vous êtes satisfaite de votre nouvelle chambre? Ce n'est pas aussi grand que ce que vous aviez avant.

— C'est parfait! Je m'y sens très bien et vous suis très reconnaissante de nous avoir accueillis, Karl et moi.

— Vous nous le rendez bien. Vous êtes devenue indispensable à l'hôpital et vous avez un fils merveilleux qui ensoleille la maison.

Au bout de la table, la Supérieure se lève, marquant ainsi la fin du repas. Après la prière, Karl, Jean et Catherine rejoignent Étienne et Josephte au parloir. Karine les salue en leur souhaitant une bonne année.

— Vous ne venez pas avec nous, Karine? Vous êtes sûre? Il y aura beaucoup de monde chez le notaire et tous seraient contents de vous voir.

— Je vous remercie, mais j'ai accepté de prendre les malades sous ma responsabilité cette nuit.

— Alors tant pis pour nous et tant mieux pour eux. Si vous changez d'idée, vous savez où nous trouver.

— Merci encore d'emmener Karl.

Ils partent en se tenant tous par la main, du plus petit au plus grand. Karl, au milieu d'eux, appartient maintenant de plein droit à ce pays. Il en a le langage, les gestes, le savoir et les amitiés. Et son bonheur condamne sa mère à ce monde, un pays qu'elle ne demande qu'à aimer mais qui prend beaucoup sans toujours donner en échange.

Dans la grande salle où elle pénètre sur le bout des pieds, seul le ronflement d'un vieillard roule sur le silence. Lors de sa tournée de routine, Karine s'arrête devant le lit où Georg a passé de longues semaines, ballotté entre les regrets et l'espérance. Le lit est vide. Tant qu'elle le pourra, elle le gardera ainsi, intact, propre, sans savoir vraiment ce qu'elle cherche, de cette façon, à préserver. Elle s'assoit sur le lit grinçant et s'imagine pour la centième fois en train de panser les plaies de cet homme sans défense. Elle désire le bercer comme elle berçait Éva. Ses bras s'entrouvrent. Karl a su déchiffrer les messages de désespoir du capitaine. Sera-t-elle aussi sage que son fils? Saura-t-elle trouver le passage obscur qui la mènera aux sources de Georg? Elle caresse le drap, là où la main de l'officier a si longuement reposé. Elle touche sa joue et Georg ferme les yeux sous la fraîcheur généreuse de ses doigts délicats. Il s'abreuve à sa douceur, se laisse envahir. Délivré de la guerre, de la répression, du vent glacial, il se faufile jusqu'à elle, dans un univers de lumière où chaque seconde qui passe est la plus précieuse.

— Plus de 2 000 Brunswickois et environ 300 soldats de Hanau sont déjà au Canada et nous attendons des renforts pour très bientôt.

Le colonel von Kühn répond à une question d'un milicien. Les officiers réunis à Berthier fêtent l'arrivée de la nouvelle année. Anglais et Allemands, en désespoir de guerre, s'associent à tout le moins pour festoyer. Mme Kühn est là également, radieuse. Elle se rapproche du capitaine Beyer.

— J'espère que vous vous amusez, capitaine. L'heure est aux réjouissances; profitons-en.

— Bien sûr, madame.

Georg salue respectueusement. Puis, de nouveau seul, il grappille, ici et là, des bribes de conversation.

— Le mois passé, le général Riedesel a obtenu des Américains la permission d'aller à New York.

— Les rebelles ne pouvaient pas lui refuser cette faveur.

— On dit qu'il n'est pas en très bonne santé.

— Les rebelles n'ont pas encore pris New York aux Anglais. S'ils le laissent partir dans cette ville, c'est mauvais signe.
— Que veux-tu dire?
— Je me comprends...

Les langues s'entrecroisent. On parle tantôt en français, tantôt en anglais, tantôt en allemand. Microcosme du monde, cette pièce reflète des coutumes, des traditions et des désirs différents, parfois même divergents. Mais tous réussissent à s'y supporter sans se comprendre tout à fait.

— À quoi emploierez-vous vos hommes cet hiver, colonel von Kühn? demande un officier anglais.
— Nos soldats travailleront surtout à la reconstruction des fortifications.

Georg remarque que le colonel préfère taire le travail de policier et d'agent d'espionnage de ses soldats. Le capitaine anglais continue:

— J'ai entendu dire que vos charpentiers, maçons et forgerons s'y entendent à merveille dans l'élaboration des travaux qu'on leur a confiés.
— Nos soldats font leur devoir. Et nos ingénieurs peuvent rivaliser avec ceux de tous les autres pays.

Très fier de ses hommes, le colonel s'applique à vanter leurs mérites. Tourneurs, vitriers, cordiers et couvreurs se parent de qualités fabuleuses à travers ses descriptions. Jusqu'au drapier de sa compagnie qui n'a pas son pareil.

Georg s'emmure lentement en lui-même, loin des bavardages. Il ne veut plus participer à cette guerre de salon où les tapissiers, jardiniers et poudriers prennent la place des soldats. À travers la fenêtre, il laisse ses pensées tourbillonner au creux de la poudrerie, là où Karine reste possible. Là d'où vient l'été.

VI

Que l'été est bon dans ce pays! Plus rare donc plus précieux...
Allongés tous les cinq dans l'herbe haute, Marie, Johann, Julien, Louis et Josette profitent d'un repos bien mérité. Un brin de foin dans la bouche, Marie chantonne pendant que Johann s'étire en exhalant un long soupir de contentement. Julien se moque de lui.
— Si tu continues à soupirer aussi fort, le capitaine de milice va t'entendre de chez lui.
— Je ne crois pas, lui répond Johann. Il doit soupirer encore plus fort que moi car la chaleur le rend maussade.
Marie n'aime pas les voir se rire du danger.
— En tout cas, dit-elle, j'espère que Florence ne dort pas et qu'elle fait bien le guet.
Louis maugrée:
— Moi, je ne ferais pas confiance à une fille pour une mission aussi importante.
Marie saute sur le garçon. Elle s'assoit à califourchon sur son ventre et le chatouille jusqu'à ce qu'il crie grâce.
— Je vais te montrer ce qu'une fille peut faire!
— Arrête! Non... D'accord, je n'ai rien dit; tu as gagné!
— Dis: je m'excuse pour toutes les filles de la terre.
Incapable d'en supporter davantage, Louis s'exécute. Mais, dès que Marie relâche son étreinte, il la bouscule et se sauve en criant:
— Chou pour les filles!

Sa sœur le laisse dire en haussant les épaules. Elle se retourne vivement et s'en prend à Johann qui somnolait sous le soleil. Celui-ci la saisit par la taille et la renverse. Julien se sent de trop.

— Bon, j'ai compris, dit-il. Je vais aller travailler. Il y en a toujours qui s'amusent pendant que les autres travaillent.

Aux Trois-Rivières, le bataillon von Kohle a réintégré ses quartiers. Georg a retrouvé cette ville avec la joie et le soulagement d'un prisonnier recouvrant la liberté. Pendant tout l'hiver, les Nicolson lui ont fait la vie dure. Rien ne lui a été épargné. Ils l'ont accusé de tous les péchés possibles, même de tenter de séduire l'énorme Mme Nicolson, au rire de chouette. Finalement, il a fallu l'intervention énergique du gouverneur lui-même. Après une minutieuse analyse des deux plaidoyers, celui-ci a ordonné à Nicolson de loger convenablement le capitaine Beyer. Toutefois, il a ajouté: «On pourra tenir compte à Nicolson du temps qu'il aura été sur les logements et qu'il pourrait être obligé de donner par la suite». En période de guerre, alors que la milice peut être sollicitée à tout moment, le temps vaut son pesant d'or, mais cette promesse, bien qu'elle calmât un tant soit peu la hargne de l'Anglais, n'en allégea pas pour autant l'atmosphère de la maison.

Pour toutes ces raisons, l'été 1780 apparaît à Georg une délivrance. Depuis son retour aux Trois-Rivières, il rencontre Karine de plus en plus souvent. Ils font de longues promenades, bras dessus, bras dessous, comme de vieux mariés assagis. Apeurés tous les deux devant des sentiments qui ne leur laissent plus de répit, ils se blottissent au creux de leur amitié en attendant de se savoir assez forts.

Karl, lui, n'a peur de rien. Il grandit à vue d'œil et fonce à travers la vie comme un jeune bouc. À la recherche de sa virilité, il a quelque peu délaissé son violon devenu trop petit pour lui. Comme beaucoup de choses, d'ailleurs. Même les jeux de son amie Catherine lui paraissent enfantins. Il se colle plutôt aux basques de Jean et les deux complices sèment la fillette chaque fois qu'ils le peuvent, malgré ses supplications.

Georg s'émerveille de l'énergie de Karl, de sa façon de rire, d'apprendre. À ses côtés, il prend une revanche sur l'enfance, recrée des moments précieux qu'on lui avait escroqués. La résurrection de Georg passe par la croissance victorieuse de Karl.

Sur le théâtre de la guerre, l'été réserve des surprises aux soldats allemands et anglais. D'abord le fort Saint-Jean, détruit par les flammes, et qu'une centaine de soldats allemands travaillent à reconstruire. Ensuite Québec qui doit rapidement être fortifiée. Des rapports indiquent en effet que deux flottes françaises s'apprêtent à attaquer et les autorités anglaises prennent peur. Comme il fallait s'y attendre, les chasseurs de Kreutzbourg, sollicités pour les travaux de fortification, refusent de prêter main-forte, assurés de l'appui de leur prince. Ce qui contribue à détériorer les relations, déjà tendues.

À la fin de juin, des renforts arrivent. Le régiment von Lossberg accoste enfin après des aventures incroyables. Envoyés à Québec en septembre 1779 après s'être battus aux États-Unis, ces hommes ont essuyé une violente tempête qui a fait des dizaines de morts et les a obligés à rentrer à New York. Ce n'est qu'au mois de mai de cette année qu'ils se sont de nouveau embarqués pour Québec. Avec eux, l'effectif des troupes allemandes au Canada s'élève à environ 4 320 hommes mais, au grand désespoir de l'état-major, ce chiffre fluctue sans cesse au rythme des désertions. Le colonel von Kohle en perd la raison.

— Les recrues n'ont aucune discipline, braille-t-il. Je me demande où on a pu trouver de telles loques humaines. Les derniers contingentements comprennent plus de bandits que de soldats. Pas surprenant que leur seule idée soit de déserter!

Georg voit d'autres raisons, mais il ne les exposera pas à son supérieur, leurs rapports étant devenus trop méfiants. Les deux hommes qui avaient cru se comprendre s'éloignent inexorablement l'un de l'autre. Le colonel von Kohle sent son emprise sur Georg faiblir un peu plus chaque jour. S'il trouvait des motifs valables de se défaire de cet officier, témoin gênant de ses erreurs, juge muet de ses cruautés, il n'hésiterait pas. Mais il a besoin de lui et sa rancœur n'en est que plus vive.

— La situation est la même dans l'armée anglaise, mon colonel, plaide tout de même Georg. Leurs soldats désertent aussi en grand nombre.

— Peut-être le problème vient-il des rangs supérieurs, rétorque von Kohle en cherchant le regard de son capitaine. La discipline doit venir d'en haut et, quand les officiers ne font plus leur devoir, il faut s'attendre au pire.

Georg a saisi le sous-entendu, mais il préfère se taire. Il s'est trop longtemps justifié pour tout et pour rien. Défendu d'exister. Il apprend maintenant la tolérance envers lui-même.

Exaspéré par l'indifférence de Georg, le colonel laisse éclater sa colère:

— Les officiers devront être plus sévères envers les déserteurs repris! Il va falloir faire des exemples! Et les habitants qui les aident ne devront pas être épargnés. Le premier officier qui fera preuve de clémence envers ces traîtres sera traduit en cour martiale. Préparez vos hommes, capitaine! Nous partons pour Québec après-demain. On a besoin de nous là-bas. Et ouvrez l'œil! Je ne veux plus de désertions!

Crachées avec rage, les dernières paroles ébranlent Georg dans ses convictions nouvelles. Il cerne mal les limites du devoir. Jusqu'où son rôle d'officier doit-il l'entraîner dans la répression? Il croit toujours en l'armée, en l'autorité. Il répugne à la lâcheté, à la trahison. Et pourtant, les frontières du pouvoir semblent se resserrer. Peut-être à cause de ce pays et de ses habitants qui ridiculisent toute tentative de domination et échappent sans combattre à l'emprise du pouvoir. Ils opposent à l'autorité une révolte nonchalante, la pire. Comment parviendra-t-il à l'équilibre? Par moments, le capitaine sent sa tête si lourde!... Il n'aspire plus alors qu'au silence. Il sait que le combat qu'il se livre à lui-même ne connaîtra jamais de vainqueur puisqu'une partie de lui devra mourir. Et la douleur le tenaille, vive, insupportable, une douleur que seule la main de Karine posée sur son bras peut apaiser.

VII

En route pour Québec, les compagnies du régiment de von Kohle empruntent le chemin du Roy où des milliers d'insectes les attaquent sans relâche. Ce début de juillet de l'an 1780, chaud et humide, favorise leur éclosion et les 695 hommes emploient toutes leurs énergies à repousser l'assaut.

À Batiscan, le colonel réunit ses officiers après avoir rencontré le capitaine Smith.

— Le capitaine de milice réclame notre aide, leur explique-t-il. Plusieurs déserteurs se sont installés dans les environs et volent les habitants pour se nourrir. Ils ont été aidés par une poignée de Canadiens qui ont établi un réseau de communication très efficace. Il faut mettre la main sur cette organisation et démanteler leur réseau. Capitaine Beyer, je vous charge de l'opération. Vous avez deux jours pour ratisser le pays.

Georg comprend que cette mission servira à tester sa loyauté. Le colonel ne tolérera pas d'échec. Il faut enrayer ce fléau qui décime l'armée allemande plus sûrement que la maladie et décourager pour toujours les éventuels déserteurs. L'ordre est clair.

Au même moment, tout près de là, Julien et Johann, de plus en plus confiants en leur bonne étoile, s'attardent aux champs. L'air est doux et le capitaine de milice semble les avoir oubliés. À croire que la vie a repris son cours et que toutes ces histoires de complots et de guerre n'ont été qu'un mauvais rêve. Ils savourent leur liberté à pleins poumons en compagnie de Philipp Maher venu aux provisions. Avec ses compagnons de Hanau, ce dernier caresse de grands projets qu'il expose à ses amis.

— Nous voudrions bâtir deux maisons solides avant l'hiver. Pourrais-tu nous trouver un endroit où travailler, Julien? Nous avons besoin d'argent pour acheter certains matériaux.

Sa chevelure blonde caresse son visage hâlé. Ses traits poupins ont pris une maturité déconcertante. Il possède la naïveté attachante des gens simples et purs alliée à la robustesse des peuples des montagnes. Très rapidement, il a tout appris de son pays d'adoption. Lui et ses camarades ont chassé le castor, le rat musqué, le chevreuil et l'orignal. Ils savent où trouver fruits et légumes sauvages. Des Indiens, ils ont adopté le costume frangé, très utile pour drainer l'eau les jours de pluie et empêcher la formation de glace l'hiver. Avec la peau des animaux, ils font des vêtements, des couvertures ou des balles pour le jeu de crosse auquel ils s'adonnent avec plus de plaisir encore que les autochtones. Seule la langue du pays leur cause quelques difficultés malgré les leçons de Johann.

Ce dernier traduit avec enthousiasme la réponse de Julien:

— Venez dans trois jours à la maison du P'tit huit. Julien vous dira où aller.

Philipp repart de sa démarche sautillante tandis que Marie rappelle ses hommes à l'ouvrage.

— C'est pas en flânant au soleil que vous allez rentrer le foin!

Au haut de la colline, Louis surveille les alentours. De son poste d'observation, il aperçoit la minuscule prairie où bougent les silhouettes de Marie et des deux hommes. En se tournant à peine, il a sous les yeux le chemin qui mène au village. Derrière lui se trouve la maison où s'affairent Louise et ses filles et autour de laquelle le chien court en dérapant à tous les coins. L'animal disparaît pour reparaître aussitôt à toute vitesse, comme s'il courait derrière son ombre. Son manège amuse le garçon qui compte les secondes qu'il met à effectuer un tour complet de la maison. Après trois tours exécutés à vive allure, le chien disparaît de nouveau mais, cette fois, il tarde à revenir. Louis se lève, intrigué. Il l'appelle sans succès.

LA GUERRE DES AUTRES

Après avoir jeté un coup d'œil à la route déserte, il s'élance à la recherche de l'animal et le retrouve en bien mauvaise posture.

— Qu'est-ce qui t'arrive, mon pauvre Bonheur?

La pauvre bête a rencontré plus coriace qu'elle et tente désespérément de se débarrasser des dizaines d'aiguilles qui creusent sa chair. Chaque mouvement la fait souffrir. Le porc-épic qu'elle a mordu tient sa revanche. Les aiguilles acérées s'enfoncent dans le nez, sur la langue, au palais. Toute la gueule du chien disparaît sous les pics qui lui font une tête énorme. Le garçon empoigne l'animal par le cou et l'entraîne vers la maison.

— Maman! Maman! Viens vite!

Quand il entre dans la maison en poussant le chien devant lui, Louise et ses filles poussent un cri.

— Fais quelque chose, maman, supplie Florence. Il doit souffrir!

— Ce n'est pas le premier chien à rencontrer un porc-épic, les rassure Louise. Ne vous inquiétez pas trop. Il s'en tirera et, à la première occasion, il mordra encore.

Tout en parlant, elle cherche des cisailles.

— Fais-le coucher, Louis, ordonne-t-elle au garçon effaré. Empêche-le de bouger comme tu pourras.

Le garçon s'assoit sur Bonheur et le maintient immobile pendant que sa mère arrache les aiguilles une à une. Elle trempe ensuite le museau de l'animal dans une chaudière d'eau additionnée de sel. Le chien s'ébroue, satisfait. Louis s'apprête à sortir. Il doit reprendre le guet. Même si tout semble calme, il a quitté son poste beaucoup trop longtemps. Il se dirige vers la porte lorsqu'elle s'ouvre brusquement. Un officier allemand, facilement reconnaissable à ses hautes bottes et à la petite épée suspendue à sa hanche dans un fourreau noir, pénètre dans la maison. Les galons d'argent du sergent qui l'accompagne aveuglent les Gauthier, vite encerclés par cinq soldats.

— Fouillez partout, ordonne l'officier.

Puis il se tourne vers la femme:

— N'ayez pas peur, nous ne vous ferons aucun mal. Nous cherchons des déserteurs.

— Pourquoi ici? réussit à articuler Louise Gauthier.

— Nous avons des raisons de croire que votre fils aide les déserteurs et qu'un de nos soldats est venu ici rejoindre votre fille, son épouse.

— Johann n'est pas ici. Nous ne l'avons pas vu depuis des mois.

Le sergent Weist et ses hommes terminent leur fouille.

— Nous n'avons rien trouvé, capitaine Beyer.

Le capitaine s'adresse à Louise:

— Dites-nous où est votre fils, madame.

— Je ne le sais pas.

Elle serre ses filles contre elle pendant que Louis, désespéré, se dirige subrepticement vers la porte. Soudain, il fonce. Il doit avertir les autres. Ils avaient confiance en lui et il n'a pas su veiller. Il mérite la mort pour tant d'inconscience. Dans son élan, il saute en bas de la galerie, talonné par le chien. Il va les avertir; il le faut, sinon ils seront tous arrêtés et pendus à cause de lui. Il veut courir, mais deux bras solides l'empoignent par derrière. Il se débat, frappe, mord. Il est prêt à mourir pour sauver Johann et Julien.

— Où vas-tu, mon bonhomme?

Immobilisé, le garçon ferme les yeux pour ne pas voir les soldats se diriger vers la prairie où travaillent Marie, Johann et Julien.

— Ce qu'il fait chaud! soupire Johann. Je boirais bien un peu d'eau.

— Assoyons-nous un instant, propose Marie. Le temps est au beau; il n'y a pas de danger de pluie.

Elle attire son mari vers elle. Julien s'appuie à un arbre, à l'ombre. En se relevant quelques minutes plus tard pour aller chercher de l'eau, Marie voit briller une petite lueur inhabituelle au haut de la colline. Elle revient vers les hommes.

— Regardez! Il se passe quelque chose.

Johann et Julien plissent les yeux pour mieux voir. La petite lueur réapparaît. Ils attendent sans bouger. L'éclair se rapproche. Johann qui a vu des centaines de fois les rayons du soleil se mirer dans les galons des officiers est le premier à comprendre.

— Ce sont des soldats!

Sans plus attendre, les deux hommes rampent vers la forêt pendant que Marie, tremblante, reprend la fourche et charge le foin sur la charrette. Quand l'officier allemand est enfin devant elle, elle sait que Johann et Julien sont à l'abri, mais ses jambes ont quand même du mal à la supporter. Georg devine son malaise; il sent sa peur. Johann n'est pas loin.

— Dis-nous où sont ton frère et ton mari, ordonne-t-il.

— Je ne sais pas, lui répond Marie de sa voix claire.

Le sergent Weist s'approche d'eux.

— Ils étaient sûrement là, capitaine. Il y a trois fourches et cette femme ne peut pas avoir fait toute seule ce travail d'homme.

— Alors? demande Georg en regardant Marie droit dans les yeux.

Il se demande pourquoi Johann a préféré cette jeune femme à Karine. Elle est jolie, certes, mais Karine est belle.

— Alors? répète-t-il.

Marie reprend courage.

— Des voisins et des amis viennent souvent m'aider. Ma mère et mon jeune frère aussi. Les fourches sont pour eux.

Le sergent insiste.

— Ils étaient sûrement ici et ils ne sont pas loin. Il suffirait de fouiller les bois aux alentours pour les trouver.

Georg hésite. Il regarde Marie, la femme de Johann, celle qui lui a rendu Karine. Il ne doit pas toucher à ce bonheur fragile qui protège le sien.

— Nous partons, ordonne-t-il. Nous ne trouverons rien ici.

— Mais... capitaine. Nous les tenons, j'en suis sûr.

— Nous ne trouverons personne dans ces bois, lui répond Georg.

Piteux, le sergent se plie de mauvaise grâce à la volonté de son supérieur et les soldats remontent la colline, suant dans leurs uniformes. Marie se laisse tomber par terre, trop nerveuse pour pleurer.

Johann et Julien n'ont pas cessé de courir même après qu'ils eurent été en sécurité. Sans ralentir, Julien explique à Johann:

— Trois soldats allemands sont arrivés hier. Ils étaient trop fatigués pour continuer leur route. Nous les avons cachés dans la maison du P'tit huit. Il faut les faire sortir de là!

Essoufflés, les deux hommes atteignent enfin la limite de la forêt. Ils ont traversé d'un rang à l'autre à toute vitesse, sans prêter attention aux égratignures sur leurs bras et leur visage. Malgré tout, ils arrivent trop tard. Les trois déserteurs marchent déjà entre les soldats allemands accompagnés par le capitaine Smith, triomphant. Johann et Julien ne peuvent qu'assister, silencieux, à leur arrestation.

Le lendemain, les soldats sillonnent le village, tambour battant, et obligent les habitants à se réunir devant l'église. Les trois prisonniers sont emmenés. Leur chef est fusillé et les autres reçoivent 4 800 coups de baguettes devant les villageois. Les femmes tiennent leurs enfants serrés contre elles, le nez dans leur jupe pour leur épargner ce spectacle. Ceux qui détestent les Allemands n'oublieront jamais cette souffrance inutile; ceux qui les apprécient désapprouvent tout de même. L'habitant canadien, sensible aux envols bruyants des perdrix et aux câlineries des saisons, supporte mal la barbarie.

Même ceux qui se sont cachés entendent les plaintes des soldats. Même Marie, terrée dans la grange, devine leurs dos écorchés. Une douleur fouille son ventre, la plie en deux, enserre sa gorge. Elle ne sera plus jamais jeune. Elle a eu trop peur.

Johann et Julien ne sont pas revenus. L'été, bon et chaud, n'aura pas été long. Et quand l'hiver revient, la jeune femme est toujours sans nouvelles.

VIII

La même misère pour tous. La même faim. La même froidure sous un soleil blafard. Même solitude. Et pour les Allemands, où qu'ils soient en ce pays, un même exil.

Le retour des prisonniers échangés, l'arrivée de nouvelles recrues, l'annonce de la mort du duc de Brunswick créent des remous, brassent des souvenirs, distraient pendant quelque temps des longues journées à suer aux fortifications et des éternelles chicanes entre Anglais et Allemands, entre Allemands et Canadiens, entre Canadiens et Anglais.

Ballotté d'un campement à un autre, d'un quartier d'hiver à un autre quartier d'hiver, Georg, comme ses pairs, traîne sa solitude. Les soldats le respectent sans l'aimer. Ses supérieurs ne comprennent rien à ses agissements suspects. Les habitants le détestent carrément sans même chercher à l'excuser alors que, des officiers anglais, il ne reçoit que mépris.

Cantonné depuis deux semaines à Sorel, il attend les lettres de Karl comme un pécheur espère son pardon, avec angoisse et fébrilité. Ses rencontres avec Karine, plus rares à cause de l'éloignement, réussissent à peine à le rassurer, à lui redonner foi en lui-même.

Solitude. Où qu'ils soient en ce pays, les Allemands vivent la même solitude. Et Johann n'y échappe pas. Lui et Julien se terrent au creux des bois comme des animaux. Plus vivants la nuit que le jour, ils luttent pour leur survie en attendant que la guerre et l'hiver desserrent leur étreinte. Grâce aux Indiens et à leurs compagnons de Hanau, grâce aussi à Marie et à Louise, ils survivent. Parce qu'ils sont jeunes et forts, ils peuvent encore se colleter avec la saison froide sans trop de dégâts.

Pour Marie, la même solitude avec, en prime, les sarcasmes.

— Ça sent le sauvage! Pas surprenant quand on a un frère et un mari qui vivent chez les Indiens. Forcément, l'odeur se répand sur toute la famille...

Partout où paraît la jeune femme, les moqueries fusent, plus blessantes encore que l'ennui de Johann. Même le curé Le Fèvre, dans sa bonté chrétienne, apporte un réconfort offensant:

— Je prie pour toi, ma fille, l'assure-t-il. Et pour ta famille. Pour que Dieu vous protège du démon. Il faut protéger ton âme, ne pas laisser une passion humaine la détruire. Je prie pour toi, ma fille.

Un hiver. Plus long que le fleuve. Mais qui mène tout de même à l'été.

IX

Après l'exercice, la chaleur aidant, les soldats allemands se dispersent, les uns en bandes joyeuses, d'autres en galante compagnie. Georg qui les regarde s'éparpiller comme une volée d'hirondelles n'en ressent que plus crûment sa solitude. Il voudrait les suivre, mais quelque chose le retient qui ne dépend pas de lui. Incapable de se retrouver seul dans sa chambre encore une fois, il marche dans les rues de la ville, s'abreuvant aux cris des enfants qui se bousculent. Des amoureux se dévisagent, la main dans la main. Des vieillards discutent, debout au milieu de la place.

Georg examine avec soin les maisons des Trois-Rivières où il vient tout juste de revenir. D'esprit français, la maison de Gannes attire le soleil qui lui dessine des ombres étranges, mouvantes. Un peu plus loin, l'église Saint-James, austère et mystérieuse, lui rappelle son incarcération déguisée. Il presse le pas vers le monastère des Ursulines, solidement campé au milieu d'un vaste terrain qui s'étire vers le sud, en direction du fleuve.

Assis sur une pierre, il observe un moment le va-et-vient des gens qui entrent ou sortent. À vrai dire, il attend Karine mais, quand elle arrive, clignant des yeux devant le soleil, il n'ose plus aller vers elle. La jeune femme enlève son voile d'infirmière et secoue la tête. Elle remonte ensuite la rue, sans se presser, d'un pas fatigué.

Georg hésite toujours à attirer son attention. Il la suit discrètement pendant qu'elle fait en sens inverse le chemin qu'il a déjà parcouru pour venir jusqu'à elle. Après la maison des Tonnencour, elle tourne à droite et accélère le pas.

Alors seulement, Georg l'interpelle. Elle se retourne, surprise.

— Capitaine Beyer! Que faites-vous là?
— Je... Je vous ai vue passer, bafouille-t-il. J'ai voulu vous saluer.
— Vous allez bien?
— Très bien, merci. Et vous?
— Il y a beaucoup de travail à l'hôpital, mais je vais bien. Les religieuses sont si bonnes pour moi. Et je me suis fait une amie. J'allais justement lui rendre visite. Elle travaille chez le sieur de Niverville, à quelques pas d'ici.
— Ah bon... alors je vous laisse.
— Au revoir, capitaine.

Plus brusquement qu'il ne l'aurait souhaité, il la retient par le bras. Il rougit, s'excuse.

— Excusez mon audace. Je ne voudrais pas vous imposer ma présence, mais peut-être pourrions-nous marcher quelques instants. Je... Il fait si beau. Je n'ai guère le goût de rentrer.
— Avec plaisir. D'ailleurs, je ne suis pas pressée. Mon amie ne m'attend pas; je voulais lui faire une surprise.

Chemin faisant, Georg questionne:

— C'est une femme du pays, votre amie?
— Oui. Elle s'appelle Marie-Jeanne Pinot.
— Comment arrivez-vous à vous comprendre?
— Je parle assez bien le français, maintenant. Je n'ai pas le choix: Karl me met à la torture. Il s'est entiché de cette langue et refuse de me répondre si je lui parle allemand.
— Mais... nous sommes tellement différents d'eux. Comment faites-vous?... Qu'avez-vous en commun?
— Je ne crois pas que nous soyons si différents.

Malgré lui, Georg élève la voix.

— Ils sont si cruels! Sans fierté et sans discipline!

Karine s'arrête. Elle darde sur l'officier un regard sévère.

— Comment pouvez-vous dire ça après tout ce que vous avez fait, vous et vos soldats?

— Qu'avons-nous donc fait de si répréhensible sinon que d'obéir aux ordres de notre prince?

— Vous tuez, pillez, violez, espionnez. Notre prince exige-t-il tant de cruauté?

— Nous avons toujours fait notre devoir! Repousser l'envahisseur, mater les révoltes. Rien que notre devoir!

— Votre devoir ne tient compte de rien. La guerre et la répression peuvent-elles être un devoir pour quiconque a du cœur?

Frémissante de colère, Karine tourne le dos à l'officier ainsi qu'au manoir de Niverville. En courant, elle revient au couvent des Ursulines et monte dans sa chambre où elle croise son fils, prêt à partir.

— Bonjour maman! lui lance-t-il. Je vais voir le capitaine Beyer.

— Non, mon garçon! crie-t-elle en le saisissant violemment par le bras. C'est fini! Tu n'iras plus voir cet officier. Je te le défends, tu m'entends?

— Mais... Maman...

Le garçon de onze ans regarde sa mère, aussi bouleversé qu'elle. Il ne sait comment réagir à cet éclat inhabituel. Karine continue:

— Tu ne peux rien apprendre de bon de cet homme. Il est pourri en dedans, comme les arbres morts qui pensent donner le change parce qu'ils restent debout. Il n'y a rien à faire. Rien à faire...

Karl ne comprend pas.

— Tu ne dois pas dire cela, maman. Tu sais bien que ce n'est pas vrai.

Lasse et soudain très triste, Karine s'assoit et pleure doucement sur elle et sur Georg. Sur le bonheur entrevu. Son fils passe un bras autour de son cou. Ils restent ainsi longtemps, jusqu'à ce que les sanglots de Karine s'apaisent et qu'elle puisse enfin relever la tête et sourire à ce petit homme inquiet.

— Georg est mon ami, maman, lui souffle-t-il dans l'oreille. Il m'apprend plein de choses. De bonnes choses.

— Tu crois, mon chéri? Tu crois vraiment pouvoir juger?

— Je sais ce qui me rend heureux. Et le capitaine Beyer le sait aussi. Avec lui, je ne m'ennuie jamais et je n'ai jamais peur. C'est mon meilleur ami, maman.

Karine caresse les cheveux de son fils. En vieillissant, il ressemble de plus en plus à son père. Aussi blond que Georg est noir. Les yeux francs d'un bleu limpide la regardent avec douceur. Ce qui passe à travers ce regard n'a rien à voir avec la cruauté. Au contraire. D'où lui vient toute cette droiture enracinée solidement dans le front, les yeux et les lèvres? Georg a-t-il quelque chose à voir avec cette manière d'être qui fait de son fils un enfant à la fois autonome et aimant, opiniâtre, tenace et sensible?

— Va, Karl. Je te fais confiance.

— Je vais rester avec toi.

— Non, tu peux partir. Ne t'inquiète pas pour moi. Ça va aller maintenant.

Elle le repousse tendrement et le garçon sort de la chambre, non sans avoir jeté un dernier coup d'œil vers sa mère.

Après l'avoir cherché plus d'une heure, l'enfant retrouve le capitaine Beyer à l'extrémité du plateau, un monticule de terre surplombant le fleuve.

L'officier gratte les cordes d'un violon, en soutirant des sons bizarres et plaintifs.

— Qu'est-ce que vous avez là, capitaine? lance l'enfant, surpris.

Georg sursaute.

— Karl! Je ne t'avais pas entendu venir. Me voilà bien pris: je voulais te faire une surprise.

— Quelle surprise? demande le garçon, excité.

— Ceci, répond Georg en tendant le violon.

— C'est pour moi?

— Oui. Le tien est vraiment trop petit.

— Pour moi? Vraiment?

— Mais oui. Qu'est-ce que tu attends pour l'essayer? Au début tu auras un peu de difficulté, mais tu vas vite t'habituer. Joue-moi la dernière pièce que tu as composée, ma préférée.

Le garçon installe l'instrument au creux de son épaule. Il dépose ensuite l'archet sur les cordes. Du violon éclôt une musique pure, transparente, triste et joyeuse à la fois, à l'image de la vie.

Quand les sons imités par les mouettes moqueuses ont disparu au-dessus du fleuve, l'homme et l'enfant relèvent la tête et aperçoivent Karine qui pleure, tout près d'eux. Ils ne savent que dire, troublés. Georg se ressaisit le premier.

— Pardonnez-moi, Karine. Pour tout.

Décontenancé, Karl court vers sa mère et l'oblige à prendre le violon.

— Regarde, maman, ce que le capitaine m'a offert.

Karine ne regarde pas. Elle ne voit que Georg, dépouillé de sa hargne, tel qu'elle veut l'aimer de toute son âme.

Celui-ci, malheureux, s'excuse encore :

— J'ai cru que l'autre violon était maintenant trop petit. J'espère ne pas vous avoir déplu.

— Vous avez bien fait, lui répond Karine en s'avançant vers lui. Je vous remercie.

X

Dans la grange abandonnée, au bout du rang à Méo, les conspirateurs arrivent en grand nombre, malgré le vent glacial de cette fin d'octobre 1781. Aux pionniers de la première révolte s'ajoutent maintenant de nouveaux convertis que les rumeurs encourageantes ont décidé à afficher leurs couleurs. Des femmes aussi qui, depuis quelque temps, ont apporté un concours tout particulier aux prorebelles en faisant du porte à porte ou en présidant chez elles des assemblées. Les meneurs ne ménagent pas leur enthousiasme pour attiser les flambées de patriotisme.

— Les Anglais ne pourront jamais se remettre de la défaite de Cornwallis, à Yorktown, clame un Julien Gauthier rayonnant. Et ils n'ont pas fini d'en voir! Une grosse flotte française vient de quitter Brest à destination du Canada!

Laurent Piché, un nouveau venu, demeure perplexe:

— Les Français, c'est ben beau, mais on fait qu'en parler, on les voit jamais.

Jacques Malherbe, que le p'tit caribou excite plus que la rébellion, lève son verre aux Français sans tenir compte des doutes de Piché.

— Aux libérateurs! crie-t-il.

Julien renchérit en frappant son gobelet sur celui de Malherbe:

— À nous, Français de la Nouvelle-France!

Piché ronchonne:

— L'arrivée de Riedesel et de tous les soldats allemands libérés par les rebelles américains ne me dit rien de bon. Ce général allemand a plus d'un tour dans son sac et Haldimand compte sur lui pour réparer les pots cassés.

Également inquiétés par le retour du général, d'autres ajoutent leurs préoccupations à celle de Piché.

— En s'installant à Sorel avec ses troupes, le général Riedesel commande le lac Champlain, les rivières Yamaska et Saint-François. C'est la route favorite des espions américains, tout le monde le sait. Les messages risquent de ne plus se rendre jusqu'ici.

Julien tente de rallier ses troupes.

— Ne vous inquiétez pas pour rien. Riedesel ou un autre, les Anglais et les Allemands vont devoir comprendre qu'on ne veut plus d'eux ici. Et s'ils ne comprennent pas tout seuls, il faudra les aider. Qu'est-ce que vous en pensez, M. Tellier?

Damien Tellier arrive de Québec, le cœur du Canada. Il y a pris le pouls de la population; il sait donc mieux que quiconque devant quelle impasse se trouve Haldimand.

— Les Canadiens sont insatisfaits partout, explique-t-il à ses compagnons. Ceux qui croyaient que l'Acte de Québec réglerait tous les problèmes s'aperçoivent de leur erreur. Personne n'est à l'abri de la confiscation de ses biens ou de l'emprisonnement pour dettes, et les habitants commencent à en avoir assez. Le peuple ne craint plus l'armée et crie contre les corvées. Ça brasse au Conseil législatif et rares sont ceux qui supportent encore sans rien dire la tyrannie d'Haldimand. Il suffirait d'une étincelle...

— C'est vrai que la dernière ordonnance obligeant les habitants à mettre leur blé et leur bétail sous la protection militaire en a enragé plus d'un, ajoute Malherbe, soudain dégrisé.

— Il faut dire que les troupes d'Haldimand ont pas trouvé grand-chose, ricane un autre.

Tous rient en se rappelant les miracles d'ingéniosité déployés pour cacher leurs biens et déjouer les inquisitions. Jacques Delorme, le cordonnier, porte l'hilarité à son comble en mimant le désespoir du capitaine Smith devant les ruses des habitants et le peu de succès de ses recherches.

— Il aurait pas été plus blême s'il avait eu les deux pieds dans la bouse de vache, s'esclaffe-t-il, rouge de plaisir.

Pendant ce temps, à Sorel, soldats et officiers découvrent un monde peu réjouissant. Les casernes glaciales des soldats offrent un misérable confort, bien près de l'indigence. Les officiers, billetés chez les habitants, connaissent à peu près la même infortune. Même la maison où doit loger la famille Riedesel n'est pas terminée et parents et enfants ont dû s'installer chez un habitant.

Malgré tout, un souffle nouveau parcourt les troupes. Leur général est revenu. Il a réorganisé son armée, renforcé les régiments les plus faibles, donné aux officiers de nouvelles affectations. Peu nombreux, ceux-ci devront cumuler les fonctions. Il a communiqué à tous son sens de l'honneur et du devoir, leur a redonné un rôle à la mesure de leurs ambitions et les quelques milliers de soldats allemands, contaminés par son courage, ont retrouvé la fierté d'appartenir à une armée dirigée par un tel homme. Réunis pour la première fois, les officiers cantonnés à Sorel se connaissent peu et ont du mal à délimiter leurs frontières et à apprivoiser leur nouvel environnement.

— Après Québec et Montréal, Sorel constitue la plus importante place forte du Canada, précise l'un d'eux.

— C'est pour cette raison que le gouverneur en a confié la garde au général von Riedesel, ajoute un autre avec fierté.

— On dit que le cœur de la place appartient aux loyalistes, se réjouit le capitaine Russel. Nous serons en paix de ce côté-là.

— Haldimand a tout fait pour les attirer ici, lui répond un sergent. Comme il a tout fait pour faire de Sorel une place forte. N'oubliez pas que d'ici on peut communiquer aisément avec toutes les parties de la province par voie d'eau.

Le colonel von Hill met ses officiers en garde:

— Les rebelles américains semblent avoir déjà profité de la situation avantageuse de Sorel. Il faudra ouvrir l'œil et intercepter tout messager suspect.

Timide, un jeune sergent prend la parole.

— Colonel, pouvez-vous nous parler de la tribu indienne de la rivière Saint-François?

— Ce sont des Abénakis, sergent. Ils habitent les rives de cette rivière depuis longtemps et sont, je le crains, alliés aux rebelles. Auriez-vous quelque intérêt de ce côté-là, sergent Kurtz?

Le jeune officier rougit et bat en retraite. Impressionné par le colonel von Hill, Georg rejoint le petit groupe rassemblé autour de l'officier. Le calme de ce dernier détonne au milieu de l'agitation, un calme sans ambiguïté, presque maternel...

Le capitaine Russel rejoint Georg. Tout près de la cinquantaine, sourire énigmatique, des yeux sans cesse en mouvement, l'officier revient tout juste de plusieurs mois d'emprisonnement à Saratoga. Costaud, tout en muscles, sans raffinement, il a été de toutes les guerres sans jamais chercher à se dérober. Sa carrière militaire tire à sa fin, mais il ne s'en plaint pas. Quand il n'aura plus droit à la guerre, il saura très bien s'accommoder de la paix.

— Vous croyez qu'on aura un hiver difficile? demande-t-il à son vis-à-vis.

Pour Georg, la question est piégée.

— L'hiver est toujours difficile, répond-il. D'ailleurs, tout ce pays est difficile et crée ses propres difficultés.

— Vous ne me semblez pas très optimiste.

— L'optimisme exige une grande confiance, et ce pays ne m'en inspire aucune.

Mécontent de s'être laissé aller devant cet officier qu'il connaît à peine, Georg s'excuse et quitte la caserne trop froide. Sitôt rentré, il se rapproche du feu. La maison est silencieuse. Il entend les respirations plus rapides des enfants endormis. Des enfants inconnus qui ignorent même son nom, dans une maison sans âme où il ne sera jamais chez lui. Une peine immense le lèche de partout. À vif. Se pourlèche. Il a si mal qu'il se tient le ventre à deux mains. Il lui faudrait quatre mains, dix, cent, pour empêcher sa tête d'exploser et le sang de se répandre dans toute la maison. Avant de perdre jusqu'à la conscience d'exister, il prend une décision: dès demain il se rendra aux Trois-Rivières.

Parce qu'il ne saurait affronter seul un autre hiver.

— Voulez-vous m'épouser?

Karine entendait cette phrase depuis des mois déjà. Elle l'avait vue inscrite dans les mains blessées de Georg; le vent la répétait souvent le soir en piquant le fleuve. Dite et redite.

— Je crois que oui.

Elle a dit: «Je crois». Il reste donc un doute.

— Je dois savoir, Karine. Tout de suite.

Les yeux noirs de l'officier s'assombrissent. Ils pourraient redevenir cruels; ils deviennent attachants. Alors Karine s'offre tout entière, sans réserve.

Quelques jours plus tard, Karl et Karine quittent les Trois-Rivières, la main dans la main. Impossible de dire qui protège l'autre. Une vie s'achève; une autre commence au rythme cristallin des carillons qui entraînent la jeune mariée sous un soleil aveuglant.

À Sorel, Georg les accueille, gêné, beaucoup trop heureux pour le dire. Il a réquisitionné une maison à l'extérieur de la ville, tout près du Richelieu. Des réparations ont été effectuées en toute hâte, mais il reste beaucoup à faire. Devant le silence de Karine, Georg cherche la baguette magique qui changerait cette chaumière ouverte à tous les vents en un château magnifique. Il regrette déjà son audace. Il s'excuse, les larmes aux yeux, lui qui croyait ne plus pouvoir pleurer.

— Il reste beaucoup de réparations à effectuer, explique-t-il d'une voix éraillée. Pardonne-moi, j'aurais dû attendre avant de te faire venir. Je voulais tellement que tu sois là pour Noël.

Soudain consciente du malentendu créé par son silence, Karine embrasse son mari.

— Mon ami, murmure-t-elle, je n'ai jamais été aussi heureuse. Personne n'aura jamais habité une plus belle maison, je le jure.

Ils demeurent enlacés pendant de longues minutes, jusqu'à ce que Karl se glisse entre eux et les ramène sur terre.

XI

— Entre, Karine! J'ai commencé sans toi.
— Vous... Tu as bien fait. Je voudrais tant que ce soit fini pour le Jour de l'an.

Karine s'adapte difficilement à la familiarité du pays, même si Julie Champagne, sa voisine, l'a tout de suite reçue chez elle comme une vieille amie. La Canadienne déteste les vouvoiements, les manières, les amitiés du bout du cœur. Elle est comme ça. Entière. Elle aime ou elle n'aime pas. Et Karine, simple et généreuse, lui plaît.

— Fais-moi confiance, lui dit-elle gaiement, toutes tes draperies seront terminées pour Noël. Ça va égayer la maison, tu vas voir.
— Sans toi, je n'y serais jamais parvenue.
— Je comprends donc! s'exclame Julie. Elle allait faire ça toute seule, la pauvre, alors qu'à quatre mains c'est tellement plus rapide et plus amusant!

Elles ont toutes les deux le même âge, mais Karine se sent en sécurité auprès de Julie, comme auprès d'une aînée. Elle se sent protégée et éprouve une envie irrésistible de lui confier sa destinée. Comme si la Canadienne pouvait tout rapiécer, la vie comme les hardes, sans problème.

Autour d'elles, les enfants courent. Il y en a six, sept avec Karl. Le garçon a tout de suite sympathisé avec Charles, de deux ans son aîné.

— Les enfants! crie Julie par-dessus le brouhaha. Allez jouer dehors, vous allez réveiller le bébé.

Toute la bande se disperse aussitôt avec les pépiements d'une volée de mésanges apeurées.

— Karl et Charles font une bonne paire d'amis, n'est-ce pas Karine?

— Oui.

— Toi, quelque chose te préoccupe.

Karine lève la tête. Elle ne pourra jamais rien cacher à cette femme qui n'accepte ni dérobade ni malentendu.

— Karl veut aller à l'école.

— C'est une merveilleuse idée.

— Je sais.

— Mais tu as peur qu'on ne veuille pas de lui, c'est ça?

Julie comprend. Les Allemands ne sont pas les bienvenus dans tous les foyers de Sorel, loin de là, et les enfants peuvent parfois être si méchants.

— Ne t'inquiète pas... Charles veillera sur lui.

Trois jours avant Noël, le 22 décembre 1781, le général Riedesel réunit ses officiers chez lui. La grande maison où il vient tout juste d'emménager avec sa famille fait l'envie de Georg. Les murs recouverts d'un joli papier à muraille repoussent le froid. Le vestibule, immense et accueillant, aurait pu, à lui seul, constituer une pièce de dimensions intéressantes. Un poêle énorme, installé en plein centre, réchauffe toute la maison et, en passant devant la salle à dîner, Georg imagine Karine y recevant des invités. Cette pensée l'attriste un moment, mais il rejoint vite les autres officiers déjà installés dans le boudoir autour de leur général.

— Messieurs, explique celui-ci, nous avons toutes les raisons de croire qu'une révolte s'organise dans l'ombre, et qu'advenant une invasion des rebelles plusieurs habitants se joindraient à eux à travers toute la province, réduisant ainsi nos chances de les repousser. Il faut absolument mater cette révolte susceptible de dégénérer en guerre civile. Les ordres du gouverneur sont clairs. Les troupes allemandes doivent couvrir tout le territoire compris entre le lac Saint-Pierre, le lac Champlain et Montréal et dresser une liste de tous les habitants avec leurs opinions politiques. Je reviens, comme vous le savez, d'une tournée d'inspection. Les officiers déjà en place ont reçu ordre de prêter une attention toute particulière aux habitants et aux étrangers. Je compte sur vous pour stimuler vos soldats et demeurer constamment en alerte. Une dernière recommandation: il appert que des espions américains se font passer pour des loyalistes. Il faudra enquêter sérieusement de ce côté-là...

Les dernières paroles du général se perdent dans les solives. Georg fixe le sapin dénudé, installé dans un coin de la pièce, et que les filles du général viendront décorer quand les officiers seront partis. Depuis son départ d'Europe, il n'a plus revu ces sapins illuminés que les enfants de son pays admirent avec des yeux pétillants de joie. Mme Riedesel a voulu perpétuer une tradition allemande ignorée ici. Georg imagine le sapin brillant de tous ses feux, insultant la nuit et la guerre. Des Noëls lointains hantent sa mémoire.

Une fois la réunion terminée, il ne prend pas tout de suite la direction de la maison. Des choses importantes l'entraînent ailleurs...

Le matin de Noël, Georg se lève longtemps avant Karl et Karine. Il attend dans le salon, seul avec le sapin enrubanné qu'il a décoré la veille jusque tard dans la nuit, après avoir formellement défendu à Karine de venir dans la pièce.

— Quel sapin magnifique!

Ils s'approchent, émerveillés. Karl et Karine. Son fils et sa femme.

— Je croyais ne plus jamais revoir le sapin de Noël de mon enfance. Merci Georg.

— Je n'ai pas pu l'illuminer comme le veut la tradition.

— Ça ne fait rien, le rassure Karine. Il brille tout de même. Regarde comme il brille!

LA GUERRE DES AUTRES

Tous les deux se tournent ensemble vers Karl. Celui-ci marche autour de l'arbre en retenant son souffle, de peur qu'il disparaisse, emporté soudain par quelque sortilège. Bouche bée, il découvre les friandises et les fruits accrochés aux branches et chaque trouvaille lui rougit un peu plus les joues.

— Alors? Tu l'aimes mon sapin? demande Georg.

S'arrachant à sa contemplation, le garçon se jette dans les bras de l'officier.

— Oh papa! Je n'ai jamais rien vu d'aussi beau! Tu es un magicien, c'est sûr!

Georg reçoit l'enfant dans ses bras et caresse, en tremblant, ses boucles blondes. Karl vient de lui offrir un rôle de père dont il se sent indigne. Il lui reste tant de plaies à panser. Son âme violentée respire mal, encore écorchée par des souffrances vieilles d'un siècle. Que dire à cet enfant splendide qui s'abandonne dans ses bras, aussi fragile et aussi puissant que la vie? Que faire quand un enfant vous prend par la main?

— Je vais chercher Charles, clame Karl en se dégageant de l'étreinte de Georg. Il faut qu'il voit ça!

Il est déjà parti, insouciant du trouble qu'il a jeté dans le cœur du capitaine. Devant la joie de l'enfant qui court à grandes enjambées dans la neige, le manteau ouvert, sans chapeau, Karine remercie Jacob. Il a bien veillé sur eux.

Ils sont toujours devant le sapin lorsque Karl revient avec toute la bande des Champagne. Même Julie, intriguée, a voulu venir malgré l'heure matinale. Les enfants entrent les uns après les autres et se taisent, surpris et intimidés. Arrivée la dernière, le bébé dans les bras, Julie s'étonne autant qu'eux.

— Mais!... Qu'est-ce que c'est que ça? s'écrie-t-elle, ébaubie. Un arbre dans la maison!

Karine et Georg s'amusent de sa surprise.

— Allez-vous finir par nous dire ce que c'est?

— Mais c'est un sapin de Noël, voyons! répond Karl, découragé par tant d'ignorance.

— Un quoi? demande Charles, enfin revenu de son émoi.

Georg croit le moment venu d'expliquer la présence de cet arbre dans la maison.

— Chez nous à Noël, un sapin brille dans toutes les maisons. Il a été choisi parmi les autres arbres parce qu'il reste vert toute l'année et symbolise ainsi l'éternelle jeunesse de Dieu. On le décore de fruits et de friandises pour montrer la volonté de Dieu de nourrir ses enfants et on l'illumine de bougies pour rappeler l'espoir de paix que nourrit l'humanité depuis toujours.

Julie renifle comme chaque fois qu'elle est émue.

— Quelle merveilleuse tradition, murmure-t-elle.

La petite Charlotte, âgée de quatre ans, s'avance vers Georg et lui dit:

— Je veux un arbre de Noël aussi.

Julie feint de s'indigner devant le sans-gêne de sa fille.

— Voyons, on quémande pas comme ça!

La petite recule, mais Charles, habitué aux éclats sans conséquence de sa mère, renchérit:

— Maman, s'il te plaît! Ce serait le plus beau Noël de ma vie!

— Mais qu'est-ce que ton père va dire en revenant du chantier? Un arbre dans la maison!

Les enfants entourent leur mère, le regard suppliant. Tiraillée entre le bon sens et la déraison, si douce soit-elle, elle hésite.

— Si vous voulez, intervient Georg, je peux aller chercher un sapin avec Karl et Charles.

Charlotte se serre contre sa mère et enfouit sa petite frimousse parsemée de taches de rousseur dans le grand tablier gris.

— Dis oui, maman.

— Bon! concède Julie, vous avez gagné! Si le capitaine Beyer veut bien nous aider, vous aurez votre... votre sapin de Noël.

Les enfants ne se tiennent plus de joie et Georg doit immédiatement partir à la recherche du plus beau sapin de toute la région, pendant que Karine passe un bras autour des épaules de Julie, passablement décontenancée.

— Je vais vous... t'aider à confectionner les rubans. Il me reste du tissu.

Julie embrasse son amie et soupire, mi-espiègle, mi-perplexe:

— Qu'est-ce que vous leur avez montré là? Maintenant, c'est sûr, il leur faudra un sapin dans la maison chaque année. Des plans pour vider nos forêts si d'autres veulent faire comme nous!

XII

— Regardez ce que Bonheur a rapporté!

Derrière le grand chien roux des Gauthier trottine une petite boule de poils noirs. Johann saisit le chiot qui geint doucement.

— Tu as perdu ta mère?

Tout le monde s'assemble autour du visiteur inattendu.

— Il va s'appeler Pitou, déclare Florence qui l'a déjà adopté. Ça fera un ami pour Bonheur.

— C'est une fille, dit Johann en riant. Est-ce que les filles peuvent s'appeler Pitou?

— Toutoune d'abord?

Mme Gauthier met un frein à l'exubérance générale.

— Il ou elle ne s'appellera rien du tout parce que nous n'allons pas la garder. Nous ne pouvons pas nourrir un autre chien. Déjà que Bonheur est maigre comme un coyote affamé.

Les enfants supplient. Même Julien plaide en leur faveur, mais Louise Gauthier reste inflexible. Pour consoler Florence, Johann a une idée.

— Écoute, dit-il à la fillette. Mes amis qui vivent dans la forêt n'ont pas encore de chien et ils en veulent un pour les protéger. Celui-ci serait parfait pour eux. Ils vont en prendre bien soin et, chaque fois qu'ils viendront au village pour les commissions, tu pourras le garder pour eux. Qu'est-ce que tu en penses?

LA GUERRE DES AUTRES

La fillette connaît sa mère. Celle-ci ne reviendra pas sur sa décision. Aussi bien accepter ce compromis.

— Parfait! J'irai le leur porter dès demain, conclut Johann. Ils seront sûrement très contents.

— Si on y allait aujourd'hui même, suggère Marie. C'est Noël et il fait un temps merveilleux. J'aurais le goût de marcher dans la forêt; le ciel est si bleu.

— Tu viens avec nous, Julien? demande Johann.

— Non, je vous laisse partir en amoureux.

Ils partent donc la main dans la main, le petit chien blotti dans le cou de Johann. Enroulée dans sa mélancolie, Louise pense à son homme. Il lui manque. Les veillées également. Et les jasettes avec les voisines des autres rangs. Et les discussions avec le curé Le Fèvre qu'elle craint maintenant de rencontrer. À cause de Johann, et surtout à cause des méchancetés des habitants, Marie délaisse sa religion. À cause de ses idées, Julien fait de même. Et le curé lui en veut d'avoir laissé sa famille s'en aller à vau-l'eau. Alors, elle préfère vivre en retrait. Mais tant de choses lui manquent... La messe de minuit...

Soudain, dans un grand geste semblable à celui de son fils aîné quand il défend sa cause, elle rassemble Louis, Josette et Florence autour d'elle.

— Les enfants, nous allons à la messe ce matin. Allez vous parer de ce que vous avez de plus beau. On part dans quinze minutes.

À Johann et Marie, elle crie:

— Si le temps se gâte, n'essayez pas de revenir ce soir!

Ils n'ont pas entendu; déjà trop loin.

Julien prend sa mère par la taille.

— Ne t'inquiète donc pas. Johann connaît la forêt mieux que nos habitants. À croire que du sang indien coule dans ses veines. Viens te préparer, je crois que je vais aller à la messe avec vous autres.

— Non, c'est trop risqué!

— On peut aller à la messe sans se faire voir.

— Non! Je préfère ne pas y aller plutôt que de te voir risquer de te faire arrêter.

Devant l'appréhension de sa mère, Julien accepte de renoncer à ses projets.

— En revenant, promet Louise pour se faire pardonner, je vais vous cuisiner un repas comme vous n'en avez pas eu depuis longtemps!

— Tu vas faire des galettes, maman? demande Florence, gourmande.

— Oui.

Josette et Louis s'en mêlent.

— Et des bonbons aux patates?

— Et des bonbons aux patates! Et d'autres choses aussi. C'est Noël après tout!

Les trois enfants entraînent Julien dans une ronde endiablée où leur grand frère a du mal à les suivre. Tournoyant sur lui-même et frappant le sol avec frénésie, il se permet cependant un rigodon bizarre. Les trois petits tentent de l'imiter. Drôles et malhabiles, ils crient de joie, inconscients du danger qui menace. Quand ils se rendent compte de leur bêtise, il est trop tard. Quatre soldats entourent Julien et le dérobent à sa famille, stupéfiée. Pourtant, les rires des enfants résonnent encore dans l'air quand les soldats entraînent Julien vers un chemin obscur, sans soleil, menant à la prison des Trois-Rivières déjà pleine d'agitateurs, ennemis de l'ordre et du roi d'Angleterre.

Tout près de là, Marie et Johann s'arrêtent un instant pour mieux profiter de la clarté du ciel et de l'éclat du soleil qui s'enroule autour des arbres. En caressant le petit chien endormi, Marie annonce à Johann qu'elle attend un enfant.

XIII

La province est sur ses gardes. Suspicion et amertume empoisonnent l'hiver, et Anglais et Allemands unissent leurs efforts pour ramener le pays à de meilleurs sentiments. Haldimand a ordonné la construction d'une multitude de blockhaus afin de protéger le Canada contre ses propres habitants. Partout, même dans les paroisses les plus paisibles, des soldats érigent des forteresses. Tout étranger est suspect et tout habitant doit montrer patte blanche à tout moment. Même la confidentialité du courrier est constamment violée et le soupçon le plus futile peut conduire au cachot.

À Sorel, Georg travaille d'arrache-pied, sillonnant les campagnes environnantes afin de débusquer les espions éventuels. Il rentre tard, épuisé, après s'être morfondu toute la journée sur des routes quasi impraticables. Tôt le matin, il inspecte l'ouvrage des hommes affectés aux différents chantiers de construction. Les rares journées de relâche lui laissent à peine le temps de reprendre son souffle.

En rentrant de ses tournées harassantes, il a pris l'habitude d'aller d'abord border Karl. Celui-ci entrouvre parfois les yeux et lui adresse un sourire avant de replonger dans le sommeil. Ce soir, pourtant, Karl ne dort pas malgré l'heure avancée. Il a caché son visage sous la couverture que Georg soulève, intrigué. Les larmes coulent sur la joue enflée du garçon et rejoignent sa lèvre fendue avant de se noyer dans le sang qui perle encore de la blessure.

— Qu'est-ce qui est arrivé?

Georg n'arrive plus à maîtriser la course échevelée de son pouls. Il craint de suffoquer.

— Je me suis battu, ronchonne le garçon.
— Avec qui? Pourquoi?
— À l'école... Avec les autres.

Karl ne désire pas en dire plus. Alors l'officier pose sa main sur son front pour l'aider à s'endormir.

— Repose-toi, dit-il. Demain, nous parlerons.

À la respiration hachurée par les soupirs succède celle plus calme du sommeil. Georg rejoint alors Karine dans la chambre voisine. Elle non plus ne dort pas.

— Qu'est-ce qui est arrivé à Karl? lui demande son mari, en colère.

— Il s'est battu à l'école.
— Je sais, mais pourquoi?
— Parce que les autres l'ont attaqué.
— Qui ça, les autres? Qui lui a fait ça? Je veux savoir!
— Ça devait arriver, dit Karine pour minimiser l'incident. Les enfants l'acceptent mal.

— Mais ça allait bien jusqu'à maintenant!
— Non! explose Karine. Ça n'allait pas bien! Les élèves ont ri de lui dès le début. Ils l'insultent...
— Mais pourquoi?
— Parce que c'est un étranger et parce que...

Karine hésite, mais Georg doit aller au bout de cette histoire.

— Parce que?...
— Parce que tout le monde te déteste!
— Moi? Mais qu'est-ce que tu racontes? Pourquoi me détesteraient-ils?

— Parce que tu espionnes et que tu arrêtes les pères, les oncles, les frères de ces enfants avec lesquels Karl doit vivre jour après jour. Même ceux qui s'affichent comme loyalistes n'échappent pas à tes inquisitions!

— Mais...

Défait, Georg se réfugie sous l'étendard du devoir.
— J'obéis aux ordres! Il faut mater la rébellion. Il le faut...
— Les habitants croient leur cause juste. Ils luttent contre un envahisseur qui menace leur liberté.
— Envahisseur... répète l'officier comme un automate. Envahisseur... Ils n'ont que ce mot à la bouche. Je ne suis pas un envahisseur. Je viens libérer, ramener l'ordre dans ce pays troublé, éviter le pire. Je dois arrêter ces êtres déloyaux qui sèment la confusion.
— Les gens du pays ne le voient pas ainsi et le mal que tu leur fais, ils le font payer à Karl. Ce n'est pas la première fois et ce ne sera pas la dernière si rien ne change. Quand Charles est avec lui, ils n'osent pas le toucher: à deux, ils sont assez forts pour résister à n'importe qui. Mais Charles était malade aujourd'hui...

Georg baisse la tête pour ne plus voir le regard réprobateur de sa femme. Il cherche à comprendre. Où trouver la vérité?
— Pourquoi les enfants doivent-ils toujours souffrir des luttes de adultes?
— Les enfants dont les pères sont en prison souffrent aussi, riposte Karine.

Elle a parlé doucement, mais Georg a sursauté. La voix de sa femme transporte une rancœur insupportable. L'officier a tellement mal qu'il doit s'asseoir.
— Tu crois que j'ai tort? réussit-il à articuler.
— Je ne sais pas qui a tort ou raison. Je sais seulement que mon fils souffre...
— À cause de moi...

Sa voix brisée exhale une souffrance fétide, infestée de remords. Karine ignore comment le rejoindre. Ils restent un long moment silencieux, loin l'un de l'autre. Puis Karl est là devant eux avec son visage tuméfié.
— J'ai mal à la tête.

Georg ne bouge pas, il a trop honte, mais c'est vers lui que se dirige le garçon. Quand sa main touche celle de l'officier, celui-ci sait que de cette main il pourra accepter même la mort.

— Il va falloir leur montrer ce que c'est qu'un soldat, déclare Karl. Ils ne connaissent vraiment rien ici.

Le petit soldat blessé accepte la guerre comme si elle allait de soi.

XIV

Avec la fin de l'hiver, un calme manifeste se répand sur le pays. Forcément. Les prisons débordent et Haldimand a ordonné aux militaires et aux dénonciateurs de refréner leur enthousiasme. Le trop grand nombre d'individus soupçonnés de déloyauté oblige à plus de discernement. Seuls les gens trouvés coupables, sans l'ombre d'un doute, seront dorénavant arrêtés.

«Il serait plus simple de construire une barrière autour du pays tout entier», se moquent les habitants qui profitent de cette accalmie pour recueillir la sève des érables et regarnir leurs réserves de sirop et de sucre du pays.

La poste, toujours très lente, apporte quelques bribes de nouvelles. La fameuse flotte française de Brest, espérée par beaucoup de Canadiens, vient de subir une terrible défaite à Saintes, dans les Antilles françaises. Des estafettes envoyées dans le but précis de glaner des renseignements parlent de l'attitude temporisatrice de Carleton, commandant en chef de New York. Celui-ci se conforme judicieusement aux instructions de Londres, l'enjoignant à la prudence et à la retenue. Il a pourtant sous la main 8 000 soldats allemands, 5 000 soldats anglais et 1 700 provinciaux! Tout ce qu'il faut pour réduire les rebelles à l'impuissance. Personne n'y comprend plus rien.

Jour après jour, heure après heure, des rumeurs amènent la paix, d'autres réinstallent la guerre, tandis que Riedesel et ses hommes travaillent à renforcer les défenses de l'île aux Noix. Sous le couvert de cette activité, ils mettent sur pied une armée d'invasion qui n'envahira jamais rien puisque le projet sera vite délaissé.

Partout, au coin des forges, les longues discussions engendrées par la guerre s'estompent. La terre renaissante en appelle à la force et au courage des hommes. Les champs en friche réclament leur ration de sueur. Les hommes encore libres affûtent donc leurs faux pendant que les femmes libèrent les bêtes. Le vrai travail commence. Un autre combat.

Le général Riedesel, moins pris par ses tâches militaires, voyage beaucoup avec sa femme et ses filles. Toute la famille fréquente assidûment et avec plaisir le gouverneur Haldimand à Québec. Karine suit leurs déplacements par l'entremise de ses amies, les servantes des Riedesel. Quand leurs différentes occupations le leur permettent, elles entreprennent toutes ensemble de longues promenades à travers la campagne. Julie Champagne se joint parfois à elles et leur présente les femmes des cultivateurs. Reçues dans les maisons, les étrangères goûtent avec délices aux soupes du pays faites de lard, de viande fraîche et de légumes. Elles se tricotent des amitiés nouvelles, imposent gentiment leur différence, apprivoisent. Leurs retours, toujours gais, et leur conversation ininterrompue étourdissent Julie qui ne saisit presque rien de leur charabia.

— Il va falloir que tu me traduises tout ça, Karine. Je ne veux rien manquer.

— Je disais à mes amies que je vais travailler à la Samaritaine.

— À l'hôpital des Allemands?

— Oui. Un médecin que j'ai connu aux Trois-Rivières y travaille depuis trois semaines et il m'a demandé de me joindre à lui. Le travail ne manque pas, semble-t-il.

— Tu commences bientôt?

— Dès que j'aurai trouvé quelqu'un pour s'occuper de Karl... Je n'aime pas le savoir seul trop longtemps.

— Karine, soupire Julie, tu me fais de la peine. Tu sais bien que Karl est le bienvenu chez nous, n'importe quand. D'ailleurs, ajoute-t-elle en riant, je me demande si je m'apercevrai qu'il y en a un de plus.

Karine ne s'attendait pas à trouver autant de misère à l'hôpital militaire. Dès le premier soir, elle raconte à Georg, avec force détails, l'état lamentable de certains malades.

— Ceux qui nous arrivent des casernes sont terriblement piqués par les punaises. Les poux courent dans leurs cheveux, des poux gros comme un doigt. Ils racontent qu'ils doivent dormir assis en face de leur lit. J'en soupçonne même plusieurs de s'être inventé une maladie pour pouvoir dormir dans un lit propre.

— Je sais tout cela, répond Georg, et j'en ai parlé au colonel von Hill. Glaciales en hiver, les casernes deviennent torrides en été et fourmillent de parasites.

— Tu devrais insister. Leur santé souffre de cette vie misérable.

— Je veux bien essayer encore une fois, dit-il en souriant tristement.

Quelque temps plus tard, à la mi-août, le colonel von Hill, devant l'insistance du capitaine Beyer, propose au général Riedesel un réaménagement des casernes auquel celui-ci souscrit volontiers. Pendant que les troupes s'installent provisoirement dans l'ancien camp américain, sur le bord du fleuve, les casernes sont nettoyées et réparées.

Pour les soldats, l'hiver qui vient ne sera pas aussi long et ils voient arriver l'automne avec moins d'appréhension.

Pour Karine, l'homme qu'elle aime devient de plus en plus envoûtant.

Un matin de novembre, Karine se rend chez sa voisine.

— Tu es bien matinale, ce matin!

— J'ai quelque chose pour toi.

Karine offre à son amie un pot de marinades dont lui a fait cadeau Mme Riedesel par l'intermédiaire de sa servante.

— Nous apprêtons les concombres de cette façon au pays et, comme le jardin de Mme Riedesel a donné une récolte extraordinaire, elle fait cadeau à tout le monde de ses marinades. Il faut dire que depuis la naissance de Canada, sa petite fille, elle semble très heureuse et de plus en plus active.

— Quelle drôle de nom!

— C'est par respect et affection pour les Canadiens.

— Et le général, qu'est-ce qu'il en pense?

— Le nom lui importe peu, c'est plutôt le sexe qui l'a un moment indisposé. Il souhaitait un garçon et il a du mal à cacher sa déception à ce qu'on dit.

— Ah les hommes! Si sa femme avait pu lui mettre au monde un petit général tout élevé et décoré, voilà qui lui aurait fait plaisir!

Julie ouvre le pot de marinades et hume la merveilleuse odeur qui s'en échappe.

— Tu me montreras comment faire?

— Si tu me montres comment réussir une gelée d'atocas!

Quelques minutes plus tard, Karine retrouve ses patients et leur éternelle détresse. Souffrant de dysenterie, de scorbut et de petite vérole, plusieurs ne reverront jamais l'Empire germanique. Dans leur délire, quelques-uns crient des noms de femmes. Attentive, Karine tente d'apaiser leurs angoisses, mais son impuissance la désole.

Au milieu de l'avant-midi, le docteur Pagé se dirige vers elle d'un pas nerveux. Originaire de la Moselle, le jeune homme infatigable parle plusieurs langues et plaît à tous malgré son inexpérience. Son dévouement et sa volonté de comprendre lui assurent la confiance des malades. Sa vivacité lui attire l'estime de Karine.

— Venez vite, Karine, le soldat Leonhard vous réclame. Il est très mal.

Attaqué par un bandit de grand-chemin là où il était billeté, le jeune Andreas a voulu défendre la famille canadienne qui l'hébergeait.

Malheureusement, l'assaillant a eu le temps de tuer la femme et la fille Cusson, mais le soldat allemand, atteint d'un coup de couteau, a quand même réussi à le blesser gravement. Le bandit mourait quelques heures plus tard tandis que le jeune soldat hésite encore entre la vie et la mort.

Karine lui prend la main. Il entrouvre les yeux et esquisse un faible sourire. Devant la souffrance de cet enfant, l'infirmière se découvre des trésors de tendresse infinis. Elle est tout à la fois mère, sœur, amie. Elle cherche en elle-même des gestes ou des mots capables de réconforter. Elle ne trouve qu'une berceuse qui monte à ses lèvres malgré elle et que tous les soldats écoutent en silence.

XV

«Dors, dors, mon amour, mon ange blond...
Dors, dors, mon bébé, mon petit garçon...»

Marie invente au fur et à mesure les mots de sa chanson. Comme elle improvise sa vie. L'enfant ferme sa menotte sur le doigt de sa mère. La tendresse dans la voix lui dit qu'il peut dormir, que rien de mal ne lui arrivera tant qu'il fera partie de ce corps chaud et moelleux d'où jaillit le lait.

Marie chante pour cet enfant né de son corps et de la semence de Johann. Ses mots tendres érigent un barrage contre tout ce qui n'est pas harmonie et sérénité. Elle hiberne avec lui. Ils vont traverser ensemble et seuls ce premier hiver de leur naissance. Ils vont apprendre à se connaître, à se quitter.

Marie et Francis hibernent loin de la guerre des autres, loin de la haine des autres. Ils hibernent au creux de leurs corps soudés l'un à l'autre, là où se joue vraiment la survie du pays.

XVI

Cet hiver-là, la guerre ne touche plus les Allemands que par soubresauts. Cantonnés encore une fois dans leurs quartiers d'hiver, qu'ils soient à Berthier, Sorel, Saint-Denis, Saint-Charles, Saint-François, Saint-Sulpice ou L'Assomption, qu'ils soient terrés dans les bois ou cachés dans des villages au milieu des habitants, tous ressentent une immense fatigue.

Ballottés entre les rumeurs de paix et les rumeurs de guerre, ils tuent le temps au gré des arrivées, des nouvelles, souvent fausses, des naissances et des morts. Des officiers échangés, arrivés à Québec en octobre, permettent quelques réorganisations au sein des troupes. L'ordre de porter des raquettes, «sauf les jours de parade et de garnison», distrait quelque temps militaires et habitants, les premiers supportant avec patience les risées amicales des seconds, plus familiers avec ce genre de locomotion.

Libérés de la guerre qui agonise, les habitants découvrent avec plaisir et curiosité des hommes somme toute semblables à eux. Les Allemands font partie du décor et, même si les plus irréductibles souhaitent leur départ, certains s'accommodent assez bien de leur présence. Des liens se tissent. Liens d'affaires. Liens de cœur.

À la rentrée de janvier, Georg regarde partir son fils pour l'école en compagnie de Charles et de ses sœurs. Une bataille est gagnée.

— Ils se sont habitués à lui, dit Karine, heureuse. Il fallait attendre.

— À lui... ou à moi?

— À nous tous, peut-être.

Quelques minutes plus tard, le docteur Pagé les reçoit à la Samaritaine avec son amabilité coutumière.

— J'ai de bonnes nouvelles, annonce-t-il. Le jeune Leonhard va beaucoup mieux. Il pourra sortir très bientôt.

En adressant un clin d'œil à son infirmière, il ajoute:

— Je ne savais pas qu'une chanson pouvait guérir...

Karine rougit. Tandis que le médecin allemand retourne à ses malades, Georg la questionne:

— Qu'est-ce que c'est que cette histoire de chanson?

— Rien, lui répond Karine, confuse. Je t'expliquerai ce soir à la maison.

— Ce soir, nous aurons des invités. Je veux savoir tout de suite pourquoi cette histoire te fait rougir.

Une inquiétude fugace passe dans les yeux noirs.

— Qu'est-ce que tu vas imaginer? le taquine la jeune femme.

Elle lui raconte l'épisode de la berceuse et il regrette sa jalousie. Il a vite cru à une trahison parce que, devant l'inconnu, il comble les vides avec ce qu'il connaît. Gêné, il murmure:

— Continue à chanter pour mes soldats. Sauve-les si tu peux.

En la retrouvant pour le repas du soir en compagnie de quelques invités, il se réjouit de la chaleur apaisante de leur maison. Les soldats y ont effectué des travaux de rénovation considérables et Karine a réussi à y créer une ambiance bienfaisante, confortable. Pourra-t-il jamais exprimer tout l'amour qu'il éprouve pour cette femme qui lui fait l'honneur de l'aimer?

Karl écoute attentivement les officiers discourir. Ils parlent d'Albany d'où on menace le Canada d'invasion depuis tant d'années, des dragons et des chasseurs partis pour l'île aux Noix en raquettes, des déserteurs disparus dans les bois, des habitants aussi et de leurs filles dont plusieurs soldats se sont entichés.

Puis l'un d'eux leur apprend la triste nouvelle: la petite Canada, très malade depuis quelques jours, est morte. Le docteur Hugh Alexander Kennedy, venu exprès des Trois-Rivières, n'a pu la sauver.

Karine ne peut chasser de sa pensée le doux visage d'Éva. Demain, elle ira dire à Mme Riedesel toute sa sympathie. En attendant, le docteur Pagé tranche le silence trop lourd en proposant à Karl de mettre ses talents à contribution:
— Sors ton violon et joue pour nous!
Alors, la fête commence...

XVII

Plus mondain que militaire, l'hiver s'écoule rapidement. Sans heurts, Sans surprises. Il pousse devant lui un printemps hâtif, encore une fois porteur de rumeurs aussi fulgurantes que la débâcle. Et le 1er mai 1783, ce qui semblait jusqu'alors impossible se matérialise enfin.

— La guerre est finie! Julie, la guerre est finie!

Karine ne se tient plus de joie. Elle le crie au pays tout entier et la triste apathie de sa voisine lui paraît incongrue.

— Tu n'es donc pas contente? demande-t-elle.

— D'abord, qui te l'a dit? s'informe Julie, peu encline à prêter foi aux rumeurs.

— C'est Georg. Il vient de passer à la maison pour me l'annoncer. C'est vrai, Julie! Il n'y a plus de guerre. Le général Riedesel lui-même l'a confirmé.

Émue, la Canadienne garde une mine renfrognée.

— Mais qu'est-ce que tu as, Julie? Moi qui croyais que tu sauterais de joie! Ça ne va pas ?

Les larmes aux yeux, Julie murmure:

— Tu vas partir...

— Mais non! Je ne pars pas. Depuis longtemps, je sais que je resterai ici après la guerre. Je n'ai plus de raison de retourner là-bas. J'ai une maison ici, des amis, et Karl est devenu un vrai Canadien.

— Alors, c'est magnifique! s'exclame Julie.

Les deux amies s'enlacent et attaquent une gigue. Les enfants les surprennent dans une position pour le moins cocasse, chacune tenant la taille de l'autre, la jambe en l'air, le chignon défait.

— Ça va bien? demande Charles, quand même respectueux.

Les femmes agrippent les enfants et les entraînent dans la ronde.

— La guerre est finie, les enfants! La guerre est finie!

Après quelques minutes d'une folie collective, tout le monde s'arrête, épuisé. Dans le silence entrecoupé des respirations haletantes, la voix de Karl s'impose, tranchante. Une voix d'homme, déjà.

— Qui a gagné?

Karine et Julie se regardent, déçues. La question de Karl les attriste.

— Personne ne perd ni ne gagne une guerre, explique doucement Karine. Elle tue des deux côtés.

Mais le garçon exige un gagnant. Les soldats ne se battent pas pour rien; ils doivent vaincre ou mourir.

— Quelqu'un a forcément gagné, insiste-t-il, buté.

Résignée, Karine lui offre la seule réponse qu'elle comprenne et accepte.

— Nous avons perdu un pays et nous en avons sauvé un autre, mais aucun des deux ne nous appartenait. Alors, nous n'avons ni perdu ni gagné.

— Venez les enfants! Je vous offre mes meilleures galettes pour fêter la fin de la guerre, crie Julie pour faire diversion.

Tous se précipitent et, pendant qu'ils se régalent, les deux femmes regardent le printemps frapper aux fenêtres.

— Nous aurons un bel été, dit Julie.

Karine détourne la tête pour ne pas montrer sa déception.

— Karl est un homme, explique Julie. Les hommes ont besoin de se battre, comme nous avons besoin de donner la vie.

— Charles n'est pas comme ça... murmure Karine.

— Charles n'a pas connu les mêmes misères que ton fils. Et les hommes d'ici livrent des combats différents. Ils n'ont pas de temps pour la guerre. Fais confiance au pays, il saura guider Karl.

Les paroles réconfortantes de son amie agissent comme un baume sur la tristesse de Karine. Elle se laisse charmer; le bonheur est si près.

— Je vois Georg qui revient. Tu viens Karl? Je rentre.

La bouche pleine, le garcon fait signe que non.

— Ne rentre pas trop tard. Mme Champagne va finir par te mettre à la porte.

L'officier qu'elle rejoint a fort à faire pour garder son calme. Partout, dans les casernes, les soldats veulent savoir la date du départ, ce qu'ils emporteront, ce qu'il adviendra des malades, quel régiment partira le premier.

— Ils sont donc heureux de partir? questionne Karine.

— Ça dépend. Certains veulent rester. D'autres ont peur.

— De quoi?

— Je ne sais pas. Peut-être de ce qui les attend là-bas. Sept ans, c'est long. Assez long pour changer beaucoup de choses et beaucoup de gens.

— Ceux qui sont restés au pays ont peut-être changé, mais nous avons changé aussi. Je les comprends d'avoir peur.

— Ah, j'oubliais, annonce Georg d'un air distrait. Je vais être promu major.

Il jubile sans le laisser paraître.

— C'est merveilleux! s'exclame Karine. Cette guerre se terminera vraiment en beauté.

— Ma promotion prendra effet dès que nous serons rentrés au pays. Le général juge que mes services doivent être récompensés. Avec cette promotion, j'aurai droit à des gages plus élevés et je pourrai enfin t'offrir ce que tu mérites. Nous reviendrons en Allemagne la tête haute.

«Quand nous serons rentrés au pays.» C'est bien ce qu'il a dit. «Quand nous serons rentrés au pays... La tête haute...» Comment a-t-il pu dire une chose pareille? Pourquoi dire une chose aussi insensée? Karine ferme les yeux. Elle a mal entendu. Il ne peut pas avoir dit cela. «Quand nous serons rentrés au pays...» Comment ont-ils pu s'aimer tout ce temps et si mal se comprendre?

Indifférent à sa détresse, Georg la serre contre lui.

Poussée par une colère qu'elle ne maîtrise plus, elle le rejette brusquement. Comment a-t-il pu lui mentir ainsi?

— Je ne veux pas partir! hurle-t-elle.

— Karine...

Elle lui tourne le dos, le prive de soleil, d'air, d'eau. Il étouffe. Son cœur fait trop de bruit, prend trop de place.

— Karine... Que dis-tu là? J'ai l'impression que tu me détestes.

Elle ne déteste personne, elle a trop mal. Pendant des jours, elle voudra parler, mais son courage l'a abandonnée. Tout a été dit. Rien n'est plus possible. Elle sait que Georg doit partir. Comme elle a été naïve! Elle voulait recommencer sans l'ombre de la guerre. Sans l'ambition. Comme si cet homme pouvait vivre sans que l'armée lui prenne la main! L'a-t-elle vraiment cru? Ou a-t-elle aveuglément nié l'évidence? L'enfant qu'elle porte n'aura donc pas droit à la liberté? Ira-t-il mourir lui aussi dans les bateaux du roi d'Angleterre?

À la mi-juin, Haldimand ordonne à Riedesel de préparer ses troupes à l'embarquement. Karine accueille la nouvelle sans broncher. Seules la douleur et la colère de son fils lui arrachent une plainte muette.

— Je ne veux pas partir! répète Karl, plus apeuré qu'obstiné. Pourquoi faut-il partir? Mes amis sont ici. Personne ne m'attend là-bas.

— Ceux qui restent sont ceux dont l'Allemagne ne veut plus, explique Georg pour la centième fois. Le duc de Brunswick les oblige à rester. Ils se sont rendus indésirables en commettant des crimes. Nous ne faisons pas partie de ces gens-là. Nous devons rentrer.

— Ce n'est pas vrai! crache Karl. Le docteur Pagé reste ici et il n'a commis aucun crime. Le soldat Hunter aussi qui a marié la fille des Rivart. Plusieurs ont demandé de rester, je le sais, et on leur a accordé la permission. Tout le monde en parle. Tu mens!

Devant ce petit homme de treize ans, presque aussi grand que lui maintenant, Georg éprouve un douloureux sentiment d'impuissance. Capable de mater les soldats les plus rustres, il devient maladroit face à ce tout jeune adolescent qu'il aime plus que lui-même. Comment lui faire comprendre? Honneurs, confort, carrière, tout cela les attend là-bas. Karl va-t-il tout sacrifier à un pays qui les pointe du doigt? A-t-il déjà tout oublié? Quel maléfice le possède? «Karl, mon fils, ne m'abandonne pas.»

— Nous partons après-demain. Je compte sur toi pour aider ta mère à tout préparer, dit-il, les yeux soudain plus noirs qu'à l'accoutumée.

Le jour du départ, le soldat Leonhard, à peine remis, crie à Karine emportée par un cheval gris pommelé:

— Merci, madame Beyer. Les malades vous remercient. Je reste ici, l'armée ne veut plus de moi.

Derrière lui, les Champagne agitent leurs mains. Le docteur Pagé également. Karine se jure de ne jamais laisser leurs visages s'étioler dans sa mémoire, malgré la distance, malgré la mer où se noient les êtres trop aimés. Assis à côté d'elle, Karl ne regarde personne. Il ne verra pas le lac Saint-Pierre s'étirer sous le soleil, ni les Trois-Rivières, ni Jean et Catherine Lapierre venus le saluer. Des trop grandes souffrances, chacun se protège à sa façon.

À côté du conducteur, le visage renfrogné, Georg continue à aimer à perdre la raison, sans pouvoir le dire. Un jour, ils comprendront. Il fait ce qu'il doit, il les sauve malgré eux. Aspiré par leur silence, il revoit un enfant emporté dans une calèche, un enfant qui se jure ne de plus aimer jamais et qui ne tiendra pas sa promesse. Karl comprendra. Il fera tout pour cela.

Devant l'église de Batiscan, les soldats font une halte d'une journée. Pour la dernière fois, les habitants assistent au déplacement des troupes. Pour la dernière fois, le curé Le Fèvre tend la main aux officiers et bénit les hommes.

LA GUERRE DES AUTRES

À l'orée du bois, Johann, Philipp, Marie et Louis observent les soldats qui défilent. Dans les bras de sa mère, le petit Francis ouvre de grands yeux curieux sur ce branle-bas inhabituel. Louis, son parrain et fidèle admirateur, s'amuse de sa surprise.

— Tu croyais pas voir tant de monde à Batiscan, hein, mon Oiseau?

Depuis que Johann lui a expliqué que Vogel signifiait oiseau, Louis a opté pour la traduction et n'appelle plus son filleul que l'Oiseau. «C'est plus simple et ça lui va bien, dit-il, il pépie sans arrêt.»

Johann observe aussi, avec les mêmes yeux que son fils, des yeux où le gris souligné par un trait noir encerclant l'iris prend une rare profondeur. En cherchant bien, Johann distingue des visages connus, des visages amis et un élan difficile à freiner le pousse vers ces hommes d'où s'exhale l'odeur du pays. Il entend des mots criés à travers la cour. Ses mots. Anxieux, il se tourne vers Philipp pour réclamer de l'aide, un appui. Mais Philipp n'est plus là. Il a rejoint les autres dans la clairière maintenant devenue son unique patrie. Il a choisi et Johann envie sa certitude.

Une calèche passe tout près d'eux. Il y reconnaît avec émotion Karl et Karine, serrés l'un contre l'autre, la tête basse. Marie reconnaît la passagère et elle a peur. La main de son mari se crispe sur la sienne, mais elle ne fait pas un geste pour l'aider. Johann doit choisir. Freinée par des soldats plus lents, la calèche s'arrête à leur hauteur. Karine est maintenant tout près d'eux sans le savoir et Johann peut regarder à loisir ses épaules affaissées. Son amitié hurle dans sa tête, tout s'agite au-dedans de lui. Comme si Karine avait perçu son appel, elle tourne lentement la tête vers lui. Alors il aperçoit des larmes sur les joues de la jeune femme. Marie laisse la main de son mari, mais Francis, las du spectacle, agrippe les cheveux de son père. Celui-ci le prend dans ses bras et l'enfant sourit, colle sa joue sur la sienne. La calèche repart.

— Viens, Marie, dit Johann, apaisé. Nous n'avons plus rien à faire ici.

Johann dépose son fils sur ses épaules et l'enfant entoure le front de son père de ses petits bras craintifs. Marie les suit en remerciant Dieu.

— Tu viens, Louis? lance-t-elle.
— Non. Tout à l'heure.

Louis veut rester là encore un peu, comme s'il attendait quelqu'un. Marie et Johann ont fait à peine quelques pas lorsqu'il les rattrape en courant.

— Viens voir Marie! C'est Julien!

Rouge d'excitation, le garçon saisit sa sœur par la manche.

— Qu'est-ce qu'il y a? Tu as vu Julien?
— Il est là sur la route.

Sans chercher à comprendre, Marie revient en courant au bord du chemin. Louis avait raison. Leur grand frère s'avance, nonchalant. Il croise des soldats et les salue bien bas, comme un enfant espiègle qui prépare un bon coup. Les mains dans les poches, il sifflote en marchant d'un pas sautillant. La violence avec laquelle Marie lui saute dans les bras le renverse presque, tandis que la joie de Louis éclate. Tous les trois ont oublié les soldats qui pourtant les reluquent du coin de l'œil avec des rires chargés de sous-entendus.

— Julien! C'est bien toi!

Marie le touche, incrédule. Il a maigri et sa minceur lui va bien.

— On dirait que tu as grandi, dit Louis.
— Pas autant que toi! s'exclame Julien en toisant son jeune frère.

— Tu ne t'es pas enfui, toujours? demande Marie, inquiète.
— Tu crois que je me promènerais sur la route comme un voyageur si je m'étais enfui?

Elle rit de sa bêtise.

— Mais alors?
— Ils ont fait le ménage dans les prisons et ils ont jeté tout ce dont ils n'avaient plus besoin.

Marie lui assène un vigoureux coup de poing dans le ventre.
— Tu ne changeras jamais, grand écervelé!

Le lendemain matin, pendant que Louise Gauthier se remet lentement d'un bonheur inespéré, les troupes allemandes se préparent pour la dernière étape du voyage avant l'embarquement. Les officiers n'ont pas à élever la voix. Tous sont prêts avant l'aube et piaffent d'impatience.

Karine, affolée, cherche Georg. Elle le retrouve enfin, abrité au milieu des soldats, comme s'il cherchait à la fuir.
— Karl a disparu, dit-elle dans un souffle.
L'officier l'entraîne vers le presbytère où ils ont passé la nuit.
— Calme-toi! Un garçon de son âge ne disparaît pas comme ça!
— Il n'a pas passé la nuit dans sa chambre. Le lit n'est même pas défait. Je ne le trouve nulle part. Il s'est enfui, j'en suis sûre.
— Nous allons le retrouver.

Après avoir obtenu la permission du colonel von Hill de retarder son départ et de rejoindre le régiment à Québec dans deux jours, Georg, aidé de la milice locale anglaise, entreprend des recherches qui le mènent d'abord dans toutes les maisons de Batiscan. Il questionne, enquête, supplie, exige la collaboration de tous. Mais personne ne sait rien. Désemparé, l'officier sonde les abords des rivières. Rien.

Pendant ce temps, Karl fuit à perdre haleine. Il s'enfonce dans les bois, ne ressentant ni la famine, ni la fatigue, ni la chaleur écrasante. Des fantômes le poursuivent, des mers bleues aux immenses ailes blanches. Parce qu'il doit fuir à tout prix, son jeune corps décuple ses réserves d'énergie. Seule la nuit ralentit sa course. Alors, il s'effondre sous un hêtre et son sommeil agité s'ouvre sur de menaçantes voilures opalines hurlant dans le vent.

Au milieu de la nuit, il entend des voix allemandes et ouvre les yeux sur des souvenirs d'enfance. Un chien noir lui lèche le visage. Des hommes qui parlent sa langue l'entourent comme si ses rêves l'avaient mystérieusement transporté au-delà des mers.

— Que fais-tu ici? demande l'un d'eux.

Karl se tait parce qu'il ne sait trop que répondre. Ses muscles endoloris lui rappellent sa fuite éperdue.

— Es-tu perdu? l'encourage l'homme au visage avenant.

— Tiens, mange, dit un autre en lui tendant un quignon de pain.

Karl repousse la main tendue.

— Tu étais avec les soldats qui repartent pour l'Europe, n'est-ce pas? Tu as déserté? Allez, n'aie pas peur de nous. Nous sommes des déserteurs aussi, des chasseurs de Hanau.

— Vous vivez dans la forêt? questionne enfin Karl.

— Oui.

— Je veux vivre avec vous, clame le garçon, maintenant plus confiant et plein d'espoir.

Les hommes se regardent, perplexes.

— Tu dois d'abord nous dire qui tu es et pourquoi tu t'es sauvé, propose Philipp Maher.

— Je m'appelle Karl Lessart, explique le fugitif. Ma mère a épousé le capitaine Georg Beyer. Ils repartent pour l'Allemagne et je ne veux pas partir avec eux. Je veux rester ici, comme vous. C'est mon pays. Jamais je ne remonterai sur un bateau.

— Ta mère va s'inquiéter. Il faudrait lui faire savoir que tu vas bien.

Karl n'avait pas pensé à sa mère depuis la veille. Soudain elle lui manque.

— Écoute, petit. J'ai un ami qui pourra nous aider à voir clair dans tout ça. Viens avec moi.

Johann reconnaît à peine le jeune Karl. En l'apercevant la veille aux côtés de Karine, il avait su que c'était lui, mais aujourd'hui ce grand adolescent trop brun pour ses cheveux blonds et ses yeux clairs lui semble tellement différent du petit garçon d'autrefois.

— Karl, j'ai peine à te reconnaître.

L'adolescent, lui, se souvient de Johann, de la lueur que son nom allumait dans les yeux de sa mère. Dans sa tête, ce soldat donne

la main aux Lapierre et sourit. C'est un ami. Confiant, il raconte tout et Johann apprend avec joie le mariage de Karine et de Georg.
— Ma mère ne veut pas partir et moi non plus. Mais mon... mon père veut retourner là-bas.
— Il doit avoir de bonnes raisons, affirme Johann.
— Il parle d'une promotion et de la bonne vie que nous aurons en Europe, dit le garçon, dédaigneux.
— Alors?
— Je veux vivre ici, moi.
Buté, Karl se tait.

Dans le village, les hommes s'apprêtent à reprendre les recherches. Georg serre la main de Karine. Leur commune détresse les rapproche. «Pardonne-moi, Karl, de ne pas avoir compris. Je t'en supplie, pardonne-moi et reviens. J'ai tellement besoin de toi.»
— Nous allons le trouver, dit-il.
Karine le regarde avec des yeux éteints.
— Et après? Quand tu l'auras retrouvé, que va-t-il se passer?
Georg ne sait plus rien de l'avenir. Le présent exige trop pour qu'il puisse seulement penser à l'avenir. Il est lui aussi un enfant en fuite, malheureux, et qui désire mourir. Il lui faut d'abord se retrouver. Retrouver son fils, pour remplir ce grand trou vide qui le gruge de l'intérieur. Après n'a plus de sens tant que Karl n'est pas près de lui.

Ils marchent depuis longtemps lorsque le capitaine Smith lui désigne du doigt un homme qui descend vers eux à travers champs. Karine reconnaît immédiatement Johann et elle court vers lui, pleine d'espoir.

En la prenant dans ses bras, le soldat la rassure.
— Il va bien, ne t'inquiète plus. Il m'a demandé de te dire qu'il t'aime.
Karine voudrait poser sa tête sur l'épaule de son ami, mais elle n'a même pas le temps de le remercier que déjà deux miliciens empoignent le déserteur.

La jeune femme se retourne vers son mari, suppliante.
— Il a retrouvé Karl. Il est venu pour nous le dire.

Sans hésiter, comme s'il avait prévu et préparé cette scène, Georg ordonne aux miliciens de relâcher leur prisonnier. Mais c'était sans compter avec le capitaine Smith qui tient enfin sa revanche sur des années de ridicule.

— C'est un déserteur, braille-t-il de sa voix de fausset. Nous le tenons enfin, nous ne le lâcherons pas.

Georg, glacial, fixe le capitaine.

— La guerre est finie, lui dit-il. Il n'y a plus de déserteurs. Il n'y a plus d'ennemis. Lâchez cet homme et partez. Nous n'avons plus besoin de vous.

L'ordre, émanant d'un major, ne souffre pas de réplique. Le capitaine anglais ravale sa colère et s'éloigne, suivi de ses acolytes.

Georg, Karine et Johann restent seuls au cœur de la plaine dévorée par le soleil. Les fleurs éclatent de mille couleurs chatoyantes. La rivière, toute proche, récite son poème à la liberté. Le pays devient tendresse.

Georg s'adresse à Johann.
— Va chercher Karl.

Karine frémit. Il l'apaise en lui prenant la main.
— Nous rentrons chez nous, à Sorel.

COMPOSÉ EN TIMES CORPS 12
SELON UNE MAQUETTE RÉALISÉE PAR JOSÉE LALANCETTE
ET ACHEVÉ D'IMPRIMER EN OCTOBRE 1997
SUR LES PRESSES DE AGMV-MARQUIS
À CAP-SAINT-IGNACE
POUR LE COMPTE DE DENIS VAUGEOIS
ÉDITEUR À L'ENSEIGNE DU SEPTENTRION